Eines Tages, als ich auf Reisen war zu meiner Großeltern Grabstätte, kam ein unbekannter Mann in einer Kleinstadt, die stets meine Zwischenstation war, auf mich zu. Wieder hatte ich auf dieser Durchfahrt infolge eines verwandtschaftlichen Treffens einen meiner Cousins dabei, der sich gerade verabschieden wollte. Verblüfft stand er da und starrte auf den Mann, während ich ein absurdes Gefühl bekam in Unwirklichkeit einzutreten. Der Mann blieb in einem Abstand von etwa zehn Metern vor mir stehen. Andere Passanten strömten wie rauschender Regen an uns vorbei, ein horizontaler rapider Niederschlag während der Einkaufszeit stellte sich ein, Geschäftigkeit war fühlbar und flink, der Feierabend vor dem müden Umfallen nahte. Der Mann war sehr groß und schwer gebaut, in einen langen dunklen Mantel gekleidet, ohne dick auszusehen. Seine Augen hielten meine fest und lenkten sie. Unbeirrt versuchte ich weiter zu gehen und wich ihm seitlich aus. Er holte sein Portemonnaie, schwarz und gebogen von Scheinen, aus dem Innenrevers seines Mantels und entnahm ein schmales, kleines Foto. Diesmal streckte mein Cousin die Hand danach aus. Es war eine Schwarz-Weiß-Fotografie aus den 70er Jahren des 20. Jahrhunderts, eine Nahaufnahme, schräg im Profil. Der Mann auf dem Foto war schon alt und trug einen Hut. Er hatte das gleiche Augenrund und die gleichen Augenringe wie ich, die gebogene Nase, die Wangenknochen, die Haarfarbe, den Teint. Dem Todesjahr zufolge war er gestorben, als ich noch ein Kind war. „Dein Vater war sehr, sehr viel älter als Deine Mutter, er war ein Leben auf einem anderen Kontinent gewöhnt, er hat Dich nicht gekannt", sagte der Mann, der ebenfalls mit ihm vertraut oder verwandt zu sein schien. Er wirkte hilflos. Er setzte an zur Erklärung, in der auch Hamburg, Berlin und der Taunus vor langer Zeit vorkamen, und schwankte dabei, als wäre das Gehen doch besser. Mein Cousin begann ihn halb unwillkürlich, halb ärgerlich zu stützen. Ich fing an, mit einem krächzenden Laut zu lachen, der sich völlig fremd in meinen Ohren anhörte. Da wusste ich es. Eines Tages werde ich nicht mehr sein. Nicht auf diese Weise. Ich gehe ins Licht. In meine eigene Fotografie und verschwinde.

1. Kapitel

I

Meine Großmutter Luise erzählte immer gern und viel. Sie war eine der Personen, von denen man sagt, sie hören sich gern reden. Stets legte sie Wert darauf, dass ich diese und jene Bekannten, Nachbarn, Landsleute aus der alten Heimat oder weitläufige Verwandte bei der einen oder anderen Gelegenheit, die sich bot, kennenlernte. Bei all diesen Begegnungen wurde ich mit einem gewissen Stolz, der mich anfangs überraschte und mich später manches besser verstehen ließ, als ihre älteste Enkeltochter vorgestellt, und manches Mal konnte ich mir nicht verkneifen, genauer nachzufragen, worum es sich bei den mal geschwätzigen, mal informellen Plaudereien handelte. In einigen Situationen knüpfte ich selbst Gespräche mit mir kaum vertrauten Menschen an, je nach Art und Inhalt des Gesprochenen auch ohne Luises Beisein. Wenige Male ergab sich daraus Feindschaft, seltener Freundschaft, aber ein immer genaueres Bild der Ereignisse, von denen meine Großmutter sprach, und ein wachsender Zweifel an der Gewissheit, mit der sie an ihren Schilderungen festhielt. Ich suchte nach Fotos im alten Buffetschrank, nach Dokumenten aus der Zeit des zweiten Weltkriegs, Feldpost, Liebes-, Alltags- und Abschiedsbriefen, ich fand Testamente, Familienstammbäume, Ahnentafeln, Heirats- und Sterbeurkunden. Anlässlich verschiedener

Stefanie Gödeke

Fremde Wesen

Familiensaga von Menschen auf der Suche

Roman

Herstellung und Verlag:
BoD - Books on Demand, Norderstedt
ISBN 978-3-7528-0609-0

„Wenn Unfreiheit die Abtötung von Leben ist, dann wird alles Private, jeder Gedanke und Wille, jede Regung des Individuums zu einem Antidotum gegen den psychischen Tod."

Kazimierz Brandys

Personenverzeichnis Hauptfiguren:

Erich Kalweit, Forstamtmann
seine Schwester Irmgard
und Eltern, getötet auf Überfahrt nach Skandinavien
Luise Suhrkau
Ottilie Suhrkau (unverheiratet)
und deren Eltern Mathilde und Wilhelm Suhrkau, Kaufmannsfamilie

Kinder von Luise und Erich:
Marthe und Anne, Albert und Walther

Caroline, Tochter von Marthe, ihre Cousins

Karl von Rohwerder, Nachbar, Reichswehroffizier, NS-Funktionär
Lore von Belau, spätere Rohwerder, Schulkameradin Luises
Emma Porschke (Cousine von Luise und Ottilie)
Kutscher und Gutshofvorarbeiter Fritsche
Forstobermeister Gottschewsky
Laura Seroka, Freundin Ottilies, und ihre Eltern
Andrey Oschnewsky, polnischer Freund der Familie
Lydia, Kindermädchen von Marthe, deportiert
junger Russe jüdischer Herkunft als Zwangsarbeiter, ermordet
Jochen Werneck, zeitweise Ehemann Marthes
und seine Eltern
Ein Unbekannter

familiärer Zusammentreffen im Haus meiner Großmuttern sprach ich mit einigen meiner nächsten Verwandten über Vorkommnisse, die weit und nah zurücklagen, um ihre Sicht der Dinge zu erfahren. Manchmal belauschte ich Gespräche und Streitereien, die nicht für meine Ohren bestimmt waren. Ich besah mir die Fremde, die zwischen den Worten, den Gesten und den Gesichtern aller Beteiligten entstanden und über die Jahrzehnte angewachsen war, die Muster aus erzwungener Übereinkunft und existentieller Notwendigkeit, die die Luft zwischen ihren Körpern stark verästelte und sie wie ein Dickicht aus unausgesprochenen Gefühlen umgab, weil sie der Mythos einer einzelnen Frau umrankte, die ihre Familie zu beherrschen wusste und sich ein Leben lang selbst beherrschen ließ. Niemand von uns hat meiner Großmutter ausdauernd zu widerstehen vermocht, denn ihr zu widersprechen, andere Versionen des Erlebten nicht nur heimlich aufzuspüren, sondern auch zu verfechten, hätte bedeutet, ein Gesetz zu brechen, das unser aller Grundlage war. Ich ging oft auf dem schmalen Feldweg entlang, der links um das Haus herum zu den Maisfeldern und zu der alten Linde führte, und der dann in den Wald einbog. Unter der mächtigen Linde stand eine Holzbank, auf die ich mich ab und an setzte. Während des Laufens machte ich mir Gedanken, die auch um meine eigene Kindheit kreisten. Es dauerte Jahre, bis ich glaubte, genug zu wissen und das Ungewisse darin zu entdecken, und noch einmal so lange, bis ich mein Schweigen brach.

Das Elternhaus meiner Großmutter Luise Annabell Ida Suhrkau hatte einundzwanzig Zimmer. Es lag linkerhand der Hauptstraße von Darethen, in einem kleinen Ort etwa zehn Kilometer südlich vom heutigen Olsztyn, ehemaligen Allenstein entfernt, der bis 1945 zu Ostpreußen gehörte. Wie sich die Orte und Namensgebungen verändert haben, existiert dieses Haus nicht mehr. Reisende aus Polen berichteten, an seiner Stelle befänden sich dort inzwischen eine Tankstelle und ein Supermarkt. Während der Kindheit, Jugendzeit und der ersten Ehejahre Luises ist dieses mehrstöckige, in einem Winkel angelegte und mehrmals aus- und umgebaute Wohnhaus einer Kaufmannsfamilie, die sich über drei Generationen hinweg in den Stand großbürgerlichen Gutsbesitztums hevorgearbeitet hatte, Dreh- und Angelplatz regen geselligen und geschäftlichen Verkehrs gewesen. Hier wurden nicht nur, in einem Raum, den Luise mir als Ballsaal schilderte und der nach ihren Erzählungen mehr als zweihundert Menschen Platz bot, die den Jahreszeiten entsprechenden Feste gefeiert. Er wurde auch für gesellschaftliche Ereignisse genutzt, die für die beiden einzigen Töchter des Hauses eine willkommene Unterbrechung des steten, von Geschäftsinteresse und Mitarbeit geprägten Tagesablaufs darstellten. Im Parterre des Wohnhauses lag ein großes Gemischtwarengeschäft, das von der Familie mit Hilfe einiger Angestellten betrieben wurde. In einem Nebenraum, dem offiziellen Büro des Vaters, wurden alte Handelsbeziehungen erneuert und neue dazugewonnen, Abrechnungen getätigt, Bestellungen aufgenommen, der Schriftverkehr über jene Warenlieferungen geführt, die währenddessen im Gutshof angekommen waren, verladen und ausgepackt wurden. Eine Gaststätte, eine Mühle, die zur damaligen Zeit in ostpreußischer Provinz unerlässlichen Stallungen und Landbesitz, vor allem Getreidefelder, gehörten zu den zusätzlichen Einnahmequellen. Wie die Zimmeraufteilung zwischen der Familie Suhrkau und deren Dienstpersonal im einzelnen gestaltet worden war, ob es einen eigenen Gesindetrakt gab, ließ sich aus den Erzählungen meiner Großmutter nie entnehmen. Schemenhaft nur tauchten am Rande ihrer Bemerkungen einige Zimmer auf, in denen mehrere Dienstmädchen und eine Köchin aus- und eingingen und wohl auch schliefen. Es hat einen Kutscher gegeben namens Friedrich, von den Kindern allenthalben Fritsche gerufen, der die beiden Töchter, Luise und Ottilie, wenn es ihr Arbeitsalltag zuließ, dann und wann durch Wald und Flur fuhr.

Der Vater war, wie schon sein Vater und Großvater, von Beruf Gastwirt, ein tüchtiger, gewitzter Geschäftsmann, mit vielerlei Beziehungen zu den jüdischen Kaufmannsfamilien in der Stadt, die er wohlweislich nach und nach abbrach, als der Sozialdemokrat Otto Braun durch den Preußenputsch der Reichsregierung 1932 seines Amtes enthoben wurde. „Ihre Geschäfte stehen über kurz oder lang schlecht, mein Lieber, die alten Verbindungen taugen nicht für die neue Zeit", hieß einer der Ratschläge, auf die sich Luise in diesem Zusammenhang besann. „Und anderes Verhalten kam in unserer Situation auch nicht in Frage, das war nun mal so", beschied mir meine Großmutter mit Nachdruck. Ein Ausdruck der Brüskiertheit und eine von alters her in Pflichterfüllung geübte Entschlossenheit belebten ihr Gesicht wie ein Echo ihrer eigenen Worte, das jede meiner weiteren Nachfragen ins Reich der blasphemischen Unwissenheit abkommandierte.

Auf der Mutter Veranlassung hin schickte man die ältere der beiden Töchter, Luise, in ein Internat, so dass die französische Sprache, der Gesangunterricht, das Klavierspiel und das Abitur der höheren Töchterschule sie mit einem passenden *savoir vivre* ausstattete. Die jüngere Tochter wurde schon früh bis ins Detail mit dem Geschäftsgebaren vertraut gemacht, um auf eine Heirat mit dem ältesten Sohn einer nur unweit ansässigen Gutsbesitzerfamilie und auf die damit einhergehende Fusion der Besitzungen vorbereitet zu werden. Den alteingesessenen ostpreußischen Erbadelsfamilien, „selbstverständlich, das wussten wir, es gab ja viel Reichere als uns", sagte Luise mit hochgezogenen Augenbrauen, war man durch Herkunft, die nicht durch Jahrhunderte geschliffenen Traditionen, und den mühsam erwirtschafteten Wohlstand unterlegen. Als meine Großmutter 1934 ihre große Liebe, den Forstbeamten Erich Kalweit heiratete, war sie dreiundzwanzig Jahre alt und wusste, was es hieß, in eigener Sache zu kämpfen: Ihren Mädchennamen hatte sie nach der Heirat nur widerwillig und mit einem gewissen Bedauern aufgegeben.

Jahre nach Beendigung des Krieges, dem blutig geplatzten Traum vom tausendjährigen Reich, der tote, beschädigte, hassende und verirrte Menschen in die für die meisten von ihnen Anstoß erregende Wirklichkeit entließ, nach der Flucht in den Westen Deutschlands, schickten Luise und Erich Kalweit sich noch einmal an, ihre Nostalgie durch eine Ansammlung sie dafür entschädigender Souvenire zu betäuben. Sie griffen auf einen später auch mir bekannten polnischen Aussiedler, einen gebürtigen Allensteiner namens Andrey Oschnewsky, zurück. Andrey war ein an meiner Familie mit einer gewissen Anhänglichkeit festhaltender, kleinwüchsiger und magerer Mann mit früh beginnender Glatze und einem seltenen Lächeln, das von unter herab quer über das ganze Gesicht lief, bevor es seine Augen erreichte. Er war mit meinen Großeltern durch eine tragisch endende Liaison mit einem ihrer ehemaligen Dienstmädchen verbunden und erwehrte sich den Ansprüchen des eingeschworenen Kreises ostpreußischer Landsmannschaft nicht. Ihn beauftragten sie, in die vertraute Landschaft zurückzukehren, in die Ortschaften ihrer Erinnerungen und der verlorenen Güter. Der letzte Familienwohnsitz in der ehemaligen Heimat sollte, ohne dass man sich selbst direkt dazu ins Verhältnis setzte, denn von Schuld, Scham und Schmerz als selbst verursachtem Übel war nie die Rede gewesen, in Augenschein genommen und begutachtet werden. Auf ihr Geheiß und eine Entlohnung zog der Mann aus, um auf polnischem Grund und Boden nach Schätzen zu suchen, die dort kurz vor dem Aufbruch mit dem Treck vergraben worden waren.

Von Allenstein über Darethen und Stabigotten am kleinen Bahnhof vorbei Richtung Süden fuhr Andrey auf einer einsamen Chaussee, die in einen holprigen Waldweg mündete, auf den Hohensteiner Forst zu. Inmitten dichter Kiefernbestände gab der Weg nach einer etwa halbstündigen Fahrt den Blick frei auf jenen See, der der einzigen dort entstandenen menschlichen Behausung schon seit jeher seinen Namen gegeben hatte: einer Försterei, die aus einem etwas heruntergekommenen Haupthaus samt anliegenden kleineren Gebäuden und dem Landgut bestand, welches die Hohensteiner Forstverwaltung dem Forstamtmann Erich Kalweit seit Anfang des Jahres 1935 zur Pacht überlassen hatte.

Die acht Kilometer zwischen Darethen und der Försterei Hohenwalde waren, wusste Andrey nach seiner Rückkehr zu berichten, zuweilen anzuschauen, als habe niemals der Krieg gewütet, als habe keine Grenzverschiebung zwischen zwei Nationen stattgefunden, als sei seine Verlobte Lydia vor der Vertreibung der Deutschen nicht in einem der von ihnen errichteten Lager verschwunden, als vergegenwärtige sich noch einmal eine rückwärts gewandte, trügerische Vision, ein Abglanz jugendlicher Zukunft, die ihm sein gestohlenes Glück als Widerschein ins Gedächtnis rief, während er den immer noch menschenleeren, weiten Landstrich durchfuhr, der aus nichts anderem zu bestehen schien als aus klarer Luft, Wäldern, Wiesen und einem blassblauen, wolkenlosen Himmel. Einmal kam er an einem einzelnen Gehöft vorbei, aber es war niemand zu sehen. Wie einen isolierten Abschnitt, ein aus der übrigen Landschaft herausgeschnittenes Bild vor Augen, durchfuhr er den noch immer kopfsteingepflasterten Weg, dessen Biegungen er folgte, kilometerweit an seinen Rändern gesäumt von üppig wachsenden Grasbüscheln, hier und da vermischt mit einer Schmalspur aus feinem Kies und Sand. In dieser Jahreszeit war der heiße Sommer bereits welk und stumm in den Herbst übergegangen; er hielt aber noch an seiner Trockenheit fest und spendete ausgedörrte, poröse, staubige Erde, von der Andrey, auf halber Strecke aus dem Wagen steigend, eine Handvoll aufhob und in eine Tüte steckte. Seitlich des Weges standen hohe, lichte Gestalten, eine um die vorige Jahrhundertwende angelegte Allee aus Birken, die sich vom Boden her dunkel und schmalstämmig, auf halber Höhe weißmarmoriert, dann im leichten Spiel des Windes mit einem filigranen Schwung des locker gebeugten Geästs und mit der ihnen eigenen bescheidenen Pracht unzähliger, zwischen Höhe und Weite spielender Blätter, hervorhoben, in der Nähe ein Flimmern erzeugend, doch auch weithin sichtbar, solange er fuhr.

Das letzte Stück des Weges umgab ein zusammenhängendes, urwüchsiges Waldgebiet, ein Bestand kronenschlanker, schaftförmiger, über hundertjähriger Kiefern, zu denen er, in den dritten Gang schaltend, kurz empor sah, um seinen Blick dann über den Waldboden schweifen zu lassen, der bedeckt war von Preißel- und Blaubeergestrüpp und, an einer Lichtung, vereinzelt in Gruppen stehenden Wacholderbüschen. Ein harziger Geruch lag in der Luft. Die Lichtung, die er kurz darauf erreichte, zog sich sternförmig durch eine Senke, an die sich ein Plateau anschloss, das den großen Plautziger See umgab. Kleinere Birkenbestände schoben sich nun in den Vordergrund und wechselten in lockerer Folge mit der Kiefernlandschaft ab, dem Windbruch sichtlich preisgegeben. Über sie hinweg sah man aufs Gewässer des weitflächigen Sees, in dessen Mitte eine kleine Inselbank lag. Andrey hielt den gemieteten Jeep an, stieg aus und ging langsam auf die Umrisse einer Behausung zu, die er so deutlich wiedererkannte, dass er mit seinem Handrücken unwillkürlich über seinen Hals strich.

Die Försterei stand einsam und verlassen. Das bloße Mauerwerk des vormals weinberankten Backsteinbaus unter grünbemoostem Ziegeldach gab es noch, im rechten Giebel des Daches gähnte ein großes Loch, einzelne, zerbrochene Ziegelreste lagen verstreut zwischen aufgeworfenen, lehmigen Erdhügeln, das alte Holzgatter, das den Garten umschloss, hing schief und krumm, Regen und Wind hatten große Lücken geschlagen, die von Unkraut überwuchert waren. Disteln und Brennnesseln wuchsen strauchhoch, wo ehemals die Gemüsebeete angelegt waren, eine einzige Fensterscheibe, staubbedeckt und blind, war erhalten geblieben, gab den Blick aber nicht frei auf das ehemalige Kinderzimmer, in dem Lydia Kowolka drei Jahre lang die vier Kinder des Ehepaares Kalweit betreut und umsorgt hatte. Andrey blickte sich um, sein Brustkorb hob und senkte sich, es war still, so still, dass das Geräusch, das der Atem in seiner Nase verursachte, ihm bis in die Stirn vorzustoßen schien. Die Tür unter dem Torbogen, dessen schmiedeeiserne Fassung vollständig erhalten war und nur an einigen Stellen Rost angesetzt hatte, war verschlossen, aber es wäre ein Leichtes gewesen, durch eines der scheibenlosen Fenster zu klettern. Andrey suchte sich einen Stein, den er, wie Luise mir später berichtete, mit in den Westen nahm und während er mit ihr sprach, in der Hand hielt, wobei er ihn, langsam, in stoßweisen Sätzen sprechend, mit angewinkelter Armbeuge vor seinem Bauch auf und abhüpfen ließ. Mit diesem Stein zerschlug er die letzte erhalten gebliebene Fensterscheibe, kratzte die gröbsten Splitter vom äußeren Fenstersims und sah in den Raum. Es stank nach abgestandener Luft, Fäulnis und Schimmel. Das Zimmer von etwa fünfzehn Quadratmetern war leer, ein einzelner Holzklotz lag auf dem Steinfußboden, Spinnenweben legten sich um Andreys Mund, als er sich, ans äußere Mauerwerk gepresst, soweit er konnte, in den Raum vorzubeugen versuchte. Dunkle Flecken an den gekalkten Wänden über dem Kamin und ein Rest lindgrüner, gestreifter Tapete waren die letzten Zeugen einer Generationen währenden Bewohnbarkeit. Er starrte lange darauf. Mit einer abrupten Bewegung drehte Andrey sich um und ging an dem zusammengefallenen Geräteschuppen vorbei auf drei dicht nebeneinander gepflanzte, dunkel schimmernde Blautannen zu. In genau fünf Meter Abstand von ihnen begann er damit, die Erde auszuheben.

Während ihm der Schweiß vom Gesicht rann, die Sonne stand tief am Himmel, und er die zweite der mitgebrachten Schaufeln zur Hand nahm, schlug ihm die von den Ostpreußen benannte Stelle Erinnerungen ins Hirn, die er umso weniger abwehren konnte, je tiefer er grub. Lydia, wie sie mit wehendem Haar bei einem seiner sonntäglichen Besuche quer über die Wiese lief, um ein Kind aus dem schilfigen Uferwasser zu ziehen. Lydia, das dunkle, ein wenig angekrauste, lange Haar im Nacken gerollt und straff gesteckt zu einer Schnecke, wie sie an einem Feiertag Mohn pflückte und mit blauen Schwertlilien zusammenband, ihre schlanke Gestalt mit den schmalen Hüften und dem etwas flachen Po in dem flachsfarbenen Leinenkleid, das von einem selbst geschneiderten anthrazitblauen Band locker zusammengehalten wurde und das er in Gedanken hundertmal aufgebunden hatte, hundertmal hatte er die kleinen Holzknöpfe mit leichtem Griff in Bewegung gesetzt, die ihren schmalen Hals und den Brustansatz seinem Blick entzogen. Lydia, wie sie mit den Kindern sang, auf Polnisch und in gebrochenem, ostpreußisch gefärbten Dialekt auf Deutsch, wie sie eines ihrer zwei Marjellchen an die Hand nahm, um es in der Küche abzufüttern, dabei Wulle, Wulle, Gänschen vor sich hinsummend, Lydia, die Lawernje zubereitete und ihm beim Abschied ein Gläschen davon in die Hand drückte, Lydia mit den hervorgehobenen Wangenknochen, die in einer direkten Linie zu den Mundwinkeln abzubiegen schienen, und dem breit entworfenen Mund zusätzliche Fülle schenkten. Lydia, die ihm mit leicht geöffneten Lippen und doch verlegen errötend, - wie war sie jung gewesen, so jung -, sacht einen Kuss auf seinen Mund drückte, den er noch abends in seiner Kammer schmeckte und dem er im Traum nachgab. Lydia, mit der er sein Leben hätte teilen mögen und die nicht war wie die Mädchen, die er vorher gekannt hatte, denn sie war weder bieder noch lüstern, selten schlecht gelaunt und geradezu eilfertig, aber nie so dienstbeflissen, dass man die Person dahinter nicht mehr erkannte. Sie war unfähig zur Lüge, aber oft beschämt, wenn ihr etwas nicht gleich zur Hand ging, und bei alledem war sie eigenwillig und trotzte jedem strengen und ungerechten Einspruch gegen die Kinder, gleich von wem er kam, vielleicht weil sie spürte und es ihr etwas ausmachte, dass sie ihnen, zwei Jungen und zwei Mädchen, bei aller anfallenden Arbeit nicht gerecht werden konnte. Was Luise Kalweit, die, anlässlich fortlaufender Jagdgesellschaften und dem damit verbundenen Umfang der Vorbereitungen, ihre Kinder oft als lästiges Nebengeräusch empfand, sichtlich mit einer Mischung aus Bewunderung und Geringschätzung erfüllte, wenn sie davon sprach.

Andrey hob über einen Meter tief aus und fand nichts. Einmal stieß er auf Tonscherben, ein zweites Mal auf einen kleinen gebogenen Eisenlöffel, wie ihn die Kinder dieser Gegend früher zum Spielen benutzt hatten. Er maß mit dem Blick seinen Abstand zu den Tannen, ging zum Auto zurück, setzte kurz die Wasserflasche an, spülte sich die Hände ab und begann zwei Schritte von der vordersten Tanne entfernt, erneut zu schaufeln. Es waren Lydias bernsteinfarbene, am Rand der Iris nachdunkelnde Augen, die ihm an ihr am besten gefallen hatten. Sie hatten einen Zauber ausgestrahlt, der je nach dem Stand der Sonne und Wolken, je nach dem Grad ihrer Erschöpfung und Freude, je nach den Momenten des Wiedersehens und der Trennung, dunkler oder heller ausfiel. Wenn er ihr Gesicht in seine Hände genommen hatte, zu schüchtern, um ihren Leib mit seinen Schenkeln zu berühren, aber mit dem Daumen leicht ihre äußere Ohrmuschel streichelnd, hatten ihre Augen einen Ausdruck angenommen, dessen Glanz warm auf seinen Körper fiel und sein Geschlecht berührte. Ja, noch seine Fußspitzen hatten so viel davon gehabt, dass er, was er sonst gern achselzuckend aus Notwendigkeit vergaß, spürte, dass seine Stiefel zu eng waren, um die Zehen darin auszustrecken.

Kurz bevor Andrey aufgab, er mutmaßte, die bezeichnete Stelle sei irrtümlich falsch angegeben worden oder es war ihm jemand zuvorgekommen, stieß er mit dem Spaten auf eine fünf Finger breite, knorrige Wurzel. Er hielt inne, bückte sich und strich mit den Fingerspitzen über ihr feuchtes Geflecht. Über seinem linken Auge pochte unvermittelt ein anhaltender, stechend scharfer Schmerz. Lydia hatte eine Vorliebe für das Sammeln von Wurzeln gehabt, kleine und große, knorrige und geschwungene, sie hatte sie „meine Gesichter" genannt und, zusammen mit einer Anzahl bizarr aussehender Steine, die sie immer irgendwo auf einem ihrer Spaziergänge fand, um einen kleinen Tümpel gelegt, zu dem sie in der wärmeren Jahreszeit oft in ihrer Mittagspause gelaufen war. Nun war Lydia tot, seine ermordete Lydia, die unter anderen Umständen seine Frau geworden wäre, die er um alles in der Welt genommen hätte, auf jener Straße, nachdem die Schwester von Luise sie vergeblich in dem Wagen der Eltern in Sicherheit hatte bringen wollen, in jenem Moment, als sie später in den Zug stieg zu *den anderen,* mit einem kleinen Handkoffer in der Hand, ihn unverwandt anblickend, während Erich Kalweit, was selten bei ihm vorkam, mit lauter Stimme dem Kommandanten des Allensteiner Regiments gegenüber seine Arbeitskraft zurückverlangte und hernach, anders als Andrey, der stumm und wie angewurzelt dastand, auf dem Bahnsteig hin- und herlief, später aber sehr ruhig wurde, nachdem er auf dem ersten Revier ebenso wenig Erfolg gehabt hatte wie nach dem Verhör und der Zug gen Osten längst abgefahren war. Und Andrey konnte nicht anders, er hieb mehrmals im Affekt, aber bei klarstem Verstand auf die Wurzel ein, als könne er damit seine ehemalige Untätigkeit, seine Hilflosigkeit und seine Wut sprengen. Doch das Geflecht gab kaum nach.

An diesem Punkt seines Gesprächs mit meiner Großmutter hielt er ihrer Erinnerung zufolge den mitgebrachten Stein fest in seiner Hand gepresst, später sagte er mir, er habe ihn vor seinem selbst erbauten Häuschen nahe der Haustür vergraben. Luise meinte, er habe sie am Ende seiner Mitteilungen für einen Augenblick mit einem eigentümlichen Ernst, ja fast vorwurfsvoll, angesehen. Kurze Zeit später sei er gegangen. Sie verwahrte sich dagegen, irgendetwas mit dem zugegebenermaßen traurigen Schicksal dieser deutsch-sprachigen Jüdin zu tun oder etwas unterlassen zu haben. Alles, was getan werden konnte, hatte ihr Mann Erich Kalweit, unbesehen der Ängste und Sorgen seiner Frau vor den daraus für die eigene Familie zu befürchtenden Konsequenzen, versucht. Dass es nicht half, damals nicht, heute nicht und vermutlich nie, wusste Luise nicht oft genug und mit Hinweisen auf den beängstigenden Gestapo-Besuch mit anschließendem Verhör zu betonen, und stets kulminierte diese Mahnung in dem Satz, dass der Staat eine viel größere Macht habe als der einzelne. Nie vergaß sie hinzuzufügen, dass, wenn jeder bestimmen wollte, wessen die Allgemeinheit bedürfe, es auch heute keine Ordnung gäbe, und zwar so beharrlich, dass die einmal am Rande mit Bedauern geäußerte Bemerkung: „Stell Dir vor, der Andrey Oschnewsky hat nie geheiratet", unmerklich darin verschwand.

II

Zwischen Luise und Ottilie hatte es von Kindheit an große Unterschiede gegeben. Noch im hohen Alter stritten die beiden Damen oft, und erst nach dem Tod der Jüngeren, der einen Triumph für die Ältere darstellte, konnte Luise in einem abgemilderten Ton über das anstößige Wesen ihrer Schwester reden, an dem sie sich ihr Leben lang gerieben hatte. Im Haushalt war Ottilie wirklich kaum zu gebrauchen, sie verwechselte den Kochlöffel mit dem Suppenlöffel, warf das Frühstücksgeschirr mit dem Kaffeegedeck, die Cognacgläser mit den Aperitifgläsern durcheinander, obwohl sie es hätte besser wissen müssen; aber alles, was ihrem Wesen fremd war, schlüpfte durch die Maschen ihrer Erziehung. „Ottiiilie, Du verstehst davon nichts", sagte Luise dann in einem Ton, der größte Verachtung ausdrücken sollte und es auch tat, und nahm der Schwester die Utensilien aus der Hand. Woraufhin Ottilie schnippisch antwortete: „Du redest wie unsere Mutter, wenn sie getrunken hatte und niemand, nicht mal die fleißige Grete, es ihr recht machen konnte, weil Vater wieder im Allensteiner Hotel unterwegs war". Luise, knapp und beherrscht, drehte sich um, nahm die Sache selbst in die Hand und ließ die Schwester wortlos stehen. So ging es oft, und meine Großtante flüsterte dann jedem, der es hören wollte, zu, dass es ihre Schwester schon immer in allem besser gewusst zu haben glaubte.

Aber einmal hat sie ihr doch ein Schnippchen geschlagen, und es war ihr eine große Freude, wie sie mir an einem

Wochenende im Haus meiner Großmutter bei einem Gläschen Schnaps kundtat. Ottilie trank gern harte Sachen, „das sind wir Deutschordenpruzzen so gewöhnt", behauptete sie, und sie wurde meist zusehends lustiger dabei und scherzte ihre Wehmut Schluck um Schluck auf eben den winzigen Rest Flüssigkeit zusammen, der im Glas verblieb, wenn sie es abstellte. Man war gemeinsam während eines Besuchs von Ottilie, inzwischen seit Jahrzehnten mit dem niedersächsischen Land vertraut, zum Einkauf gegangen, in ein Damenbekleidungsgeschäft, der Büstenhalter wegen, die Luise brauchte. Sie hatte zugenommen, was sie, die sich stets jeden Morgen Punkt sieben an ihren Toilettentisch setzte, zu verbergen suchte, und nun war es doch soweit, dass eine neue Größe der Körbchen der Üppigkeit ihres Busens angemessen schien. Während Luise, von einer Fachverkäuferin mit aller gebotenen Höflichkeit beraten, in der Umkleidekabine verschwand, saß Ottilie auf einem für sie bereit gestellten Hocker. Ihre Schwester hatte die Muße, sie warten zu lassen.

Und wie oft Ottilie auf die Ältere hatte warten müssen, wie viele unzählige Male sie in der alten Heimat als unbrauchbare kleine Schwester in einer Ecke abgestellt worden war, fiel ihr plötzlich und unmittelbar ein, und sie erzählte es mir: wenn Luise vom Vater einen neuen Füllfederhalter für das Internat geschenkt bekam, wenn sie in den Küchenräumen während der Abwesenheit der Mutter das Kommando für die aufzutragenden Speisen übernahm, wenn sie, von einem halben Dutzend Verehrer umrahmt, zum siebzehnten Geburtstag auf dem obersten Treppenabsatz des Haupthauses ein Ständchen entgegennahm, die jüngere Schwester am Treppenaufgang mit einem raschen, überlegenen Blick streifend, wenn sie im Mädchenzimmer ihre Koffer auspackte, und von den Ausflügen ans Kurische Haff oder zum Tannenberg- Denkmal berichtete oder von der in die Ostsee abfallenden Steilküste bei Groß Dirschkeim schwärmte, die die Schwester nie besteigen würde. Ottilie hatte es aufgegeben, diese Momente zu zählen, seit sie verstand, dass das Missverhältnis zu ihrer Schwester nicht auf einem Missgeschick, ihrem Unfall beruhte, sondern seinen Anfang schon mit ihrer Geburt genommen hatte. Da war Luise bereits acht gewesen, der ungekrönte Liebling ihrer Eltern, obgleich die Angestellten Ottilie später mehr Sympathie entgegen brachten. Fritsche zum Beispiel hatte sie mehrmals heimlich in die alte Kutsche gesetzt und vorsichtig durch die Gegend gefahren.

Das zweite Kind kam überraschend für die bereits in die Vierziger vorgerückten Eltern. Es bot zugleich den willkommenen Anlass auf die Hoffnung eines männlichen Erben, der das kaufmännische Gut in seinen Händen weiter festigen und vermehren würde. Wie Luise im Andenken an die preußische Königin, deren Portrait im Ankleidezimmer der Mutter rechts neben der Fensterfront über der Chaiselongue hing, nach dieser benannt worden war, sollte der zu erwartende Sohn den Namen Wilhelm tragen. „Denn ich musste ja ein stattlicher Bürge der Tradition werden", stellte Ottilie fest, während sie sich schwungvoll einen neuen Schnaps eingoss, wobei ihr der Schwung so großzügig geriet, dass sie kurz entschlossen die in einem Viereck angelegte Seidenspitzendecke auf dem Eichentisch ein Stück über den bereits nachdunkelnden Spritzer auf der Holzmaserung verschob. „Aber es ist ganz anders gekommen", stellte sie, nachdem sie das Glas kopfüber in einem Zug geleert hatte, mit einer Stimme, die kaum nüchterner werden konnte als sie war, fest, und versicherte mir, während sie sich neu eingoss, sie sei völlig klar im Kopfe. Was auch stimmte, man sah es ihr an.

Sie hatte meergrüne Augen, die zur Pupille hin ins Gelbliche übergingen wie bei einer Katze, wenn sie sich bis zur Ernüchterung, und dazu führte es bei ihr immer, betrank. Kein Mensch konnte sich so voll laufen lassen wie sie und niemand, den ich bis jetzt gekannt habe, konnte im Dunst des Alkohols so klare, präzise Worte für die Nachträglichkeit des Bewusstseins finden. Ihre wahre Haltung fand sie, von wenigen Ausnahmen abgesehen, erst im Alkohol, und dann stand sie ihrer Schwester, wenn auch auf andere Weise, in nichts nach.

„Es war einer dieser kornreifen Spätsommertage, kurz vor meinem siebten Geburtstag, und Du kannst mir glauben, die Enttäuschung meiner Eltern hab ich immer gespürt, und je mehr ich sie spürte, desto mutwilliger wurde ich. Wir fuhren nach Haus übers Feld, die Heuballen wurden eingeholt". So habe es angefangen, als Missgeburt des Schicksals, als der Anfang längst gemacht war ohne sie, als das gelebte Leben, in das ihr Name ohne ihr Zutun gestanzt war, in sie einfiel; und sie erinnerte sich genau des Heuwagens, auf dem sie und ihre Schwester saßen, sprach von den Pferden, die müde, doch gehorsam auf den elterlichen Gutshof zutrabten und von ihrem Bewusstsein, einer unwiderstehlichen Vernunft, die keinen repräsentativen Nachfolger abgab, wozu sie ursprünglich, das heißt bis zum Zeitpunkt, als nicht nur der Kopf, sondern auch ihr Körper aus dem Blutraum des stöhnenden, mütterlichen Bauches gezogen wurde, ausersehen war. Sie wusste nicht wie, doch dass sie in einer Laune die Pferde zu einem letzten Trab anspornte, vorbei in einer scharfen Kurve am Schlafzimmerfenster der Eltern, vorbei an Diele und Speisekammern auf die Ställe zu, mit einem eleganten Bogen hinüber noch in Richtung Scheune. Dann aber scheuten die Pferde, Hufe knallten gegen den Wagen, die Schwester schrie auf, ein Brauner strauchelte und Ottilie wusste nicht, was ihr geschah, wozu sie das Gleichgewicht verlor, den unbekannten Befehlen, die vom jungen Körper ausgingen, gehorchend und fiel, fiel dem Boden entgegen, der hart war und steinig. Noch heute habe sie es vor Augen, wiederholte meine Großmutter meist kopfschüttelnd auch bei anderen Gelegenheiten, wie die Schwester erst kurz vor dem Aufprall ihren Leib schützend zur Seite warf, und Ottilie mit dem Messer in der Stimme, den Kopf über das Schnapsglas gebeugt, sprach von ihrem Rücken als einem, „der Zeugnis von mir ablegt", und griff nach hinten zu ihrem Buckel, der uns   allen stets vergegenwärtigte, was niemals geschah: es wurde ein Junge geboren.

Spätestens jetzt, bei solch unumwundenen Offenbarungen kam Brahms ins Spiel, wenn Ottilie nicht in den Keller ging, um eine neue Flasche zu holen. Sie hörte ausschließlich klassische Musik, mit Vorliebe Brahms oder Schubert, solange sie sich noch halten konnte am Leben, das ein bitteres Ende nahm, welches dem Anfang an Wucht gleichkommen zu wollen schien, sein Klavierkonzert Nr. 1 in d-Moll, und Ottilie schwieg dazu und hielt den ganzen ersten Satz durch und nach den ersten Tönen des Adagio stand sie auf und ließ den Tonarm knapp zurückfallen, um dem aufkommenden Geflenne ein Ende zu bereiten.

Denn lustig, hatte sie gemeint, und meinte es auch jetzt zu mir, sollte es im Leben zugehen, mit einem Paar Augen, die herausfordernd funkelten und genau hinsahen, und Ohren, die sie gespitzt hielt in alle Himmelsrichtungen, und dem Gesicht eines Clowns, der seine Traurigkeit mit einem lauten Lachen pariert, das über sich selbst Bescheid weiß, und der Melancholie die besten Witze entreißt. Und das hielt sich, während sie über den Hocker sinnierte, auf dem sie gesessen hatte im Bekleidungsgeschäft, und die geschäftige Verkäuferin vor ihrer Nase hin und her watschelte, mit Entenfüßen und Knallwaden, wie sie feststellte, und nach dem zweiten Kaffee, den sie dankend angenommen hatte, habe sie endgültig diese Warterei satt gehabt. „Das heißt, ich wusste es gar nicht, wie satt ich es hatte", schmunzelte sie und goss Schnaps nach, es war der sechste und ihre Nase keineswegs rot, „und weißt Du, bei uns in Darethen fuhr einmal ein Wanderzirkus vorbei, und wie gern wär ich da mitgefahren, und die bunt bedruckten Wagen bildeten einen Kreis, und ich schlich mich hin und sah den Frauen zu, wie sie übten und ihre Körper flogen, und einmal, ein einziges Mal hat mich Vater mitgenommen in ein Varieté, als mein Rücken so gut wie ausgeheilt war und nur das schäbige Ding da übrig blieb, und als die dumme Pute wieder an mir vorbei kam, während Luise in ihrer Kabine schnaufte, stand ich auf, hob meinen Faltenrock und tanzte, wirklich, so war's, ich tanzte, tanzte Cha - Cha - Cha oder das, was ich dafür hielt, und sang dabei, so laut ich konnte." Ottilie sah mich lachend an, aber ihr Blick war scharf, ich sah gerade noch so zurück. Luise habe dann keinen Büstenhalter mehr kaufen wollen, und die Verkäuferin habe mit gesenkten Augenlidern hastig die Schachteln einsortiert. "Ich hab mich nicht entschuldigt, aber die Fröhlichkeit war weg, als wir den Laden verließen", murmelte Ottilie nach einer Pause, nun das Glas mit ihren Fingern im Kreis vor sich hindrehend, das Gesicht von plötzlicher Erschöpfung gezeichnet, die Linien zog und die weiche, leicht erschlaffte Haut der Wangen zweiteilte. Sie stand auf, schien sich auf etwas zu besinnen, was sie mir nicht mitteilte, setzte sich aber schnell wieder und blickte hinüber zum Plattenspieler, der in einer Ecke des Wohnzimmers auf einem Beistelltisch stand. Ihre Schwester, meine Großmutter, hörte ungern Schubert, und so unterließen wir es, ihn anzustellen, obwohl die Zeit bis zu ihrem Eintreffen damals ausgereicht hätte.

Ende der dreißiger Jahre trennten sich die Wege der Schwestern. Die Entfremdung zwischen ihnen war schon mit der Heirat Luises und ihrem Einzug in die Försterei Hohenwalde gewachsen, und sie nahm ihre endgültige Gestalt an, als Ottilie sich weigerte, anzuerkennen, dass es geboten war, Fritsche zu entlassen. „Um das zu verstehen, hättest Du Laura Seroka kennenlernen müssen", sagte sie mir. Und ich lernte sie kennen, wenn auch nicht persönlich. Sie war ein Ereignis, nein, das Ereignis in Ottilies Leben, und hatte nach kurzer Bekanntschaft schon eine Bedeutung gehabt, die ihr unwiderruflich bewusst machte, dass sie niemals und unter gar keinen Umständen auf den Stand zurück konnte, den ihre Eltern ihrer ganzen Geschäftstüchtigkeit zu Grunde gelegt hatten, die sie mit Freuden auch bei dieser zweiten Tochter gut entwickelt sahen. Denn Ottilie Suhrkau hatte tatsächlich Geld im Blut, wie man damals zu sagen pflegte, sie konnte rechnen und jonglieren, „ich wusste schon als ganz junges

Ding, wie man verhandelte", erklärte sie mir verschmitzt. Sie zog, noch keine zwanzig Jahre alt, mit einer in der Handelsschule antrainierten Kennermiene nach Allenstein aus, um das Warensortiment für die Käuferschaft auf unwiderstehliche Weise zu bereichern, und erklärte dem erstaunten Vater, dass Bonbons in der Auslage wie glitzernde Perlen auszusehen hätten, die den Formen der Ohrgehänge weiblicher Kundinnen gleichen müssten, damit diese sich in ihrem Geschmack doppelt geschmeichelt fühlten; dass der Anblick eines Seidenschals die pelzige Stofflichkeit eines Pfirsichs und sein sinnliches Aroma wachrufen müsse und der Schal deshalb zu parfümieren sei, um sich gut zu verkaufen. Sie feilschte sich um Herz und Verstand, wenn es darum ging, einem Warenlieferanten Prozente abzuhandeln, und gab im Preis nicht nach, wenn Gäste einer Gesellschaft im Haus, der Ballsaal war gegen eine entsprechende Mietrate auch für Auswärtige nutzbar, eine ihrer Meinung nach unangemessene Pauschale verlangten.

Sie wusste auch ihren buckligen Rücken zu verbergen, bevorzugte creme- und ockerfarbene Seidenblusen, die sie drapiert mit farblich abgestimmten Chiffonhalstüchern und dezent gemusterten Seidenschals schöngeistig betonte, zog fast ausschließlich dunkle Hosen an, die ihre langen, schmalen Beine gut zur Geltung brachten und ließ sich Mäntel nähen, die unter den Achselhöhlen im Schnitt weit ausfielen. Selten ließ sie sich den unaufhörlichen Schmerz, den die verkrümmte Wirbelsäule ihr bereitete, anmerken, manchmal entfuhr ihr ein leises Stöhnen, wenn sie zu rasch die Arme gehoben hatte oder etwas Schweres trug; sie wurde schnell müde und hielt sich nur mühsam für Stunden auf einem Stuhl. Streng nach Vorschrift betrieb sie regelmäßig die vom Hausarzt verschriebene Gymnastik, turnte jeden Morgen auf dem Fußboden ihres im ersten Stock liegenden Zimmers hinter zugezogenen Vorhängen und verbat sich, dass jemand hereinkam und dabei zusah. Mit ihrem ins Brünette wechselnden, weich im Nacken sich kringelnden, dunkelblonden Haar, das erst spät von grauen Strähnen durchzogen wurde, der porzellanweißen Haut, den klaren, grünen Augen und ihrer filigranen Figur strahlte sie nicht nur auf Photographien und in meiner frühen Kindheit, sondern noch zur Zeit unserer Gespräche einen mitunter fast leichtsinnig wirkenden Liebreiz aus, der sicherlich dauerhafter gewesen wäre, hätte nicht ein ihr unbewusst jäher Wechsel im Gesichtsausdruck, der von Mal zu Mal entstellende, böse oder traurige Fratzen entwarf, und die leicht eingezogene, gekrümmte Schulterpartie diese Eleganz durchbrochen.

In der Zeit, als sie Laura Seroka kennenlernte, hatte sie begonnen zu rauchen, erst ohne die Einwilligung der Eltern, dann mit erweichender, knurriger Zustimmung des Vaters. Hin und wieder begegnete sie in diesen Jahren, in denen sie endlich auch einmal einige Ausflüge unternahm, Karl von Rohwerder, dem einzigen Sprössling eines der weitläufigen Nachbarsgüter, Pferdenarr und von früh an mit der Trakehner-Zucht vertraut, und zudem im letzten Jahr zum Hohensteiner Schützenkönig gekürt; den sollte sie in ein paar Jahren heiraten, wie ihre Mutter ihr an ihrem fünfzehnten Geburtstag wohlüberlegt auseinandergesetzt hatte, doch damals kannte sie ihn nur flüchtig und fand ihn etwas fade. „Sein Gesicht war so lang wie seine Augen trüb und die Nase hatte es in sich", war der einzige, merkwürdig bittere Kommentar, den ich ihr über sein Aussehen entlocken konnte. Doch im Herbst 1937 hatte sie ihn einmal im Hohensteiner Forst auf einer Treibjagd beobachtet, wenn auch nur von der Kutsche aus, und es hatte ihr einen Stich gegeben bei seinem schnittigen Anritt, dass sie nie würde reiten können. „ Ich war mir sicher, und es beruhigte mich, dass meine Eltern am Ende nicht gegen meinen Willen entscheiden konnten, wen ich heiraten würde, aber es war ebenso klar, wenn mir auch damals noch ziemlich gleichgültig, dass sie ihn und den Landsitz seiner Familie, der dazugehörigen Gestüte wegen, favorisierten", ließ sie mich wissen. In einem einzigen Punkt, der dann zum gravierendsten wurde, „auch was meine Schwester und die

Fusionspläne unserer Eltern anging", bemerkte Ottilie wenig später mit einem abweisenden Gesichtsausdruck, sei sie dann mit ihrem Vater, den sie sonst der Mutter vorgezogen hatte, aneinander geraten. Dieser Punkt betraf sein Wohlwollen gegenüber der NSDAP und seine Begeisterung für den nationalen Krieg, den seine Frau nicht teilte. „Fritsche, Laura und die Nazis", murmelte sie mürrisch vor sich hin, denn offene Trauer zeigte sie selten. Vielmehr bestand sie mit eingekniffenen Mundwinkeln darauf, dass ich uns nun erst einmal Tee und Gebäck servierte, nachdem sie eine ihrer Handinnenflächen vors Gesicht gehalten hatte, um sich ihren Atem ins Gesicht zu blasen. „Da wird einem ja übel", war ihr Kommentar, obwohl ich ihr versicherte, dass mir keineswegs so zumute war.

III

An einem der ersten wärmeren Märztage im Frühjahr 1938 hatte Ottilie während des allwöchentlich stattfindenden Marktes Laura in Allenstein kennenglernt. Fritsche, der wie jeden Samstag nach Handwerkszeug für die Sattelkammern, Eisen für die Hufbeschläge, nach Futtermittel und Futtertrögen und neueren Ausfertigungen von Reitgerten und Peitschen Ausschau halten wollte, im Warenlager, auf dem Hof und in den Ställen nach dem Rechten sah, den Vorarbeitern Anweisungen überbrachte und sich diverse Bestellungen aus dem Surhkau'schen Hause aufschrieb, hatte früh morgens schon wohlwollend den Stand der Sonne am Himmel betrachtet. Hernach hatte er den Zweispänner im Hof aufgeputzt, das Verdeck heruntergeschlagen, eine Dienstmagd veranlasst, ihm schafswollene, gefütterte Decken zu bringen und nach Absprache im Büro, das gnädige Fräulein augenzwinkernd zu Besorgungen auf dem Markt

23

eingeladen. Ottilie liebte den sorgenfreien, natürlichen Umgang mit diesem trotz seiner mittleren Jahre schon weißhaarigen Kutscher mit den hellen, ein wenig wässrig wirkenden blauen Augen, die durch einen stark ausgeprägten Lidstrich halb verdeckt waren und seinem ganzen Gesicht einen melancholischen Ausdruck gaben. Sie hatte ihn von klein auf gekannt, und war ihm zwischen Ställen, Lagerscheune und Hof hinterher gerannt, seit sie auf den Beinen stehen konnte. Ihre Eltern ließen sie gewähren und unterbanden weder den herzlichen, offenen Ton, in dem Ottilie mit ihm sprach, noch ihre Anhänglichkeit, die sie ihm bezeugte, so oft sie ihn sah, solange Freiheiten dieser Art begrenzt auftraten, und nicht auch mit den übrigen Bediensteten zur Gewohnheit wurden. Fritsches zärtliche Fürsorge für das allzu zarte Mädchen, das mit dem Heranwachsen tatsächlich an Ansehen gewann, wie er es bald nach der Geburt nach einem Blick in ihr Gesichtchen vorausgesagt hatte, kam Margarethe und Wilhelm-August Suhrkau bei aller geschäftigen Betriebsamkeit auf dem Anwesen nicht ungelegen. Es mochte ihnen wohl auch als besonderer Ausdruck seiner Loyalität erscheinen, da er, seit bald zwei Jahrzehnten in ihrem Dienst, sonst nicht einen Deut von Jovialität an den Tag legte.

Die unausgesprochene Liebe, das geheime, doch nicht auf Dauer einlösbare Bündnis zwischen einer herangewachsenen, mitunter widerspenstige Verhaltensweisen an den Tag legenden Kaufmannstochter, die man Angst hatte, unter Wert verkaufen zu müssen, und einem von Konventionen und Zwängen nicht gänzlich zu erschütternden Bediensteten, der die Fähigkeit zur politischen Unbestechlichkeit entwickelte, blieb für immer in Ottilies Gedächtnis, in ihrer archaischsten Vorstellung bewahrt. Die Beziehung dieser beiden so unterschiedlichen Pole, die füreinander Zuneigung empfanden, aber denen Erfüllung und Freundschaft versagt blieb, sollte, wie sich später herausstellte, ein Licht auf die oft undurchschaubar wirkenden Verhältnisse werfen, die das Schicksal der Frauen unserer Familie prägten.

Wie Ottilie musste auch Luise, die Schwester, die sich in ihren Träumen, auf Gesellschaften und im Ankleidezimmer königlicher gab als die längst auf ein paar Knochenreste zusammengeschrumpfte Königin, im Verlauf ihres Lebens anerkennen, was nicht ihr bloßer Wille gewesen sein konnte; ihre Hingabe, ihre Stärke, wurde zu ihrer Schwäche, wenn sie sie zur Hörigkeit und Idealisierung verkommen ließen, ihr Temperament, ihre Sinnesglut wurde zum Fluch, wenn sie sich von ihnen entfernten, ihr wissbegieriger Verstand wurde betrogen von der Angst, mit einem wachen, weiblichen Geist allein zu bleiben. Ihr Wesen, ihre Weiblichkeit war ihnen beiden fremd. Ottilie wenigstens war ohne große Vorbilder, auf der Suche nach Nachahmung, dem Wunsch, nach bewährtem Muster zu folgen, und der Anlage, etwas heraufzubeschwören, was das Gegenteil davon tat.

„Fritsche wusste nicht nur stets, was zu tun war, sondern auch, wie man es zu tun hatte und wer wem zur Hand gehen sollte, während er selbst Hand anlegte", sagte Ottilie und brachte mich, ihren Erinnerungen nachsinnend, auf andere Gedanken. Sie verrührte einen Schuss Schnaps zusammen mit einem Zuckerstückchen in ihrer Tasse Tee, eine Angewohnheit, die sie ihr Leben lang beibehielt, sich aber sonst in Gesellschaft verkniff. Dass Fritsche sich von der Auflösung der sozialdemokratischen Stadtverordnetenversammlung nicht begeistert zeigte, und die ehemalige ostpreußische Landesregierung verteidigte, nahmen ihre Eltern in den ersten Jahren der nationalsozialistischen Machtübernahme gleichmütig zur Kenntnis. „Fritsche war dafür zuständig, dass die Pferde angespannt, getränkt, gefüttert, gepflegt und bei Bedarf ausgewechselt wurden, Stalljungen aus dem Dorf waren anzulernen. Ursprünglich hatte mein Vater ihn als Kutscher eingestellt, aber nachdem er selbst ein Auto fuhr, übernahm Fritsche im Laufe der Jahre alle möglichen Aufgaben. Er war unersetzlich für einen reibungslosen Tagesablauf mit den Fuhrwerken und die Transportabwicklung, aber das sah Vater erst, als er gegangen war", fuhr Ottilie fort.

Fritsche, äußerlich früh gealtert, aber von ausdauerndem, zähem Willen, war ein Packesel von der Sorte, um die sich nie einer geschert hatte, dessen Vater als Königsberger Stallmeister bei einem Reitunfall starb, als er selbst noch jung und mittellos gewesen war, ein Lachudder, wie man sagte. Der sich erst recht und schlecht durchgeschlagen und dann 1914 freiwillig zum Kriegsdienst gemeldet hatte, und mit dem dann nach seiner Rückkehr kein Krieg mehr zu gewinnen war. „Nej, todjeschlachen ham wirr jenuch", ließ er Ottilie ein ums andere Mal wissen, wenn die Truppenübungen der Garnisonen über die Felder hinweg unüberhörbar waren. Er verachtete die Kriegstümelei und Wehrbereitschaft an der östlichen Grenze zu den Nachbarstaaten, grunzte verächtlich über die Soldatenmützen in Zivil und ging den Schießübungen der freiwilligen Patrouillen des schwarzen Grenzschutzes aus dem Weg. Aber auf Fritsches Beständigkeit, das wussten die Suhrkaus, war Verlass. Seine Treue zur Heimat wurzelte nicht allein im ostpreußischen Landstrich, sondern im über Generationen von Einwanderern eingefleischten und eingeschworenen Gemeinsinn, durch blutige Geschichte erworben und erkämpft, aufgezwungen und verordnet. Ihm gerbte der stete Jahreszeitenwechsel und die Viehzucht das Fell, der Anbau und Abbau der Ernteerträge auf den Äckern und Feldern, das von rhythmischer Mühsal beeinflusste Leben, die hundertundfünfzig Feldarbeitstage im Jahr, die erst mit der letzten Winterfurche am 1. November endeten. Seit Urzeitgedenken war dieses Land Lehnswesen gewesen, belehnt wurde alles, Arbeit, Menschen, Besitz, Erde, Vieh, Wälder, Straßen, Glaube, Liebe, Pflichten bis in den Tod, mit dem das belehnte Leben an die nächste Generation, und nur sehr selten auch in eine andere Schicht, überging.

Fritsche kannte die südostpreußische Regierungsbezirks-hauptstadt wie seine Westentasche. Er hing an ihr, seit er zum ersten Mal in diese Provinz gekommen war; mitsamt ihren traditionellen im Allensteiner Stadtzentrum angesiedelten Handwerksbetrieben der Schuhmacher, Sattlermeister,

Schneider, Drechsler, Eisenschmiede, den vielen Einzelhandelsgeschäften, dem kleinstädtischen Milieu auf Einkaufsstraßen und dem Marktplatz; einer Mischung aus Fuhrwerken, Pferdeäpfeln, provinzieller Gemütlichkeit beim Plausch und tüchtiger Geschäftigkeit beim Verhandeln, vorbeieilenden Herren im Zylinder und städtischen Mägden mit Hauben, ländlichen Mägden mit Kopftüchern, bäuerlichen, derben Marktfrauen und Ausruferinnen, flatterndem Geflügel auf den Straßen und einer Schar Wildgänse im Flug über den Häuserdächern, und dem einzigen Glockenspiel Ostpreußens, bestehend aus den dreißig Glocken des neuen Allensteiner Rathauses, die dann im Verlauf des Weltkriegs eingeschmolzen wurden. Da war er schon fort, weit entfernt von einer Heimat, die jedem seinen Platz zuwies, wenn man, wie die meisten, vom bloßen Zubrot des Besitzstandes zu leben wusste und seine Pflicht kannte, an der alle auf ihre Weise teilnahmen und teilhatten und an die Fritsche unter den Nazis seinen Glauben verlor: Die Pflicht des Generalfeldmarschalls und Großgrund-besitzers, des Rittmeisters und Oberinspekteurs, des Guts-verwalters und Vorarbeiters, die Pflicht der Mägde, Gutsarbeiter, Tagelöhner und Schnitterkolonnen, der Bauern und ihres Gesindes, die Pflicht der Vieh-, Boten- und Gassenjungen, der Küchenmägde und Feldarbeiterinnen, der Pfarrer und der Förster, der Fabrikarbeiter, der Juweliere und Museenwärter, und schließlich, sie alle vereinend, als Hitler noch andere Pflichten zur Pflicht machte, von denen sich Fritsche frei fühlte, die Pflicht, aus dem Land zwischen Weichsel und Memel die Kornkammer des Reichs zu machen, sich arisch zu fühlen und die Juden zu hassen, die Pflicht zur bedingungslosen Kriegsbegeisterung, zur Bernsteingewinnung und zur erstklassigen Rassegestützzucht, und zudem staatsverbundene Pflichten aller Art, mit einer Verantwortung versehen, die einem fanatischen Gefühl gleich kam.

Wir schenkten Tee nach. Unmerklich hatte das Licht im Raum an Tagesfülle verloren, es dämmerte bereits. Ich knipste die Stehlampe neben dem Teewagen an und ging in die Küche, um die vielen Zigarettenstummel wegzukippen. Ottilie schwieg eine Weile. Ihr Vater fand es eine glänzende Idee, oberhalb der Stalltür die Verse eines der bekannten ostpreußischen Reiterlieder annageln zu lassen, obwohl die Surhkau'schen Ställe nur ein gutes Dutzend Pferde beherbergten. Sie summte mir eine Textzeile vor, mit den Handknöcheln den Takt auf der Tischplatte schlagend: „Dass ein jeder Reiter werde, ... wuchsen Deine edlen Pferde auf dem Heimatboden auf". In seinem letzten Arbeitsjahr behandelte Wilhelm August Suhrkau seinen höchsten Angestellten ganz im sonst üblichen Ton der Befehls- übergabe. Ottilie erinnerte sich noch genau an einen kurzen, aber heftigen Wortwechsel, nachdem sie aus der Handelsschule nach Hause zurückgekehrt war. „Während es Vater ganz in Ordnung fand, ja, sogar eine gute Sache, dass unser Generalfeldmarschall, wie er ihn immer nannte, der ja nicht umsonst zum Reichspräsidenten gewählt worden war, als altgedienter Haudegen und leuchtendes Symbol der Befreiung von den Russen, auf Hitlers Anordnung noch vor 1933 das ehemalige Familiengut Neudeck als Staatsgeschenk zurückerhielt, wie so viele andere Gutsherrenbesitzer mit hohen militärischen Positionen auch, beharrte Fritsche darauf, dass der Reichsbund jüdischer Frontsoldaten ebenso zum Bestandteil unseres Preußentums gehörte. Fritsche", sagte Ottilie, „hat meinen Vater daran erinnert, dass siebenundsiebzigtausend deutsche Soldaten jüdischer Herkunft im ersten Weltkrieg kämpften, wovon niemand mehr etwas wissen wollte. Wo denn die gerühmte preußische Eigenständigkeit, die allen fremden Einflüssen trotzt, das Erbe der Urväter geblieben sei, seit Braun im Exil in Skandinavien sitze, hat er meinen Vater gefragt. Diese Nachricht hatte nur im Flüsterton in der Kirche die Runde gemacht", fügte Ottilie beiläufig hinzu. „Mein Vater gab ihm unwirsch zur Antwort, es sei nicht seine Sache, sich in die hohe Politik einzumischen, sondern ihr zu folgen und zu dienen. Der alte Fritz habe auch nur durch absolute

Gefolgschaft Preußen zu dem gemacht, was es dann habe werden können." Plötzlich klingelte im Esszimmer das Telefon.

Ottilie ging an den Apparat, blickte zu mir herüber und machte ein Zeichen mit der Hand. Es war Luise, die anrief. Ich hörte undeutlich, aber laut einen ungebremsten Schwall Worte, der am Ohr meiner Großtante vorbei bis ins Wohnzimmer rauschte, mich streifte, die Wohnzimmerlampe, den Tisch, die Sessel, das von den Wänden herabblickende Muffel- und Hirschwild mehrmals umwirbelte und wieder in Ottilies Ohrmuschel hineinsauste, bis sie sich die Stirn rieb. Sie nickte mehrmals, teils ergeben, teils ungeduldig, ließ in Abständen ein „ja ‚ja, ja" von sich hören, wünschte ihrer Schwester knapp und in einem Ton, der alles andere verhieß, „viel Spaß, vergnüge Dich", und legte auf. Luise würde spät kommen, rief sie mir zu, während sie ins Wohnzimmer zurückkam und einen gelösteren Eindruck auf mich machte als zu Anfang unseres Gesprächs, aber ich wusste nicht, ob mich das Dämmerlicht, das ihre Körperkonturen in einen weichen, milden Bewegungszyklus eintauchte, trog, oder ob es wirklich so war. Luise wolle, aber war das nicht vorauszusehen gewesen, fragte Ottilie ein wenig provisorisch, noch eine Weile auf ihrem Hintern den bunten Abend des Vertriebenenbundes genießen, und Andrey, stets zu Diensten, wenn er darauf angesprochen wurde, würde sie nach Hause fahren. „Und nun erzähl' ich Dir, wie das war mit Laura", insistierte meine Großtante und verzog keine Miene. Sentimentalität war ihr nicht vorzuwerfen. Sie war ihrer Schwester, obgleich temperamentvoller veranlagt, in der gepflegten Arroganz, den mühelosen Urteilen über andere und ihren sparsamen Gemütsbewegungen, mit Ausnahme der von Zeit zu Zeit auftretenden vitalen Ausbrüche, viel ähnlicher, als sie dachte.

Als Fritsche und Ottilie an jenem Samstag in eine Seitengasse, die auf den Allensteiner Marktplatz zuführte, einbogen, um die Pferde auszuspannen, sahen sie schon von weitem das Gedränge um die Handwerkerstände. Goldschmiede, Uhrmacher, Sattler und Kürschner waren am Wochenende besonders gefragt. Neben dem alten Leierkastenmann, der immer am selben Platz stand und spielte, wurden Salbentöpfe und Beinpflaster verkauft, aus den anliegenden Seitenstraßen hörte man das Gekreische und die Zurufe von Marktbesuchern, die mit den Töpfern und Hutmachern feilschten. In der Mitte des Platzes lagen Berge von Waren, Decken, Pelze, Mützen, Überzieher, Fußwärmer übereinander und nebeneinander geschichtet auf Bänken und Tischen aus. Dahinter priesen Marktfrauen in langen Röcken, die Arme auf die Tischflächen gestützt oder in die kräftige Taille gestemmt, ihren Marktwert, ihre Herkunft und das Material. Schau- und kauflustige Menschen schoben sich grüppchenweise von Stand zu Stand, es roch nach Kräutern, Seife und Majoran. Ganz in ihrer Nähe standen die Wurstverkäufer mit umgehängten Kasserollchen auf den Schultern, spuckten in die Hände, hielten diese an den Mund und schrien ihre Preise aus, so dass Ottilie nicht verstand, was Fritsche, der die Pferde in die Weißgerbergasse einbiegen ließ, mit leicht gebeugtem Kopf ihr an Worten zuwarf. Die Straße, auf der sie fuhren, war eng, das Pflaster holprig, aber aufgekehrt und mündete in einen großen Hof, auf dessen Platz in Reih und Glied schon unzählige Kutschen standen. Auf der gegenüberliegenden Straßenseite wurden die Pferde ausgespannt, die Gurte gelockert und Hafer vorgestreut. Ottilie wollte schon zur Krammarktecke vorlaufen, wo der Eisen-, Peitschen- und Geschirrverkauf stattfand, aber Fritsche hielt sie zurück.

„Wir haben noch ahnderes zu erlejidijen. Wir jehn zum Arzt!", sagte er leise, aber bestimmt, ohne sie anzuschauen. Er nahm sie kurz am Arm und wies mit einer unbestimmten Geste auf die Krämergasse, die in einem Rundbogen durch halb Allenstein führte und in ein abgelegenes Wohnviertel einmündete. Ottilie schlug sich ihren Schal um die Ohren und ging erstaunt neben Fritsche her, zum ersten Mal, seit sie ihn kannte, ohne Erklärung für sein Tun. Die Gegend war ärmlich, aber still, irgendwo zwischen den abgeblätterten Fassaden klapperte eine Tür, eine Milchkanne lag umgekippt auf dem Trottoir neben einem Stapel aufgeschichteter Holzkisten, in den kleinen, dunklen Zwischenhöfen hingen Wäschestücke zwischen Fenstersims und Fenstersims, die der Wind an die schmutzigen Hauswände schlug. An einem der düsteren Toreingänge eines mehrstöckigen Hauses von undefinierbarer Farbe des Putzes blieb er und mit ihm Ottilie stehen, dann bogen sie beide um die Ecke. Fritsche drückte auf einen von mehreren Klingelknöpfen, aber die Haustür war nur angelehnt und sie stiegen, ohne das Summen abzuwarten, die schmalen und steilen Treppenstiegen hoch bis in den dritten Stock. Ottilie zählte mit, sie war angespannt, obgleich sie eine fast überirdische, ihr unwirklich erscheinende Ruhe empfand. Im dritten Stock gab es nur eine Wohnungstür, von irgendwo her schob sich das Greinen eines Babys durch die Hauswände, das auf- und abschwoll und in ein klagendes Gewimmer abfiel, als sich die Tür vor ihnen einen Spaltbreit öffnete. Fritsche nahm seine Mütze ab und grüßte. Eine weibliche Hand löste die Türkette, und eine kleine Frau, die im fensterlosen Vorraum der engen Wohnung nur undeutlich als Person zu erkennen war, trat zur Seite, um sie einzulassen. Ottilie erschrak. Fritsche, der ihre Aufregung nicht zu bemerken schien, wandte sich an sie. „Ich jehe weijen eijner meijner aufjescheuerten Warzen in Bejhandlung, es jann dauern, Frejlein", sagte er und verschwand in einem angrenzenden Zimmer, während Ottilie lahm und kraftlos stehen blieb. Ihr schien, als sei ein dunkler Zauber über sie gekommen, der sie zur Regungslosigkeit verurteilte. Sie nickte mechanisch, als der Arzt, der im Türrahmen des Behandlungsraums auftauchte, ihr freundlich die Hand reichte. Sein Lächeln machte sie befangen, und sie war dankbar, als sich die Tür wieder schloss.

Während Ottilie damit beschäftigt war, ihre Fassung wiederzugewinnen, trat eine unbekannte, junge Frau aus einem zweiten Zimmer, welches vom Flur abging, in den

Vorraum. Sie hatte eine Gestalt, die Ottilie außerordentlich schön erschien und sie auf den ersten Blick für sie einnahm. Sie fand die junge Frau ausdrucksvoller als alle Schauspielerinnen auf den Plakaten des Neuen Theaters in Allenstein, interessanter als jede ihrer ehemaligen Mitschülerinnen, bezaubernder als das lieblichste Marienbild, das sie kannte. Als sei sie die Betrachtung fremder Leute in der Wohnung seit langem gewöhnt, sah sie Ottilie eine Weile ungeniert und aufmerksam an, ein Blick, den sie beibehalten würde. Ottilie konnte diesem Blick kaum standhalten und war froh, als die Unbekannte ihren Kopf abwandte. Sie ging ein paar Schritte durch den Flur, umarmte lächelnd die ältere Frau mit den sanften braunen Augen, die offensichtlich, wenn auch um einen Kopf kleiner, ihre Mutter war und drehte sich wieder zu Ottilie um. Laura war von mittelgroßer, schmalhüftiger, aber nicht schmächtiger Statur und hatte dunkelbraunes, fast schwarzes Haar, das zu einem Chignon zusammengesteckt war, einige herausgerutschte Haarsträhnen umgaben ihr Gesicht. Unter ihren ungewöhnlich dichten, schwarzen Augenbrauen funkelten lebhaft in einer seltenen Farbkombination ein blau und ein braun gesprenkeltes Auge. Ihr Gesicht und ihre Hände waren schmal geformt, ihre Lippen dagegen üppig und schwungvoll geschnitten. Die leicht angehobene Mundwinkelpartie versah sie, wenn sie lächelte, mit einem spitzbübischen Ausdruck, doch die buschigen Augenbrauen, ihr langer Hals und die blasse Stirn gaben ihrem Gesicht einen eigenwilligen Anschein.

Mit neckenden Scherzen machte sich Laura daran, ihre Mutter von einem Einfall zu überzeugen, der Idee, dass sie ohne Schaden zu nehmen, allein auf den Markt laufen könnte. Zu Ottilies Überraschung wandte sie sich zu ihr um, und fragte sie, ob sie mitkommen wolle. Ottilie traute ihren Ohren kaum und knirschte mit den Zähnen, so stark begann es, in ihren Fingerspitzen zu kribbeln. Beim Anblick von Laura war ihr zumute, als überspringe ihr stockender Atem unendliche Zeitabstände und gleite hinüber in eine rätselhafte, aufregende Welt. Verlegen bejahte sie die Frage und sah unsicher zwischen der älteren und der jüngeren Frau hin und her. Frau Seroka, unschlüssig und den Mädchen zugetan, ließ sich erweichen. Ottilie, sich selbst nicht ganz geheuer, versicherte hastig, genügend Kleingeld einstecken zu haben und verabredete fast traumwandlerisch, in spätestens einer Stunde wieder da zu sein. Alsbald stiegen Ottilie und Laura die Treppen hinunter. Laura ging voran, ihr Haarknoten tanzte vor Ottilies Gesicht.

Meine Großtante war errötet, einmalig, ich sah es sonst nie wieder. Sie schaute durchs Fenster in den Garten hinaus, ihr Blick glitt über die Terrasse, blieb an den Blumenkübeln und Ampeln hängen, die die Gartenfrau Luises streng nach Vorschrift in Reih und Glied gruppiert hatte, und deren Farbenpracht jetzt kaum mehr zu sehen war. Ihre Gedanken waren eingenommen von einer Welt, die damals, zur Zeit unserer Gespräche, annähernd fünfzig Jahre zurücklag und langsam in uns einfloss.

Ohne ein Wort zu sagen, ohne Höflichkeiten auszutauschen und ohne sich mit den üblichen Floskeln näher bekannt zu machen, gingen die beiden jungen Frauen über die Straße auf den Markt zu, als wären sie ein Leben lang durch widrige Umstände getrennt gewesen. Ottilie empfand das Zugehörigkeitsgefühl zu dieser Unbekannten so stark, dass ein konzentrierter Punkt in ihrem Magen zu schmerzen begann und ihre Beine, während sie lief, fühllos vor Freude wurden. Es war ihr, als schwebe sie über den Straßenboden. In stillschweigender Übereinkunft liefen sie zur Weißgerbergasse auf den Hof, wo die Futterscheune für die Anlieger an den Markttagen gegen einen Aufpreis stets geöffnet war. Laura zog Ottilie geschickt einen dunklen Gang entlang zwischen den Strohballen hinter sich her, bis sie in einem der hinteren Hallenräume einen Heuschober fanden, den man über eine kleine Leiter besteigen konnte. Sie beeilte sich ohne Hast.

Ottilie wurde es jetzt bang zumute, was tat sie hier bloß? Ihr Rückgrat versteifte sich, unwillkürlich griff sie danach und blieb benommen stehen. Sie war bis dahin noch nie betrunken gewesen, aber nun, am helllichten Tag, kam es ihr so vor, als hätte sie einen ordentlichen Schwips. Sie hatte nie im Leben daran gedacht, eine Frau zu begehren und hatte kaum Erfahrung mit dem anderen Geschlecht, es machte sie fassungslos, dass das, was sie fühlte, Erregung sein konnte. Laura, die schon ein paar Schritte auf der Leiter erklommen hatte, drehte sich zu ihr um. Sie schien zu ahnen, was in Ottilie vorging. „Wir können ebenso gut auf den Markt gehen. Was zwischen uns passiert, das läuft uns nicht weg", sagte sie ruhig und schaute Ottilie ernst an. Ottilie schwieg. Sie fühlte die knisternde Stille zwischen ihnen und schüttelte langsam den Kopf.

Oben angekommen, ließ sich Laura ins Heu fallen. Sie richtete sich auf, zog die ein wenig beschämte Ottilie vorsichtig neben sich und streichelte, sie mit ihrem aufmerksamen Blick erregend, über ihren geborstenen Rücken. „Friedrich hat uns schon viel von Dir erzählt", murmelte sie, bevor sie ihre heiße, kleine Zunge sacht zwischen Ottilies geöffnete Lippen gleiten ließ. Ottilie fühlte zum ersten Mal, wie ihre Scheide weich wurde, die Haut zwischen ihren Oberschenkeln brannte, die Muskeln zwischen den Schamlippen zuckten. Sie konnte nicht anders, hielt sich nicht mehr zurück, etwas barst in ihr und sie küsste Laura, als hätte sie nie in ihrem Leben etwas anderes getan, knabberte an ihren Fingern, wühlte in ihrem Haar und ließ ihre Hände tanzen.

Es war nicht der Augenblick, sich ganz auszuziehen, um nackt zu sein. Ottilie öffnete ihre Hose und Laura zog ihr die Bluse aus und knöpfte ihr Kleid auf. Laura lächelte mit halb geschlossenen Augen, legte ihren Kopf in den Nacken, und atmete hastiger, als Ottilie mit ihren Händen über ihre Schenkel glitt, ihr Kleid und den Unterrock bis zu den Hüften hochschob, die wollenen Strumpfbänder löste und mit den Fingerspitzen sanft über die feuchte Stelle der Unterhose strich. Sie schloss die Augen, als Ottilie erst ihre Brüste, dann ihre Taille mit sachten, zarten, aber aufreizenden Bewegungen erregte, die Wirbelsäule bis zur Po-Ritze entlangfuhr, mit den Händen dann verführerisch über die Hüften nach vorn unter das Kleid glitt, während ihrer beider Zungenspitzen sich umspielten und gegenseitig in den Rachen glitten. Ottilies Zeigefinger strich am Rand von Lauras Unterhose entlang, vorsichtig schob sie den Stoff hoch und umkreiste den warmen, flüssigen Vorhof, die elastischen Wände, die pulsierenden, roten Hautfältchen um den Lustpunkt und begann, ihn rhythmisch zu reizen. Laura murmelte ihr ins Ohr, sie solle das jetzt nicht tun, entzog sich und drückte Ottilie ins Stroh. Sie legte sich neben sie und begann mit ihren Schultern, ihren Brustwarzen, den Armbeugen und Achselhöhlen zu schmusen. Sie schmiegte, sich mit dem Ellenbogen im Heu aufstützend, ihren Leib an Ottilies, rieb ihr Beine an deren Hüfte und umkreiste ihren Schoß solange, bis Ottilie erregt vor Lust in ihren Handrücken biss. Dann schob sie sich unter die Geliebte, hob ihren Po leicht an und streckte ihr ihren Schoß entgegen. Sie kreisten umeinander, ineinander, bewegten sich auf und ab, kosteten abwechselnd von der Haut, der Wärme, dem Speichel, dem Duft, dem Schweiß der anderen, das alles lautlos und so geschmeidig, dass Ottilie sich wie eine schwimmende Schaumkrone in wohligem, warmen Badewasser vorkam. Ihr Körper glitt zwischen ihrem Bewusstsein, ihren Sinnen und dem Raum, den Laura ihr schenkte, hin und her. Als das Gefühl sich in ihr sammelte und sich in dichten, fortschreitenden Wellen löste, sah sie Laura in die Augen. Die Bewegung, die sie umgab, befruchtete, schwängerte sie mit tausendundeinerlei Metaphysik. Sie blieben noch eine Weile beieinander liegen, streichelten sich das verschwitzte Haar aus dem Nacken und Ottilie steckte ihre Nase in Lauras Armbeuge. Später reichten sie sich ihre Kleidungsstücke, ordneten ihr Haar und zupften sich das Heu ab.

Es hatte zu regnen begonnen, mal schwächer, mal stärker, ein prasselndes Geräusch an der Fensterscheibe mischte sich in das Ticken der Standuhr und brachte uns auf den gegenwärtigen Ablauf der Zeit zurück. Ottilie zog ihren Blick von der Fensterfront ab, drehte sich zu mir und brach ihr Schweigen. Sie sah mich fest an: „Ich hatte die Serokas immer mal wieder vergessen wollen, wie alle anderen auch", sagte sie mit angerauter Stimme und ich verstand nicht gleich, was sie meinte. „Sie waren Juden und Fritsche wollte sie retten", erklärte sie mir, als sie es merkte. „Lauras Vater war lange unser Hausarzt gewesen. Bis zu jenem Tag, als Vater beschloss, dass es besser sei, sich einen neuen zu suchen und da kam ihm der Vorwand, dass im Nachbarort Schönfelde eine Praxis eröffnet wurde, als die Stationierung der Reichswehrtruppen zunahm, gerade recht. Ich ging dann in die Kaufmannsschule und machte mir weiter keine Gedanken. Ich wollte es auch nicht. Manchmal hatte ich mulmige Gefühle, wenn ich an vertrauten jüdischen Geschäften vorbeikam und nicht wusste, ob ich grüßen sollte oder nicht, aber ich schob sie zur Seite. In meiner Jahrgangsstufe gab es keine Jüdin, von der Herkunft unserer Großmutter, Luises und meiner, ahnte ich noch nichts, Laura habe ich erst an jenem Tag kennengelernt, und die Juden und ihr Schicksal, was ging mich das an? So dachte ich damals, so dachten wir alle. Bis auf Fritsche und dein Großvater. Die Serokas sind umgekommen. 1943, Nordbahnhof Königsberg. Nur Laura schaffte es, sie hat sich gerettet."

IV

Zum Ende des Gesprächs, kurz bevor Luise fröhlich und in Begleitung Andreys an ihrer eigenen Haustür klingelte, - sie hatte den Schlüssel vergessen, was sie mit dem erquicklichen Vorfreudegefühl auf das Wiedersehen mit ostpreußischen

Heimatbündlern erklärte -, sah ich ihre Schwester Ottilie zum ersten Mal weinen. Ein Fauxpas, der mir nahe ging. So etwas gehörte sich in meiner Familie nicht, und wenn es doch passierte, allerhöchstens an drei Orten: im Bad, während das Wasser rauscht und man sich hinterher richten kann, im Krankenhaus, wenn nichts anderes mehr zu tun bleibt, und auf dem Friedhof. Meine Großtante hatte in jenem Augenblick keinen Schnaps mehr nötig, auch keinen Schubert und erst recht keinen Tee. Sie bräuchte ein Taschentuch, bat sie mich, bevor sie den Faden wieder aufnahm.

Es hat eine Synagoge gegeben in Allenstein, 1877 war sie auf der Liebstädter Straße eingeweiht worden, fünfhundert Mitglieder zählte die Gemeinde vor der Machtergreifung. Als Ottilie Laura kennenlernte, waren nur noch wenige davon geblieben, einige waren bereits Opfer von gezielter Verfolgung geworden, andere in die westlichen Städte des deutschen Reichs, vor allem nach Berlin geflüchtet, manche emigrierten rechtzeitig in die USA, nach Palästina, zerstreuten sich in der Fremde. Die zionistische Jugendbewegung, der Laura angehört hatte, war verboten worden, die Räumlichkeiten waren nicht mehr nutzbar. Sie trug nun den Zusatzvornamen Sara in ihrer Judenkennkarte sowie ein J in ihrem Pass, wie es 1938 nach Recht und Gesetz verordnet worden war. Lauras Eltern gehörten zu denjenigen, die das Land nicht verlassen konnten, weil sie es liebten. Sie verstanden sich bis zuletzt als das, was sie waren; ein Teil ihrer Gesellschaft. Im südlichen Ostpreußen waren sie geboren und aufgewachsen. „Alfred Seroka hatte es im ersten Weltkrieg als Freiwilliger verteidigt, und einer seiner Brüder war für Deutschland gefallen", sagte Ottilie und schnäuzte sich. Hedwig Seroka hatte für den ostpreußischen Ortsverband des Reichsbunds Jüdischer Frontsoldaten Kuchen gebacken, pflegte, verband und betreute täglich die ostpreußischen Patienten ihres Mannes, man ging in ostpreußische Theater, in einen ostpreußischen Gesangsverein, machte Urlaub im ostpreußischen Masuren, hatte ostpreußische Verwandte, man aß ostpreußische

Wrukensuppe und trank ostpreußischen Pillkaller und nahm seit den zwanziger Jahren, als Alfred Seroka, nicht aber seine Frau, konvertiert war, auch an den vierteljährlich stattfindenden Treffen des Paulusbundes, des Reichsverbands nichtarischer Christen, in Königsberg teil.

Sie liebten es, dachte ich plötzlich, dem Erzählstrom Ottilies ausweichend, diese Deutschen des Fin de siècle, die Erben des wilhelminischen Kaiserreichs, ihr Vaterland, ihre Heimat; ob Juden, Protestanten, Katholiken, Kommunisten, Sozialdemokraten, Konservative, Nationale, Preußen und Nicht-Preußen, mit einer Inbrunst, die heute kaum mehr nachvollziehbar ist. Der Staat hatte sie verhext. Ein Stück dieses verdrehten Volksgemeinschaftsglaubens, der dann so geschmeidig wie brutal in die völkische Ideologie überging, vereinte auf sehr unterschiedliche Weise die Kindermagd Lydia Kowolka und die gut gestellte Förstersfrau Luise Kalweit, den sozialdemokratischen Gutsarbeiter Fritsche und den Reichswehroffizier Rohwerder, das NSDAP-Mitglied Wilhelm August Suhrkau und den jüdischen Hausarzt Alfred Seroka, den Forstamtmann Erich Kalweit und seine Schwägerin Ottilie. Einzig Laura blieb davon verschont.

"Sie hat ihrem Vater vorgeworfen, dass er sein Judentum geringer schätzte als das, was er in erster Linie sein wollte: Ostpreuße und Deutscher. Sie selbst hielt nicht viel von der ergebenen Staatsverbundenheit ihrer Eltern und orientierte sich an der Idee eines eigenständigen Judenstaats in Palästina. Aber den Ausschlag, allein wegzugehen, gaben zwei aktuelle Ereignisse. Das Pogrom in der Allensteiner Innenstadt im November 1938, bei dem ihre Mutter als Judensau beschimpft und zusammengeschlagen wurde, und die Ermordung eines ihrer Bekannten, Hans Litten, in einem Konzentrationslager", erzählte Ottilie und man merkte ihr, die immer unpolitisch gewesen war, an, dass diese verlorene Freundin mehr gewesen ist als eine private Affäre. „Sie hatte Hans nie kennengelernt, aber ihr Vater und sein Vater hatten zusammen an der Albertina, der Königsberger Universität studiert, der eine Jura, der andere Medizin. Hans` Vater ließ sich ebenfalls taufen und seinen Sohn christlich erziehen, sein Großvater war Vorsteher der Jüdischen Gemeinde Königsbergs. Laura war wohl das, was man frühreif nennt. Sie interessierte sich schon als junges Mädchen sehr für diese Familie und ließ ihrem Vater keine Ruhe, bis er ihr ihre Adresse gab. Sie hat Hans nach Königsberg geschrieben und lernte so seine linkssozialistische jüdische Jugendgruppe Schwarzer Haufen kennen. Eine vergleichbare Gruppe gab es bei uns in Allenstein nicht. Sie bewunderte Hans sehr, als er ihr schrieb, dass er sein Jurastudium dazu benütze, als Rechtsbeistand für Kommunisten gegen die Nazis tätig zu werden. Ich glaube, es war vor allem seine Zivilcourage, die ihr imponierte." Ottilie schwieg einen Augenblick und ließ das Taschentuch verschwinden. Dann blickte sie auf, verschränkte ihre Hände und sprach weiter: „Obwohl sie mir um die Ohren schlug, dass das Elend der ostpreußischen Landarbeiter und baltischen Tagelöhner ein bequemes System der Leibeigenschaft war, hatte Laura eine Abneigung gegen jede Art von Massensymbolik. Sie fand, dass die kommunistischen Aufmärsche, die sie in ihrer Kindheit in der Innenstadt miterlebt hatte, trotz ihres politischen Anspruchs eine Ähnlichkeit mit den Nazi-Massenkundgebungen hatten. Und außerdem empörte sie sich über antisemitische Kampfblätter der KPD in Ostpreußen, die ihr Vater einige Jahre früher nach Hause gebracht hatte. Dort waren Nazis und Juden als Einheitsfront gegen das Proletariat dargestellt worden. Sie zeigte mir einmal Hans` letzten an sie gerichteten Brief, den er 1933 vor dem Reichstagsbrand an sie geschrieben hatte. Kurz darauf wurde er verhaftet, und sie hörte lange nichts mehr über ihn. Aber nach diesem schrecklichen November, als ich sie kalkweiß im Gesicht und fest entschlossen sah, sich den Demütigungen nicht mehr zu beugen, bekam sie, ich weiß nicht, von wem, ich weiß nicht einmal, was aus seiner Familie wurde, die Nachricht, es sei in Dachau gewesen, wo er starb. In diesem Winter ging sie fort."

Die Monate zwischen ihrer ersten Begegnung mit Laura und der Pogromnacht vergingen für Ottilie wie in einem Sturzflug. Sie lernte die politischen Details ihres Alltags kennen, erlebte glückliche Stunden mit Laura und verwahrte ihre Empfindungen vor ihrem Elternhaus. Zugleich machte sie eine merkwürdige Entdeckung, die sie selber betraf. Je näher sie Laura kam, je mehr sie über sie erfuhr, je befriedigter ihre Lebenslust, je wacher ihr Interesse an der Wirklichkeit wurde, die ihre Freundin, nicht aber sie persönlich bedrängte, desto stärker wurde ihre Gewissheit, dass Fritsche zu Hause der einzige Mensch war, den sie heiß und innig liebte. Und sie nahm plötzlich mehr wahr als ihren Rücken, ihr Grammophon und ihr Verkaufstalent: die Teilnahme ihres Vaters an einer Denunziationsliste, die gegen den letzten in Allenstein ansässigen jüdischen Juwelier gerichtet war, und seine Unterschrift unter einen Boykottaufruf gegen die wenigen in der Stadt verbliebenen jüdischen Ärzte und Gewerbetreibenden, der die Serokas trotz ihres Umzugs von der großen Praxis in der Stadtmitte in die kleine Mietwohnung der Krämergasse in noch größere finanzielle Schwierigkeiten brachte, die Propaganda-aufmärsche und SS- Kundgebungen in Darethen, Stabigotten, Hohenstein und Allenstein zum Erntedankfest am 1. Oktober, die Hetzblätter mit ihren Aufrufen zur Befreiung vom Judenjoch, die nicht nur beim Bäcker und in der Schlachterei des Ortes, sondern auch stapelweise in der Gaststätte der Eltern auslagen, die mit derselben Spannung wie bei einem Opernbesuch erwartete Verabredung ihrer Schwester Luise und deren Freundinnen zu einem Auftritt von Josef Goebbels in der Stadthalle, für den sie extra aus Hohenwalde herübergefahren kamen, schließlich die seit dem Sommer von Fritsche aufgenommenen abendlichen Ausritte, über die er kein Wort verlor. Sie traf Laura nur wenige Male über die gebührlichen Grenzen ihrer Gesellschaft hinaus, um kein Aufsehen zu erregen und bat Fritsche dringlich, sie an den Samstagen mit auf den Markt nach Allenstein zu nehmen, um die einzigen Tage, an denen sie Laura sehen konnte, zu nutzen. Was Fritsche sich denken mochte, ließ er sich nicht anmerken, mehrere Mal fuhr er die beiden jungen Frauen in den Stadtwald und holte sie nach Erledigung seiner Besorgungen wieder ab.

Wenn Ottilie und Laura sich unbeobachtet fühlten, küssten sie sich wild unter einem Rasthäuschen oder gingen Arm in Arm eng umschlungen auf unmarkierten Waldwegen spazieren. Ihre erotische Anziehung bestand fort, und sie liebten sich einmal im Hochsommer auf einem versteckt gelegenenen Hochsitz, doch Laura war ein wenig enttäuscht, wenn sie merkte, dass Ottilie ihre Vorstellung von einem Kibbuz, ihre Ideen über Selbstverwaltung in einem unbekannten Land und ihre Kritik an den Arbeitsbedingungen in den ostpreußischen Fabriken und auf dem Land nicht teilte. Als Ottilie zum ersten Mal von Hans Litten und der Existenz von Konzen-trationslagern hörte, schwieg sie lange, so lange, dass Laura es als Abweisung empfand. Ottilie wusste sich keinen Rat, sie fühlte sich machtlos ihren neuen Beobachtungen gegenüber. Sie stand zwischen allen Stühlen, ohne einen passenden auswählen zu können, verkaufte im Laden mit altem Geschick die neuesten Schmuckkettenangebote, die ihr Vater anpries, hörte die Ansprachen Hitlers im Radio, während ihre Mutter am Webrahmen saß, und brachte Lauras Mutter frisch geschlachtetes Kalbsfleisch oder selbstgefertigten, haus-gemachten Käse vorbei, weil sie ihren Einkaufspreis kannte. Ihr einziger Trost war Fritsches Anwesenheit, dem sie sich mehr denn je verbunden fühlte. Den beginnenden Herbst über verbrachte sie viel Zeit auf den Feldern, freute sich an den letzten Fudern, die in die Scheune einfuhren und nahm an den Hausschlachtungen teil. Sie bedauerte, dass Laura verzweifelt nach einem Ausbildungsweg suchte, sie hatte auf der jüdischen Schule in Allenstein ihr Abitur abgelegt. Aber sie fand nichts dazu beizutragen, wenn Laura ihr berichtete, dass die wenigen jüdischen Studenten, die es noch wagten, an der Albertina- Universität zu studieren, unter Drohungen und Drangsalierungen litten. Sie wäre gern zu Fritsche gegangen, um ihn mit der Unordnung in ihrem Kopf und der Wirrnis der

Zeit zu bedrängen und sich raten zu lassen, doch er ließ sich in seiner Freizeit weniger auf dem Hof blicken als früher. Wenn sich doch einmal die Gelegenheit ergab, schien es ihr, als wiche er ihr aus.

In der Nacht vom 9. zum 10. November kamen sie mit ihren dreisten, knallenden Stiefelschritten, das Treppenhaus bebte davon. Sie hatten vorher schon in der Straße gewütet und ein jüdisches Schuhgeschäft demoliert, welches drei Tage später bereits einem arisierten Besitzer gehören sollte. Vor die zersplitterten Fensterscheiben hatten sie an einem Haken ein paar Schuhe gehängt, an denen ein Plakat klebte mit der Aufschrift: "Ich bin erlöst vom Juden. Heil!" An diesem Abend war Alfred Seroka wegen einer bevorstehenden Geburt auf dem Weg zu einer jüdischen Familie, die am anderen Ende der Stadt wohnte. Seine Frau Hedwig hatte Sorge um ihn und um sich, aber mehr noch um das Kind. Als sie die Tür mit lautem Gejohle und Gebrüll eintraten, so dass es bis auf die Straßen zu hören war, blieb es still im Haus, nichts rührte sich und sie besann sich auf das Einzige, was zu tun blieb. Sie stellte sich mit einer beschützenden Geste vor ihre Tochter. Es waren junge, uniformierte siebzehn, achtzehnjährige Jugendliche, die niemals auf die Idee gekommen wären, der eigenen Mutter ins Gesicht zu schlagen. Hier, heute schlugen sie hemmungslos.

Laura, die mit bespucktem Gesicht, verrenkten Armen und einem abgerissenen Schulterärmel davonkam, pflegte ihre Mutter nach den Anweisungen des Vaters mehrere Wochen lang. In diesen Wochen sammelte sich ihre Wut zu einem Entschluss, den sie erst den Eltern, dann Fritsche mitteilte. Er nickte. „Plötzlich ging alles sehr schnell. Wir Deutschen hatten es eilig. Ich war früh ins Bett gegangen und schlief während dieser Nacht.", sagte Ottilie mit tonloser Stimme zu mir, „ich schlief, während sie litt. Am nächsten Tag, als die Zeitungen das Ende der Synagogengemeinden in Ostpreußen des Auslands wegen zunächst nur verhalten feierten, teilte mein Vater Fritsche mit, dass er gezwungen sei, ihn zum nächsten Ersten zu entlassen. „Nich weijen ihrer tadellosen

Arbeit, lieber Fritsche, sondern weijen ihrem krrummen Dijckscheydel, der Sie maßlos jechen die völkischen Werte irre maacht." Das waren seine Worte, mit denen er sich in die Brust warf, um zu rechtfertigen, was er tat! Ich ging in mein Zimmer und wusste, Fritsche war schon dabei, seine Koffer zu packen. Wir sahen uns dann dreimal noch. Bei den Serokas, bei der Geldübergabe meines Gesparten, um das er mich für Laura gebeten hatte, und beim Abschied am Bahnhof. Er versuchte, die alten Serokas zur Überfahrt nach Dänemark zu überreden. Doch sie hofften und glaubten, mit zahlreichen, aber durch die sich wandelnde Zeit zu heilenden Wunden überleben zu können, die sie allein ihrer Tochter ersparen wollten. Laura gehörte zu den letzten Juden in Ostpreußen, die den Nazis vor Kriegsbeginn über den Ostseeweg entkamen. Ihr Ziel war Palästina. Eines Tages dann, es musste ja alles geheim gehalten werden, war sie fort. Sie schenkte mir das Liebste, was sie besaß, aber ich hab` es auf der Flucht verloren: die Briefe von Hans Litten und einen Ring mit zwei eingefassten Steinen in der Farbe ihrer Augen. Sie ist auch angekommen und hat mir nach dem Krieg geschrieben, hauptsächlich, dass sie deutschen Boden nie wieder betreten wolle. Fritsche, willst Du sicherlich wissen. Er sprach, wie wir alle, ein paar Brocken Französisch und wollte an die Saar. Ich habe niemals mehr etwas von ihm gehört. Zum Bahnhof begleitete ich ihn und ließ mich von meinem Vater dafür prügeln. Er war außer sich, dass ich ihm nicht gehorchen wollte. Hinterher bekam er ein schlechtes Gewissen und ließ mich ziehen, um mir danach drei Wochen Ausgangssperre zu erteilen. Aber da war mir ohnehin alles gleich. Ich sehe mich noch an den Gleisen stehen, mit Fritsche, seine blauen Augen schimmerten, er hob die Hand und wischte mir die Wange. Zum ersten Mal haben wir uns umarmt, er musste sich dann von mir losmachen. „Werr sich täuschen lässt, Marjellchen, glaubt's am Ende jewiss", rief er, bevor er einstieg. Ich habe nicht mehr zurückgesehen, als der Zug losfuhr, so unerträglich war´s und bis heute frag ich mich, Tag und Nacht, warum ich nicht mitgefahren bin."

Inzwischen liegt meine Großtante rechterhand neben ihrer Schwester und ihrem Schwager, meinen verstorbenen Großeltern Kalweit, in einem kleinen Dorf nur unweit des Weserlaufs, ungefähr eine Stunde von Göttingen entfernt, begraben. Der Friedhof sieht aus wie alle Friedhöfe, mit Ausnahme des Kuhgüllegestanks, der einem durch die Nase zieht, wenn der Großbauer die Felder ringsum gedüngt hat. Sie hätte hier nicht liegen wollen, das weiß ich, so nah bei ihrer Schwester, aber nie hat sie den Mut gefunden, sich einen anderen Platz zu suchen. Vielleicht gab ihr das die Möglichkeit ein, sich über den Tod hinaus selbst zu strafen für die Resignation, die schon so frühzeitig ihr Leben mit Gewichten beschwerte. Einer hat, unerwartet und spät, und so unglaublich das klingt, Schlussfolgerungen ganz anderer Art gezogen: Andrey. Er fuhr letztes Jahr gegen einen Baum und nahm Luise gleich mit. Auf so einen Einfall kann man nicht kommen. Als ich die Nachricht hörte, es habe einen Unfall der beiden gegeben, war ich nicht überrascht, doch als ich den Polizeibericht eingesehen hatte, stutzte ich. Zwei Wildscheine standen plötzlich auf der Landstraße, an die ein Kartoffelacker angrenzte. Das Fahrzeug vor Andreys Pkw, ein Lastwagen, fuhr direkt in sie hinein, kam ins Schlingern und legte sich quer über die Fahrbahn. Merkwürdigerweise riss Andrey das Lenkrad zur linken Seite herum, statt zur rechten, auf der sich eine Wiese und weit und breit kein Hindernis befand. Die mutwilligen Stürze Ottilies in ihrer Kindheit und kurz vor ihrem Tod riefen sich wieder in mein Gedächtnis, aber kaum jemand glaubte an mehr als an Zufall. Andrey starb schon an der Unfallstelle, er war sofort tot. Luise wurde mit einem Schädelbasisbruch, komplizierten Knochenbrüchen und unzähligen Quetschungen ins Stadtkrankenhaus eingeliefert. Das zäheste Weib unserer Familie erlag erst drei Stunden später ihren inneren Blutungen. Da sie ins Koma eingetreten war, weiß niemand, wie sie das Ende ihres Lebens wahrnahm, was sie hätte empfinden können. Meine Großmutter hat meinen Großvater um gute zwanzig Jahre und meine Großtante um elf Jahre überlebt und statistisch gesehen, ein stattliches Alter erreicht. Andreys Reste liegen in der Woiwodschaft Ostroleka in Polen, Treblinka ist nicht weit. Einem amtlichen Brief, den ich als Nachlassverwalterin zugestellt bekam, entnahm ich, dass er den Erlös aus dem Verkauf seines kleinen Häuschens zu gleichen Teilen der dortigen Erinnerungsstätte und der Shoa Foundation zugedacht hat.

Bei der Beerdigung Ottilies, die nun schon lange zurückliegt, waren nur zwei Personen anwesend; meine Mutter und ich, an einem tristen Novembertag, der sich nasskalt zwischen Mantelaufschlag und Nacken festsetzte und mich bis in die Hüftgegend erschauern ließ. Meine Großtante hatte unsere dünne Besetzung testamentarisch verfügt. Die Vorbereitungen zur Reise wurden daher eine Weile von spitzzüngigen Bemerkungen zahlreicher Verwandter telefonisch kommentiert. Aber da es kaum etwas zu erben, nurmehr Arbeit gab, hatten wir bald wieder unsere Ruhe. Es fiel ein feiner Nieselregen. Die Gräber dampften, vom Efeu an der Friedhofsmauer liefen einzelne Tropfen am Mauerwerk entlang und versickerten zwischen Ritzen. Ich hatte ein Radio mitgenommen und ließ es vor dem ausgehobenen, quadratischen Erdloch, mit der Lautsprecherseite zur Urne gewandt, Schubert spielen, jene drei Klavierstücke D.946, die sie so sehr liebte. Meine Mutter Marthe weinte, wir sprachen wenig. Es gab auch nichts zu sagen, Ottilie glaubte nicht an Gott, obwohl sie manchmal in die Kirche gegangen war, um Marienbildnisse zu betrachten, die sie mit Laura verwechselte. Ein Spleen von ihr. Sie besaß keine Fotos, und je mehr das realistische Bild von Laura verblasste, suchte sie sich ein Antlitz zu erschaffen, mit dem sie die Erinnerung an sie wachhalten konnte. Die Tristesse dieses Tages erschien mir so tödlich wie der Umstand, dass Ottilie in der Nachkriegsära keinen Anschluss mehr an Menschen fand, die ähnliche Bedeutung für sie gehabt hätten wie Fritsche und Laura. Sie lebte allein und suchte, wenn sie es nicht mehr aushalten konnte, hin und her gerissen zwischen Anhänglichkeit und Hass, die Nähe zu ihrer Schwester und deren Familie. Der einzige Lichtblick in ihrem Leben war die Beziehung zu meiner Mutter, die sich intensivierte, als ich, der Bastard der Familie, auf die Welt kam.

Luises Begräbnis dagegen wurde zum bemüht gestalteten Abgesang auf die alte ostpreußische Sitte, den Tod zu feiern. Man verwahrte im individuellen Anlass ein nationales Anliegen. Zur letzten Ruhe in die Erde. Wer dem Pfarrer nicht zuhören oder glauben mochte, konnte in die strahlende, goldgelbe Sonne sehen und sich von ihr blenden lassen. Wie gerufen kam diesem Tag mit seinem großen Trauergefolge, bestehend aus Dorf, Umland und Angehörigen, den vielen Gebeten und dem Segen, der ausgedehnten Trauerfeier, dem hemmungslosen Umtrunk und dem gierigen Leichenschmaus die blütenreiche, nach Flieder und Ginster duftende Frühlingszeit. Es war Mai, Blaumeisen und Buchfinken zwitscherten auf dem Weg zum Grab über den Wipfeln und ich sah das erste Pfauenauge in diesem Jahr. Der Bürgermeister, der Gemeindevorsteher, der Ortsvorsitzende des Vertriebenenverbands ostpreußischer Heimatflüchtlinge und drei weitere Mitglieder, eine Abgesandte des Rot-Kreuz-Bundes, der Sparkassen - Chef und eine seiner Angestellten, eine Verkäuferin des Supermarkts im Dorf, vier Familien aus der Nachbarschaft und wir alle, die wir verwandt, versippt, verschwägert, angeheiratet oder geschieden waren, mit Ausnahme von Marthe, die krank war, bildeten eine Traube von Handreichungen, die Erdklümpchen rund um die Urne aufschaufelten und verteilten. Asche zu Asche, und in diesem Fall stimmte es, denn die Urne meines Großvaters bekam jetzt, wenn auch nur nebenan, Gesellschaft.

Gegen das üppige Leichenessen selbst, gedeckt an einer hufförmig hingezogenen Tafel, an der man nicht umhin konnte, zahlreichen Fremden gegenüberzusitzen, die in einer unbekannten, aber blutsverwandten Weise mit dem eigenen Körper zu tun haben sollten, war nichts einzuwenden. Es schmeckte. Doch die Gespräche und Tischreden waren dazu angetan, über die vielfältigen Taktiken nachzudenken, mit denen es die Geschwister, Tanten und Onkel vermieden, miteinander zu reden, obwohl sie so taten. Die Entscheidung wurde mir abgenommen durch ein Streitgespräch zwischen dem Schwiegervater meines ältesten Onkels und dem Vorsitzenden des Ostpreußenvereins, zwischen denen ich saß. Man war nicht einig, ob die nationalen Verpflichtungen der Waffen-SS nur ein Kinderspiel gewesen waren im Vergleich zu dem, was später an der Ostfront zu tun war. Da ich das mangels Erfahrung nicht beurteilen konnte, und theoretisches Wissen mich ohnehin trog, wie nach zwei abrupten Anläufen meinerseits zu hören war, verabschiedete ich mich bald als Gesprächspartnerin, ohne größeres Aufsehen zu erregen. Hitler sei sicherlich zu weit gegangen mit der Errichtung der Konzentrationslager, hieß es. Ich tat mich nun doch schwer, eine für die Anwesenden verständliche Sprache zu finden. Einer spontanen Eingebung folgend, ließ ich, die Stuhllehne schon in der Hand, den denkwürdigen Umstand nicht unerwähnt, dass eine Reihe jüdischer Familien Allensteins vor 1933 denselben Nachnamen wie die aus Ostpolen stammende Großmutter der soeben Bestatteten trugen. Dass die Mehrzahl der ehemaligen Ostpreußen jüdischer Herkunft im Kaiserreich und nachwilhelminischen Zeitalter sich taufen ließen, Protestanten wurden. Dass die Entfaltung jüdischen Selbstverständnisses zu einem allgemeinen deutsch-jüdischen Zwiegespräch gehörte, Bestandteil aller gesellschaftlichen Bereiche war, welches man einmal für im Kern unzerstörbar gehalten habe. Doch mein Onkel, Schwiegersohn eines ehemaligen SS-Sturmbandführers, Regionalpolitiker von Beruf und Verwalter unserer großmütterlichen Liegenschaften, wusste mich mit urkundlich bezeugten Pfarrtätigkeiten unserer Vorfahren zu beruhigen. „Es gab niemals Anlass zur Sorge", sagte er mir beim Abschied, „ich habe nach dem Krieg noch einmal alles überprüft". Am Nachmittag suchte ich den Weg zu den Maisfeldern und der Linde. Als ich den Hügel erklommen hatte, überkam mich eine tiefe Scham über meine Familie. Ich konnte nichts für sie, doch meine Gegenwart war voll von ihr.

V

Niemand konnte erklären, wie das Kind darauf kam. Auch Luise wusste im Nachhinein nicht mehr zu sagen, woran es gelegen hatte. Es trat zum ersten Mal an ihrem zehnten Geburtstag auf. Während sie sich, mit einem Mohrenkopf in jeder Hand für ein Foto posierend, auf einen Schemel setzte, stellte ihr der Photograph eine scherzhaft gemeinte Frage: „Na, Freileyn, wer wird´s denn mal werjen?" Sie erwiderte darauf mit jenem geschlossenen Gesichtsausdruck und einer schultergeraden Haltung, die noch in hohem Alter zu beeindrucken wusste: „Ich heirate auf jeden Fall nur einen Förster!"

In Abständen von mehreren Jahren wiederholte sie diese Überzeugung, und behandelte die Forstmeister, Jäger und Jagdvorsteher, die in regelmäßigen Abständen zum Mittagstisch in der Gaststätte eintrafen, mit einem besonderem Respekt und einer Herzlichkeit, die bald in aller Munde war. Ihre Eltern sahen es mit gemischten Gefühlen und taten ihre Visionen mit einem Achselzucken als Flausen eines Kindes ab, das den harten Arbeitsalltag in einem Forsthaus schwärmerisch verkläre. Margarethe Suhrkau suchte ihren Mann zu beschwichtigen. Gerade ihre Tochter Luise würde nicht auf Dauer die Vorteile, die das Leben einer Gutsherrin böte, durch ein paar Augenblicke der stillen Einkehr in ein ihr jetzt noch sagenumwoben erscheinendes Waldreich verwerfen. Sie wäre, seit sie denken könne, von früh bis spät daran gewöhnt, dass es im Haus, im

Geschäftsbetrieb, im anliegenden Restaurant, auf den Terrassen wie in einem Bienenstock zuginge, Bedienstete, Gäste, Kunden, Käufer ein- und ausgingen, lautes Lachen aus dem Restaurant herüberquoll, das Kochtopfklirren aus den Küchen schallte, Türangeln quietschten, die Ladeneingangstür bimmelte, Anweisungen an die Zimmermädchen erteilt wurden, Empfänge vorzubereiten waren. „Weijn wunderts da", fragte Margarethe Suhrkau ihren Mann, „weijn sie sich jherne in deijn Wald verzieht?" Und zeigte nicht schon die Tatsache, dass die Männer, die als zivile Gäste oder aus Anlass einer militärischen Operation auf dem Gutshof weilten, nur allzu gern bereit waren, sie mit dem bespannten Schlitten an den Waldrand zu fahren oder bei einer Treibjagd von Ferne zusehen ließen, dass die Entbehrung von Bequemlichkeit und ein einsamer Wohnsitz Luises Wesen so wenig entgegenkamen, wie der Wassermann Dobnik, in Gestalt eines Wels in den Furten und düstren Hängen des Ufers wohnend? Dass man sich um eine passende Vermittlung zum gegebenen Zeitpunkt nicht zu sorgen brauchte?

Tatsächlich war Luise, wie ich sie kannte, geschaffen für Geselligkeit und Repräsentation. Obgleich nur von mittlerer Größe, hatte sie durch ihre gestraffte Haltung, die über den Rücken zu den Schulterblättern und von dort über Hals und Nacken zog und scharf im Dreieck ihres Haaransatzes über der Stirn endete, ein geradezu majestätisch anmutendes Repertoire an Bewegungen hervorgebracht, das, um welche Umstände, Verlautbarungen oder Situationen es sich auch handelte, sie mit einer gestisch inszenierten Würde umgab. Eine Haltung, die im Alter zunahm und von einem Dünkel unterstrichen wurde, der ihren Glauben an eine höhere Bestimmung und prinzessinenhafte Bedeutsamkeit umso mehr festigte, je länger das Leben als Tochter aus gutem Hause in die Vergangenheit zurücksank. Zwar nahm sie die Entwicklung ihrer Nachfahren, wo sie dies konnte, zum Anlass, die gesellschaftliche Herrschaftsstellung ihrer Familientradition neu aufkeimen zu sehen, doch gab sie sich keiner Täuschung hin, als sie merkte, dass niemand von uns mehr an Märchen glaubte. Sie hatte ein geschichtsklitterndes Verständnis von Materialität; entweder verdienten ihre Nachkommen nicht genug oder sie wussten nichts damit anzufangen, was sie ihrer Meinung nach daraus hätten machen sollen. Unsere Hoffnungen und unser Unglück waren viel allgemeiner, als sie je zu leben verstand. Der Jahrhundertwechsel und ihr Tod fielen fast zeitgleich zusammen, doch die Kluft zwischen der Zukunft und der Vergangenheit, die das Eigenleben der Familie bestimmte, offenbarte den Druck, den die Bilder ihres Verständnisses von Tradition auf uns ausübten. Es war an der Zeit, andere Gleichnisse zu entwerfen.

Sie starb fern von uns und hatte doch alle Fäden in ihrer Hand verwoben, die wir, ob wir wollten oder nicht, weiterspinnen mussten, erst recht, weil sie das autoritäre Erbe mit ihrer Legendenbildung zu vermischen wusste. Niemals hätte es ein Familienmitglied gewagt, sich auf den an der Front des langen Esstisches stehenden Herrenstuhl meines Großvaters zu setzen, dieser Platz gebührte nach seinem Tod ausnahmslos ihr. Während der zwangsläufigen Treffen einzelner Familienmitglieder anlässlich der nach ihrer Beerdigung anstehenden Haushaltsauflösung und des Verkaufs des Hauses blieb *la chaise d'homme* leer. Französisch zu parlieren oder mauvais bagage zu sein war die einzige Auswahl. Wer mit Fischbesteck nicht umzugehen wusste, Angst im Dunkeln zeigte, „Scheiße" sagte, beim Spazierengehen weder in eine natürlich fließende Balance fiel noch bei einer unvermeidlichen Begrüßung förmliche Galanterie ausstrahlte, war incommensurable bis perdu. Früher oder später bei den verschiedensten Formen der Gewöhnlichkeit ertappt, boten wir Luise nur Anlass zur Kränkung, zur Reminiszenz an unwiederbringliche Tugenden oder zum Lob der Konkurrenz, die zwischen uns ausgebrochen war, um der créature fragile de Prusse Namen zu geben, Klischees zu erfinden, ein Ansehen vorzutäuschen, das unsere Unwürdigkeit bedeckte.

Es waren das praktische Leben, die Liebe zu allem, was Fruchtbarkeit versprach und blühen wollte, und die Hinwendung zu schwerer körperlicher Bewirtschaftung von Boden, die sie von dieser Haltung ausnahm, außerdem ihre Gesprächigkeit, die großzügige Bewirtung und herzliche Gastfreundschaft, die sie für alle Anverwandten, Altvertraute und Neuankömmlinge, fremde Besucher und unsichere Geschöpfe, hilfsbereite Gesellen und neugierige Nachbarn, Kinder, Kindeskinder und Urenkel, den steten Besucherstrom ihres Hauses zur Verfügung hatte, und nicht zuletzt die respektierte Verkörperung obrigkeitlicher Autorität, die sie in meinem Großvater sah. Seiner rigorosen, aber abstrakten Moral hatte sie sich jahrzehntelang gebeugt, weil sie mit ihrer Eheverpflichtung einzulösen bestrebt war, was ihr von jeher als Frau beschieden schien: Unterordnung unter die vom Mann diktierten Prämissen einer Lebensführung, die der politischen Notwendigkeit des Gehorsams gleichzusetzen waren. So hatte ihr Rufname „Alte" einen in unseren Ohren nur beiläufig herabsetzenden Geschmack, denn anders als herrisch war Erich Kalweit nie zu denken gewesen, sie verzichtete im Alltag darauf, sich zu putzen und schminkte sich nur, wenn der äußere Anlass es gebot, und beließ es dabei, die wenigen herübergeretteten Familienschmuckstücke zu tragen, die mein Großvater vom unnützen Tand unterschied. Ein Jahrzehnt ohne seine Anwesenheit musste vergehen, bis es in ihrem Leben wieder Tage gab, in denen sie am Morgen gut zurechtgemacht, gekonnt frisiert und in der feinsten Toilette die Treppe herunterkam, in gewagten Ausschnitten, schwingenden Röcken, leuchtenden Farben und reich beringt erschien. Was hätte schrill aussehen können bei einer Achtzigjährigen, bekam durch sie Stil. Man verstand plötzlich nicht mehr, auf welchen Wegen, mit welchen Mitteln, durch welchen Sinneswandel die althergebrachten Gepflogenheiten der *faire bonne contenance* entschwunden waren: der Kostümball, die Abendgesellschaft, das Salongespräch, die Promenade, der kleine Teezirkel, der Brunch, das opulente Picknick im Grünen, ein frei vorgetragenes Gedicht, der selbstverständliche Besuch in Theater, Oper, Ballett. Nicht ihr Körper und ihr Alter fielen als Widerspruch zur Festlichkeit ins Auge, sondern die kleinliche Normalität des Alltags und die Ereignislosigkeit seines Ablaufs. Eine gedoppelte Leere diesseits und jenseits der Gegenwart tat sich uns auf, doch bestach diese Bürgerlichkeit durch ihre Façon, den Reiz einer Scheinwelt.

Als der Familienverband noch existierte, durfte es sich keine ihrer erwachsenen Töchter erlauben, bei Tisch mit lackierten Fingernägeln zu erscheinen, wollte sie nicht vor versammelter Gemeinschaft eine Ohrfeige ihres Vaters kassieren. Das fand nicht ihre Zustimmung, doch sie schwieg, wie zu so vielem. Die Söhne, meine Onkel, habe ich selten in fröhlicher Stimmung gesehen, es ist kein einziges entspanntes Lachen von ihnen verbürgt. Der getragene Ernst ihrer Gesichter und der Zwang zum Erfolg waren die passendsten Attribute eines finsteren Asketismus, den mein Großvater ausstrahlte, und einer gedankenlosen Liebe zur Materialität, der meine Großmutter frönte.

Wenn ich Luise besuchte, half ich ihr bei der Gartenarbeit, beschnitt ihre Obstbäume, harkte Berge von Laub zusammen und pikierte die neuen Frühjahrssprösslinge. Seit dem Tod ihres Mannes war sie gesprächig geworden. Einmal hatte sie ihr Gesicht in den Stoff eines seiner altgedienten Herrenanzüge vergraben und den abgestandenen Duft eingesogen, um ihn dann in einen zweitrangigen Kleiderschrank, der in einem kaum genutzten Zimmer stand, endgültig zu verwahren. Später begann sie, diverse Gegenstände, Ferngläser, Uhren, aus Hirschgeweih verarbeitete Aschenbecher, Grandelschmuck zu verschenken. Als alte, gebeugte Frau hielt sie immer noch den Kopf kerzengerade, denn anders als ihre Schwester hatte sich Luise Suhrkau fest vorgenommen, mit dem Schlaf der Gerechten davonzukommen; aus dem eigenen Bett und Haus tot geborgen und getragen zu werden, das war ihr Ansinnen, welches Andrey vereitelte. Sie liebte ihre älteste Enkeltochter, die ihr glich um ein Haar, wie sie meinte, und die doch nicht

52

hätte gegensätzlicher sein können. Es gab ein Band zwischen uns, das sie kümmerte, weil nicht nur Herkunft und Identifikation, sondern auch Schuld es bestritt, die einzige Schuld, die sie jemals anzuerkennen bereit war. Diese uneingestandene Reue betraf jedoch ihre Tochter Marthe. Ihre Erzählungen galten nicht wirklich mir, der anderen Person, einer im fremden Wesen materialisierten Gegenwart, sie nahm sich selbst zum Anlass, um ihren Eigenwert mit Geschichten von anno dazumal zu rechtfertigen, ihnen einen Atem einzuhauchen, der sich im Umgang mit ihren Kindern längst verbraucht hatte.

Luise war nie schön gewesen, und sie wusste es, doch hatte das Kind, das sie war und die Frau, die sie wurde, eine gerade gewachsene Gestalt, einen blonden, dichten Haarschopf und strahlend blaue Augen. Ihr eher breitflächiges Gesicht und ihre schmalen Lippen standen im Kontrast zu einer leicht gerundeten, mächtigen Stirn, die ihr den Anschein eines besonders klugen, wachen Menschen verlieh. Niemand verstand es wie sie, ihre Augenbrauen zu einem spitzen Bogen so hochzuziehen, dass einem schwindelig werden konnte von der Anmaßung, die sie damit ausdrückte. Ihre Nase war wie die ihrer Schwester lang und stark, das Kinn kräftig und die Dominanz der einzelnen Sinnesorgane gaben der Kontur ihres Gesichts ein sinnliches Gepräge. Sie verströmte, obwohl blonden Typs und von heller Haut, eine Glut, die ihr üppiger Busen, ihre straffen, satten Schultern, ihr helles, einladendes Lachen und ihre wiegenden Hüften entfachten, wenn sie nicht überarbeitet war, und die sie durch ihre elitären Überzeugungen und ihre Geziertheit bändigte. Eine Neigung zur Fettleibigkeit setzte sich erst in den letzten Jahrzehnten ihres Lebens durch, als das Matronenhafte ihre Beweglichkeit versiegelt hatte.

Ihr größtes Kapital war ihre Stimme. Luise Suhrkau vergaß man nicht, wenn man sie einmal reden hörte. Ihr Mund sprach nicht, er formte Sätze, ihre Lippen bewegten sich nicht, sie spitzten sich, ihre Mundhöhle war kein Raum, sondern wie ein Sog, dem man mit den Augen nachgab. Aus dieser Tiefe entkam der Klang eines Troubadours, der zum Sirren einer Nachtigall aufgelegt war, ein kehliger Rauhreifstrahl, der so dunkel, so warm und so füllig in ihre Sprache einfuhr, dass sie ohne weiteres Chansonnette hätte werden können. Ihre Stimme gab den Ton an, war alles in einem, eine Abfolge, Ausstrahlung und kühles, prätentiöses Gebaren.

Es waren zwei Ereignisse, die ihre Bedeutsamkeit gegen alle anderen ihrer frühen Kindheit behaupteten; die Teilnahme an der mit ostpreußischem Hintersinn zelebrierten Tradition der Schützenfeste und die für sie überraschende Geburt ihrer Schwester. So viel sie von dem ersten sprach, so wenig von dem zweiten. "Kind", sagte sie im Garten zu mir, gleichgültig gegen mein wirkliches Alter, „Kind, Du bringst die Zwiebel ja um ihr Leben." Sie hasste jede Art von Philosophieren und wenn man dabei ertappt wurde, wie ich nun, durfte man noch einmal von vorn anfangen. Dann übernahm sie das Kommando. „Unsere Schützengilden stammten aus dem frühen Mittelalter, der Ordenszeit der Ritter. Wer den letzten Vogelrest mit seiner Armbrust herunterholte, wurde Schützenkönig. Zu meiner Zeit wurde natürlich in den Schützenhäusern auf hölzerne Figuren mit Klein-kalibergewehren geschossen", klärte Luise mich großzügig auf, während wir, es war im Frühjahr 1988, Gladiolen-zwiebeln auf dem Terrassenbeet hinter ihrem Haus einpflanzten. Auf dieses Fest zwischen Pfingsten und Michaelis, das bedeutendste neben Weihnachten und Ostern, eingerahmt von einem Rummelplatz mit Karussells, Schaubuden und Verkaufsständen, freute sich Luise als Mädchen jedes Jahr aufs Neue. Es war nicht das Schießen allein, das ihr so imponierte, sondern das streng nach einem jahrhundertelangen Ritual eingeübte Zeremoniell, in das es eingeschlossen war. „Wer etwas auf seine Gesinnung hielt, nahm daran teil", informierte mich Luise in ihrem Verlautbarungston. Ich musste mir sagen lassen, dass das Grenzland, welches nur durch die Wehrbereitschaft seiner Menschen in seinem Bestand gesichert worden war, bis die Russen es überrannten, eine Faszination bot, die es auf der ganzen Welt sonst nirgendwo mehr für sie zu geben schien; die Meisterschaft der begnadeten Förster, Schützen und Jäger im Land der dunklen Wälder. Wie die Schützengildenmitglieder und die Soldaten, die Feuerwehren und die Gendarmerie, die Wehrmachtsoffiziere und SS- Einheiten trugen auch die Jäger und Forstbeamte Uniformen. In der Schützengilde Allensteins waren es die schmucken Hüte, grünen Röcke, weißen Hosen und die schweren Schützenketten, die die Königswürde des Schützensiegers symbolisierten. Eine Augenweide für Luise. Nie würde sie die feierliche Proklamation des Schützenkönigs vergessen. Es war das Jahr 1919 und der Krieg gerade erst vorbei, man murrte über die Bedingungen des Versailler Friedensabkommens, was aber niemanden davon abhielt, das besondere Ereignis in der Stadt als das zu nehmen, was es von jeher gewesen war: ein feierlicher Anlass hoch zu Ross, auf geschmückten Straßen, Aufmarsch der Kompanien mit ihren Fahnen, geschulterten Gewehren, erworbenen Würden, Ketten und Orden. 1919 waren alle Honoratioren versammelt, erinnerte sich Luise, der Bürgermeister, Ärzte, Apotheker, Jungschützen, Kaufmannsleute, Gutsbesitzer, Bäckermeister, sogar der Theaterintendant. Darunter waren auch jüdische Bürger, „ja natürlich, damals ging das noch, später durften sie nicht mehr teilnehmen", wischte meine Großmutter diese Nebenfrage ungeduldig zur Seite. Sie irritierte bloß in dem Trubel, der Heiterkeit, den schwindelerregenden Düften der Blumenbouquets, der aufgeheizten, ehrenvollen Stimmung dieses mehrere Tage andauernden Festes. Auf das Antreten der Schützenkompanien folgte der Marsch zum Schießplatz, Meldungen und Vereidigungen wurden, unterbrochen vom Ehrentrunk und Ständchen, dort vollzogen, es gab Märsche zu Hauf, den Vorbeimarsch, den Fahneneinmarsch und den Ausmarsch, den Aufsitz des alten Schützenkönigs in der Kutsche, die Proklamation des neuen Schützenkönigs und sein Königsmahl, hernach zog er mit zwei Adjutanten, den Schützenwehren, die sich in Reih und Glied aufgestellt hatten, und den Rittern und Ehrenfräulein zu den Klängen fröhlich aufspielender Marschmusik durch die Innenstadt. Festlicher Höhepunkt war der Königsball, auf dem Luise 1919 noch nicht wie zehn Jahre später in pastellblau und gelb gestreifter Tracht mittanzte, sondern mit einer Mischung aus Neugierde, Stolz und Bewunderung die Mannsbilder der Schützengilde genau betrachtete, ihre Hüte und Krempen, ihre Jackenaufschläge, ihre Fahnenembleme und die Form der Gewehrkolben. Sie glänzten und blinkten in der Sonne und zusammen mit der Musik, den schwingenden Röcken und der fröhlichen Menge fühlte sich Luise emporgehoben zu einem Ganzen, das durch die vielen einzelnen Abläufe des Alltags sonst zerhackt wurde.

Diese Männer machten einen ganz anderen Eindruck auf das gerade schulpflichtige Kind als die schreckhafte Furcht der Mutter, es könne Isegrim persönlich in eines der Parterrefenster gelangen, ein gaunernder Halunke könne sich mit dem kostbarsten Hab und Gut ihres Ladens, vor allem der Kasse und den Zahlscheinen, davonmachen, oder ein Pack Zigeuner, dem man im Hof ein Almosen zusteckte, könne sie vergiften. Es war ihre vorbildhafte, nur nach allzu viel Weingenuss in manch schriller Nonchalance treibende, in nüchternem Zustand aber schreckhafte Mama, die sich, wenn sie auf Pilzsuche ging oder eine ihrer seltenen Spazierfahrten unternahm, auf Flur und Wegrändern vor den Wegkapellen und weiß gekalkten Heiligenhäuschen ständig bekreuzigte vor dem Herrn, um den unheilverkündenden Wildgeistern des Waldes zu entgehen oder dem gehörnten Elch Abbitte zu leisten. Margarethe Suhrkau war evangelischer Konfession, wie die meisten Mitglieder der weitläufigen Verwandtschaft, legte aber eine außerordentliche Frömmigkeit an den Tag und entließ keine ihrer Angestellten aus der Pflicht, an den frühjährlichen Prozessionen der Dorfbewohner, die mit Fahnen und Bannern versehen, um Fruchtbarkeit und Erntesegen baten, teilzunehmen. Luise dagegen ging gern und auch ohne das Wissen der Mutter oder unter dem Vorwand, Blumen an der Familiengruft abzulegen, auf den schattigen Friedhof, in Wirklichkeit aber, um sich die Grabtafeln anzusehen, die die Gestalt von tierischen, krötenhaften Urgestalten hatten, oder die Holzkreuze, von denen manche in der Mitte ein Oval bildeten, das sich zu einem Herz rundete. Besonders gut gefielen ihr jene Grabkruzifixe, deren Holzkunstschnitt in einem Vogelkopf mündete. Später lernte sie selbst schießen, ihre Leidenschaft für die Schützen und die Waldtiere auf eine gezielte Handlung zu reduzieren, wenn sie auch selten einem Vogel den Kopf abschoss, eher ihre Zeit damit zubrachte, ihn gemeinsam mit der Küchenmagd zu rupfen. Doch sie blieb, was sie schon früh als Kind von ihrer Mutter unterschied, furchtlos ihren Bestimmungen preisgegeben, wie die Geschichten der Alten es von den Vorfahren und den wahren Eroberern dieses Landes, den Männern des Deutschen Ritterordens erzählten.

In diese Lebenswelt platzte Ottilie, von deren Brauchbarkeit Luise zuerst gar nichts verstand und die sie später dann, so gut sie konnte, zum Streiten, zum Boccia-Spiel und zum Schwimmen anlernte. Sie war froh, dass dieses plärrende Etwas von zusammengeknuddelter, eingeschnürter Haut keine Begeisterungsstürme bei ihrem Vater hervorrief. Die Mutter bevorzugte eine vollbusige Amme zur Aufzucht dieser Schwester. Gleichwohl machte sie viel Aufhebens von der Wahl eines akzeptablen Namens, unerwartet passte „Wilhelm Friedrich August" nicht zum Geschlecht des Kindes, man musste sich neu orientieren. Da dem Vater nichts Nennenswertes einfiel, brachte die Mutter den Vorschlag auf Ottilia, mit Auswechslung des letzten Buchstabens um des deutschen Nachklangs willen, sie wollte sie nach einer Heiligen benennen, schließlich könne eine heilige Namensgebung in der Familie nie schaden.

Während der Taufe schrie Ottilie Klara Ludowika unentwegt. Diese kleine Heilige hatte etwas, das jeden Tag mehr mit ihr heranwuchs und das Luise wie ein Stachel in ihrem Fleisch empfand, ganz gleich wie viele Lutscher sie gerade für ein Dittchen in der Dorfbäckerei erstanden hatte, wie teuer ihr erstes bodenlanges Kleid aus reinem Chintz gewesen war oder wieviel besser sie mit dem Reichswehroffizier

Rohwerder über die heeresdienliche Remonteaufzucht Konversation machte als ihre Schwester, die von Pferden rein gar nichts verstand. Ottilie verstand sehr oft „rein gar nichts", scharwenzelte um Fritsche den Kutscher, einen Untergebenen, herum und machte aus Langeweile Faxen an einem geöffneten Lukenfenster des Restaurants, welches als Luftschacht genutzt wurde, so dass die Gäste zu kichern anfingen und die Mutter sich mit rotem Gesicht dafür entschuldigen musste. Aber Ottilie blieb bei all dem Unfug, den sie trieb, nicht nur graziöser, durchsichtiger und ätherischer als ihre ältere Schwester, was ihr zu erlauben schien, immer ein wenig über die Tatsachen des Lebens hinwegzugleiten, sogar nach dem Sturz, durch den sie sich durch Selbstverschulden den Buckel zuzog. Sie hatte auch, fand Luise, etwas Zwitterhaftes im Blut, als hätte die Blindheit ihrer Schutzpatronin sie für ihre elterlich verfügte Vorherbestimmung mit jungenhaften Gefühlen ausgestattet und ihr bei der Taufe die Augen dafür geöffnet. Es war unübersehbar, dass Ottilie nicht züchtig, sondern mit einem ruhigen, tiefen Blick um sich sah, der, wenn sie sich erregte, an intensiver Schärfe und Klargesichtigkeit gewann, so dass Luise sich manches Mals an das Profil der Vogelkopffiguren auf dem Friedhof erinnert fühlte. In ihrer burlesken Unansprechbarkeit war Ottilie Luise unheimlich. Sie merkte es wohl, dass Ottilie die scharfen Konturen nicht suchte, die ihr trotz ihrer Zierlichkeit eigen waren, doch umgab diese Schwester eine Einsamkeit, aus der Luise keinen praktischen Wert, keinen Nutzen ziehen konnte. „Sie hat nie etwas rechtes mit sich anzufangen gewusst", schnaubte Luise mich an, bückte sich und harkte den Löwenzahn aus, „in geschäftlichen Dingen nahm sie die Erfolge, als gingen sie sie nicht das Geringste an, und für Haushaltsangelegenheiten war sie sich zu schade."

Wenn Ottilie sich als Kind schon merkwürdig genug benahm, dann wurde ihr Benehmen als junge Frau für Luise fast unerträglich. „Bei Kriegsbeginn feierten wir ein Fest. Alles was Rang und Namen hatte, bekam eine Einladung und kam, und Ottilie hatte nichts Besseres zu tun, als zwei Stunden nach dem Empfang einzutreffen und den Rest des Abends in einen Skandal zu verwandeln. Ich werd` mein Lebtag nicht mehr froh, wenn ich daran denke. Nur Erich hatte sie`s zu verdanken, dass es ihr hernach nicht schlimmer erging. Man konnte den Tag nicht vor dem Abend loben, ihr fiel immer noch etwas ein."

VI

Wer Erich Kalweit und die Grimm'schen Märchen kannte, wusste, er war wie aus Stein gehauen, ferme comme une roche: groß, stattlich, dunkelhaarig, hellhäutig, mit buschigen Augenbrauen unter mischfarbenen Augen, in denen das Grau überwog. Wie ein Blitz schossen sie ins Schwarze, wenn er ärgerlich wurde, weiß sein Gesicht dann, zürnend. Schwerfällig war er nicht, aber schwer und ausgreifend sein Gang, seine Hände und Füße waren lang und breit, großflächig, zupackend, raumgreifend. Seine Schultern hatten Ausmaße, mit denen nicht zu spaßen war, wenn sie nicht ihre Obhut anboten. Seine Rückenlinie war fest und von kräftigem Umfang und glich einem Baumstamm. Wo er stand, war er. Der Mund war ein Strich, doch die Lippenhügel sinnlich, eingehalten von einem beherrschten, breitflächigen Gesicht mit leicht eingefallenen Wangen und reduzierten, knappen Muskelbewegungen. Seine Gestik war karg, doch um so dominanter. Sie löste, wo nicht Respekt Widerwillen, wo nicht Angst Mitgefühl aus und konnte bedrohlich wirken. Seine Handschrift war fest und folgte seinen Prinzipien, seinen Kindern bleibt sie unvergessen. Seine Worte kamen knapp, übereiltes und langes Gespräch war ihm zuwider. Ein wilhelminisch erzogener Patriarch aus deutschen Landen. Mag es noch andere Landstriche gegeben haben, in denen es ähnlich zuging: diesem, dem Preußentum verpflichteten, östlichsten Teil war er aus der Rippe geschlagen.

Als Luise Suhrkau kurz nach ihrem einundzwanzigsten Geburtstag bei der Tischgesellschaft eines Jagdvereins Erich Kalweit inmitten einer Gruppe Korn trinkender und Pfeife rauchender Männer zum ersten Mal sah, empfand sie sogleich einen einschneidenden, unabweisbaren Druck. Sie hatte sich bis dahin über Mangel an Verehrern nie beklagen können, sie flirtete gern, reservierte sich aber mit einem gewissen Abstand, wenn es ernst wurde.

Inzwischen hatten wir alle Gladiolenzwiebeln erfolgreich unter die Erde gebracht, Luise blickte prüfend über das Gartengrundstück. Ich legte die Harke aus der Hand, zog mir einen kleinen Holzschemel unter den Hintern und sah meine Großmutter an. Das konnte spannend werden. Ich durfte mir meine Zuhörbereitschaft nicht anmerken lassen, sie sprach am freiesten, wenn man sie in Ruhe ließ. Allzu viel Neugierde machte sie vorsichtig. "Nach einem ersten Blick auf die Gruppe wusste ich Bescheid über mich, an ihn kam keiner heran. Sie kamen noch öfter auf einen Umtrunk vorbei und ich begann vorsichtig, meine Bekannten nach ihm auszufragen. Ich ließ mich sehen, so oft sich ein Vorwand anbot. Bestand darauf, allein zu bewirten. Es dauerte, bis er mich ansprach. Aber seine Augen und meine, die verfingen sich. Ich blieb heiter und drängte nicht, auch wenn mir die Zeit lang wurde. An dem Morgen, als er mir den ersten Blumenstrauß überreichte, wusste ich, er hatte sich entschieden." Ein Roman, dachte ich, sie erzählt mir einen Roman. Sie hat ihn selbst gestrickt und so fest die Reihen geschlossen, dass keine Masche verloren ging. Er passt zu ihr wie eine zweite Haut. Woher sollte man wissen, welche Erfahrung, welche Erinnerung, welcher Willen sie voneinander unterschied oder einander gleich machte? Nach welchem Strickmuster sie vorging, ich zuhörte?

Einmal vor der Bekanntmachung der Verlobung und der anschließenden, lang geplanten Hochzeit musste sie sich gegen ein Verkupplungsansinnen ihres Vaters erwehren.

Wilhelm August Suhrkau nahm sie Anfang der dreißiger Jahre mit auf ein Pferderennen, das auf einem zwischen Grieslienen und Hohenstein gelegenen Landgut stattfand. Der Großgrundbesitzer war ein hochdekorierter Reichswehroffizier, dessen Name ihrem sonst funktionstüchtigen Gedächtnis entfallen war, er war schon im ersten Weltkrieg mit Ehrungen, darunter dem Eisernen Kreuz, überhäuft worden und galt als strammer Nationalsozialist. Mit ihm besuchte sie nach dem Hürdenlauf seiner Rappen die umliegenden Garnisonseinheiten der Wehrmacht, ließ sich von seiner über 200 Hektar großen Gutswirtschaft erzählen und von seiner Rinderzucht beeindrucken. Sie blieb höflich, amüsierte sich und beschloss, diesen Mann, der im Alter ihres Vaters war, nicht gleich vor den Kopf zu stoßen, wohl aber ihren Vater. Also klopfte sie am Abend des besagten Tête-à-Tête an sein Arbeitszimmer, setzte sich ihm auf den Schoß und fragte ihn rundheraus, ob er sie unglücklich machen wolle und die Gefahr einer kinderlosen Ehe seiner Tochter geringschätze.

"Sei nicht schockiert", wandte sich Luise in einem spöttischen Ton an mich, als sie sah, was für ein Gesicht ich machte. „Der Freier hatte Macht, Geld und Verstand, mein Vater rieb sich die Hände, das war früher so üblich, ein Paar wurde „verhochzeit", und wenn es gut ging, mochte man sich, wenn nicht, ließ man es bleiben. Ich verwies Vati auf eine ältere Cousine, die mir besser geeignet schien und der Erich zu meinem Unbehagen auch gut gefiel. Es war nichts zu machen, mein Vater sah es ein, halsstarrig war ich ja sonst nicht. Nun, Kind, ich wollte eben einen jungen Mann haben, viele Kinder und meinen Traum von der Försterei in die Tat umsetzen." Dagegen sah ich nichts einzuwenden und schwieg. Ich hätte sie gern gefragt, woran es gelegen hat, dass sie ein anderes Leben, ihren ständigen Lobpreisungen auf die Eltern zum Trotze, vorgezogen hatte als das, was man ihr mit der Wiege in den Schoß gelegt zu haben glaubte. Ein solcher Gedanke lag auf der Hand, aber ich wusste, ich würde darauf

61

eine ausweichende Antwort bekommen, vielleicht den Hinweis auf ihre Schützenliebe.

Luise setzte sich durch, und selbst Ottilie war erstaunt. Ihre ältere Schwester verzichtete auf Ansehen und einen nicht sorgenfreien, aber einträchtigen Wohlstand um eines jungen Mannes willen, dessen Familie außer einer über Generationen gefestigten Forstlaufbahn kaum etwas zu bieten hatte. Dessen Familie, bestehend aus Eltern und einer Schwester, ein älterer Bruder war im ersten Weltkrieg verschollen, sich durch gediegene Kleinbürgerlichkeit, tugendhaften Anstand und herbe Herzlichkeit auszeichnete, deren übrige Lebensweise landläufig akzeptabel, aber puritanisch eingestellt war, deren Mobiliar nur zum Gebrauch bestimmt, deren Wohnsitz auf Pacht ausgestellt und deren Bankkonto schmale Zinserträge abwarf. Luise bekümmerte sich nicht darum, sie war selig. Zumal sie, jedenfalls in den ersten Jahren ihrer Ehe, mit dem Geld ihrer Eltern rechnen konnte, nicht aber mit Erichs Einverständnis, wenn es darum ging, eine angemessene Ausstattung, einen prachtvollen Haushalt und die gewohnten Lebensbedingungen durch Mitnahme von einigem Dienstpersonal abzusichern. Das aber fiel ihr erst mit der Zeit auf. Vorerst traf man sich ohnehin im elterlichen Haus, bis eine feste Anstellung und das Forstgrundstück Hohenwalde für Erich in Aussicht standen. Nach Ablauf der für angemessen gehaltenen Verlobungszeit und der Zusicherung der für den künftigen Familienvorstand wichtigen Versorgungsgrundlagen wurde die Hochzeit von Luise und Erich Kalweit auf den Winter des Jahres 1934 festgelegt. Bis zum Einzug in die Försterei im folgenden Frühjahr lebte das junge Ehepaar in zwei Zimmern der Darethener Kaufmannsfamilie.

Man bemühte sich um Übereinstimmung. Die Kalweits kamen ihrer Schwiegertochter mit Sympathiebekundungen entgegen, die nicht geheuchelt wirkten. Luise war nicht nur eine gute Partie, sie zeigte sich auch als eine patente junge Frau, die von ihrem Glück, die Gattin Erichs zu werden, von der Haarspitze bis zur Ferse durchdrungen war. Den Tod

ihres ältesten Sohnes Heinrich auf dem Schlachtfeld in den letzten Zügen des Jahres 1918 hatten Erichs Eltern lange nicht verwunden. Der jüngere, letztgeborene Sohn, Jahrgang 1906, rückte jetzt in neues Ansehen. Von ihrer Hochzeit schwärmte meine Großmutter Luise etwas ungenau, doch wurde deutlich: Das Paar ließ sich feiern und alle feierten mit. Lange vor dem Fest, das sich über zwei Tage hinzog, war bereits mit dem Backen, Schlachten, Kochen und Braten begonnen worden, ehe von weither die große Verwandtschaft und aus der umliegenden Gegend die ausgewählte Nachbarschaft eintraf. Luise hatte Perlen und Girlanden im Haar, Brot und Salz im Hochzeitskleid und ein Geldstück im Schuh, das sollte nach altem Brauchtum der Braut Gutes verheißen, wie der paarweise Rundgang ums Haus, über die Schwelle, zum Stall und in die Kammern nach vollzogener Zeremonie in Kirche und Brauthaus. Ein kleines Orchester aus dem Allensteiner Theaterhaus hatte sich zusammengefunden, um Strauß-Melodien, zum Auftakt Luises Lieblingsstück, An der schönen blauen Donau, zu spielen. Wilhelm-August Suhrkau drückte seine älteste Tochter vor allen Augen an sein Herz und hob sie hoch, bevor er sie mit einer galanten Verbeugung seinem Schwiegersohn reichte. Nach dem Essen gab es einen Zwischenfall. Meine Großmutter erbrach sich vor Aufregung, aber ohne größeres Aufsehen zu erregen, in einer der Ecknischen des Tanzsaals, noch bevor sie ein Kavalier ins anliegende Badezimmer hat führen können. Sie spuckte in einen der großen Blumenkübel, die zur Zierde nahe den Frontwänden standen und Erich wischte ihr zuvorkommend, aber schweigsam mit einem Tuch über die Lippen. Getanzt wurde bis in die Morgenstunden, einzig Ottilie stand etwas abseits, ein Törtchen und ihr erstes Glas Wein in der Hand und beobachtete die Szenerie. Dann und wann lief sie hinaus, um mit Fritsche über die Ereignisse des Tages zu schwatzen.
Es war kühl geworden, der noch frische Frühlingswind strich um unsere geröteten Ohren und wir klopften unsere Hosen und Jacken ab, kratzten die Erdbrocken von den Gartenstiefeln und gingen ins Haus. Im Esszimmer schlug die

Uhr eine volle Stunde, es war bald Tischzeit, wir erwarteten Ottilie. Luise und ich gingen in die Schlafräume und Bäder, um uns zu waschen und umzuziehen. Ich hätte gern ein Bad genommen, doch ich unterließ es, um meiner Großmutter beim Zubereiten der Crêpes zu helfen. Sie wäre erstaunt über mein Anliegen gewesen, am helllichten Tag der Wunsch nach einem Bad in der Wanne, doch da sie schon viele Jahre allein lebte, war sie duldsamer geworden. Ich sah nach draußen aus dem Küchenfester, die Gegend hatte mir immer gut gefallen, strukturschwach, sanft und hügelig. Mit den ostpreußischen Wäldern natürlich nicht zu vergleichen, worauf ein handgefertigtes Kunstwerk meines ältesten Onkels verwies, als ich auf dem Weg ins Esszimmer durch den Flur ging; ich wurde aufgefordert, nicht zu vergessen, dass auch jenseits von Oder und Neiße deutsche Heimat liege. Ich streifte mit einem Blick meine Großmutter, die in der Küche hantierte und dachte an die jungen Polen von heute, die auf ihr Lyzeum gingen, wenn es noch stand.

Die ersten Menschen der annektierten polnischen Gebiete Suwalken im Osten und Zichenau im Süden, die man durch ostpreußische Felder schleifte, waren polnische Juden und polnische Zwangsarbeiter. Im September 1939, während des abendlichen Festes der Kalweits und Suhrkaus kommt es im neu gegründeten Südostpreußen zu den ersten Massenerschießungen von polnischen Juden durch die SS-Einsatzgruppe V. Die Rabbiner und Synagogenvorsteher der Ortschaften haben zuvor die Vermögenswerte aufzulisten, sie haben die Leichenbergung selbst vorzunehmen. Alles Geschichte, ordentlich nebeneinander abgelaufen wie ein Uhrwerk. Hier meine Großmutter mit ihrer Wehmut, die auch mich großgezogen hat, ein hasserfülltes Wehklagen, dort unvergessen der Überfall, die Niederstreckung all dessen, was vom arischen Gesichtspunkt aus nur Verachtung auslösen konnte. Vielleicht lässt sich, dachte ich, mit diesen unbekannten, jungen Polen besser reden als mit der Generation, der ich entstamme. Es gab die Heimat nicht mehr, von der *sie, Großväter und Großmütter* mit Sehnsucht sprachen, aber sie bot anderen neue Heimat. Zum ersten Mal fiel mir auf, dass diese vaterländische Sehnsucht spätestens mit meinem Ableben, dem Verwehen meiner Generation enden würde. Und doch verstand ich die Wucht der Erinnerungen, die meine Großmutter manchmal überkam und die so stark war, dass sie auch mich streifte. Sie war immer Ostpreußin geblieben, man hätte ihr das Herz herausreißen müssen, um eine Westdeutsche aus ihr zu machen. Zugleich erinnerte ich mich anderer, in unvergleichlicher Weise Not erleidender Flüchtlinge und Vertriebener, verfolgter deutscher Juden, überlebende Opfer eines fast gelungenen Völkermords, die als Landsmannschaft ehemaliger Ost- und Westpreußen und Danziger an den Abhängen Jerusalems ein Denkmal ihrer Bindung an die ehemalige Heimat wachsen ließen; durch Errichtung eines Ostpreußenwaldes in einer Parkanlage und durch einen Gedenkstein in hebräischer und deutscher Sprache. Ich ging zu meiner Großmutter und strich ihr über das weiche, weiße Haar. Sie sah mich einen Moment erstaunt an, und über die unendliche und unentschuldbare Gruft von Leichenbergen hinweg, die sie nicht wahrnehmen wollte, umarmten wir uns.

Die ersten Jahre in der Försterei Plautzig verbrachte Luise damit, sich in den Beruf ihres Mannes hineinzudenken, Arbeitsvorgänge, die sie nicht gekannt hatte, zu meistern und das junge, noch kinderlose Eheleben zu genießen. Nebenher richtete sie das Haus nach ihrem Geschmack und nach ihren Vorlieben ein, was ihr nicht schwer fiel, da es mit ihrem Elternhaus verglichen, klein war, es gab nur sechs Wohnräume. Luises Eltern hatten eine stattliche, üppige Aussteuer aufgeboten, über Mangel an Silberbesteck, Geschirr, Bettwäsche und Haushaltswaren war nicht zu klagen. Sie hatten Einrichtungen für ein Esszimmer, ein Wohnzimmer, ein Kinderzimmer, ein Schlafzimmer und einen Salon in Allenstein bestellt und in die Försterei liefern lassen und Luise allerlei Küchengeräte für den Haushalt mitgegeben. Von den höflich vorgebrachten, aber verhaltenen

Ärger ausdrückenden Einwänden ihres Schwiegersohns ließen sie sich nicht beirren.

Das Erstaunen über die unterschiedliche Kindheit und Herkunft Luises und Erichs war schon offensichtlich, aber noch nicht störend zwischen ihnen zu Tage getreten. Erich bestand darauf, dass seine Frau den Hausstand ohne die Fürsorge und die ständigen Beigaben des Surhkau'schen Gutes leitete, und Luise gab seinem Ansinnen Jahr für Jahr nach. Er war auch Dienstpersonal nicht gewöhnt, schon gar nicht, dass man mit Fremden unter einem Dach zusammen schlief. Darum redete er Luise zu, nur ein Küchenmädchen zu behalten, und ab und an, wenn Gesellschaft ins Haus stand, eine Dienstgehilfin von Stabigotten aus herüberkommen zu lassen. Später, als Luise, worauf sie lange vergeblich wartete, mit dem ersten Kind schwanger ging, brachte er Lydia Kowolka ins Haus. Sie war Tochter einer der ärmeren polnischen Bauernfamilien aus der annektierten Gegend um Zichenau, die zwangsweise umgesiedelt in das zu Ostpreußen geschlagene und umbenannte Südostpreußen gelangten.

Luises Tagesablauf orientierte sich nun von früh bis spät an der Arbeitszeit ihres Mannes und den Maßstäben einer forstgerechten Erhaltung, Pflege und Nutzung des Hohensteiner Reviergebietes. Sie ließ sich im Haus ihrer Schwiegereltern beim Tee über biologische Gesetz-mäßigkeiten des Wachstums von Bäumen und Wäldern unterrichten, gewann Kenntnisse über die planmäßige Nutzung von Holzerträgen und die notwendige Boden-beschaffenheit zur Bildung eines Neubestands. Sie lernte die Unterschiede einzelner Dienstgrade kennen und machte Bekanntschaft mit den Waldfacharbeitern, dem Haumeister, dem Revierjäger, dem Jagdaufseher, dem Forstmeister und unmittelbaren Vorgesetzten von Erich Kalweit, und einigen Forstverwaltungsbeamten. Sie lernte schnell einen ungeraden Sechzehnender von einem Kapitalhirsch zu unterscheiden, und das Hochwild vom Niederwild, die Treibjagd von der Hetzjagd, die Apportierhunde von den Vorsteherhunden, das Weidblatt vom Hirschfänger. Sie ging in den frühen

Morgenstunden oder bei Anbruch der Dämmerung mit auf die Pirsch und auf den Ansitz, sie legte sich ein eigenes Fernrohr zu und ließ sich ein glockenförmiges grünes Dirndl und eine braune Kniebundhose schneidern. Sie lernte Blutspuren lesen und sah beim Erlegen, Abfangen, Aufbrechen und Zerlegen von Wildtieren zu. Es war eine Wissenschaft für sich, und es machte sie froh, an ihr teilzuhaben. Sie war eine bezaubernde Gastgeberin der Reviergesellschaften und ließ zu jeder forstamtlichen Angelegenheit, die unter mehr als vier Augen stattfand, eine Mahlzeit mit mehreren Gängen und einen Umtrunk anbieten. Sie servierte mit einer solchen Akkuratesse, dass Erich Kalweit nichts anderes übrig blieb, als in den Lobgesang über seine formgewandte Frau einzustimmen. Im Stillen fand er aber, sie übertreibe ein wenig, doch sah er ihre Anteilnahme an seinem Beruf und ihre Gastlichkeit mit Freude. Es überraschte ihn, mit welcher Lebenslust sie sich an seine Seite stellte, und er begann sie zu achten, soweit es einem Mann von seinem Schlage möglich war. Als er, fast ein Jahrzehnt später, nach dem Krieg aus der Gefangenschaft wieder auf sie und die Kinder traf, überraschte es ihn, welcher enormen Leistungen sie fähig war, und dass sie ihn an Zähigkeit übertraf. Und je stärker er diese Tatsache als Kränkung empfand, desto harscher ging er mit ihr um. In der Vorkriegszeit, der Blütezeit ihrer Ehe, schon inmitten der Periode, die alle wahnhaften Illusionen aufwirbelte, allen politischen Ungeist aufbrachte, die mit aller manipulierten Triebhaftigkeit blindwütig um sich schlug, blieb sie davon verschont.

Wenn Erich die letzten Markierungen auf den Streifzügen im Wald getätigt hatte und auf seinen Motorroller stieg, freute er sich schon lange, bevor er zur Tür hereintrat, auf Gesicht und Gestalt seiner Frau. Es war, ihm ganz neu, eine Liebe zwischen ihnen und eine Munterkeit und Zärtlichkeit in ihrem Haus, die er vorher nicht gekannt hatte. Noch bevor er eintrat, spürte er ihre Anwesenheit. Er wusste, worauf er sich freute. Wenn Luise unter seinen Händen vor Lust aufstöhnte und ihren Kopf im Kissen hin- und her warf, wenn ihre prallen

Brüste und die harten, spitzen Brustwarzen sich ihm entgegen streckten, wenn ihre Beine sich um seine Hüften legten und ihre Fersen seinen Po berührten, wenn seine rauen Bartstoppeln vorsichtig über ihren Mundwinkel strichen und seine Zunge ihre Lippen liebkoste, so dass ihr Mund den nächsten Morgen etwas aufgesprungen war, wie er schuldbewusst bemerkte, wenn er ihren Bauch bis zur Scham hinunter küsste und zart mit der Zunge ihren haarigen, weichen Hügel entlangstrich, wenn sie ihre Arme um seine Schultern legte, ihn an sich zog und ihre Beine öffnete, wenn sie sich im Bett drehten, bis er auf ihr lag und langsam und genüsslich in ihre warme rote Höhle eindrang, wenn er seine Bewegungen den Rundungen und der Nachgiebigkeit ihres Körpers und dem Rhythmus ihres Atems anpasste, sich in sie hineinschmiegte und sie nahm, wenn sie ihn anlächelte, in die Schulter biss und Liebesworte flüsterte, wenn er sie hernach am Bauch und zwischen den Schenkeln kitzelte, bis sie nackt aus dem Bett floh und, da sie schnell fror, lachend wieder hineinkroch, wenn sie sich dann, was er schon ungeduldig erwartete, an ihn schmiegte, fühlte Erich Kalweit sich in einen der Nacht geweihten Fluss des Lebens eintauchen, an dessen Ufer er bislang verharrt hatte. Es waren die Nächte, heiße, schwüle, stürmische, verschneite, kalte, laue, windige, verregnete, kurze und lange, lasterhafte und liebliche, lautstarke und stumme, schlaflose und schlaftrunkene Nächte, die ihnen in diesen ersten Jahren gehörten. Am Tag kehrte er zurück in seine angestammte, gezügelte Art.

VII

Luise hatte sich schon seit Tagen auf dieses Fest gefreut. Sie trug ihr erstes Kind im siebten Monat, war aber bei guter Verfassung und hatte sich ein bordeaux-farbenes

Seidenstrickkleid für den festlichen Anlass nähen lassen, welches ihren Taillenumfang schmälerte. Das blonde Haar hatte sie sich in Flechten um den Kopf gewunden. Sie ließ ihr lautes, seltenes Lachen hören, während sie unter den Gästen aufmerksam nach dem Rechten sah. Da der Herbst sich in diesem Jahr nur durch das hier und da welk und gelb fallende Laub ankündigte und der September bisher freundlich und warm geblieben war, hatten die Organisatoren des Festes, Luise, der Forstmeister Wormitt und die alten Suhrkaus, beschlossen, den Termin auf die zweite Hälfte des Monats zu legen und mehrere große Rasenstücke, die angrenzend an das Darethener Gut in die Felder übergingen, dafür zu nutzen. Die Veranstaltung war als Überraschung für Erich geplant, der aufgrund einer Gebietsbodenreform nun ein umfangreiches Waldareal mit einem großen Bestand an Schalenwild zu seinem Revier zählen konnte und als ordentlicher Revierforstamtmann einem höheren Besoldungsgrad zugeordnet war. Den Überfall auf Polen hatte ein Großteil der anwesenden Gäste mit Beifall aufgenommen; Erich Kalweit ausdruckslos, seine Eltern schicksalsergeben, Luise mit frohlockender, unbestimmter Erwartung, der alte Suhrkau mit offener Begeisterung und staatstreuer Gesinnung, seine Frau Mathilde verzagt, Ottilie mit einer weltfremd wirkenden Gleichgültigkeit, die sich im Verlauf des Festabends als geheuchelt herausstellte, der Forstbeamte Wormitt und Gattin optimistisch national, der Großgrundbesitzer und Reichswehroffizier Karl von Rohwerder mit patriotisch-militanter Überzeugung, seine Verlobte Lore von Bernau, frühere Internatskommilitonin von Luise und Schuhfabrikantentochter, mit antisemitischer Genugtuung, der neue Kutscher Oschnewsky, der die Herrschaften mit einem aufgeputzten Vierspänner zum Gartenansitz fuhr, mit ergebenem Niederschlagen der Augenlider. Cousine Emma, von Luise eingeladen und aus der Rominter Heide zugereist, und die vergrübelt aussehende Schwester Erichs, Irmgard, sowie eine Reihe aus Allenstein zugeladener Geschäftspartner und ihre Familien nahmen mehr oder weniger hin, was da kam in Übereinstimmung mit ihrem Führer.

Ich nutzte die Besuche bei meiner Großmutter meist, um Ottilie wiederzusehen, da sie in ihrer kleinen Stadtwohnung nur ungern Besuch empfing. „Es ist eine für jedermann unzumutbare Räuberhöhle", sagte sie, „mit Ausnahme meiner selbst." Sie war wie verabredet gekommen, wir saßen inzwischen bei Kaffee, Crêpe de Glace und Kuchen. Der Verlauf des Festes, die Zutaten der Gespräche über den ökonomischen Anlass einer Beförderung hinaus, waren nur schwer zu einem erzählbaren Ganzen zusammenzufügen. Luise und Ottilie sprachen jedenfalls so unterschiedlich davon, als wären sie auf zwei verschiedenen Feiern gewesen. Andrey, der an diesem Nachmittag unerwartet auf einen Sprung vorbeikam, um Luise einen neuen Rasenmäher zu bringen, sah bekümmert zu Boden, als er hörte, von welchem Datum wir sprachen. Er lehnte das Angebot ab, sich mit uns an den Tisch zu setzen. Seit Lydias Tod, hatte er mir einmal anvertraut, umschlich ihn das Gefühl, seine Landsleute verraten zu haben. Hier wie dort zu Hause, ein trauriger deutscher Pole, war er bemüht, unauffällig zu bleiben, froh darum, dass man ihn in Ruhe ließ. Schon bald nachdem er gegangen war, als habe er das ahnen können, hatte unser Gespräch eine dramatische Wendung genommen.

Ottilie stieß erbost die Terrassentür auf, schüttelte heftig die Tischdecke über den Steinplatten aus und schlug die Tür wieder zu. Sie weigerte sich in den folgenden Monaten bis zu ihrem Tod, ihre Schwester noch einmal zu sehen.

Luise war nach dem Essen ins Wohnzimmer hinüber gegangen und saß dort in einem der Sessel, eine Zeitschrift in der Hand, in die sie hochmütig hineinschaute, freilich ohne ein Wort darin zu lesen.

Es tat mir weh, uns so zu sehen. War es Anmaßung, einen Schmerz heraufzubeschwören, der angesichts der Ausmaße des Geschehenen nicht gerecht verteilt werden konnte? Ich wäre gern einen Schritt zurückgetreten, um die Zerstörung eines Sinngefüges, einer jahrzehntealten Strategie zu ermessen. Es war ungewiss, an was ich mehr litt, dem unausgesprochenen Hintergehen von Entsetzlichem oder dem nervenaufreibenden Gesichtsverlust durch Entsetzen. Wozu diese narzisstische Schallmauer durchbrechen, wenn doch das Moos auf der Rampe von Auschwitz längst wuchs? Lag das alles nicht schon unendlich lange zurück und war zudem von einer Unwirklichkeit, hinter der das System, von denen die Bücher sprachen, fast verschwand wie eine längst unwirksam gewordene Chimäre? Ich spürte den Wunsch nach Erleichterung von meiner Angst. Doch jetzt war es zu spät. Ich sah wieder die Zeilen, die vor mein inneres Auge traten und die meine Großmutter Luise nicht zur Kenntnis nahm, nicht zur Kenntnis nehmen wollte. Ich saß wieder in der Schule, in den Bibliotheken der Universität vor Dokumenten und Zeugnissen aus einer anderen Welt als der unseren, die kaum miteinander zu tun zu haben schienen, blickte hinüber zu Menschen, die *in Fünferreihen von der Rampe zum Krematorium* gingen. *Rechts und links waren ein paar Wasserhähne, und auf den Grasflächen an den Seiten standen Birken mit ihrem Duft.* Wieder hörte ich *das Kommando, doch Wasser zu trinken,* ich sah *1000 bis 2000 Menschen,* die *auf einmal die Treppen hinabgeführt* wurden. Ich versuchte mir vorzustellen, dass nie Panik ausbrach *zwischen den vielen Menschen in dem engen Raum, es ging alles schnell und effektiv.* Ich hätte gern in meiner Familie herumgefragt, wie das möglich sei, zugleich Schubert zu hören, wie die Nazis es taten, und *das Kommando zum Ausziehen* zu geben, *während sich die Menschen ratlos umsahen,* denn *das Sonderkommando* half *beim Entkleiden und nahm ihnen die Kleider ab.* Und die Entwirklichung von Wirklichkeit, die mit der mörderischsten Sinnlosigkeit behaftet war, *nie musste Gewalt angewendet werden,* gehörte die nicht auch zum gedoppelten Leben ihrer Generation? Sollte meine Großmutter nicht mehr darüber wissen als ich, wie es war, *wenn 1000 und mehr Menschen im Raum zusammengedrängt waren, eine dicke Eichentür, die mit einem Guckloch und einem Radgriff versehen war, zugeschraubt* wurde und *die Sanitäter zu den Luken* gingen, *ihre Gasmasken* aufsetzten *und 3 bis 4 Büchsen entleerten? Das dauerte etwa eine Minute. Dann kam das Ersticken, als das Gas eingeworfen wurde.* - Wahrscheinlich hatte sie keine *Sanitäter* kennengelernt, die *hören konnten, was unten in den Kammern geschah* und *wartend eine Zigarette rauchten, sich die Beine vertretend.* Doch musste sie ahnen, wieso es nicht möglich war, auch nur einem einzigen Menschen im privaten Leben zu helfen, anstatt aus unbegreiflicher Ferne dabei zu sein, denn *die Menschen schrien jetzt - schlugen an die Tür - kletterten an den Säulen hoch. Aus Ersparnisgründen wurden meist nicht genug Gasbüchsen eingeworfen, so dass die Tötung bis zu 5 Minuten dauern konnte.*

Ich wäre gern weniger einsam gewesen mit dem unabweisbaren Tatbeständen menschlicher Gedankenlosigkeit, Ohnmacht und Anpassung, die nicht nur ihre, sondern auch unsere Gegenwart bestimmten und die damals dazu führten, dass *nach 20 Minuten die Entlüftungsapparate eingeschaltet* wurden, *die das Gas herauspumpten,* und *nach 30 Minuten wurden die Türen geöffnet.* Ich hätte gern über die Übergänge zwischen Wahn, Politik und Alltag gesprochen, angesichts dessen, dass d*as Räumungskommando mit Wasserschläuchen* kam *und die Leichen* abspritzte und *sie in die Lastfahrstühle zog und in den Verbrennungssaal beförderte.*

Ob sie nicht wusste, dass der Abbruch aller Beziehungen zu jüdischen Familien ein notwendiger Vorspann zur Bereicherung an ihnen war, vom Neidverhalten auch ihrer Familie diktiert? Denn vor der Verbrennung der vergasten Menschen *wurden sie von Spezialkommandos zur Auswertung übernommen. Alles, was noch an Schmuck an den Körpern zu finden war, wie Halsketten Armbänder und Ringe, wurde abgenommen.* Wird sie jemals darüber nachgedacht haben, ob und welcher der Töchter, der jungen Frauen der Familien, mit denen ihr Vater Handel getrieben hatte, als sie immerhin selbst schon eine junge Frau war, *sodann das Haar abgeschnitten und gebündelt in Säcke gepackt und weitertransportiert* wurde? Ob sie noch eine von ihnen wiedererkannt hätte, als *zum Schluss die Leichen in den Raum* kamen, *in dem die Zahnzieher eingesetzt waren, die sich auf Dr. Mengeles ausdrücklichen Befehl aus erstklassigen Spezialisten zusammensetzten.* Wieso hat es sie nie geängstigt und empört, zu wissen, dass Menschen, viele Menschen zwischen ihr und mir *bei ihrer Arbeit mit Zangen und Brecheisen mit dem Gold ganze Kieferteile mit* herausrissen. Dass d*as daran haftende Fleisch dann im Säurebad weggeätzt* wurde. Warum war es nicht möglich, miteinander ein Entsetzen, eine Trauer zu teilen, als ich hörte, dass man *bei Überfüllung die Leichen in Gruben* verbrannte, *die sich neben dem Krematorium befanden und* dass *im Sommer 1944 die Höchstzahl von täglich 20000 verbrannten Leichen verzeichnet* wurde. Stattdessen wirkt andern Orts die Legendenbildung um Hitler.

Ihre Auseinandersetzung hatte begonnen, als Ottilie ihrer Schwester, immer noch im Streit um das Fest, nachwies, dass ihr Schwager Erich mit den Nationalsozialisten nie etwas im Sinn hatte, weshalb er sich weigerte, jemals in die NSDAP einzutreten. Er hatte, so streng er im preußischen Geist seines Elternhauses erzogen worden war, in den Weimarer Zeiten stets sozialdemokratisch gewählt. Mit Fritsche hatte er kaum Bekanntschaft geschlossen, das Surhkau'sche Personal interessierte ihn nicht, doch sah ich Ähnlichkeiten, die Differenz lag in der Befolgung des Befehls von oben. Gegen die Versklavung europäischer Nachbarvölker und gegen die Frondienste deportierter Zwangsarbeiter hat Erich Kalweit sich nicht gestemmt, die Gruppe verhärmter, hungriger Polen und Russen, die er als Waldarbeiter zugewiesen bekam, erwies sich wie Lydia als tauglich. Wegen der beschwerlichen, schlecht bezahlten und gefährlichen Arbeit waren tausende ostpreußische Holzfäller, Köhler und Flößer schon in den zwanziger Jahren in die Industriezentren des Ruhrgebiets abgewandert, viele Waldarbeitergehöfte standen leer. Aufstände der wie Gefangene in Baracken gehaltenen, entkräfteten Männer waren kaum zu befürchten, Erich hatte stets ein Gewehr dabei und einen Wachmann zur Aufsicht. Aber sein Empfinden von Recht und Ordnung war irritiert; er war für den Grenzschutz, hegte aber Zweifel gegen die imperiale Niederwerfung, er war für die Bewahrung der ostpreußischen Eigenständigkeit, aber gegen den braunen Terror in den Straßen, er fühlte sich der Wahrung höchster staatlicher Autoritätsprinzipien verpflichtet, aber diese Prinzipien sollten volksübergreifend gelten, das gleiche Maß für alle. Ihm war unwohl, wenn er sah, wie die Würde all dieser Menschen, die er nicht als Untermenschen begriff, aber aus Systemtreue so behandelte, mit Füßen getreten wurde. Er schwieg sich darüber aus, was er empfand, als man ihn einzog, er behandelte die Polen, die unter seiner Zuständigkeit standen, nach Dienstvorschrift, ohne sie persönlich mehr als nötig zu demütigen. Er wähnte sich politisch nicht dafür zuständig, wenn wieder eine Auswechslung des Arbeitstrupps anstand.

„Wer hart arbeitet, muss auch anständig essen", brummte er, wenn er die Rationen sah, die man ihm für die Gefangenen zuteilte. Er beauftragte Luise, die von allein nicht auf diese Idee gekommen wäre, mehrere zusätzliche Eintöpfe zu kochen, die er in den Abendstunden mit einigen Laib Brot in den Baracken verteilte. Er ließ verarzten, wer verarztet werden musste, vergab zusätzliche Decken, wenn der Frost über das Land kroch, und fing mit den Anweisungen von vorn an, wenn eine neue Zuteilung von Gefangenen die alte abwechselte.

„Du hast ihn zu überreden versucht damals, gib es doch zu", schrie Ottilie, die in heftigen Zügen eine Zigarette rauchte, ihre Schwester an. Mir war beklommen zumute, denn der Graben ausgefüllten Schweigens in der Familie war nur noch Millimeter von einer Eruption entfernt, die ich mit Spannung erwartete, doch war gewiss, die Stellungen diesseits und jenseits des Grabens würden so unwiderruflich gehalten wie im Krieg. „Er sollte doch endlich in die Partei eintreten, damit keine Suspendierung in Euer Haus stand. Du hast die gleiche, erbärmliche Angst gehabt wie wir alle, wie ich, vor Deinen glorifizierten Nazis, vor Deinem so mitreißende Reden haltenden Goebbels, von denen Du mit leuchtenden Augen nach Hause kamst und nur nichts mitteiltest, weil Erich Dir den Rücken kehrte. Der konnte reden, ja! Du wolltest etwas Besonderes sein, am deutschen Herrenwesen genesen mit Deinem blonden Haar und reinem Blut, obwohl unsere eigene Großmutter doch selbst polnischer Abstammung war. Aber als Rohwerder dann in die Tat umsetzte, was Dir Goebbels vorher als Höhenflug, als Deine wahre Bestimmung pries, als unser aller Aufgabe, da hast Du so getan, als wenn uns das alles nichts mehr anginge, hast Deine Kinder genommen und ihnen die Augen zugehalten, mit abgewandtem Gesicht haben wir da gestanden und zugehört, wie die Schüsse fielen, ja, warum denn bloß?" Ottilie öffnete den Mund, um noch einmal nachzusetzen, aber Luise fiel ihr ins Wort. „Und die Russen auf der Flucht, was haben die gemacht? Sie haben auf der Lore herumgetrampelt, bis ihr das Blut aus den Ohren spritzte, willst du das nicht mehr wissen? Sie waren Tiere, unmenschliche, grausame Tiere und das waren sie schon immer. Barbaren, vor denen man sich schützen musste. Und Anna hätte ich fast verloren, wenn ich mich nicht auf den Boden gelegt hätte, damit sie über mich herfallen konnten. So ist das eben, Auge um Auge, Zahn um Zahn, Volk gegen Volk. Soll ich mich dagegen auflehnen? Und die Ordnung bei uns in den ersten Jahren unter Hitler war doch wohl vorbildlich, wenn man vergleicht, was dagegen heute passiert, hier im Dorf, im Fernsehen muss man sich´s ansehen, das ist doch unbegreiflich. Und Deine Aufführung auf dem Fest! Du warst Vater böse wegen Fritsches Abgang und wolltest ihm eins auswischen, hast uns alle in Gefahr gebracht, bildest Du Dir ein, das war Heldenmut, die schonungslose Ottilie auf der Bühne und auf der Flucht dann nichts als Angstschweiß", höhnte Luise schneidend. Ihr fiel die Zeitung auf den Boden, sie hob sie abrupt auf, und legte sie ungestüm auf einen Stapel anderer Zeitschriften, der ins Rutschen kam. „Kind, bring mir das in Ordnung", sagte sie steif zu mir, „und wenn

Du das nächste Mal kommst, frag uns nicht über Dinge aus, die Du selber nicht verstehst. Ihr wisst alles so viel besser heute, aber die Welt sieht um keinen Deut schöner aus. Du hättest Dich früher dreimal gefragt, wie Du mit mir sprichst". Ich antwortete nicht, legte widerwillig die Zeitungen zurück, wir gingen uns aus dem Weg. Bis zum nächsten Morgen wurde nicht mehr gesprochen. Ottilie fuhr diesmal gleich nach dem Frühstück. Ich selbst nahm den einsamen Weg zur Linde.

Ottilie, die an dem Fest wohl oder übel teilnahm, hatte zu viel getrunken. Sie hatte von der Betäubung durch Alkohol Gebrauch gemacht, seit Fritsche und Laura aus ihrem Leben verschwunden waren. Es gab seitdem etwas Haltloses in ihr, und sie gab sich keine Mühe mehr, ihm beizukommen. Sie arbeitete, ohne nach links oder rechts zu sehen, weiter im Geschäft mit, erledigte die Einkäufe, die früher Fritsche übernommen hatte und begann alle Angestellten gleichermaßen zu siezen. Sie war launisch geworden; ein Weggang kam nicht in Frage. So blieb nur der Weg des geringsten Widerstands, den sie sich selbst und allen anderen gleich mit vorwarf. Aber einige Details ihres Lebens beschloss sie doch sogleich und gründlich zu ändern; sie teilte ihrem Vater mit, dass sie sich weigere, Karl von Rohwerders Frau zu werden, sie gab sich selbst zu, Frauen und Männer gleichermaßen lieben zu können, wenn sie es auch für sich behielt, und sie beschloss, nach dem Ableben der Eltern und dieser Ära, ein gemischtes Mädchenpensionat mit Zulassung aller Konfessionen aufzubauen. Sie kämpfte verzweifelt und hilflos um Illusionen.
Der Abend war bereits fortgeschritten, man stand in Grüppchen auf der Wiese zusammen. Karl von Rohwerder war unüberhörbar. Er schwadronierte in voller Uniform vor einer Schar von Gästen, die ihn umstand, vom 1. Armeekorps und den drei Infanterie-Divisionen, den Landwehr-kommandeuren in Allenstein, den zweitausendzweihundert Soldatenruhestätten des ersten Weltkriegs in Ostpreußen, und

nannte sie Mahnmal der bedrängten Provinz. Er sprach von notwendigen Befestigungen und Übungsplätzen in Polen, vom vorbildlichen Luftgaukommando 1 und von dem unbestechlichen Mut seiner Abteilung. Ottilie nahm noch einen Schluck Wein. Sie musste sich an der Verandabrüstung festhalten, weil sie schwankte, zugleich trat jene klare Wutgebärde in ihre Augen, die man ihr schon von weitem ansah. Dann nahm sie die Weinkaraffe in die Hand und ging langsam auf das Pulk Leute zu. Bei Rohwerder angekommen, blieb sie dicht neben ihm stehen, ließ sich gegen seine Schulter fallen, goss ihm den Inhalt der Weinkaraffe über seine Orden und begann laut zu singen: „Zu Befehl, melde gehorsamst, ich schieße auf Juden, ich schieße auf Polen, ich schieße auf alles, was sich bewegt, melde gehorsam, melde gehorsam, auf alles, was sich noch regt." Eine lautlose Stille kroch über den Rasen, die Tische, die Köpfe der Anwesenden hinweg, Rohwerder stand wie vom Schlag getroffen da mit purpurrotem Kopf, und Ottilie, krumm, aber geschmeidig, hängte sich an seinen Arm und hob ihr leeres Glas. Luise verlor die Fassung und keuchte nach Luft, jemand bot ihr einen Stuhl. Erich machte aus dem Hintergrund einen Schritt nach vorn. Vor versammelter Mannschaft schlug er Ottilie derb nieder, schleifte sie ein Stück durch den Rasen, legte die Benommene dort ab und ging zu Rohwerder herüber. Er verbeugte sich, erklärte sein Bedauern im Namen der Familie, reichte ihm sein Taschentuch und flüsterte dem Reichswehroffizier einige Sätze zu. Dieser nickte bleich und schien mühsam gewillt, das Pardon anzunehmen. Erich machte auf dem Absatz kehrt, hieß seine Eltern sich um Luise kümmern, nickte den anwesenden Gästen knapp zu, hob Ottilie, die mit dem Gesicht im Gras lag, auf und trug sie ins Haus. Man ließ das Buffet eröffnen.

„Was hat er damals Rohwerder eingeflößt, um zu erreichen, dass er still hielt und seine Demütigung nicht rächte?", fragte ich Ottilie knapp fünf Jahrzehnte später. „Er flüsterte ihm zu, ich sei seit Wochen totunglücklich, weil er mich verschmäht und meiner Person Lore von Belau vorgezogen habe. Er behauptete, es gäbe Anzeichen dafür, dass ich deswegen unmittelbar in Gefahr stünde, mich töten zu wollen. Er gab zu bedenken, dass dies, würde man nicht Gnade vor Recht ergehen lassen auch in Anbetracht meines Alters, ein fast gelungener Versuch gewesen sei. Ich durfte mich wochenlang nirgendwo blicken lassen, bis Gras über die Sache gewachsen war. Aber eins hatte ich erreicht. Surhkau'schen Landbesitz betrat der nie wieder", antwortete Ottilie und schnitt eine Grimasse, von der ich nicht wusste, ob sie ihr selbst, Erich oder Rohwerder galt. Erst später, bei einem unserer letzten Telefonate kurz vor ihrem Tod, erzählte sie mir von dem Nachspiel, das es gegeben hatte.

VIII

Luise, eine Rossnatur, bekam jedes Jahr ein Kind, vier Mal hintereinander. Ende November 1939, an einem stürmischen, verhangenen Tag, wurde der erste Sohn Walther geboren. Der Geburtsverlauf war dramatisch, und obwohl meine Großmutter keine kränkliche Ader besaß, bat sie kurz vor Austritt des Köpfchens darum, ihrem Schrecken irgend möglich ein Ende zu bereiten. Die Allensteiner Kliniken entließen die Erschöpfte erst zwei Wochen später, die durch die Wucht und Größe des Erstgeborenen so eingerissen war, dass sie mehrmals genäht werden musste. Als habe sich ihr Körper in einem stillen Einverständnis mit ihrem Verlangen nach Kinderreichtum damit abgefunden, wurde sie in kurzem Abstand erneut schwanger, und im Oktober 1940 gebar sie einen zweiten Sohn, Albert, einen ruhigen, stillen Säugling. Diesmal musste sie drei Wochen in der Klinik und längere Zeit zu Hause im Wochenbett verbringen, da eine ernsthafte Stoffwechselstörung, die Ansammlung von Wasser und

Ödemen in ihren Beinen und eine akute Blasenentzündung nicht auf die leichte Schulter genommen werden konnte. Luise hatte sich durch Schonung vor dem näher rückenden Geburtstermin nicht beirren lassen; sie bestellte noch im neunten Monat ihren Garten für das nächste Jahr, kochte vor, weckte ein, schickte das Küchenmädchen zwei Dutzend Mal am Tag in den Keller oder in die Vorratsräume und drückte Lydia, die sich seit Anfang des Jahres um Walther zu kümmern hatte, das Kind in den Arm, um die saisonalen Einladungen an die Forstgenossen wie ehedem ausschreiben und hernach passend ausrichten zu können. Im Frühjahr 1941 war sie erneut schwanger, diesmal mit dem festen Wunsch nach einer Tochter. Anfang Januar 1942 gebar sie tatsächlich ein zartes, kleines Mädchen mit einem kohlrabenschwarzen Wuschelkopf und Erich wünschte, dass sie den Namen seiner Mutter, Marthe, erhielt. Im Dezember des gleichen Jahres kam ihre Schwester Anne zur Welt, blond und mit den Gliedmaßen ihrer Mutter. Lydia hatte alle Hände voll zu tun, doch die Schwangerschaft und Geburt ihres vierten Kindes hatte Luise bereits als vertrautes Ereignis zur Nebensache erklärt und so stand sie, kaum aus dem Krankenhaus entlassen und ungeachtet der Thrombosegefahr, schon drei Tage später auf den Beinen, um zu wirtschaften, zu stillen, Einkäufe in der Stadt zu machen, die Familie zu versorgen und den Nutzgarten zu beackern.

Nachdem Ottilie fortgefahren war, kam es mir merkwürdig still vor im Haus. Auch Luise schien die bedrückende, unausgegorene Atmosphäre zu empfinden und löste sie auf ihre Weise. Sie ging nach dem Frühstück, mit einem von Schnecken angefressenen Salatblättern, Kartoffelschalen und sonstigen Grünabfällen gefüllten Eimer zu einer Nachbarin, die zwei Häuser weiter auf der gegenüberliegenden Straßenseite wohnte und Schlachthasen züchtete, und nahm mich mit. Diese Nachbarin stammte ursprünglich aus Workallen, einem kleinen Dorf des Kreises Mohrungen, im ehemaligen Regierungsbezirk Königsberg gelegen. Es war an ein Gut gebaut, in dem die meisten der Bewohner als Mägde und Knechte bis kurz vor Kriegsbeginn gearbeitet hatten, nur ein Kilometer von der Straße entfernt, die über Wormditt nach Königsberg führte. Es war bereits warm genug, um sich eine Weile auf der geschützten Terrasse in eine Hollywood-Schaukel zu setzen, von der man freie Sicht auf die Gemüsebeete hatte. Ich war, wie ich es seit jeher getan hatte, nach Ablauf der freundlichsten Begrüßungsformeln und unter Wahrung der Höflichkeitsgrenze in Hörweite von ihnen mit den Stallhasen beschäftigt, denn die beiden Frauen nahmen wie immer die Gelegenheit wahr, sich im Plausch an den alten Zeiten aufzuwärmen, die auf mich wie eingefroren wirkten. Die Kriegsereignisse tauchten wie Eiswürfel ein in ein Glas munterer Alltagsgeschichten, das hier und da wie von einer aufgestülpten Zitrone am oberen Glasrand mit Mangel und Not beträufelt wurde. Meine Großmutter wurde zusehends munterer.

In den ersten Kriegsjahren überließ Luise ihre Kinder, mit Ausnahme der Still - und Fütterungszeiten, Lydia. Sie hatte rund um die Uhr und nach einem festen Tagesplan, den sie sich morgens nach dem Aufstehen zurechtlegte, zu tun. Manchmal stiefelte sie, was sie sich selten erlauben konnte, in den Abendstunden mit Erich zu den umliegenden Hochsitzen, wenn er den Wildbestand zählte, ließ sich von ihm berichten, welche Tiere zum Abschuss frei standen, und genoss die purpurnen und violetten Wolkengebilde in den Dämmerungsstunden. „Das war mein Urlaub", sagte meine Großmutter, zu der Nachbarin gewandt, die bejahend nickte. Sie wusste anscheinend Bescheid, so musste es gewesen sein. Während die Wortfetzen an meine Ohren drangen, die friedliche Atmosphäre unter dem alten Kirschbaum mich betörte, die gackernden Hühner im Stall, die kraschpelnden, gierigen Hasen hinter dem Drahtzaun einen zeitlosen Eindruck vermittelten, dem die vielen unbekannten Legehennen, die mir in den Sinn kamen, widersprachen; während ich zusah, wie die zitternden, kleinen Blütenkelche der Ginstersträucher, vom leichten Wind angestoßen, langsam zu Boden fielen, verbarg sich in der Ruhe des

Augenblicks für einen Moment, wieviel Arbeit in der Nutzung dieses Nachbargrundstücks steckte. Von den Worten meiner Großmutter angeregt, entstand ein Sammelsurium von Bildern in meinem Kopf.

Die abgeschiedene Stille der Senke, in der die Försterei lag, muss Erich Kalweit als Rückzug vor unvermeidlichen Tatsachen dienlich gewesen sein, die Arbeit im Wald und in der Natur, die Sicherung eines bedarfsgerechten Wildbestands und das Leben seiner Familie schirmten ihn von den politischen Ereignissen weitgehend ab. Er ging auf keine Parteiversammlung und las selten Zeitung, mischte sich wenig in Gespräche ein, die eine politische Wendung zu nehmen drohten, und konzentrierte sich auf die gesellschaftlichen Abende mit Jagdgenossen und Förstern umliegender Reviere. Sein direkter Vorgesetzter Forstmeister Wormitt, bestand nicht auf einem Parteieintritt, er war ein rundlicher, gemütlicher, schon etwas angegrauter Mann, der als alter Nationalist wusste, wo der Hase im Pfeffer lag, wie er zu sagen pflegte, und das romantische Ideal einer liberalen preußischen Toleranz, nach der jeder nach seiner Façon glücklich werden sollte, bei einem jungen Spund, für den er meinen Großvater noch hielt, verzeihlich fand. Schließlich, auf den alten Fritz berief sich ja auch Hitler. Und von einigen der jüngeren Söhne der umliegenden herrschaftlichen Güter, deren Brüder und Väter als Offiziere in Russland, Polen und Frankreich standen, hörte man unter der Hand auch ein skeptisches Geraune über den Kriegsverlauf und die Fragwürdigkeit des begonnenen Russlandfeldzugs. Das Forstverwaltungsamt konnte nicht sein gesamtes Personal verlieren, sollte die Nutzung und Verwertung des Baumbestands nicht ins Stocken geraten, warum also diesen Mann voreilig in den Krieg einberufen? Wormitt war froh, dass er ihn hatte, es gab keine Meuterei, weder unter den alteingesessenen noch unter den fremdländischen Wald-arbeitern, die Arbeitsmoral war vorbildlich, die Leute akzeptierten Kalweit trotz der Schinderei, die er ihnen abverlangte, weil er selbst von der Morgendämmerung bis in die Abendstunden mit Hand anlegte, und sie gehorchten seinen knappen, sachlichen Befehlen. Kaum einer, auch von denen, die es konnten, schlich sich davon aus der Truppe. Schließlich, dachte Wormitt weiter, würde der Einberufungsbefehl an sie beide früh genug ergehen, das war sicher.

Luise überbrückte zunehmende Versorgungsengpässe mit dem Anbau heimischen Gemüses, Stecklinge und Samen dazu brachte Irmtraud, die schüchterne junge Schwester Erichs, von den Schwiegereltern mit. Sie kochte, buk, weckte ein, während die Kinder auf dem Hof krabbelten, auf den Wiesen tobten, auf Lydias Arm herumgetragen wurden oder schreiend in der Wiege lagen. Gemeinsam mit der Küchenmagd putzte sie die Böden, schrubbte die Fensterrahmen und erntete und verarbeitete die Obsterträge, grub die Kartoffeln aus, schleuderte Honig, so kam man über die Runden. Lydia half beim Waschen, Bügeln und Umgraben des Ackers, fütterte die Kinder, und bei großen Gesellschaften glänzte das Haus im alten Stil, auch wenn die unbefangene Fröhlichkeit hin und wieder schon wich. Die alten Suhrkaus ließen noch immer den neuen Größen angepasste Seidenanzüge und Satinkleider für die Bübchen und Marjellchens herüberschicken. Luise verscheuchte den Gedanken an Erichs Einberufungsbefehl so gut es ging, nationale Pflichten waren von der ganzen Gemeinschaft zu tragen. Sie war eine Frau von Anfang Dreißig zu Beginn des vierten Kriegsjahres, der man die Mühen des Alltags, die wie ein Uhrwerk ablaufende Vollzeitarbeit und das Festhalten am nationalsozialistischen Pathos ebenso anmerkte wie ihre Kunst, zu blenden. Stets wusste sie das Wort zu führen, gekonnt und amüsant, stets war sie es, die das letzte Wort behielt, wenn Erich es ihr nicht abschnitt.

Die Jungen, der dunkelblonde Walther und der braunhaarige Albert, hingen an Lydias Rockzipfel, wenn sie nicht, zwei dreckige, kleine Buben im Alter von drei und zwei Jahren, an den Abhängen des Waldes herumtollten, im Gras mit hölzernen Figuren spielten oder bei schlechtem, kaltem

Wetter am Kamin saßen und einer der von Lydia erfundenen Geschichten zuhörten. Marthe, noch kein Jahr alt, lief auf wackeligen Beinchen krähend hinter ihnen her und fiel auf die Nase, die ihr Lydia dann abputzte. Im Gegensatz zu den kräftigen Brüdern und dem blonden Wonneproppen Anne war sie ein zartes Kind von kleiner Größe mit schmalen Gliedmaßen und riesigen Augen, die bei der Verwandtschaft Entzücken hervorriefen. Den Säugling gab Luise zwischen den Stillzeiten an Lydia ab, die ihn in ein großes Leinentuch wickelte, das sie sich um die Schultern hängte, so dass das glucksende und greinende Bündel während der Arbeit, ob draußen oder drinnen, an ihrem Körper hing. Luise war stolz auf ihre Kinder, doch für Zärtlichkeiten und Spiel hatte sie keine Zeit. Man fuhr den Jungen manchmal kräftig über den Haarschopf, und Erich nahm Walther mit, wenn er Holz kleinschlug, er warf auch Marthe ein paar Mal in die Luft und setzte sie auf seinen Schoß, wenn er am Kamin eine kurze Pause einlegte, doch Kinder waren niedere Dienstsache, die eigentliche Beschäftigung mit ihnen blieb Lydia überlassen. Sie nahm sie mit zu aller Art von Erledigungen und versuchte sie mit kleinen Liedchen, Märchen und Versen zu unterhalten, mit dem Ergebnis, dass die Jungen nicht ganz verrohten und Marthe und das Baby nicht kränkelten.

Bis zum Anbruch des Jahres 1943 stellten sich regelmäßig Besucher in der Försterei Hohenwalde ein, da Luise nicht mehr, wie noch Ende der dreißiger Jahre, wöchentlich zu ihren Eltern hinüberfuhr oder mit Erich an Theateraufführungen und Konzertveranstaltungen in Allenstein teilnahm. Außer den Eltern und Schwiegereltern, die gebrechlicher wurden oder gealtert waren, und deshalb seltener kamen, empfing Luise gern Irmgard, die ihre Schüchternheit bald überwand und Luise mit einigen Schmankerln aus der vier Generationen umfassenden Förstertradition ihres Familienzweigs zu erheitern wusste. Sie berichtete von den Visiten Kaiser Wilhelms, dem der damalige Oberforstmeister einen kapitalen Hirsch so unbemerkt vor die Füße schießen musste, dass dieser meinte, er habe es selbst getan, und ahmte die dunkle, barsche Stimme ihres Vaters nach, wenn er seine Hunde rief. Irmgard bewunderte Luise ein wenig, sie fühlte sich einsam im streng unter dem Regiment des Vaters geführten Elternhaus; für Luise war sie das Gegenbild von Ottilie, eine jüngere Frau, die ihre Schwester hätte sein können und sich von ihr über das Leben unterrichten ließ. Auch Andrey ließ sich ab und an blicken, um Luise Besorgungen in der Stadt abzunehmen, umso mehr, als er Lydia kennenlernte, die ihm in der Küche freundlich ein Glas Wasser anbot.

Lore von Rohwerder, vormalige von Belau, die frühere Schulkameradin Luises und ihr Mann Karl von Rohwerder kamen einige Male bei Ausritten während des Urlaubs von der Front am Forsthaus vorbei. Rohwerder hatte eine ausgeprägte Vorliebe für die Flugwildjagd und ließ sich von Erich Kalweit die geeignetsten Stellen im Hohenwalder Forst zeigen. Er unterstrich seine adlige Herkunft selten und behielt Beziehungen, deren Charakter ihm im Sinne des geistigen Nährbodens des Landes nicht anfechtbar schienen, bei. Dies machte seine Besuche für Luise so wertvoll, die mit Vorliebe beim Tee mit Lore in alten Erinnerungen schwelgte. Rohwerder war es auch, der die ausführlichen Nachrichten von der russischen Front lieferte, er blieb bis zuletzt davon überzeugt, dass die sechste deutsche Armee Stalingrad einnehmen und halten würde und war fassungslos, als er von der Kapitulation des Oberbefehlshabers Paulus hörte, die er für volksentehrend hielt. Erichs Vermutung, dies sei dessen Verantwortungsbegriff für den für verloren gehaltenen Restbestand der Armee zu schulden, lehnte Rohwerder brüsk ab. „Warten Sie mal, bis Sie als Frontsoldat ihrem Vaterland dienen können, dann wird Ihnen die Wichtigkeit unserer Mission vor Augen treten", hielt er Erich entgegen, und eine Weile herrschte unter den Anwesenden betretenes Schweigen. Dies und der Umstand, dass Luise unbedacht erwähnte, ihre Kindermagd Lydia sei jüdischer Herkunft, führte zu einem an Abbruch grenzenden Auskühlen der Beziehung, die auch nach Lydias Deportation und Erichs Einberufung nicht mehr zu der alten Herzlichkeit fand. Erst auf der Flucht sah Luise Lore von Rohwerder für wenige Stunden unerwartet wieder. „Lange wird Dein Mädchen nicht mehr bleiben, meine Liebe, sie wird den Arbeitsdienst im Osten antreten, wohin sie auch gehört, da kommt sie schließlich her, nicht wahr? Unsere Gegend wird gründlich gesäubert und Du kannst froh sein, wenn Dir niemand einen Strick daraus zieht, dass Du sie bei Dir hast", sagte Lore zum Abschied, während sie Luise die Hand reichte.

Einzig für Luises hübsche Cousine Emma Porschke, deren Eltern mehrere Juweliergeschäfte in Königsberg besaßen, und die sich für eine Woche im Sommer 1943 bei Luise einquartierte, als Erich bereits an die deutsch-russische Grenzfront abkommandiert war, hatte Karl von Rohwerder eine herzliche Wiedersehensfreude übrig, als man sich in der Haupteinkaufsstraße Allensteins einmal unverhofft und vollbepackt gegenüberstand. Mit einem galanten Lächeln überflog er Luise und richtete seinen Blick dann fest auf ihre Cousine, fragte nach deren Lazarettdiensten und wünschte dem verehrten Fräulein viel Glück. „Allem Anschein nach hast Du ihm damals imponiert auf unserem Fest", grübelte Luise laut und sah ihre errötete Cousine von der Seite an. Doch diese schwieg sich aus, und Luise ließ den Vorfall gekränkt auf sich beruhen.

Das alles konnte meine Großmutter unmöglich ihrer Nachbarin berichten. Wieder hatte ich mich meinen Phantasien hingegeben, die mich um die Wirklichkeit betrogen. Ich sah es ein, streichelte einem der Hasen über die Ohren und begab mich zu den beiden Frauen, um zu hören, was sie tatsächlich miteinander sprachen. „Mein Vater starb 1943 an einem Schlaganfall", sagte Luise gerade. Man bot mir Platz, um zuzuhören. „Meine Eltern waren zu dieser Zeit ja schon weit über sechzig Jahre alt! Meine Schwester übernahm dann stillschweigend die Führung des Geschäfts. Durch den Krieg hatte sie Einnahmeverluste, die Mühle wurde geschlossen, weil sie sich nicht mehr rentierte. Aber meine Schwester konnte sehr gut jonglieren, das muss ich sagen. Die Gästezimmer und das Restaurant waren lange ausgebucht durch Familienfeiern. Das schmälerte die Angst meiner Mutter, die sich mit dem ganzen Betrieb überfordert fühlte." Die Nachbarin, um anderthalb Jahrzehnte jünger als meine Großmutter nickte noch einmal und sprach vom Respekt, den man der Schwester zollen müsse, so jung und leistungswillig wie sie gewesen war. Solch harte Zeiten. Dann wechselte das Thema zum Mildener See im ehemaligen Mohrungen über, in dem noch vor dem Krieg viele Urlaubsgäste ihr Badevergnügen ausgekostet hatten, die dann durch das Näherrücken der Frontabschnitte ausblieben. Endlich kam man, zu mir gewandt, auf die Pracht der Vergissmeinnicht in diesem Frühjahr zu sprechen. Nun war ich es, die nickte.

Ein wenig müde und geblendet von der Sonne oder der Anstrengung, zwischen all diesen Welten Wahrheit auszumachen, dachte ich an Ottilies Bemerkungen über ihr Verhalten nach Lauras Weggang. „Ich verfiel auf den Gedanken, Fremde anzusprechen, als ich hörte, dass man Lydia mit vielen anderen jüdischen Deutschen aus der Gegend vom Allensteiner Bahnhof aus deportiert hatte. Mir war klar, dass Lauras Eltern nun unmittelbar bedroht waren. Aber ich kannte keine gegen die Nazis gewandten politisch aktiven Menschen, die sich zudem ja verstecken mussten oder zur Unauffälligkeit gezwungen waren. Und ich dachte an das Schicksal von Hans Litten, das, was ich darüber wusste, bekam Angst und unterließ jeden Versuch. Stattdessen lieferte ich ihnen durch verschiedene Boten, die ich oft genug auswechselte, jede Woche Lebensmittel." Ottilie konnte nicht sehen, dass in ihrem Bericht und in ihrer Selbstverachtung eine Menschlichkeit steckte, die mich anspornte und mir half. „Eines Tages, mehrere Jahre nach Lauras erzwungener Abfahrt, kam der Bote mit der Nachricht, es sei ein neues Namensschild an der Haustür angebracht. Wo die vorherigen Besitzer jetzt wohnten, sei nicht herauszufinden gewesen. Da wusste ich Bescheid. Das einzige, was mir einfiel, war, das

Restaurant für eine Woche zu schließen, mich über die Toilettenbrille zu hängen und, Du entschuldigst mich, mir die Seele aus dem Leib zu brechen".

Die Vergissmeinnicht blühten tatsächlich in allen Farben, hellblau, violett, azurblau, türkis. Sie blühen jedes Jahr wieder. Als ich an jenem Sonntagmorgen in das Haus meiner Großmutter zurückkehrte, meinen kleinen Koffer packte und von ihr Abschied nahm, war mir die Welt ein schaurig Buch mit sieben Siegeln.

IX

Es kam das späte Frühjahr nach der verlorenen Schlacht von Stalingrad; Erich Kalweit wurde eingezogen, an einen russischen Frontabschnitt. Statt Lydias ließ Luise kein neues Mädchen mehr einarbeiten, sie blieb mit ihrer Küchenmagd und ihren vier Kindern in der Försterei allein zurück. Gesprochen wurde nicht viel, als Erich seine Sachen packte, es war nicht die Zeit für Liebe, bedrückende Gefühle wurden in kurz angebundene oder gespielt zuversichtliche Töne umgeschlagen. Die Kinder verstanden ohnehin noch nicht, was das war, Krieg, und für ihre Gefühle interessierte sich niemand. Angst schlich sich um, nistete sich ein, ließ sich dann und wann fortscheuchen, kam wieder und noch einmal, bis man sie hinnahm wie den Krieg, der ja vielleicht doch noch gewonnen werden konnte. Es ist in den Jahrzehnten danach nicht möglich gewesen, zu erfahren, wie viele Männer Erich Kalweit erschoss, wie viele Menschen er hat sterben sehen diesseits und jenseits der Front. Über diesen Krieg, besonders sein Ende, sprach man nicht. Die Front war Männersache, das Leben hinter der Front war Frauensache.

Doch die Menschen dieser Generation bewahrten darüber ein einträchtiges, düsteres Schweigen, das wenig dazu beitrug, sie zu verstehen. Wenn gesprochen wurde, dann nur auf Umwegen über das verlorene Land, über die Russen als eine magische Ansammlung blutrünstiger Gespensterbilder und die Polen mit einer an Verachtung grenzenden Geringschätzung. Die Feldpost aus der damaligen Zeit, vergilbte, wellige, braune Kärtchen, drücken die Sorge meiner Großmutter um ihr Schicksal und die Angst um ihren Mann, eine vorsichtige Wortwahl der spärlichen Mitteilungen und einen tauben Schmerz aus, der zwischen den einzelnen Buchstaben fortwirkt. Im Spätsommer 1947 wurde Erich Kalweit aus russischer Gefangenschaft entlassen. Er hat weder geglaubt, die deutsche Nachkriegsgrenze je lebend zu erreichen, noch alle seine vier Kinder mager, aber gesund wiederzusehen. Soviel von ihm ist verbürgt.

Luises Situation kann ich nicht ausmalen. Sie wird alle Hände voll zu tun gehabt haben, den Gedanken an ein bitteres Erwachen weit von sich geschoben, rechnend mit dem Geld. Sie ließ sich von Ottilie aushelfen, die Beerdigung des Vaters fand, darauf hatten sich die Schwestern geeinigt, ohne großes Aufsehen statt. Die Mutter litt zunehmend an einer Verkalkung ihrer Gliedmaßen, die Bewegungen ihrer Gelenke verursachten ihr Schmerzen, so saß sie am liebsten in einem Schaukelstuhl mit Blick auf die Äcker und hörte den vertrauten, geschäftigen Geräuschen, die noch aus der Küche, dem Laden und aus dem Restaurant kamen, zu. Die meisten der Männer waren fort, abkommandierte Massen Richtung Endsieg, den sie gewünscht haben müssen, als sie es brüllten. Es gab Tote und Verwundete, Bombenalarm, Hunger und Lebensmittelkarten, den Landgütern fehlten die osteuropäischen Gefangenen, die, ebenfalls abkommandiert, der Endlösung entgegenfuhren. Alles lief seinen Gang, aber nichts war mehr wie früher. Da fiel es kaum auf, dass August Wilhelm Suhrkau nicht mit feierlichstem Einstand in die Grube fuhr. Er hatte seine Papiere, die Geschäftsberichte, die Abrechnungen und Verbuchungen fein und säuberlich hinterlassen, und Ottilie fand sich schnell zurecht. Im vorletzten und letzten Kriegsjahr nahmen die Einnahmen sowohl im kaufmännischen als auch im gastwirtschaftlichen Betrieb stetig ab, Taufen, Hochzeiten, Konfirmationen und Kommunion, Geburtstage und Jubiläen feierte man im kleineren Kreis oder verschob sie. Bei Anfragen der Parteiorganisationen, die den Saal für ihre Versammlungen mieten wollten, schützte Ottilie unter bitteren Vorwürfen ihrer Mutter bereits erfolgte Buchungen vor. Um nicht missliebig aufzufallen, musste sie mehrere Male eine Ausnahme machen, sie verhielt sich dann korrekt, vermied es aber, außerhalb der Bewirtung in Gespräche verwickelt zu werden. Sie schützte Frömmigkeit vor und erwiderte auf Heil Hitler ein Grüß Gott. Sie griff Ersparnisse an, ohne es ihrer Mutter mitzuteilen, und steuerte die Kleidung für ihre Nichten und Neffen bei. Das Bild des Führers, das im privaten Arbeitszimmer ihres Vaters über dem Schreibtisch hing, ersetzte sie durch einen Stich Dürers, im Büro ließ sie es hängen.

Von der Vertreibung war viel zu hören. Ein Überlebenskampf, dem der Zusammenbruch narzisstischer, nicht aber der ideologischen Werte folgte. Drei Ereignisse sollen nicht unerwähnt bleiben, von denen mir meine Großtante berichtete; die Rache Rohwerders an Ottilie, die Flucht der Frauen und Kinder im Winter 1945 durch Ostpreußen, die zu den frühesten Erinnerungen meiner Mutter gehörte, und die Vergewaltigungen, die meine Großmutter durchlitt und über die sie zeitlebens schwieg.

Ich konnte Ottilie zuerst kaum folgen, doch versuchte ich mich, in ihre Erzählungen hineinzudenken. Schon seit dem begrüßenswerten Niedergang der ihm suspekten Republik hatte die Pferdezucht Rohwerder mehr und mehr angewidert. Er hatte sie als Erbgut seiner Familie angenommen, war mit ihrem Schnauben, ihren Fliegen und ihren Äpfeln, ihrem Galopp, ihren Koliken aufgewachsen, er war Dressur geritten, bei Wettbewerben gesprungen, zur Jagd ausgeritten, hatte auf Ausstellungen geglänzt. Doch all das langweilte ihn wie die

Äcker, die wogenden Felder und das Brachland ringsum. Sie folgten dem gleichen Rhythmus wie die stupide ihre Rücken beugenden Knechte seiner Eltern, die fohlenden Stuten und die langsam und unaufhörlich fortschreitende Zeit. Er wollte auf Höheres hinaus. Die tradierten Privilegien, die seine Familie genoss, machten das Leben mitunter bequem und behaglich, doch fehlte es seinem Geist an Substanz. Aufbruch, Errungenschaften, das fehlte hier, jemand musste den Sowjets drüben und den Roten zu Hause zeigen, wie man es besser machte. Er fand die Substanz in der Neubewertung des deutschen Wesens, den umstürzlerischen Volkstumsidealen und dem Prioritätsgedanken von der überlegenen Rasse, die den Osten das Fürchten lehren würde und den dumpfen Wunsch der Massen, in Regierungsgeschäften mitreden zu wollen, auf den wahren nationalen Einsatz für die Volksgemeinschaft zurückwies. Er hielt sein Ansinnen für revolutionär und fühlte sich erst durch die national-sozialistische Sache verstanden. Sie erst würde den wie abgestandener Wein dahin gärenden preußischen Tugenden, dem Adel des großen Friedrich, der ruhmreichen Tradition der Schlachten bei Preußisch Eylau, Königgrätz und Tannenberg wieder zum alten Glanz und zu neuer Ehre verhelfen.

Ursprünglich hatte sich Rohwerder auf die kleine, fidele Suhrkau besonnen, trotz des Buckels, es würden sich ja noch andere Möglichkeiten der männlichen Befriedigung finden lassen. Die Familie hatte nationalen Instinkt und durch und durch preußischen Charakter. Es fehlte ihnen an Stand, nicht aber an Geld. Doch in der Kleinen hatte er sich gründlich getäuscht, und die Wut darüber saß tief, nicht wegen der Person, deren gab es Gott weiß wie viele, nein, dass er nicht gleich ihre absonderliche Gesinnung herausgespürt hatte, wurmte ihn. Sie machte das ganz geschickt, und was an Mangel bei ihr durchbrach, versuchte die übrige Familie zu kaschieren. Das hatte er nicht geglaubt, bis Luise diesen abstrusen Hampelmann von Forstmeister geheiratet hatte, dem er gleich an der Nase angesehen hatte, dass er vom kleinbürgerlich verweichlichten Volksfürsorgegedanken erfüllt war. Es war ihm daher eine Lust und eine Genugtuung, als er für kurze Zeit im Landesinneren weilte, Luise Kalweit und Ottilie Suhrkau dabei zu erwischen, wie sie zusammen mit einem dieser rassisch entarteten Burschen aus dem Gefangenentrupp vom städtischen Einkauf in der glühenden, stillen Mittagshitze nach Hause fuhren.

Luise hatte an diesem Morgen unaufhörlich ihre Krampfadern massiert, in der Hoffnung, den ziehenden Schmerz in den Beinen damit zu beruhigen. Sie musste in die Stadt, die Vorräte gingen zu Neige, die Kleinen hatten Hunger. Sie kannte den fremden Waldvorarbeiter kaum, der Erich jetzt bei der Aufsicht der Holzfällerarbeiten ersetzte, aber als sie ihn bat, er möge ihr stundenweise einen seiner jungen Männer ausleihen, um ihr behilflich zu sein, hatte er zur ihrer Erleichterung ohne viel Federlesen eingewilligt. Ottilie hatte sich bereit erklärt, mitzukommen, und nun waren sie müde und erschöpft auf dem Heimweg. Luise dachte mit Bangen an den Unsinn, den die zwei jüngeren Mädchen mit der Küchenmagd getrieben haben mochten. Die beiden Buben hatte sie vorsichtshalber mitgenommen, sie saßen müde und quengelig auf der Hinterbank zwischen den Taschen. Als Ottilie Rohwerder in Uniform heranreiten sah, trieb sie die Pferde an und bemühte sich um einen geraden Sitz auf dem Leiterwagen. Doch Rohwerder trieb seinen Schimmel quer über die schmale Landstraße und fragte in scharfem, doch gemessenem Ton, welches Pack sie denn da in ihrem Wagen mitherumschleppten. Luise, die Rohwerder seit jener beschämenden Depression in Allenstein nicht mehr begegnet war, erklärte so würdevoll als möglich die Sachlage. Das Bürschchen hatte herunterzusteigen und seinen Ausweis herzuzeigen. Luise war verwirrt. Sie befürchtete nichts, dazu kannte sie Rohwerder zu lange, auch wenn jetzt merkwürdige Geschichten im Umlauf waren über Massenerschießungen, über die hinweg sie ihrer Wege ging. Schließlich, in der Politik hatte alles seinen Grund und manche der Hintergründe blieben auf den ersten Blick unerklärlich.

Der junge Russe, schlaksig, aber muskulös, mit braunem Haarschopf und einem breitem Gesicht mit unzähligen Sommersprossen unter den braunen Augen, hatte Angst. Er zeigte seine Papiere, auf denen groß und breit ein J und ein gelber Punkt aufgezeichnet waren. Er sah kurz zu den beiden deutschen Damen herüber, aber er wusste aus Erfahrung, dass sie ihm nicht helfen würden. Ottilie hatte diesen Blick verstanden. Panik kroch in ihr hoch. Es durfte jetzt keinem von ihnen ein Fehler unterlaufen. Sie drängte Rohwerder in freundlichem Ton, den Jungen wieder aufsteigen zu lassen, der angekränkelten Schwester zulieb, der er beim Einräumen der schwereren Kisten zu Hilfe kommen sollte. Doch Rohwerder ließ sich Zeit. „Das Bürschlein hier ist ein Jud, wissen die verehrten Mesdames das nicht?" rief er lauernd, den Jungen mit abschätzigem Blick fixierend. Luise wurde über und über rot. „Mutti, was ist denn?" flüsterte Walther hinter ihrem Rücken, „warum fahren wir nicht weiter?"

Ottilie riss bei dieser Frage der Geduldsfaden. „Jungchen, nun komm schon herauf", rief sie und sah Rohwerder in die Augen. Dessen Gesicht rötete sich, er gab dem Jungen eine Spur zu gemächlich seine Papiere zurück. Er war noch unschlüssig, die ganze Sache kam ihm jetzt doch reichlich aufgeblasen vor, der Schimmel tänzelte zudem bereits unruhig. Da stammelte der Junge Worte: „Da, bittschön Fritz!" Er drehte sich, das Papier in die Innentasche seiner schmuddeligen Joppe verstauend, um, und ging ein paar Schritte auf den Leiterwagen zu. Ottilie rückte zur Seite, um dem Jungen Platz zu machen und der Situation so schnell wie möglich ein Ende zu bereiten. Sie nahm die Zügel auf und sah nicht, dass Rohwerder sein Kleinkaliber zog.

Plötzlich hörte man einen Knall, dann noch einen. Der erste Schuss traf den Jungen im linken Schulterblatt, der andere durchschlug seine Schläfe. Luise hatte sich mit einem unterdrückten Laut abgewandt und das Gesicht Walthers mit den Händen bedeckt, den sie gegen Albert zu drücken versuchte, damit dessen Sicht behindert war. Ottilie saß starr und bleich auf dem Wagen, in der gleichen Haltung wie bei

Rohwerders Eintreffen. Sie sah, wie der Junge einknickte. Sie erkannte das persönliche hinter dem politischen Motiv. „Zersetzung des Volkskörpers. Ist nicht zu dulden", sagte Rohwerder drohend in knappem Ton. „Ich bitte. Der Sanitätsdienst wird ihn auszusondern wissen. Meine Damen, Ihrer Weiterfahrt steht nichts im Wege". Er zügelte sein Pferd, lenkte es an den Straßenrand und Ottilie schnalzte mechanisch mit der Zunge. Langsam fuhren sie an dem leblosen Körper und der sich rasch vergrößernden Blutlache vorbei.

Als Ottilie mir diese Ereignisse am Telefon schilderte, mit einer bereits vom Alter gebrochenen Stimme, wussten wir beide nicht, dass es die letzten Mitteilungen waren, die sie mir mit auf den Weg gab. Eine Woche später rutschte sie auf der Wendeltreppe aus, die zu ihrer Wohnung führte, und auf der sie sich all die Jahre, wie sie oft augenzwinkernd zum Besten gab, mit geschlossenen Augen zurechtgefunden hatte. Sie fiel kopfüber ins Parterre. Dort lag sie stundenlang röchelnd, bis ihr der Atem ausging. Der drastische Hang zum plötzlichen Sterben hatte eine gewisse Ähnlichkeit mit ihrem Leben, vom Siechtum fehlte ihr jede Spur. Nach unserem Telefongespräch, ich hatte gerade aufgelegt, rief sie noch einmal an. „Merk Dir, eine Stunde null hat es nicht gegeben", sagte sie. „Aber etwas anderes: In diesem Moment und als wir ein halbes Jahr später die Grenze unserer Provinz überschritten, habe ich Luise angesehen und bei mir gedacht: Nous ne serons plus ce que nous avons été." Wir werden nicht mehr die sein, die wir gewesen sind.

X

Der Aufbruch, das war der hastig bepackte Leiterwagen, vollgestopft mit den Habseligkeiten, die man für den langen

Marsch für unentbehrlich hielt, Decken, Kochgeschirr, Mäntel, die Kinder auf dem Karren zusammengeschnürt und verpackt gegen die Kälte, sie fuhren durch öde, leere Straßen, an brennenden Häusern vorbei, durch verlassene Dörfer, in deren Gassen aufgeblähte, ungemolkene Kühe brüllten. In den Morgenstunden des Frühwinters, während im ostpreußischen Grenzland noch Barrikaden gebaut wurden, hatte Luise die harte, aber noch nicht gefrorene Erde ausgehoben und alles, was ihr wertvoll erschien, im hinteren Teil des Forstgrundstücks verpackt in die Erdmulde eingelassen.

Sie fuhren dann mit einem der kreuz und quer sich überschneidenden Flüchtlingstrecks, der sich über verstopfte, vereiste Wege und verschneite Felder zog inmitten einer Schneelandschaft, die wie ein Leichentuch Tierkadaver und Menschenleichen bedeckte, sie bekamen Übung beim Radwechsel mit klammen Händen in zerrissenen Handschuhen, dann im Fußmarsch, als die Wagenachse brach. Sie ließen die ungewaschenen, hungrigen, von bettelnden Kinderstimmen erfüllten Nächte im Stroh irgendeiner verlassenen Scheune hinter sich, das Knattern des Artilleriefeuers aus der näher rückenden Ferne, den Kampf verlumpter Jugendlicher um ein paar Kartoffelschalen, orientierungslose, versprengte Einheiten der Wehrmacht. Es ergriff sie eine tranceähnliche Müdigkeit, die sich bleiern um die Beine meiner Mutter legte, die nichts lieber wollte als schlafen, während irgendwo aus dem Wald Einschüsse herüberhallten. Während der Flucht kam der Tod durch den Typhus, an dem die alten Kalweits auf der Überfahrt über See nach Dänemark in einer von Flüchtlingen überfüllten, stinkenden Kajüte starben. Der Tod kroch den halb erfrorenen, halb verhungerten Säuglingen, die die Frauen in Lumpen und Fellen noch lange mit sich herumtrugen, bis sie die vereisten Bündel am Wegrand zurückließen. Zuerst schlachtete man die Pferde, zuletzt schob man sich eine Handvoll Schnee in den Mund. Auf der Flucht starb die völlig orientierungslose, in sich zusammengesunkene Lore von Rohwerder, geborene von Belau, die sich dem Treck, auf ihrer besten Stute sitzend, in einen weißen, gefütterten Pelzmantel gehüllt, für Stunden angeschlossen hatte. Sie wurde von einem sich aus dem weißen Flächenland immer größer hervorhebenden Punkt, der sich als Stoßtrupp unrasierter, müder russischer Soldaten erwies, die in einem Armeewagen heranrollten und durch die Flüchtlingskarawane hindurchfuhren, eingeholt. Sie rissen dies Symbol einer Klasse, die sich auf Kosten anderer Völker bereichert hatte, die ihren Lebtag von oben herab den gewöhnlichen Atem verschmähte, die sich mit dem Tod und der Knechtschaft anderer Menschen vermählt hatte, vom Pferd herunter, warfen sie in den Schnee und zerstampften sie. Ottilie bestand aus nichts als einem entgleisten Grauen, das einige Schritte zurücktrat und in panischer Angst unter den Leiterwagen kroch. Sie wusste Luise über sich, die in der Totenstille, die eingetreten war, hastig ein paar Decken über die Köpfe der drei ältesten Kinder im Wagen warf und Anna, weil sie zu wimmern anfing und unauffällig bleiben sollte, so gut es ging unter ihrem Mantel verbarg. Ottilie gab mir die Flüche wieder, die auf sie, faschistische Fritzenweiber niederprasselten, sie sah sich im Spiegel der rächenden Mörder, sie sah sie einen alten Mann erschießen.

Dann war es Luise, die im Schnee auf die Knie sank, als einer der Russen ihr Anna entriss und seine Pistole zog, und ihren Mantel und dann ihre verschmutzte Hose öffnete und sie auf den Boden warf. Es war Luise, die ihrer Schwester mit irren Augen und einer zuckenden Kopfbewegung anzeigte, dass sie sich nicht nähern sollte, die mit erstarrten Fingern im pfeifenden Wind ihren Pullover hochschob, was den Russen so verdutzte, dass er mit einem höhnischen Lachen seine Kameraden heranwinkte. Es war Luise, die sich ohne jede Gegenwehr mehrmals von einer Reihe anstehender Kerle vergewaltigen ließ, gedemütigt, betäubt, gelähmt unter Schmerzen, nur von dem grellen Blitz ihres Gedanken beseelt, dass Anne außer Sichtweite gezogen worden war. Ich sah mit pochendem Herzen zu dieser späten Stunde, den

Telefonhörer in der Hand, Hausschuhe an den Füßen und von Kriegserfahrung verschont, ihr bitteres, schamvolles Schweigen, ihre Wundheit und ihre totenähnliche Ruhe, mit der sie, als die russischen Soldaten von ihr abfielen, sich in ihren Wagen setzten und durch das Schneegestöber davon fuhren, nicht ohne zu versichern, dass sie wiederkämen, sich aufraffte, um gehalten vom Treck, weiterzuziehen.

Auch Mathilde Suhrkau erreichte trotz zunehmender Schwäche und Gebrechlichkeit mit ihren vier Enkelkindern, Ottilie und Luise das Ende der Flucht. Sie durchlebten die gestohlenen Jahre aller anderen am Krieg beteiligten europäischen Völker, in denen sie sich irgendwie herumschlugen, ausharrten, für Lebensmittel dienten und schufteten, was für Luise eine neue Erfahrung war, und in Kleiderkammern schliefen.

Sie folgte dem schon mit Erich verabredeten Ziel, so weit wie möglich nach Westen zu ziehen, dorthin, wo sie das amerikanische und englische Einflussgebiet vermutete, weit entfernt von einer Neigung zum Liberalismus. Sie wird niemals erfahren, dass zehntausende Menschen, fast ausnahmslos Frauen, von denen dreizehn überlebten, von ostpreußischer Polizei und SS- Einheiten aus den Zwangsarbeiterlagern Jesau, Heiligenbeil, Steindorf und Schippenbeil verschleppt wurden, bevor die russische Armee sie erreichte. Ein kleiner Rest von ihnen, dreitausend-siebenhundert Polinnen, Russinnen, Ukrainerinnen und Tschechinnen, wird sich auf deutschen Befehl und unter deutscher Bewachung auf den Weg zur Steilküste nach Palmnicken machen. Es ist immer noch Krieg, vor ihnen liegt ein Todesmarsch, die Ostpreußen flüchten.

Unverständlich bleiben die Geschichten von Großeltern und Enkeln, über deren Sinn sich Garn spinnen ließe Abend für Abend, angefangen mit der *schwarzen Milch der Frühe,* dem *zerstörten Ort der Symbiose deutschen und jüdischen Geisteswesens,* der *Nacht-Asche auf den Lippen,* dem *Gott. Den haben sie mit uns vertrieben,* und dem *Volk im Plunderkleid, weil ein Tausendjahr vereist,* denn es war *nahe und greifbar, das Blut und das Bild, das im Blut war,* und das *Herz, das zum Abschied schlug, blieb ohne Trost zurück.* Ich wusste nun, was die Rauchfahnen am Himmel bedeuteten, als der Krieg seinem Ende zuging mit dem Frühlingswind, der durch die Ebenen strich, während die Bomben fielen, ich kannte die überwältigende Blütenpracht, die sich kilometerlang wie ein bunter Wandteppich an den Bewusstseinsrändern entlang zog, ich sah jetzt, dass sie einer Attrappe glich und dass noch mehr zu erfahren war über Luise und Erich, Ottilie und Andrey, Marthe und Anne, Albert, Walther und mich.

2. Kapitel

XI

Meine Mutter Marthe hatte die lieblichste Frauengestalt, die ich je gekannt habe. Als erwachsenes Kind liebte ich ihren Körper wie einst als Säugling, als Mädchen, als Heranwachsende. In seltenen Momenten war es mir vergönnt, sie nackt, hingegeben, sinnlich und in keiner Handlung verdinglicht zu erleben. Sie saß hin und wieder in der Wanne eines kleinen Bades in unserer Stadtwohnung und ließ sich von mir den Rücken waschen. Wenn ich mit dem Schwamm über den gewellten Kamm ihrer Wirbelsäule fuhr, ihre Schultern mit Wasser umspülte und dem weichen Schwung ihrer Hüften folgte, war ich dankbar für die Muße, die mir zuteil wurde. Diese Augenblicke voller Zärtlichkeit waren umso kostbarer in einer anderen Zeit, als ich ihrer entbehrte. Die Zeiten wechselten wie Augenblicke, und wenn wir von ihnen sprachen, enthielt die Stimme meiner Mutter ein Tremolo oder sie zitterte.

Da Marthe fast nie über sich selbst sprach, sind ihre Geschichten unzählig. Sie erfand immer neue. Welche Vogelart im Spätsommer gen Süden zog, welche Zutaten man nehmen musste, damit eine Kartoffelsuppe richtig an Geschmack gewann, oder wie man ein Preisschild an einem Pullover so abschnitt, dass der Saum nicht beschädigt wurde, waren Sachverhalte, über die sie sich stundenlang ausbreiten konnte. Tatsächlich könnte die Liste der Ungereimtheiten, der Substanz- und der Sprachlosigkeiten zwischen Luise und Marthe nicht größer sein, als sie ist. Marthe beließ die exemplarischen Momente ihres Lebens, die ein entscheidendes Licht auf sie werfen konnten, zumeist im Dunkeln. Ich nahm das Wenige, was ich davon erfuhr, zum Anlass, es in ihrer Gegenwart auszuschmücken oder es in

Gedanken zu kommentieren. Sie, deren Leben von Traditionen und Konventionen so überhäuft war, als wolle das vergangene Jahrhundert ein Geschöpf seiner mythologischen Geschichtseinfalt aus ihr machen, nahm selten mit eigenen Worten teil. Wenn sie es doch tat, fasste sie ihre Kindheit und Jugend in seltsame Bilder und geheimnisvolle Andeutungen, die sich mir erst allmählich erschlossen.

Auf einem Niemandsgrundstück verstreut als Gleiche unter Gleichen möchte sie bestattet werden. Zwischen den Wiesenparzellen, über die auch ihre Asche gestreut werden wird, reihen sich Pappeln gewunden am Weg entlang, der Wind rauscht und wirbelt in ihren Blättern, die Menschen kommen und gehen, wann sie wollen und wenn ihnen danach zumute ist. So stellt sie sich das vor. Hier wären ihre letzten Spuren gut aufgehoben, meint sie. Doch wird mir ihr Grab fehlen, die Anwesenheit ihrer Knochen unter der Erde, ihre Gebeine, ein Symbol, ein äußeres Erscheinungsbild, an dem ich ihrer Gewesenheit huldigen könnte. „Wozu?", hat sie mich einmal gefragt, als unsere Sprache auf ihr Sterben und die Verwahrung der restlichen Bestandteile des Körpers kam. „Damit Du Dich herumärgerst mit einer von Unkraut überwucherten Grabfläche und ein schwerer Stein auf meinen Knochen herumliegt?" Vielleicht war es auch mehr, was ich wollte. Ein Verlangen danach, die Unwiderbringlichkeit der Ereignisse, die Beschaffenheit von Sein und die Bedeutungen von Sinn nicht allein der Materie, dem unendlichen All, einem unbewegten Beweger zu überlassen.

Als Marthe zum ersten Mal in den allgegenwärtigen Spiegel sah, um sich selbst zu betrachten, als ihr zum ersten Mal bewusst wurde, dass es sie gab, unweigerlich, unwiderruflich, einsam als Geschöpf auf der Welt unter anderen Geschöpfen, stand sie unter einem großen, mächtigen Kastanienbaum mit hängenden Ästen, ihr war eine Frucht auf den Kopf gefallen, die Schale war aufgeplatzt und eine braune, blanke Kastanie kullerte über den Steinweg. Sie rieb sich den Kopf, blinzelte eine Träne fort, hob die Kastanie auf und steckte sie in eine ausgebeulte Seitentasche ihres abgetragenen, geflickten Kleidchens. Man schrieb den Herbst 1947, und Marthe war fast sechs Jahre alt. Sie machte einige Schritte vorwärts und schaute sich um.

Das große Grundstück war umzäunt von uralten, morschen Holzbrettern, die unordentlich aneinander geschlagen waren und schief und krumm aus der Erde stakten. Auf der hinteren Seite der Hausfront nahm am Zaun entlang kaum sichtbar unter dem wuchernden Geäst ein unbegradigter Bach seinen Lauf. Marthe konnte das Wasser, von Sonnenstrahlen erhellt, hier und da blinken sehen. Zwischen dem Rücken der Hauswand und dem Zaun standen einige Birnen- und Pflaumenbäume in einer verwilderten Wiese. Rechterhand, zur Straße hin, die in die nächst gelegene Kleinstadt führte, säumte eine Reihe Tannen das Grundstück. Die Holzwände des Hauses waren grün und weiß gestrichen, die Farbe stellenweise abgeblättert. Die dunkle Haustür war durch ein krummes, windschiefes Holzdach mehr schlecht als recht vom Wechsel des Wetters geschützt und in den Knick, den das Haus machte, war ein holpriger Steinboden eingelassen, zu baufällig und ungeschützt, um Terrasse genannt zu werden. Die Pflastersteine mündeten in einen Weg, der in einer geraden Linie von der Haustür zum Gartentor führte, das schief in den Angeln hing. Auf diesem Weg stand die alte Kastanie, die dem Vorplatz und dem Eingangsbereich des Hauses im Sommer Schatten spendete. Linkerhand weitete sich das Grundstück quadratisch aus und schloss an die ersten Baumgruppen und Sträucher des Waldes an. Auf dieser Seite der Gartenfläche lagen die ungepflegte, von Moosflechten übersäte Wiese, ein verrotteter Steinbrunnen, mehrere alte, unfruchtbare Apfelbäume, ein Kirschbaum und ein mächtiger Walnussbaum. Etwa zwanzig Schritt vom Haus entfernt stand ein kleines Holzhäuschen, in dem sich ein Plumpsklo befand. Das Grundstück sah ungepflegt und heruntergekommen aus, doch wenn man vor dem Haus ins Weite sah, hatte man einen freien Blick auf die hügelige Ebene, die sich leicht bis zu den

Waldhängen des Sollings hinaufzog und auf der anderen Seite in umzäuntes Viehbrachland abfiel. Auf halber Strecke zwischen der Kleinstadt und der Revierförsterei lag ein Friedhof, abgeschieden vom Verkehrslärm der Stadt und unmittelbar von der Landstraße begehbar. Die Stadt lag sieben Kilometer entfernt, und im Umkreis dieser Strecke war die Försterei das einzige Wohnhaus.

Marthe sah an sich herunter und zog an ihren geflochtenen Zöpfen, die so streng gebunden waren, dass sie wie zwei kleine Besenstengel an ihren Wangen herab hingen; ihr tat die Kopfhaut weh davon. Sie besah sich ihre Schuhe, zwei Holzlatschen, in denen ihre zierlichen Füße hin- und herrutschten, die in Strümpfen steckten, welche von undefinierbarer Farbe und sichtlich mehrfach geflickt waren. Das Kleid hing unförmig wie ein Kartoffelsack herunter, die Schultern rieben sich spitz an seinem Stoff, und da sie keine Jacke besaß, fror sie ein wenig. Marthe hatte oft gehört, dass man sie zierlich nannte: „Nein, was für ein niedliches, kleines, zierliches Mädchen Sie haben, Frau Kalweit!", hatte die Verkäuferin im Ort erst neulich ausgerufen, als sie den Einkaufsladen mit der Mutter betrat. Doch im Unterschied zu Marthe hörte diese nie hin und bestellte das Wenige, was sie bezahlen konnte. Wegen der Länge des Weges und da sie kein Auto besaßen, mussten sie mit dem einzigen, klapprigen Fahrrad, welches der Vater auf dem Sperrmüll gefunden hatte, mehrmals von der Ortschaft bis zur Försterei hin und herlaufen. Das Fahrrad, vollbepackt, schob die Mutter dann vorsichtig, und Marthe oder einer ihrer Brüder liefen neben ihr her. Marthe hatte dunkelbraunes, glänzendes Haar, von dessen Welligkeit man mehr sah, wenn sie es offen trug, was ihre Mutter aber erst erlaubte, sobald sie im Bett verschwand. Wie der Vater hatte sie mischfarbene Augen, nur dass sie nicht ins Grau überschlugen, sondern in ein weiches, abgestimmtes Grün-braun. Sie war im Ganzen zart, nicht nur ihr magerer Körper, die staksigen Beine und die dünnen Arme, sondern auch in den Details; ihr Kopf war nicht groß, ihr Gesicht schien in eine Handfläche zu passen, ihre

Wangenknochen waren deutlich hervorgehoben und ließen die Wangen noch blasser aussehen, als der Hunger sie machte. Ihr Mund war schmal wie der Nasenrücken, nur die Ohren waren lang und oval.

Marthe umfasste die kleine Kastanie in ihrer Tasche und hüpfte auf dem unebenen Pflaster mit einem Bein auf und ab. Es bereitete ihr Freude, die Höhe und Tiefe ihrer Bewegungen zu erleben, zwischen denen die Spätsommersonne ein freundliches Gesicht machte, sie brachte sie ganz zwischen Himmel und Erde unter, soweit ihr Blick beim Springen reichte. Sie sprang hoch und höher und die Kastanie hüpfte dazu in ihrer Tasche. Plötzlich hörte sie ihren Namen rufen, hielt inne, drehte sich um und lief mit schnellen, kleinen Schritten an die dunkle Eingangstür. Mit etwas Mühe schlug sie sie auf und verschwand. Nahezu zwei Jahrzehnte sollten vergehen, bis sie sich, in einer einsamen Stunde ihres Lebens, wieder an diesen Augenblick ihrer Kindheit erinnerte, den sie gerade ausgekostet hatte.

Als Marthe in die Försterei eintrat, schlugen das düstere Treppenhaus und seine gähnenden Leere mit einem gefräßigen Maul über ihr zusammen. Sie versuchte dem Maul zu entkommen, lief hierhin und dorthin, nahm zwei Treppenstufen auf einmal, schlängelte sich über die einzelnen Absätze, kroch in eine Nische des Zwischengeschosses, sprang wieder hervor, rannte um die Ecke, doch es nützte alles nichts. Es verschluckte sie, sie stand tief in seinem Rachen. Seine befleckten, holzigen Wände dehnten sich und rückten zu ihr vor, die heruntergetretenen, gebohnerten Treppenbalken schlugen bei jedem Schritt gegen ihren Körper, das wurmdurchfressene Geländer bog sich unter ihren Fingern, die Holzbalken an der Decke drückten sie in die Tiefe, die renovierungsbedürftige, altbackene, braun und ockerfarbene Tapete im Flur auf der ersten Etage drang mit einem dumpfen Befehl des Stillstands in ihre Augen, die teils klinkenlosen, morschen Türen spien ihr ihren hoffnungslosen Zustand ins Gesicht, und der Boden, auf dem sie lief, knarrte bei jedem Schritt so vorwurfsvoll, als ertrüge er Leblosigkeit

am besten. Die Atmosphäre des Treppenhauses hatte sich vom ersten Tag ihres Einzugs an mit einem kernseifigen, klammen Bodenkammergeruch gegen jede Form des Durchatmens gewappnet. Marthe war vor der Tür des Raumes, in dem ihre Großmutter lebte und schlief, angekommen. Sie blieb stehen, drückte leise die Klinke herunter, zwängte sich durch den freien Spalt, und schloss die Tür wieder ebenso leise hinter sich. In dem kleinen Raum war es so dunkel wie in allen anderen Zimmern, in denen sie lebten, nur durch ein kleines, schmales Fenster, an dessen Rahmen die weiße Farbe absplitterte, drang etwas Licht und fiel auf das Bettgestell, auf dem ihre Großmutter lag. Außer diesem befanden sich noch ein Hocker und einige Gefäße auf dem Fußboden sowie eine wacklige, zerschlissene Kommode am gegenüberliegenden Ende des Zimmers. „Dejne Mutter ist in der Waschküchje", ächzte eine knarrende, weinerliche Stimme, der Marthe den Vorwurf anhörte, dass sie nicht schon früher gekommen war. „Hast wieder nicht jehorcht!".
Marthe nahm schweigend den Blechbecher, der auf dem Fußboden neben einer gelben, henkellosen Emaille-Kanne stand, hob die Kanne auf und goss ein wenig lauwarmes Wasser in den Topf. Sie trat an das verrostete, eiserne Bettgestell, auf dessen provisorisch mit dickem Draht überspannter Liegefläche einige übereinandergelegte, alte Koldern der Großmutter eine notdürftige Unterlage boten. Vorsichtig schob sie ihre kleine Hand in den Nacken der Greisin, hob ihren von spärlichem, aber wirrem Haar und unzähligen Furchen gezeichneten Kopf und goss in den Spalt zwischen den rissigen, ausgetrockneten Lippen in kurzen Abständen einige Tropfen Wasser, die die Großmutter mühsam herunterschluckte. Dann schlug sie die ranzig riechende, raue Decke zurück, goss den Rest aus der Kanne in eine verbeulte Schüssel, die in einer Ecke des Zimmers stand und wusch die knochigen, sehnigen Hände und Unterarme, die Mathilde Suhrkau kaum noch bewegen konnte. Als sie damit fertig war, zog sie deren Nachthemd bis zum Bauchnabel hoch, legte eine Hand unter den ausgemergelten

Leib der Liegenden, mit der anderen drückte sie sanft gegen das Schultergelenk. Sie stemmte sich hoch und drückte die Großmutter auf die Seite, eine Übung, bei der sie die ersten Male mehrere Anläufe brauchte und sich die Hand verknickt hatte. Nun ging es besser. Sie schüttete das restliche Wasser aus der Emaille-Schüssel in den Blechtopf und legte die Schüssel in die Kuhle, drückte sie tief zwischen den nachgebenden überdeckten Draht und den Körper, bis nur noch der äußere Schüsselrand sichtbar war, lief zur anderen Seite des Bettes und ließ die Kranke langsam zurückfallen.

Während Großmutter Mathilde sich unter Stöhnen entleerte, was eine gute halbe Stunde dauerte, tauschte Marthe die nach Urin und abgestandenem Altersschweiß riechende Decke mit einer an der fleckigen Wand auf einem Hocker liegenden anderen aus. Sie legte sie ans Fußende des Bettes und zog sie nach oben. Die Stimme flüsterte unverständliche Worte, sie kam aus einem anderen Reich, in dem Hexen, Kobolde und Ungeheuer wohnten, in dem kleine Kinder geschlachtet und verschlungen wurden und in dem der Teufel persönlich aus dem Wald kam, damit man die Flucht ergriff. „Seind die Russen schon weit? Haben sie mein jutes Opernglas jefunden? Vor Meecklenburch, da hatt ich es noch", flüsterte die Stimme. „Jeh es holen, Kind, für die Russen taugt es nich". Marthe schwieg. Sie fühlte die Augen ihrer Großmutter auf sich gerichtet, aber es erleichterte sie, dass sie sie nicht sah. Ihre Augenlider waren nur noch einen Spaltbreit geöffnet, ihr Augenlicht war trüb und auf den letzten Etappen der Flucht schon hatte sie über schemenhafte Umrisse hinaus nichts mehr erkannt. Einmal war auf Bitte der Mutter hin ein Arzt gekommen, doch Großmutter Mathilde hatte ihn zu einem Abgesandten des Teufels oder der Russen erklärt und sich geweigert, ihre Augenlider zu öffnen. Sie hatte ihm erklärt, dass sie eine riesige Spende an die katholischen Polen vermacht habe, noch lange vor dem Krieg ein Areal in ihrem Dorf zur Verfügung gestellt für einen Kirchbau und Glauben, dem sie nie angehörte, ohne dass dem bisher Rechnung getragen worden wäre von russischer Seite. Die Kirche der anderen ging sie nichts mehr an. Seitdem lag sie hier und wartete auf ihren Tod, der sich hinzog, je mehr sie ihn fürchtete. Ihr mageres Gesicht ließ den Totenschädel schon erahnen. Aber sie drohte ihm mit ihrer heiseren, knarrenden Stimme und warf ihn wieder hinter die Front zurück. Marthe wandte sich ab und öffnete einen Augenblick das Fenster. Die Stimme ließ sich nicht beirren. Sie bohrte sich in ihren Rücken, schlich um sie herum und setzte sich auf das Fensterbrett. „Haast eine traurije Zukunft, Marjellchen. Was haben dei Russen aus uns jemacht. Arrme Leite".

Marthe sah drei Punkte auf der Landstraße, die langsam näher kamen. Vater, Walther, Albert. Sie schloss das Fenster, kehrte ans Bett zurück, wiederholte die Prozedur des Herumlegens, bei der sie verhindern musste, dass der Harn in der Schüssel sich auf die Unterlage ergoss, und wischte den faltigen Hintern, die Oberschenkel und die Scham der Großmutter mit feuchten Lappen und Zeitungspapier, das unter dem Bett lag, sauber und trocken, so gut es ging. Es stank im Raum, aber Marthe hatte kaum mehr Zeit, das Fenster erneut zu öffnen, sie wusste, die Mutter wartete bereits. Sie riss es kurz und weit auf, deckte die Großmutter zu, umfasste deren Handgelenke und drückte sie auf die Decke. Die Lider schlossen sich. Marthe atmete auf, verriegelte das Fenster, nahm die schmutzige Decke, die Kanne und die Schüssel und schlich sich hinaus.

Im Haus war es still. Marthe ging langsam Schritt für Schritt die Treppe hinunter, mit angewinkelten Armen hielt sie verkrampft die Decke an den Seitenenden hoch, darauf bedacht, dass die Exkremente ihrer Großmutter nicht auf die Stufen schwappten. Vorsichtig ging sie um eine Ecke des dunklen Gangs im Erdgeschoss und schob die nur angelehnte Küchentür mit ihrem Ellenbogen auf. Sie stieg zwei Treppenstufen herab und stellte die Utensilien auf den Boden. Sie wusste, dass sie sich zu beeilen hatte, um ihrer Mutter bei der Wäsche zu helfen, die geschrubbt werden musste; sie hatte wie jeden Morgen die Aufgabe, sie zu säubern. Der Waschraum lag auf der anderen Seite des Hauses im

Kellergeschoss. Danach würde sie sich um Anne kümmern müssen. Seit der Flucht, an die Marthe sich nur als ein Gemisch von Gewimmer und Schüssen, abgetrennten Pferdeköpfen mit blutunterlaufenen Augen, einem verschwommenen, von Schmerzen angefüllten Körper aus Menschenmassen und der Kälte erinnern konnte, die sie seitdem ständig begleitete, hatte Anne merkwürdige Anfälle. Dann hing ihr die Spucke im Gesicht, sie verkrampfte die Beine wie eine Gummipuppe, die Marthe einmal am Wegrand gesehen hatte, und ihr Kopf schlug auf den Boden. Sie musste beruhigt werden, was nicht einfach war. Der Arzt hatte nachdenklich den Kopf geschüttelt und nannte es mal Schock, mal Epilepsie, und auch wenn Marthe nicht wusste, was gemeint war, fuhr sie Anne jeden Morgen in der verrosteten Schubkarre durch den Garten, bevor sie Großmutter fütterte. Denn außer den Anfällen, die Anne bekam, gab es noch ein Problem; sie wollte nicht laufen, sie kroch lieber. Die Eltern hatten es mit Drohungen versucht und mit guten Worten, schließlich auch mit Schlägen, Großmutter hatte vom Bett aus Gott angerufen, der aber nicht kam. Als man versuchte, Anne zu zwingen, hatte sie nur wieder einen dieser Anfälle bekommen und mit dem Schaum vor dem Mund drei Worte hervorgestoßen. Seither sprach sie immer dieselben Worte, die einzigen, die Anne behalten hatte, alle anderen Worte hatte sie wahrscheinlich vergessen; „peng", sagte sie, „peng, peng, peng". Doch seit Marthe sie jeden Morgen auf der Wiese umherfuhr, war ihre Schwester ruhiger geworden und half sogar, die Wäsche zu sortieren und die Böden zu kehren, allerdings immer noch auf den Knien.

Marthe nahm den stinkenden Bottich, um ihn zum Plumpsklo zu tragen, als sie die Schritte vom Grundstückseingang her hörte: Vater und die Jungen kamen. Sie lief hastig an der Herdstelle vorbei zu einer kleinen Seitentür, die in den Garten führte, schob, mit der einen Hand den Bottich festhaltend, den Riegel vor, und öffnete mit der anderen die Tür. In der Eile stolperte sie beim Hinaustreten über die Schwelle. Der Bottich fiel auf den schmalen Steinweg, der Inhalt besudelte ihr Kleidchen, ihr Gesicht und die Hände, eine klumpige Brühe floss über den Weg. Marthe erschrak. Als sie sich aufrichtete, stand ihr Vater vor ihr. Hinter ihm stand Walther, Albert kam als letzter. Sie trugen Holz. Marthe hielt ihren Blick gesenkt und wartete auf die Strafe. Sie hob den Bottich auf, während ihr Vater das Holz auf einen Stapel aufgeschichteter Holzstämme an der Hauswand legte. Dann holte er aus und gab ihr eine Ohrfeige, dass der Kopf flog und die Wange brannte. „Mach die Sauerei weg und hilf Deiner Mutter", fuhr seine barsche Stimme quer über ihren Kopf. Erich Kalweit drehte sich um, nahm eine Axt, die an der Wand lehnte, und ging mit den Söhnen das Holz zerkleinern.

XII

Als ich die Reife einer erwachsenen Frau erreicht hatte, vermieden Marthe und ich es, uns bei Luise zu treffen. Einmal, im Herbst 1989, ein Jahr nach Ottilies Tod, haben wir eine Ausnahme gemacht. Es endete damit, dass sie mich auf dem Weg zu der Linde und den Maisfeldern begleitete, aber sie mochte den Blick aufs Dorf weniger als ich, sie verabscheute Mais auch angesichts des bereits geernteten Feldes, und der ungeschützte Gang durch feuchte Luft verursachte ihr unaufhörliche Niesanfälle. In Frankfurt, wo sie lebte, gingen wir gern zusammen spazieren. Wir spazierten aller Orten; im Grüneburgpark und im Stadtwald, im Palmengarten und auf der Zeilgalerie, an der Promenade des Museumsufers, auf dem Eisernen Steg und an der Uferstraße des Mainbeckens, in den umliegenden Städten des Vordertaunus und um den Golfplatz in Niederrad, an der Nidda und auf Wegen, die zum Goetheturm führten, von dem jedes Jahr einige junge Menschen in den Tod sprangen. Einmal fuhren wir zusammen für ein verlängertes Wochenende nach Frankreich, aber statt in Paris im Louvre zu wandeln, was Marthes Wünschen beim Grenzübergang entsprochen hätte, landeten wir in der Rokokostadt Nancy und blieben. Wir begannen unsere Ausflüge von der quadratischen Place Stanislas mit den goldenen Torbögen, den Brunnen, dem Denkmal und den Cafés, besuchten den botanischen Garten, tranken einen Espresso und wanderten zwischen prachtvollen historischen Fassaden unter dem Triumphbogen zur Place de la Carrière, dem ehemaligen Turnierplatz, auf dem nun Autos fuhren. Hier war es, dass Marthe mir eines der Bilder in die Hand gab, welche sie von frühester Kindheit an begleitet hatten. Es trat zum ersten Mal in ihre Träume, kurz nachdem ihre Familie in den Solling gezogen war und die Arbeit am Wiederaufbau begann.

Ihrem Einfall ging ein Vorfall voraus. Wir stritten uns in einem Café bei strahlendem Sonnenschein über die zweifelhafte Notwendigkeit von Regenschirmen, die Marthe in einem Magasin zu kaufen beabsichtigte. Diesen Widerspruch zwischen dem aktuellen Wetterstand und ihrem Beharren auf persönlicher Voraussicht hatte ich schon als Kind bei ihr kennengelernt. Marthe kaufte dann drei Schirme; einer ging uns unterwegs kaputt, einen ließ ich liegen, den dritten benutzt sie noch heute. Während wir in einer Reihe von Menschen an der Kasse standen und sie die Schirme, die sie nach mehreren Durchläufen in verschiedenen Kaufhäusern erstanden hatte, fest unter dem Arm geklemmt hielt, drehte sie sich plötzlich zu mir um und sagte: „Kannst Du Dir das vorstellen, ein Eimer voller Schlangen? Immer war es ein Eimer voller Schlangen, die widerlich langsam nach allen Seiten aus ihm herauskrochen und mit ihren Zungen zischelten. Ich hasste die Dinger und fürchtete sie, doch auf Anweisung meiner Eltern musste ich sie aufzusammeln, zurückzudrängen und wieder in den Eimer stecken, wo sie sich wanden. Und immer wieder die gleiche Prozedur, sie zeigten ihre Köpfe, schlängelten sich über den Rand und ich musste sie der Ordnung halber einsammeln und zurückstopfen. Es war so ermüdend wie mein Alltag damals, Du glaubst es nicht!"

Es war keine Frage des Glaubens und nicht die Zeit der Gefühle. Ihr Vater sah erschöpft, krank und grantig aus, als er aus dem Krieg kam. Marthe wusste nicht mehr, was sie über ihren Vater gedacht hatte, bevor er kam, nicht einmal, ob sie ihn vermisst hatte. Eines Tages war er da, ein blasser fremder Mann, bei dessen Anblick ihre Mutter geweint hatte und Marthe ängstlich und aufgeregt war. In den ersten Wochen nach dem Auszug aus den zwei angemieteten Zimmern in der Kleinstadt und dem Einzug in die Försterei musste dieser Unbekannte, der ihr Vater war, das Bett hüten, sein Bauch war kaputt und ihre Mutter hatte erklärt, er könne die meisten Speisen nicht bei sich behalten. Seit er bei ihnen wohnte, gab es zum Frühstück Haferschleimsuppe, und einmal in der Woche musste er zum Arzt. Doch schon einen Monat später ging er regelmäßig in den Wald, um Spuren zu lesen, um im hohen und niederen Bestand des Reviers nach frischen Fährten des Rot- und Schwarzwilds Ausschau zu halten, eine kranke Fähre zu erschießen oder einen Fuchsbau dicht zu machen. Wenn sie abends bei ihrer Großmutter am Bett saß und aus dem kleinen Fenster ins Dunkle sah, überkam sie Angst vor dem stämmigen Schattenreich, in dem ihr Vater jeden Morgen verschwand. Für Marthe hatte der Teufel, der im Wald nachts herumschlich, wie Großmutter behauptete, immer die gleiche Gestalt; er war groß wie ein Bär und genauso zottelig, hatte zwei Hörner auf dem Kopf, eine furchterregende, grimmige Schnauze und drohende Augen und fraß alles, was sich ihm in den Weg stellte. Marthe hätte gern die nette Frau aus dem Einkaufsladen in der Stadt gefragt, ob sie ihr nicht ein Honigbonbon schenken könnte; das wollte sie vorsichtshalber bei sich herumtragen, falls sie ihm einmal begegnete, aber sie traute sich nicht.

Ihre Mutter war den ganzen Tag beschäftigt. „Es muss alles neu aufgebaut werden", hatte sie gesagt, „und alle müssen dabei mithelfen." Morgens um fünf ging es los, jeder von ihnen, mit Ausnahme von Anne, die selbst beschäftigt werden oder sich ausruhen musste, hatte seine Aufgaben, und wenn sie erledigt waren, gab es ein trockenes Brot in die Hand. Wenn nicht, gab es eine Ohrfeige. Albert schien es am wenigsten auszumachen, wenn er gehauen wurde, er stahl sich manchmal auf die Felder und ins nahe Unterholz, sammelte Spinnen, denen er die Füße ausriss, und plünderte die unausgebrüteten Eier der Vogelnester. Die Eier legte er im hinteren Garten auf einen alten Baumstumpf, dann legte er sich selbst auf die Lauer, um zu beobachten, wann die ersten Eichelhäher geflogen kamen. Manchmal dauerte es Tage, und wenn die Mutter ihn so entdeckte, gab es abends Hiebe. Das Schlimmste aber war, dass Mutter immer traurig war, ganz gleich, was und wieviel man machte und wie sehr man sich dabei anstrengte. Sie lief den ganzen Tag mit einem leeren, von Arbeit und Anstrengung durchkneteten Gesicht herum, nur wenn Vater nach Hause kam, hellte es sich ein wenig auf. „Deine Mutter weiß nich, wie sie Euch satt krijen soll", sagte die krächzende Stimme der Großmutter, „und seit Jalta ist sie traurich, unsre Heimat is verlorjen". Marthe wusste nicht, was das war, Jalta, es erklärte ihr auch niemand und an das, was Großmutter Heimat nannte, konnte sie sich nicht erinnern. So sehr sie sich auch bemühte, es kamen ihr nur aufgeblähte, enthäutete Pferdebäuche und dahinziehende, schmutzige Karren in den Sinn.

Im Laufe dieses und des nächsten Jahres, unterbrochen nur von den spiegelglatten Wintertagen, schufteten Luise und Erich Kalweit rund um die Uhr. Für die Schwestern Marthe und Anne und die Brüder Walther und Albert, die bisher nur auf ausgemusterten Matratzen schliefen, wurden zwei eiserne Bettgestelle besorgt, und in verschiedenen Räumen untergebracht. Die Jungen bekamen einen wackeligen Holztisch auf ihr Zimmer, um ihre Schularbeiten daran zu machen, und ein paar zusätzliche Holzschuhe für den Schulweg, die ihr Vater selbst zimmerte. Hinter dem Haus legte Luise, Marthe dicht an ihrer Seite, einen Gemüsegarten und einen Kartoffelacker an, Obststräucher und Bäume wurden gepflanzt, die die alten Obststämme ersetzten. Zwischen dem verwilderten Garten und dem Steinweg bauten Erich Kalweit und sein ältester Sohn Walther während der Abendstunden in mühsamer Kleinarbeit eine Scheune mit angrenzendem Hühnerstall, während Albert daran ging, eine zwei mal zwei Meter breite Erdkuhle auszuheben, die später für das Flugwild und die Schlachtgänse als Teich dienen sollte. Der Gartenzaun musste repariert, passende Holzstämme aus dem Wald besorgt, zersägt und zerhackt werden, um ihn auszubessern und an der Waldfront, der Wildschweine wegen, ganz zu erneuern. Für Nachschub an Holz und seine Verkleinerung war zu sorgen, damit der einzige warme Platz im Haus, am Holzofen in der Küche, beheizt werden konnte und tagsüber warm blieb, die Treppenstufen, teils schon halb durchgebrochen, waren erneuerungsbedürftig, an das Tapezieren der Zimmer aber war vorerst, wie an so vieles andere, nicht zu denken.

In dem Jahr, in dem Marthe und Anne in die völlig überfüllte Volksschule der nahegelegenen Kleinstadt eintraten, obwohl Anne noch immer in größeren Abständen ihre Anfälle bekam, auch wenn sie nun ganze Sätze statt des Penpengs hervorbrachte, standen im Sollingschen Försterhaus der Kalweits die ersten Ziegen im Stall und die ersten Hühner auf der Leiter, und Luise Kalweit erhielt von ihrer Cousine Emma Porschke einen Brief, in dem sie schrieb, es gehe ihr nicht schlecht, dank der Auslandskonten ihres Vaters komme man über die Runden. „Im Übrigen werde ich", schrieb Emma an Luise weiter, „ im Frühjahr 1949 einen gemeinsamen Be-kannten aus Ostpreußen heiraten, der, stell Dir mal vor, auf einen Besuch bei uns vorbeikam, und mit ihm demnächst nach Bonn ziehen. Es ist niemand anderes als Karl von Rohwerder, Du erinnerst Dich doch?" Luise besann sich sogleich, ihrer Schwester Ottilie nichts davon zu erzählen. Im darauffolgenden Jahr, in dem Mathilde Suhrkau mit lautem Röcheln, mit zuckenden Händen und starken Brustkrämpfen ihren Kampf gegen den Tod verlor, dachte ihre in Göttingen untergekommene Tochter Ottilie in Erwartung der Ausgleichszahlungen daran, ein neues Geschäft zu eröffnen, und einige Monate später gerieten die Brüder Walther und Albert Kalweit in einen heftigen Streit.

Auf der Rückfahrt von Nancy nach Frankfurt schwelgte Marthe nicht in Reiseerinnerungen. Sie war erschöpft, saß zusammengesunken und schmächtig auf dem Beifahrersitz und sprach von einer Nachbarin, die überraschend an Brustkrebs erkrankt war und die sie gleich am nächsten Tag im Krankenhaus besuchen wollte. Sie haderte mit ihrem schlechten Gewissen, während ich mich auf den Innenstadtverkehr konzentrierte und wir uns an den städtischen Bühnen vorbei in die rechte Spur einfädelten. Marthes Sätze kamen stoßweise hervorgepresst, sie legte Pausen ein zwischen ihnen, ihr Atem pfiff, und ihre Bronchien rasselten. In ihrer Wohnung angekommen, nahm sie als erstes ihr Spray, sog den Sauerstoff zwischen die Lungenflügel und schluckte mit Mineralwasser die Cortison-Tabletten hinunter. Wir sahen uns an. Ihre Augen hatten wie so oft einen flehenden, leidenden Ausdruck, als sei der Schrecken der Welt zu früh in sie hineingefahren. Sie lagen eingedrückt in den Höhlen und verschwanden zwischen den spitzen Wangenknochen, die wie Krater aus der Haut fuhren. Ihr graumeliertes, dunkles Haar lag wie angeklatscht um ihren Kopf. Seit sie allein wohnte, ging es ihr besser, doch wussten wir beide Bescheid; das Cortison sicherte ihr eine Überlebenschance, wenn sie sich schonte. Beim Abschied nahm ich sie in den Arm, einen kleinen, schmalen, kindhaften Körper, der alterte, aber alterslos erschien und mir bis an die Brust reichte. Auch dies war ein Bild, das zu denken gab.

Die Schulzeit Marthes stand unter keinem guten Stern, das machten schon die Umstände ihres Eintritts deutlich. Es war kalt, der Herbst zog schon seit ein paar Tagen mit früh einsetzenden Nebelschauern, unaufhörlichen Rinnsalen, die wie an Fäden gezogen von der grau verhangenen Wolkendecke herunterhingen, heftigen Windböen und einem Schwall gelbbrauner Blätter ums Haus, als Marthe am frühen Morgen Anne weckte, nachdem sie ihre Großmutter gewaschen hatte. Als sie trockengelegt war, hatte Marthe ihr einige in Tee getunkte Brotstückchen in den Gaumen geschoben, die trotz ihrer Winzigkeit in ihrem Hals steckenblieben, so dass Großmutter Mathildes Gesicht dunkel anlief, denn zu mehr als einem Hüsteln reichte ihre Kraft nicht mehr. Es half auch nicht, dass Luise hereingerannt kam, Mathilde hochkant schob und ihr heftig auf den Rücken klopfte. "Stell mir das Radio an", ächzte Großmutter, "der Ärjer spült die Krimelchen hinunter". Ihr Schwiegersohn hatte ihr das Sendegerät mit rauschendem Empfang und einem einzigen funktionierenden Sender mitgebracht und damit vertrieb sie sich die Zeit. Wenn sie müde wurde, ließ sie es weiterdudeln und schlief ein. Marthe nahm Anne nach einer kärglichen Mahlzeit bei der Hand, packte sich die zwei Täschchen aus grobem Baumwollstoff, die die Mutter in der vorigen Woche genäht hatte, über die Schulter, und zog sich die Holzklepper an, denn andere Schuhe besaß sie noch nicht. Die Mutter strich ihnen kurz über das Haar, als sie gingen. Es war gerade sechs Uhr vorbei, die ersten Lichtfetzen am Horizont erhellten die Waldkuppe, an der sie vorbeischlichen, auf jedes Geräusch mit einem Zusammenzucken und einem Händedruck antwortend. Anne hatte Angst. Marthe merkte es an ihrer schweißnassen Hand, die sich unruhig an ihre eigene klammerte. Sie tippelte mit gesenktem Kopf neben ihr her. Die Mädchen besaßen keine Regenmäntel, ihre Mutter hatte ihnen zwei Wollschals fest um den Kopf gebunden. Auf der Landstraße fuhren wenige Autos, die Umrisse einzelner Bäume am Wegrand wirkten wie Silhouetten einer Wachmannschaft, die sie aufmerksam beobachteten, und der Bach, der sich neben der Landstraße dahinzog, wisperte und raunte, als beherberge er vielerlei unsichtbare Lebewesen, die über die Böschung lugten. Marthe zog Anne etwas schneller. Sie folgten einer Wegbiegung und noch einer, der Weg war noch weit. Ihre Holzschuhe klapperten auf dem steinigen Boden, ein Käuzchen antwortete mit seinem Ruf. Anne schniefte. Sie liefen und liefen, und Marthe spürte wieder die Müdigkeit in ihren Beinen, die langsam den Körper

113

hochkroch und sich bis über den Nacken ausbreitete, der steif wurde. Nur ihr Kopf war klar: sie beobachtete genau, was um sie herum geschah. Als sie in der Ferne die ersten Lichter erblickte, war sie erleichtert. Anne schniefte nun unaufhörlich. Sie wechselten die Straßenseite, und nach einer weiteren stummen Viertelstunde hatten sie den Stadtrand erreicht. Der Rückweg würde einfacher sein, denn dann war es Tag.

Über dem Stadthimmel dämmerte es rötlichblau, und die Stadt wirkte freundlich, warm und hell auf sie, bis sie das Schulgebäude erreicht hatten, einen schmutzigen schwarzen Bau, langgezogen wie eine ausgediente Scheune, vor der ein paar Kinder standen, die sie argwöhnisch musterten. Marthe stellte sich mit Anne in eine Ecke und wartete. Der Vorplatz füllte sich, hier und da waren Mütter zu sehen, und endlich kam auch ein Mann, der wohl der Lehrer war, groß und hager, mit einer Hakennase und einem exakten Haarscheitel. Er sammelte die Kinder ein, winkte Marthe, die Anne gerade mit der bloßen Hand den Rotz unter der Nase abwischte, zu sich heran, blieb stehen, bis sich alle Kinder ordentlich in Zweierreihen formiert hatten und ging ihnen dann voran, in ein unbeheiztes Klassenzimmer, das so niedrig war, dass er mit den Handspitzen die Decke hätte berühren können.

„Ich habe nicht viel verstanden in der Schule, besonders in den ersten Jahren, ich hatte meistens Angst", sagte mir Marthe auf einem Spaziergang, den wir der Fahrt anfügten, nachdem sie sich mehrere Stunden ausgeruht und ihren Koffer ausgepackt hatte. „Die Jungen grinsten so komisch, Anne brachte kaum einen Satz heraus, sie machten hämische Bemerkungen über unsere Zöpfe, unsere Kleider und unsere Dummheit. Es saßen so viele Kinder vor mir, ich glaube, wir waren sechzig Schüler in der Klasse, dass ich nicht einmal richtig die Tafel sehen konnte. Der Lehrer schritt streng unsere Bankreihen ab, wir Mädchen saßen hinten, und mir war bange, wenn er in meine Nähe kam. Mit dem Stock schlug er immer auf die Tischkanten, und wenn jemand nicht richtig parierte, gab es, zack, eins auf die Hand. Wenn er mich dran nahm, stotterte ich vor Aufregung und dachte, was ich sage, ist sowieso falsch." Ich schwieg, erfreut über ihre Offenheit, traurig über die verlorenen Möglichkeiten dieser Generation und ihr ganz persönliches Schicksal. Wir liefen eine Weile schweigend nebeneinander her. Hoch über uns flog ein Flugzeug, das einen weißen Kondensstreifen hinter sich herzog, andere Spaziergänger kreuzten unseren Weg, und ein Hund lief schwanzwedelnd an uns vorbei. Zwischen den Häuserblöcken einer Siedlungsgenossenschaft auf der anderen Straßenseite spielten ein paar Halbwüchsige Fußball. Von Ferne hörte man das Anfahren einer S-Bahn. In die städtische Stille hinein fragte ich Marthe nach dem Tod ihrer Großmutter, der in die damalige Zeit gefallen sein musste.

Mathilde Suhrkaus Sterben begann mit dem Jahreswechsel und endete im darauffolgenden Sommer. Es löschte nicht nur ihre Existenz wie eine Flamme, die im fahlen Licht verschwand, sondern hatte auch einschneidende Wirkungen auf ihre Enkelin Marthe. Als hätte Mathildes Krankheit sich ein neues Opfer suchen wollen, an dem es sich laben wollte, als hätte ein geheimes Partikel Seelenverwandtschaft zwischen ihnen auf der Übertragung einer Abkehr vom Leben bestanden, begann Marthe kurz vor ihrem Tod zu husten, doch niemand nahm davon Notiz. Wenn Marthe aus der Schule nach Hause kam, wurde sie abkommandiert zu den anstehenden Arbeiten: Der Hof war zu kehren, die Treppenböden und der Hausflur zu wischen, die Enten zu füttern und ihr Gehege zu säubern, kaum waren die Schularbeiten beendet, gab es in der Küche Steinobst zu entkernen, war der Mutter beim Brotteigkneten zu helfen und die Großmutter umzulagern, damit die wunden Stellen an ihrem Körper nicht eiterten. Während das Radio dudelte und Marthe ihrer Großmutter ein frisches Hemd anzog, sah sie sehnsüchtig in den Garten, träumte von einem Ball und einer Puppe und beneidete ihre Brüder dafür, dass sie vorwiegend bei Holzarbeiten und beim Handwerkern helfen mussten und in den unbeobachteten Pausen durch das Gras tollten, sich aus dem Geräteschuppen ein Messer stibitzten, um kleine Holzfiguren zu schnitzen, oder auf den Bäumen herumkletterten. Aus irgendeinem Grund, den Marthe nicht ganz verstand, aber als selbstverständlich hinnahm und auf sich selbst bezog, durften sie frecher sein als die Mädchen, freier bei aller Knappheit der zur Verfügung stehenden Zeit und lebhafter in ihren Gesten, solange sie den ihnen abverlangten Arbeiten nachkamen. Sie wagten es, über die Stränge zu schlagen, und Marthe sah ihnen aus der Ferne dabei zu.

Sie dagegen musste sich Großmutters unverständliche Selbstgespräche und in Abständen ein auf sie niederprasselndes Kauderwelsch anhören, ob sie wollte oder nicht. Die alte Frau sprach nicht jeden Tag, aber wenn sie es tat, waren ihre Botschaften unüberhörbar. Sie empfing sie aus dem Radio und reichte sie an Marthe weiter. Marthe verstand diese Übersetzung nicht, so angestrengt sie dem Redefluss, der aus dem Gerät kam, zu folgen suchte, sie konnte keine Verbindungen zu Großmutters Reaktionen herstellen und erst recht nicht zu ihrem Leben. Es blieb ihr ein Rätsel, was das war, eine Einheitspartei im Osten Deutschlands, und sie verstand nicht, warum Großmutter dabei eine Grimasse schnitt, die ihr ganzes Gesicht grimmig verzerrte, und warum sie „Pah, Pah" machte, als hätte sie eine widerliche Made verschluckt. Marthe wusste nur ungefähr am Stand der Sonne abzulesen, in welcher Himmelsrichtung Osten lag, und der Himmel in dieser Richtung sah nicht anders aus als im Westen, Norden oder Süden. „Das Ahlener Jewäsch is vom Tischchen, Marjellchen, Gott sei Dank, jetzt wird Tacheles jeredet, der Adenauer tut, was er kann", sagte Großmutter bei anderer Gelegenheit zu ihr, und Marthe nickte vorsichtshalber, weil Großmutter anfing zu röcheln, was sie oft tat, wenn sie sich aufregte. Sie versuchte sich vorzustellen, wer die Polacken und die Iwans waren, die drüben das Land besetzt hatten, und sie stellte sich eine Horde Kakerlaken vor, die dort, wie Großmutter sagte, ganze Häuser überfielen, so wie sie sich einmal auf dem Küchenboden getummelt hatten, bevor Vater sie wegspritzte. Zum Glück gab es noch einen Marshallplan, der die Welt in Ordnung brachte, wie Marthe zusammen mit Mutter und Anne jeden zweiten Tag den Wäscheberg unten in der Waschküche. „Nu wollen sie wieder aufbauen, was ihrje Bomben zerstört haben, Marjellchen", sagte Großmutter mit einem zufriedenen Gesicht, sie sah das Radio dabei zärtlich an, und ihr Unterkiefer zitterte vor Freude.

Marthe war erleichtert, als Großmutters Redefluss dünner wurde und ihr Kopf nicht mehr so schwirrte. Dafür röchelte sie nun mehr und lauter, und wenn Marthe abends in ihr Bett kroch, summte dieses Röcheln noch in ihrem Ohr, bis sie einschlief. Großmutter begann auch zu schwitzen und zu frieren, immer abwechselnd, und sie spuckte das Bett voll mit einem zähflüssigen, graugrünlichen Schleim. Beim Waschen hielt Marthe nur noch Haut und Knochen in der Hand. Im Frühling lief sie so oft sie konnte zur Mutter in den Garten hinaus, jätete freiwillig Unkraut, säte ein, mistete den Hühnerstall und den Ziegenstall aus. Aber das Gerippe von Großmutter Mathilde, das oben hinter dem Fenster lag, klapperte zu ihrem Kopf hinunter, bis sie sich umwandte, aufsprang, ins Haus lief und nach ihr sah. Doch wenn sie ins Zimmer trat, war es immer öfter still. Luise saß nun stundenweise am Krankenbett und gab Großmutter mit einem Zinklöffel schlückchenweise heiße Brühe. Marthe war froh darüber, denn wenn Großmutter Mathilde verschnaufte, nahm ihre Mutter sie ab und zu auf den Schoß, wenn nicht Anne schon darauf saß. Das waren kostbare Minuten, obgleich sich im Zimmer ein süßlicher Gestank ausbreitete, der sich Marthe auf die Brust legte und ihren Atem beschwerte, so flau wurde ihr.

An einem milden Frühsommertag, der letzte Fliederduft hing noch in der Luft, lag Großmutter Mathilde mit offenem Mund und starren Augen im Bett wie die Kaninchen, die Vater aus dem Wald mitbrachte und denen das Fell über die Ohren gezogen wurde. Marthe bekam einen Schreck, trat Schritt für Schritt näher und tippte mit einem Zeigefinger auf den regungslosen Arm. Er bewegte sich nicht, das Gesicht blieb wächsern, nur die Musik dudelte weiter. Marthe lief hinaus. Drei Tage später bekam Großmutter auf dem Friedhof ein Bett unter der Erde mit einem verzierten Deckel darauf. Es war mucksmäuschenstill, als der Pfarrer von der Liebe sprach, die Gott der Toten und ihnen allen schenkte. Die Verstorbene bekam von da an jede Woche neue Blumen aufs Grab, deren Duft sie durch Gottes Hand erreichte. Das Unkraut musste Marthe beseitigen.

XIII

Die Jahre nach dem Inkrafttreten des Grundgesetzes im Westen und der Gründung der ersten Bauern- und Arbeiterfakultäten im Osten, eine in der Provinz konturenlose, undeutliche Epoche von trister, grauer Beengtheit, surrten in den wenigen Sätzen von Marthe auf einige exemplarische Situationen zusammen. Sie begann mit einem längeren Besuch Ottilies, den Marthe in ihrem Herzen bewahrte wie ein kostbares Kleinod, ein Medaillon der Erinnerung, das undeutlich das eigene, das bisherige Leben nicht als Maß, sondern als bloßes Beispiel erkennen ließ. Ob es ein Zufall war oder nicht, blieb ungeklärt, jedenfalls hatte Luise auf der Kommode im Flur, die man sich inzwischen angeschafft hatte, einen offenen Brief Emmas liegenlassen, und Ottilie war nicht die Person, die neugierig geworden, wegsah. Als sie mit dem Durchlesen etwa in der Mitte des Briefes angekommen war und ertappt wurde, war ihr Ärger schon zu groß, um noch Reue zu empfinden. Sie klemmte sich den Brief unter den Arm, ging entschlossenen Schrittes ins Wohnzimmer, in dem vorerst ein paar alte, beim Trödlermarkt abgegriffene Sofas standen, schmiss sich würdevoll in eins von ihnen, griff sich mit schmerzverzerrtem Gesicht an den Rücken und rief, von vier kindlichen

Augenpaaren und Luises hochgezogenen Augenbrauen umringt: „Hört. Hört. Wir sind wieder wer. Die Demokratie hat uns wieder".

Mit diesen Worten brachte sie eine kleine Lawine ins Rollen, in der die unterschiedlichen Charaktere von Walther und Albert einige Minuten später auseinander stoben. Luise schickte die Kinder hinaus, monierte Ottilies ungebührliches Verhalten, sich über das Postgeheimnis hinwegzusetzen und setzte ihrer Schwester auseinander, dass wohl jeder das Recht habe, neu anzufangen, wenn man sein Gewissen erleichtert habe. „Sicherlich", konterte Ottilie, „wir schmeißen alle Erinnerungen über Bord, lassen sie von den Haien fressen, setzen die Segel und wem das nicht passt, der kann mit den Beibooten Vorlieb nehmen, schwimmen lernen und ans andere Ufer klettern. Die Seeschlacht hüben und drüben kann beginnen, und alle reklamieren neuerdings Entnazifizierung; entweder sind die Nazis tot, überzeugte Sozialisten oder demokratischer Gesinnung." Luise murmelte, sie wünsche vor den Kindern keine solche Diskussion, nahm den Brief der Cousine an sich und kehrte in die Küche zurück. Ottilie ging ihr nach. Dort saß Albert inzwischen auf einem Schemel und kraulte eine der Katzen, die er bei Luises Eintritt schnell durch die Tür schob, denn Viecher hatten ihrer Meinung nach im Haus nichts zu suchen. Walther legte Holzscheite im Ofen nach. Sie waren jetzt beide in einem Alter, in dem Verschwiegenheit als Fassade diente, um sich über die Erwachsenenwelt eigene Gedanken zu machen, ohne sich ihren Rügen auszusetzen. Beim Eintritt ihrer Mutter und Tante liefen sie hinaus.

„Wenn ich eine Herde Schafe habe", sagte Walther, der nun in die fünfte Klasse der Volksschule ging, in belehrendem Ton zu seinem Bruder, "die an einer Seuche leidet, muss ich die Tiere töten, die Scheune desinfizieren und eine neue Zucht aufbauen. Das ist wie mit der Zukunft in unserem Land." Albert hob einen Stein auf, den er mit dem Fuß über den Gartenweg gekickt hatte und schmiss ihn über den Gartenzaun. „Und wenn die Seuche auch die neue Herde befällt?" fragte er, mit seinem verwuschelten Schopf und seinen ständig eingerissenen Hosen sich gegen seinen um bald einen Kopf größeren Bruder schludrig abhebend. Er suchte nach einem neuen Stein. Walther sah ihn von der Seite an. „Die Scheune muss man natürlich nach einem neuen Standard umbauen, so wie wir das hier mit unserem Grundstück, dem Garten und dem Haus machen, damit die Viren gar nicht erst entstehen können", sagte er, die Tonlage der Erwachsenen nachahmend. Albert grinste. „Mit Schafen geht das vielleicht", antwortete er, " aber mit Menschen? Wenn ich ein Virus bin und Dir einen Stein an den Kopf schieße, so etwa", und er nahm einen Kieselstein und schmiss ihn nach dem Bruder, der sich, an der Schulter getroffen, wegdrehte, „willst du mich dann desinfizieren, wenn ich nicht tot umfalle?" Walther drehte sich plötzlich um, rannte auf ihn zu und packte ihn am Ärmel. „Nein, ich werde Dir eine runter hauen!" rief er wütend und rannte seinem Bruder hinterher, der sich losgerissen hatte. Albert feixte, denn er liebte es, wenn er seinen ruhigen, ernsten Bruder aus der Fassung bringen konnte. In einem Ringkampf aneinander gekeilt, lagen sie auf der Erde, der Dreck spritze auf, während sie sich schlugen. Marthe hatte ihre aufgebrachten Stimmen gehört und war zur Hauseingangstür gelaufen. Im Spalt der halb geöffneten Tür beobachtete sie die Szene. Albert hatte Walther eine blutige Schramme in die Wange gerissen und bekam dafür ein Knie in den Magen gerammt, er stöhnte auf und schlug seinem Bruder mit der Faust ins Gesicht, Walther heulte auf, zog den Kopf Alberts an den Haaren nach hinten und biss ihm in die Wange. Sie kämpften nun lautlos und verbissen. Marthe bekam es mit der Angst zu tun, sie dachte an die unzähligen Male, in denen Vater schon einen Kübel Wasser über sie vergossen hatte. Die Fäuste flogen, schlugen aufeinander ein, und Marthe versuchte Anne, die hinter ihr ins Freie drängelte, in den Flur zurückzuschieben. Doch Anne wand sich unter ihr hindurch und entwischte ihr. Sie lief mit wehendem blonden Haar und todernstem Gesicht zu ihren Brüdern, stellte sich vor sie, hob ihre kleine Hand und schrie: „Peng. Peng, Peng, Peng." Dann kniete sie nieder, nahm zwei Handvoll mit Erde vermischten Kies vom Boden auf und beschmiss damit erst Albert, dann Walther. Das brachte beide zur Besinnung; mit wütenden und verständnislosen Gesichtern hielten sie inne und sahen ihre kleine Schwester an. Walther stand auf, klopfte sich den Staub und Dreck von Hemd und Hose und ging wortlos ins Haus. Albert wischte sich das Blut von der Backe und trollte sich unter die Obstbäume in den Garten, unter denen er sich, scheinbar unberührt von allem, pfeifend niederließ.

„Sie haben beide Karriere gemacht", sinnierte meine Mutter Marthe bei einem Einkaufsbummel Anfang der neunziger Jahre, dem sie sich, nicht lange nach der Frankreichreise, gesundheitlich gewachsen fühlte. Wir kamen gerade im Pulk hastender Menschenmassen an einer Ampel an der Frankfurter Hauptwache zum Stehen. „Walther in der CDU in Niedersachsen und Albert in der Industrie und durch seine Heirat in eine alteingesessene Frankfurter Arztfamilie. Ich habe mich ja lange Zeit überhaupt nicht für Politik interessiert." Marthe sah mich halb spöttisch, halb wehmütig an, die Ampel schaltete auf Grün um und wir gingen über die Straße. „Das kam erst, als Du mir Deine Bücher um die Ohren schlugst. Für die DDR zum Beispiel hat sich niemand von uns interessiert. Sie war für uns unbekanntes Ausland, wie alle anderen Länder auch, die an unser Land grenzten und in denen deutsch gesprochen wurde. " Meine Mutter schob die Achseln etwas hoch. „Komm, wir gehen hier in den Peek und Cloppenburg, da finde ich immer etwas. Es hat mich übrigens gewundert, dass Mutter den Zusammenschluss als Triumph empfand. Ich dachte, ihnen ging es nur um die Heimat." Marthe deutete mit einer ausschweifenden Geste auf die Einkaufzentren der Zeil, „hier müssen wir lang", sagte sie nebenbei zu mir. „Vater hat nach dem Krieg bis 1970 immer SPD gewählt, aber als Brandt in Polen in die Knie ging und den Warschauer Vertrag abschloss, knirschte er vor Wut, es machte ihn fassungslos. Von der neuen Ostpolitik hielt er überhaupt nichts, für ihn war das wie Ausverkauf. Von da an war er strikt für die CDU. Aber jetzt komm."

Sie zog mich am Ärmel, die Glastüren öffneten sich und wir tauchten unter zwischen glitzernden Spiegeln, Neonlampen und perfekt gestylten Warenhausverkäuferinnen. Es war die Kostümwelt in der Abteilung für Damenbekleidung, in die Marthe mit mir strebte, denn an ein Berufsleben, ohne einmal im Monat ein neues Kostüm zu erstehen, hätte sie sich nur schwer gewöhnen können. Meine Mutter und ich stürzten in ein Getümmel selbstvergessenen Kaufvergnügens, in dem unsere Profile, geblendet von Angeboten, untergingen. Wie künstliches Licht fiel die Gier ins Bewusstsein des Tages. Wir integrierten uns.

Der nachhaltigste Eindruck, den Marthe von Ottilies erstem Besuch behielt, begann mit dem zweiten Tag ihrer Anwesenheit im Sollingschen Försterhaus. Ottilie hatte die ersten Jahre nach Kriegsende in verschiedenen Städten als Verkäuferin ihren Lebensunterhalt bestritten.

Sie verfiel auf die ehrgeizige Idee, mit Banken, Versicherungen und Geschäftsleuten zu verhandeln und ein Darlehen aus dem Ausgleichsfond für Vertriebene zu erwirken, um ein eigenes Einzelhandelsfachgeschäft aufzubauen. Tatsächlich dauerte es noch einige Jahre, bis sie sich selbstständig machen konnte. Aus den Papieren, die mir Marthe zur Einsicht überließ, geht hervor, dass die Schwestern Luise und Ottilie im Zuge des Lastenausgleichs Mitte der fünfziger Jahre eine Entschädigung für den verlorenen Familienbesitz erhielten. Die Summe wurde geteilt, Ottilie legte damit den Grundstein für ihr Geschäft, Luise, die gern einmal in den Urlaub gefahren wäre, gab die gesamte Summe gleichwohl an Erich weiter, der sie in festverzinsliche Wertpapiere anlegte. Ihm war es unvorstellbar, nach dem Auszug aus der Försterei als Rentner in eine Mietwohnung umzuwechseln. Die Försterei war zwar Staatseigentum, doch Erich war eigener Herr im Haus. Weit und breit gab es niemanden, der ihnen Vorschriften machen konnte. Der Pachtzins war eine Gegebenheit staatlicher Einrichtung, die er hinnahm, doch die Voraussetzung für persönliche Freiheit, dünkte ihm, war eigener Besitz.

Ottilie war dieser Tage guter Dinge und brauchte eine Verschnaufpause, als sie bei ihrer Schwester eintraf. Aber schon wenige Minuten nach ihrer Ankunft spürte sie, wie die dumpfe Einöde des gefräßigen Klappermauls ihr bedrohlich nahe kam. Der Brief von Cousine Emma war nicht dazu angetan, ihre Laune zu verbessern. Als sie die Zeilen las, die nahelegten, dass Rohwerder einem Staatssekretärsposten in der amtierenden Bundesregierung und späten Vaterfreuden entgegensah, wurde es ihr nachgerade schwer, dem Haus ihre Aufwartung zu erweisen. Sie tröstete sich darüber hinweg, dass seine Insassen für die scheußliche Atmosphäre nichts konnten. Als sie am nächsten Tag um die Mittagszeit Marthe dabei überraschte, wie sie nach der Schule Stück für Stück Wachs verteilte, um die Dielenbretter in der Küche und im Treppenhaus zu bohnern, wurde es ihr aber zu bunt. Marthe hatte sie gar nicht kommen hören, denn ihr taten die Hände und Arme weh, die Haut an den Knien war aufgeschürft, und sie war so müde, dass sie Kopf und Schultern für einen Augenblick auf den glänzenden Boden legte. Sie hatte mit diesem Teil des Treppenhauses zum zweiten Mal beginnen müssen, weil ihre Brüder, als sie gerade fertig war, mit je einer Kartoffelkiste in der Hand und in schmutzigen Gartenstiefeln, von denen inzwischen alle Familienmitglieder ein Paar besaßen, durch den Treppenhauseingang zur Küche gerannt waren, statt den äußeren Kücheneingang zu benutzen. Jetzt wartete sie nur noch darauf, dass die letzten Schmutzspuren unter ihrer Hand verschwanden. Sie blickte erschrocken auf, als sich Ottilies Hand auf ihre Schulter legte, die Tante hatte sich gebückt und zog sie hoch. Marthe hustete und Ottilie sah sie mit ihrem scharfen Blick an. „Was bist du müde!" sagte sie und schob sie in den Eingangsbereich. Dort öffnete sie mit einem Ruck die Tür, so dass sie zwischen hellem Lichteinfall und dem Dunst des Treppenhauses standen.

Ottilie begann langsam, dann schneller und schneller, sich im Kreis zu drehen, mit den Beinen zu wippen, mit den Fersen, den Fußspitzen, mit angewinkelten Beinen und Marthe aufmunternd, es ihr gleich zu tun. Ein Schwamm Verlegenheit übergoss Marthes Gesicht mit Röte und ließ ihre zaghaften Bewegungen etwas linkisch aussehen. Doch Ottilie schien es nicht zu bemerken, sie klopfte schwingend den Takt. Marthe sah die Tante, und die Tante sah sie an.

Und was niemand, nicht einmal Erich und keines ihrer Kinder bisher vermocht hatte, wusste Ottilies Anwesenheit herbeizuzaubern; Luise erschien erstaunt im Küchenrahmen. Sekundenlang sah sie der Reihe nach den unfertig gebohnerten Treppenboden, die herumliegenden Putzlappen und die Gestalten an, die den Krach verursachten. Marthe, eben noch lächelnd, spürte den Hustenreiz zuerst mit der Steife im Rückgrat. So kam es, dass beides zugleich laut wurde; Luises seltenes, volles, hingezogenes Lachen, das Marthe in ein fröhliches Schwindelgefühl versetzte, und der bisher schwerste Hustenanfall der Tochter, den Luise zum ersten Mal besorgt wahrnahm. Ottilie sah von einer zur anderen und wurde nachdenklich. „Kinder", sagte sie leise, „ihr versteht nicht zu leben". Doch sie besann sich auf Höflichkeit, als sie Erich sah, der gerade das Gartentor öffnete, ging ihm entgegen, um ihn zu begrüßen, und ließ Schwester und Nichte für den Augenblick stehen.

Wir waren beim siebten Kostüm angekommen, die Verkäuferin machte ein säuerliches Gesicht. Auch dies passte hinten und vorne nicht. Meine Mutter war zu klein, zu dünn und zu zierlich, um eine angenehme Kundin zu sein. Dabei war diese Marke, die man in dieser Abteilung führte, spezialisiert auf kleine Größen. Bei der dreizehnten Kostümanprobe sah man die Spuren der Erschöpfung bereits deutlich in Marthes Gesicht, und ich ließ mich auf einen Streit mit der Verkäuferin ein, der damit endete, dass wir sie wegschickten und die weitere Suche nach etwas Passendem mir überlassen blieb. Ich ließ versuchsweise nicht unerwähnt, dass mir eine Pause angemessen schien, doch Marthe setzte ihre starrsinnige Stirnfalte in Bewegung. Ich hörte ihren schweren Atem und schwieg. Als ich mit einem kobaltblauen Zweiteiler im Arm fünf Minuten später an die Kabine trat, pfiffen ihre Bronchien, und Marthe kramte hastig in ihrer Handtasche nach dem Spray. Aber es war zu spät.

Ihr Atem ging stoßweise und schwer, auf ihren Händen und in ihrem Gesicht, das blutleer wirkte, bildeten sich rote Flecken, sie zitterte am ganzen Körper, ein schrilles Pfeifen schob sich durch ihre Brust und den Hals, sie schnappte nach Luft, ihr Blick ging ins Leere. Ich hielt sie, in Panik geraten, fest, schob den Vorhang zur Seite, rief nach Hilfe. Marthe sackte in sich zusammen. Verkrampft hielt ich sie fest und fiel mit ihr mehr, als dass ich sie legte, auf den Boden. Sie war noch immer nicht bei Bewusstsein, als die Sanitäter und der Notarzt mit einer Bahre kamen, Kunden und Verkäuferinnen waren zusammengelaufen. Marthe wurde ins Heilig-Geist-Hospital eingewiesen und während ich an der Notaufnahme erklärte, was passiert war, hing sie schon an einem Tropf. Der behandelnde Arzt sagte mir, ihr Akutzustand sei schlecht, Bluttransfusionen von Nöten, am nächsten Morgen könne ich wiederkommen.

Auf dem Heimweg verwechselte ich den Anblick der Welt mit meiner Torheit. Ich sah nur sie, eine kleine Frau am Rande des Schweigens, mit starrer Ansicht nach innen und ohne die Hingabe zur Fröhlichkeit. Sah den Schatten, der uns hinters Licht führt, wir hielten ihm Plätze frei. Sah einen Schoß dort, wo Lippen, Augen, Beine nicht verweilen wollen, inmitten der Bewegung, dann atmete ihre Haut wieder, die Haare flogen, die Hände regten sich, holten auf und stießen ins Leere. Ich sah sie als andere unter anderen tagtäglich bewacht, nicht aber als sie ihre Haut entbehrte. Ich ging im Zeitlupentempo unter Farben, Geräuschen und Menschen, die sich wohltaten, übereinander herfielen oder sich gleichgültig waren. Der Himmel zerbarst, und die Stadt schlief auskunftslos. Ich aber blieb allein mit der Angst um meine Mutter.

XIV

Am nächsten Morgen lag Marthe im Koma. Luise rief mich an und verstand nicht, dass ihr Kind kränker sein sollte als sie selbst. Sie, die eine Gartenfrau und eine Putzfrau beschäftigte und auf Andrey zurückgriff, wann immer sie ihn brauchte, war nicht mehr in der Lage, die weite Strecke nach Frankfurt zurückzulegen. Sie stieg selbst nur mit Mühe ins erste Stockwerk ihres Hauses, wo ihr Schlafzimmer mit dem Fenster zum Garten hinaus lag. Aber Andrey, der treue, herzensgute Andrey kam für ein paar Stunden. Einen Augenblick zögerte er, als müsse er sich wappnen, an ihr Krankenbett zu treten. Er strich sich mit der Hand mehrmals über seine Glatze, eine Geste der Nervosität, die er aufgab, als ich ihn am Arm nahm. Als wir zusammen an Marthes Bett in der Intensivstation standen, mehr als zehn Minuten waren uns nicht erlaubt, spürte ich, dass meine Gefühle mich in all den Jahren nicht getrogen hatten, eine Ahnung, die ich zuerst als Wunschdenken abtat, als Objekt meiner eigenen Vatersehnsucht. Diese beiden hätten ein Paar werden können trotz oder gerade wegen des Altersunterschieds, aber sein Schuldgefühl verschloss sich einem Neuanfang. So blieb ihnen nur eine vermiedene Liebe. Als Andrey im Herbst 1989 den riesigen Kirschbaum in Großmutter Luises Garten um die Hälfte kürzte und Marthe, die zusammen mit mir die Häckselmaschine bedient hatte, beschämt Worte und Gesten des Dankes dafür fand, während Luise selbstgebackenen Apfelstrudel auftrug, fiel mir auf, wie sehr sie sich durch Schüchternheit glichen. Zuletzt mochte es ein ungeschriebenes Gesetz altertümlicher Übereinkünfte gewesen sein, in dem sie verfangen waren; man sprach nicht darüber, doch konnte der Mann, der bei Großmutter den Rasen gemäht hatte, schlechterdings nicht der Geliebte ihrer Tochter werden. Statt einer Hochzeit wider Sitte und Anstand blieb es bei sporadischen Sympathiekundgebungen, ab und an mit gegenseitigen Geschenken an feierlichen Tagen versehen.

Umsonst bemühte ich mich um Fassung, jeder Strohhalm, der Marthes Leben erhalten konnte, war mir recht. Ich lief den Ärzten hinterher, bettelte um die genauesten Analysen und Diagnosen, die mir den weiteren Verlauf ihrer Krankheit, besser noch, ihrer Genesung, erklären sollten, zermarterte mir das Hirn wegen meiner Fahrlässigkeit, ihre Überanstrengung nicht verhindert zu haben, platzte in die wohlverdiente Kaffeepause der diensthabenden Stationsschwestern, um zu erfragen, wie viele Transfusionen ihren Kreislauf wieder in Bewegung setzen konnten, nahm den verdutzten Oberarzt zu Seite und bedrängte ihn mit so kategorischen wie unrealistischen Forderungen nach Medikamenten, welche die Stoffwechselentgleisung, wie sie das nannten, beheben konnten, und schlug in medizinischen Fachbüchern nach, was man gegen Marthes Allergie und deren Folgen, was gegen ihr Bronchialasthma zu tun oder was zu unterlassen war. Ich streichelte die Hand meiner Mutter, deren Augen verschlossen waren, wurde sanft, aber bestimmt aus dem Zimmer geschoben und stand, im Begriff, alle Koordinaten von Zeit, Raum, und Ort zu verlieren, mit Andrey im langen, gleichgültigen Flur der Station, redete wirres Zeug, um etwas zu sagen, etwas aufzuhalten, etwas einzudämmen, und, als nichts mehr half, sein ernster Blick meinem stumm standhielt, legte sich plötzlich mein Kopf wie von selbst an seine Schulter, gab auf und ich weinte.

Meine Gedanken schweiften zu Anne in die Göttinger Psychiatrie. Meine Tante hing von klein auf an Marthe, und wir hatten ihr oft versprechen müssen, sie zu benachrichtigen, wenn etwas Wichtiges im Leben ihrer Schwester passierte. Die Mitteilungen an sie bestanden aus liebevoll geschilderten Details, aus alltäglichen Kleinigkeiten, die Marthe ihr einmal im Monat schrieb. Schwerwiegenderes war nach der strengen Auflage von Annes Betreuer zu chiffrieren oder vorher mit ihm abzusprechen. Ich setzte mich in ruhigerer Verfassung an einen Begleitbrief für den behandelnden Psychiater und schrieb Anne, ihre Schwester sei zu einer Reise aufgebrochen. Am Spätnachmittag desselben Tages verabschiedete sich Andrey und fuhr nach Hause. Durch seinen Besuch am Krankenbett meiner Mutter fühlte ich mich getröstet. Etwas verlegen und ohne Sicherheit, das Richtige ausgewählt zu haben, drückte ich ihm ein Buch in die Hand, Levins Mühle von Johannes Bobrowski. Wir waren uns nie so nahe gekommen, dass wir über unsere Gefühle füreinander gesprochen hätten. Für mich war er ein Gegenbild zu meinen Deutschen geworden. Was ich, als Anhängsel meiner Mutter, für ihn war, wusste ich nicht. Den Brief an Anne nahm er mit, um ihn an der Pforte abzugeben, die psychiatrischen Kliniken lagen fast auf seiner Strecke.

Anne hatte in ihrer Jugend große Fortschritte gemacht, jedenfalls hielt man sie dafür. Ihre Schwester Marthe sah die traurigen Windungen in ihrem Gebärdenspiel, wenn sie sich in das gemeinsame Zimmer zurückzog, aber Anne wappnete sich gegen diese Beobachtungen, indem sie ihren Kopf tief in Bücher steckte. Sie wurde zum Bücherwurm. In der Schule verhielt sie sich unauffällig, saß gelangweilt und mundfaul im Unterricht, mit dem geflochtenen blonden Haar und ihrer anämischen Haut etwas durchsichtig und weltabgewandt wirkend, lutschte ab und an an einem Daumen, und nachdem man ihr ein Pflaster darauf geklebt hatte, kritzelte sie ihre Hefte mit merkwürdigen Ornamenten zu. Ihre ganze Liebe, auf die sie abends ihre Sorgfalt und Zeit verwandte, galt dem Schulfach Mathematik und später auch der Physik. Sie beherrschte Bruchrechnungen schon zu Anfang des fünften Schuljahres, machte selbständig arithmetische Übungen, lieh sich von einer Klassenkameradin einen Zirkel, den sie später von ihrem Geburtstagsgeld abbezahlte, stellte Berechnungen an, die ihr Vater für den Ausbau zweier Dachkammern gebrauchen konnte, und löste Multiplikationsaufgaben im Kopf, über denen ihre älteren Brüder stundenlang saßen. Aus der Bibliothek der Kleinstadt, in die sie regelmäßig jeden Samstag lief, lieh sie sich Einführungswerke in die höhere Mathematik, Astronomie und Architektur und erklärte der Bibliothekarin, sie seien für ihren Vater. Am Frühstückstisch erzählte sie ihrer Mutter, dass der in Amerika verstorbene

Erich Mendelsohn, den das Ostpreußenblatt mit einem kurzen Nachruf gewürdigt hatte, ihr Landsmann sei, und dass er den Einsteinturm in Potsdam und den jüdischen Friedhof in Königsberg entworfen habe. Aber ihre Mutter machte eine wegwerfende Handbewegung und erwiderte, dass die gemästeten Puten zu verkaufen und die Johannisbeeren zu Marmelade zu verarbeiten seien. Im Übrigen hatte Luise beschlossen, Ostpreußen auf polnischem Boden nicht wieder zu betreten, und die Roten in Potsdam gingen sie sowieso nichts an. Anne ließ es dabei bewenden und konzentrierte sich auf ihre Zeichnungen. Sie skizzierte ein Gebäude, in dem auf mehreren Ebenen eine ganze Farm von Tieren untergebracht werden konnte. Dieses Blatt hielt sie abends ihrem Vater unter die Nase, der es kurz und bündig für Unfug erklärte und Anne befahl, ihrer Mutter und Schwester beim Schuheputzen zu helfen. Anne warf das Blatt daraufhin vor Arkos Schnauze, der in der Küche am Ofen lag, und ließ es von dem Terrier zerfleddern. Sie gab erst in vielem, später in allem nach, wurde eigenbrötlerisch und ging nach der zehnten Klasse ab in eine Hausfachschule, um eine Lehre als Köchin zu machen, obwohl ihr Klassenlehrer in ihrem Abschlusszeugnis ihre außergewöhnliche naturwissen- schaftliche und mathematische Begabung hervorhob.

Nachdem ihre Schwester Marthe ausgezogen war, sammelten sich in ihrem Zimmer Jahr für Jahr Bücher über architektonische Kunstwerke Europas an, sie studierte die Quantentheorie und betreute einige Nachhilfeschüler in Physik und Mathematik, die auf das kleinstädtische Gymnasium gingen. Von dem Geld, das sie als Köchin verdiente, gab sie die Hälfte ihren Eltern, ein Viertel sparte sie für eine Reise nach München, wo sie das naturwissenschaftliche Museum besuchen wollte. Sie träumte von einem Besuch im Pariser Palais de la Découverte, doch da sie noch nie im Ausland gewesen war, begrub sie ihre Ambitionen bald wieder. Während der Jahre, in denen ich bei meinen Großeltern lebte, half sie ihrer Mutter Luise beim Zubereiten magenschonender Gerichte für Großvater Erich und verzauberte jeden Nachtisch zu einem kleinen Kunstwerk; sie verwöhnte uns mit Lauchquiche, Sahneschwänen, Honig-Eis mit Orangensalat, Vollkorn-Savarin und Stachelbeersülze mit Dickmilch-Fruchtsauce.

Ihre Angst vor lauten Geräuschen, Flugzeugen und Düsenjägern ließ auch im zweiten Nachkriegsjahrzehnt nicht nach, und sie verabscheute jede Form von körperlicher Gewalt, die sie ihren Brüdern nachtrug und die sie in eine Fehde mit ihrem Vater über die Wiederaufrüstung der Bundesrepublik brachte, als sie einmal an einem Ostermarsch teilnahm. Sie würde ihre Kinder niemals schlagen und ihre Söhne, sollte sie mal welche haben, in keinem Krieg feilbieten, flüsterte sie mir, ihrer kleinen Nichte, zu. Wenn ich als Kind in Angstschweiß gebadet die Nächte durchschrie, war es Anne, die kam und mich zu sich ins Bett holte. Für meine Großeltern, die ihre älteste Enkeltochter erst wohl oder übel, dann mit wachsender Zuneigung zu sich genommen hatten, war es unter ihrer Würde, sich mit einem greinenden Kind zu beschäftigen, das noch jede Nacht das Bett nässte. Doch auch Anne machte mir Angst, sie murmelte vor sich hin im Bett und malte unsichtbare Zeichen an die Wände mit einem solch vieldeutigen Blick, als wolle sie mich in eine andere Welt entführen. „Die größte Erfindung der Menschen sind Zahlen, wirklich nur Zahlen", schwor sie mich auf ihr Geheimnis ein. Mit Ausnahme von Walther, der schon früh in die CDU eintrat, lebte Anne wie ihre Geschwister neben gesellschaftlichen, die Weltpolitik oder ihr Land erschütternden Ereignissen, als gäbe es sie gar nicht. Die Verabschiedung des Godesberger Programms und die ihr folgende große Koalition, der Vietnam-Krieg, die Studentenproteste, der Prager Frühling; das alles zog an ihr vorbei wie ein Film, dessen Negativ unterbelichtet war. Die Provinz, in der sie lebte, die Armut, die sie großgezogen hatte, die Angst, die sie beherrschte, und die Bevormundung, die sie sich gefallen ließ, hatten ihr von jeher zu verstehen gegeben, dass die Welt, wie sie war, keinen Nabel in ihr suchte. Kurz nachdem Marthe mich wieder nach Frankfurt holte, zog sie aus, aber ihr erster und einziger Versuch, sich vom Elternhaus zu lösen, schlug fehl.

Schon bevor sie in die Kleinstadt zog, hatte es unübersehbare Anzeichen einer inneren Unordnung gegeben. Sie ging, das Korn stand den Sommer über senkrecht im Feld, zwischen den Halmen hindurch, legte sich flach auf die Erde und blieb dort über mehrere Stunden liegen. Man suchte sie, doch sie erklärte sich für unauffindbar, und wenn sie wieder kam, brachte sie eine neue Lösung für eine komplizierte mathematische Rechnung mit. Ein anderes Mal fand Luise sie im Keller, sie saß zusammengekauert in einem der Vorratsräume vor den Einweckgläsern und starrte den ganzen Nachmittag über auf die Rhabarber-, Erdbeer- und Kirschkonfitüren. Sie schloss sich in ihrem Zimmer ein, verweigerte das Essen für einen ganzen Tag, ging mit Ringen unter den Augen zur Arbeit in die Kleinstadt und kam mit schweren, totenbleichen Lidern zurück. Sie magerte ab und begann Fingernägel zu kauen. Etwa einen Monat nachdem sie sich in ihrer Wohnung in der Kleinstadt neu eingerichtet hatte, fügte sie sich während eines Wochenendbesuchs bei ihren Eltern einen Armbruch zu. Sie erzählte dem Hausarzt, es sei ein Unfall gewesen, was Erich und Luise Kalweit bereitwillig glaubten. Bis gegen Abend der Friedhofswärter verlegen an die Tür klopfte, um Entschuldigung bat und die Herrschaften nicht lange stören wollte. Nur sei es eben so, dass ihr Fräulein Tochter in der Frühe eine merkwürdige Anwandlung gehabt haben musste. Mit dem Arm habe sie hinten am Abhang, wo es keine Wanderwege gebe, gegen einen Baum geschlagen, mit einer Kraft, die man ihr gar nicht zugetraut hätte.

„Das Mädchen muss selbst wissen, was es tut. Es ist alt genug dazu. Oder es ist krank", so oder ähnlich standen die Dinge bei Erich und Luise Kalweit, wie Marthe vermutete. Ein viertel Jahr später war der Bruch völlig ausgeheilt, und Anne sammelte Pilze. Man konnte sich wundern, wie viele; sie brachte Luise ein paar Trompetenpfifferlinge und einige Waldchampignons mit und ging so weit, sie zu nummerieren.

Dann kochte sie Pfannengerichte und gab Hinweise genug, die aber niemand ernst nahm, da sie eine Meisterin ihres Faches war. Sie erwähnte mehrmals, dass sie eine besondere Mahlzeit vorbereite. Man fand sie einige Tage später in ihrer Wohnung, die Vergiftung war schon fortgeschritten. In den Zimmern verstreut lagen weiße und grüne Knollenblätterpilze, spitzkegelige Risspilze und Pantherpilze, an die stärksten Pilzstiele hatte sie kleine Zettelchen gebunden, auf denen ihr Name stand. Sie kam zuerst in die Ambulanz der Göttinger Klinik und erklärte dort nach wochenlangen Bemühungen um ihr Leben, sie habe Visionen, in denen sie Scharen von Vögeln sehe, die sich in Flugzeuge verwandeln und auf sie niederstürzen. Mit Hilfe der Pilze gelinge es ihr, sich tot zu stellen, um davonzukommen, denn tote Menschen würden verschont. Sie ließ sich ohne äußeren Widerstand, mit vertrauensvoller Zustimmung in die psychiatrische Klinik einweisen, und lebte lange in einer offenen Wohngruppe, half in der Küche des Hauses und hat einen Schachklub gegründet. Gleich zu Anfang ließ sie ihr blondes Haar abschneiden, die eine Hälfte schickte sie Marthe, die es in einer Schmuckschatulle in einem Plastiktütchen verwahrt hat, die andere Hälfte vergrub sie, als ihr Vater starb. Über Besuche von Luise freute sie sich, auf Marthe wartete sie ungeduldig. Mit der Zeit konnte sie nicht mehr verstehen, warum ihre Eltern umgezogen waren und Luise allein in einem ihr unbekannten Haus lebte. Wir wussten, dass sie oft in ihrem früheren Zimmer in der Försterei saß und ihrer Schwester beim Sticken und Stopfen zusah. Das erfüllt sie mit einem solchen Stolz, dass sie jeden Besucher ihrer Wohngemeinschaft in allen Einzelheiten daran teilnehmen lässt, schrieb ihr Psychiater. Sie kocht auch Speisen für Marthe, die niemand anrühren darf und die heimlich und unter Ablenkung entwendet werden. Anne würde es nur schlecht verkraften, ihre Schwester zu überleben.

Am fünften Tag nach Marthes Einlieferung ins Krankenhaus öffnete sich leise die Tür hinter mir, während ich, was mir nun eine halbe Stunde gewährt wurde, neben dem bleichen Antlitz meiner Mutter, den weißen Laken und den unzähligen Schläuchen zwischen ihrem Körper und den Apparaturen saß. Albert war gekommen, er hatte zwischenzeitlich mit Luise telefoniert. Ich fühlte Dankbarkeit, dass er sich meiner Mutter erinnerte, jetzt, da es vielleicht zu spät war für eine Versöhnung, eine Abbitte, ein Ende der sinnlosen Grabenkämpfe. Er, der Bruder, der dort stand, sie, die Schwester, die dort lag, waren sich seit Jahrzehnten aus dem Weg gegangen. Marthe und er hatten sich schon in der Kindheit wenig zu sagen gehabt, noch weniger allerdings hatte ihnen Walther zu sagen. Sie waren sich fremd geblieben unter der Decke erzwungener Geschwisterliebe und wenig, vielleicht gar nichts war ihnen geblieben, nachdem das Familientribunal über Marthes Ausschluss befand.

Kaum dass wir große Worte verloren. Wir plauderten mit Floskeln, die uns nicht die Lider hoben. Hörten dem Ton zu, den wir uns zu pfiffen, wie ich es von ihm gelernt hatte. Der Ton klang wie ein Abgesang auf das, was wir hören wollten. Als es uns beiden auffiel und dem nichts mehr hinzuzufügen war, ging er. Die gelben Rosen, für die er auf der Station eine Vase organisiert hatte, stellte ich auf das Fenstersims. Von da an kam er regelmäßig, telefonierte mit Luise und klopfte weniger kluge Sprüche als je zuvor oder nachher in seinem Leben. Als Marthe sechs Wochen später das Krankenhaus verließ und in eine Rehabilitations-Klinik kam, nahm er sich frei. Eine große Renaissance zwischen beiden ist es nicht geworden; aber es gab wieder Anzeichen von Verwandtschaft.

XV

Lust, das war ein Fremdwort; im Vokabular der Familie mit doppelten Anführungsstrichen versehen. Die geheimnisvollen Nächte von Luise und Erich Kalweit verschwanden spurlos im Tagesablauf und tauchten allenfalls in den Phantasien ihrer Kinder wieder auf. Marthes Worte darüber verrieten ein Unwohlsein, eine Pein. Was hinter der Tür des elterlichen Schlafzimmers stattfand, machte die Frau dem Mann untertan, das tägliche Gehabe der Mutter die Töchter minderwertig und die Macht des Vaters die Kinder still.

Wenn der Fluss erotischen Vergnügens zwischen Erich und Luise Kalweit durch bloßen Anschein nicht trog, mag er im Laufe ihrer Ehe schmäler und schmäler geflossen sein und schließlich auf ein Rinnsal verkümmert. In meiner Erinnerung gab es jedoch einen Gleichklang in ihren Bewegungen, einen Ablauf in der Szenerie ihres Umgangs, dessen leibliche Harmonie nicht gespielt sein konnte. Allein vor seinen Kindern verwandelte sich die zupackende, herbe Energie Erichs in eine solche Strenge, dass sie in seinem Beisein noch als Erwachsene in einen Tonfall verfielen, der an Knappheit und Beherrschung nichts zu wünschen übrig ließ. Luise, die sonst Kritik am Lebensstil ihrer Generation höchst imperativ als „Kind, das ist doch Unsinn" abtat, erwähnte einmal deren Folgen. Die heranwachsenden Sprösslinge mieden den Vater, der sich bei der Mutter beschwerte, sie nähme sie ihm weg. "Sie kamen lieber zu mir, wenn sie etwas drückte", gestand sie ein. Die Einsamkeit des Patriarchen wurde weder durch Vererbung seines eisernen Willens an die nachwachsende Generation aufgehoben noch durch die vielen feuchtfröhlichen Gesellschaften in gehobener Stimmung, die die Kalweits in späteren Jahren gaben, abgemildert: seine Kinder durchwanderten die Grausamkeit ihrer Erziehung auf ganz eigenen Nachkriegswegen. Erst seine älteste Enkeltochter erlaubte ihm wieder, einem jungen, fremden Wesen nahe zu sein, einem kleinen Kind, das in tapferer

Anhänglichkeit an seiner Seite lief und ihm seine kraftstrotzende Härte mit Bewunderung vergalt.

Zärtlichkeit erlaubte sich Erich Kalweit allenfalls im Bett, doch verführte seine handfeste Körperlichkeit Luise ersichtlich zu sinnlichen Freuden und Selbstbewusstsein. In aller Öffentlichkeit mied Erich jede Gefühlsanwandlung, die über Herzlichkeit hinausging, und die galt schon als Kompliment; aber es gab Augenblicke, in denen er Luise ansah, als hätte er sie gerade entführt. Es schwang etwas so Durchdringendes in seinem Blick mit, dass es sie, nach all den Jahren noch, erröten ließ und für die Zuschauer höchst spannend war.

Prüde war sie nicht. Noch im hohen Alter ließ sie nackt und ungeniert ihre Enkelinnen bei der morgendlichen Gymnastik zusehen und ertrug mit Gelassenheit deren neugierige Blicke. Einmal patschte ihr ein Kind auf ihre herabhängenden, schlaffen Brüste, die vier Säuglinge gestillt hatten und besah sich genau ihren noch fülligen, aber faltigen Po; da erscholl ihr altes aufspritzendes Lachen, dem wir entzückt lauschten. Doch auf irgendeine Weise musste das Verbot der Keckheiten, Anspielungen und Ausschweifungen ihrer weiblichen Eitelkeit, das ihr Mann ihr im Alltag auferlegte, auf ihre Töchter eine andere Wirkung ausgeübt haben als auf mich. Kaum, dass man einen jungen Mann an der Seite Annes wahrgenommen hätte; und wenn, dann lag in ihrem Gebärdenspiel ein Vorbehalt, der sie als hässliches Entlein auswies. Ihr Ausbruch aus diesem Empfinden endete in der Einweisung in eine öffentliche Anstalt. Ihr Bruder Walther, der schon früh vom Scheitel bis zu Sohle auf einen ordentlichen Eindruck Wert legte, dessen Steifheit nie ungelenk, sondern gewählt wirkte und dessen Prinzipienfestigkeit auf eine Verknöcherung seiner Männlichkeit hinwies, wurde später ein Pedant. Die Familienfotos zeigen Marthe noch als kleidsam verkappten, aber reizvollen Backfisch und ihren zweitjüngsten Bruder Albert als gut aussehenden Geck. Die Zurechtweisungen durch Luise, die alles besser zu tun vermochte, die dreimal so viel Rat wusste, wie man brauchte, deren Ansprüche zu befriedigen nur sie selbst verstand, müssen eine Erhöhung, eine Unnahbarkeit ihrer Person zur Folge gehabt haben, die für die Töchter unerreichbar war. Ebenso unantastbar war die Moral des Vaters, vernichtend, beschämend, wenn man ihr gegenüberstand.

Betrübt durch die schlechten Noten, die sie bekam, wurde Marthe noch gewissenhafter und fleißiger, wandte an, was sie von zu Hause gewöhnt war. Da zum Spiel keine Zeit blieb und Phantasie überflüssig war, blieb Einübung in Gehorsam der einzige Ausweg. Doch war das der Wirklichkeit nicht gut genug. Niedergeschlagen nahm sie die Verachtung ihres Vaters schon vorweg, wenn er ihr Nachhilfestunden in Mathematik gab. Die Ergebnisse im Rechnen waren falsch, falsch und nochmals falsch. Ihr Vater wies sie scharf an, die Aufgabe von vorn durchzurechnen, schlug mit der flachen Hand auf den Tisch und verübelte ihr so viel Dummheit auf einmal. Marthe war blockiert und leer im Kopf, wenn sie so über dem Blatt saß, dessen Zahlen vor ihren Augen verschwammen. Zack, gab es eine hinter die Ohren, zack, war ein Schlenker in die so mühevoll ordentlich anein-andergereihten Kolonnen geraten, zack, zack, brütete sie unheilvoll über ihre Mängel nach, zack, zack, kam die Erklärung, wie sie es richtig zu machen hatte, zack, zack, mein Gott, das Kind versteht es einfach nicht, da ist Hopfen und Malz verloren, zack, schrieb sie endlich das Ergebnis, zack, das nächste war wieder falsch. Endlich war die Stunde beendet, und Erich ließ seine Tochter Marthe allein zurück, die schon ahnte, dass sie es nie lernen würde, unbegreiflich warum, doch war der Mangel wieder gut zu machen; komm, komm, sagte die Mutter, du kannst den Hof kehren, die Mülleimer ausleeren und das Kräuterbeet säubern.

Eine sich abwechselnde Schar von Dienstmädchen und Töchtern erschien vor meinen Augen, die im Haushalt Luises vor und nach dem Krieg gearbeitet hatten. Sie unterstützte das Patriarchat auf ihre Weise, wenn es darum ging, Weiblichkeit auszustechen. Nur so lässt sich die Diskrepanz meiner

Beobachtungen über die weiblichen Generationen hinweg in ein Netz von Bedeutungen einfangen, dessen Lückenhaftigkeit und Beschränktheit niemals nachgibt. Dieses Netz umspannte die naive Kindlichkeit meiner Mutter, ihre Angewiesenheit auf Zuspruch und Dankbarkeit, die zwanghaft wirkende, altruistische Überformung ihrer Handlungen. Sie blieb das Mädchen mit dem goldenen Herzen, dessen unermüdlicher Rhythmus alle anderen Herzen befleckte. Die Suche nach Geschichten, die die Familie schrieb, und die Anhäufung von ihnen führen aber immer zu demselben Resultat: Eine Deutung ist mehr, als in der Vergangenheit zu blättern wie in einem Fotoalbum, sie hat keinen Anfang und nimmt kein Ende. Und doch sitzt man wie in ihrer Mitte.

Während sie mir den neuesten Stand ihrer Gehversuche mit Krücken vorführte, die wie das Frührentnerinnendasein und die Cortison-Tabletten ihren angeschlagenen Körper unterstützten, fand Marthe nach der Entlassung aus der Klinik zu einer Schilderung, auf die sie in keinem weiteren Gespräch zwischen uns zurückkam. Wir standen im hellen, langen Flur ihrer Wohnung, der an einem geschwungenen Türbogen endete, an den sich ihr Wohnzimmer anschloss. Langsam setzte sie die Krücken an und schob einen Fuß vor den anderen. Eine Friseuse war für den Nachmittag bestellt, die ihren Pagenschnitt in eine neue Form bringen sollte. Ihre Lebensgeister erwachten wieder, aber der Schwund ihrer Attraktivität schmerzte sie. Resigniert bot sie mir ihre Kleider an.
Wir nahmen uns Zeit. Sie sollte mehrere Male am Tag für zwanzig Minuten ihre Runden drehen; zehn Schritte vorwärts, anhalten, wenden, zehn Schritte zurück. Marthe trank so gern Tee wie Ottilie, und ich setzte das Wasser dafür auf, stellte die Saftkästen, die ich besorgt hatte, in die anliegende Kammer und kehrte ins Wohnzimmer zurück. Draußen hing Nebel über der Stadt, es war diesig, ein Spätvormittag, der sich in den Wolken verfing. Die Partie zwischen meinem Po

und meinem Rücken schmerzte, ich stand am Ende meines Zyklus und meine Blutung war stark. Unterwegs zum Bad rief ich Marthe zu, dass ich einen neuen Tampon bräuchte. „Du kannst auch meine Binden nehmen", rief sie zurück, und in unseren Augen lag der schalkhafte Ernst von Frauen, die einen Körper miteinander teilen. Fünf Minuten später bat ich sie um eine ihrer Unterhosen. „Weißt du noch, dass Du fast in Ohnmacht fielst, und ich Dich auffangen musste, als Du das erste Mal Deine Regel bekamst?", fragte sie mich zwischen Tür und Angel, während ich aus ihrem duftenden Schrankteil, in dem sie ihre Unterwäsche aufbewahrte, ein weißes Höschen entnahm. Ich nickte in Erinnerung an diese erste Einweihung fraulichen Seins.

„Du kannst Dir nicht vorstellen, wie mir zumute war, als ich das erste Mal meine Tage hatte. Du glaubst es nicht!" fügte sie in einem von Zutraulichkeit und Unsicherheit dirigierten Impuls hinzu. Nein, ich wusste nicht Bescheid. Eine leichte Anspannung befiel mich, gemütlichen Frauengesprächen und intimen Details, wie man sie unter Freundinnen pflegt, wichen wir gewöhnlich aus. Unbefangen über Sexualität und Weiblichkeit mit meiner Mutter zu reden, war allerdings so exklusiv wie ein gekonnter Striptease mit einem Mann. Doch schon ihr erster Satz machte mich stutzig, denn von der Ausstrahlung, die ihr Körper besaß, und den Anfängen ihres Erwachens darüber war gar nicht die Rede. „Ich hatte keine Ahnung, wie mir geschah", sagte sie, und eine Kerbe an ihrem Mundwinkel vertiefte sich.

Schon den ganzen Tag hatte sich die Zwölfjährige matt und entkräftet gefühlt, ein ziehender Schmerz im Unterleib, an den Lenden und zwischen den Hüften behinderte sie bei der Hausarbeit und setzte ihr bei der geringfügigsten Bewegung zu. Ihr Kopf schmerzte, und sie verzichtete darauf, sich von Anne die Rechenaufgaben erklären zu lassen, die sie an der Schultafel angestarrt hatte, ohne große Hoffnung darauf, zu begreifen, was man von ihr wollte. Zu Hause gab es zu tun, Betten waren zu beziehen, Hühnerscheiße von den Leitern abzukratzen, Luise, die in der Küche Leber briet, rief sie zum

Zwiebeln Schälen. Frühabends kam Erich Kalweit mit einem Gast nach Hause, Forstmeister Gottschewsky, der einer Einladung zu Tisch folgte. Die Speisen waren noch nicht aufgetragen, die Herren standen abseits im Arbeitszimmer und begutachteten im Beisein des ältesten Sohnes Walther eine Reihe kapitaler Geweihe und Spieße, die an der Wand hingen. Erich führte seinen Hauerbestand vor, als Marthe, die die dampfenden Schüsseln, vollgefüllt mit Dillkartoffeln, Mehlsoßen, Salaten und Kalbsbraten, zum Esstisch hinübertragen sollte, sich vor Übelkeit wand. Dunkel und ungefähr spürte sie, dass der stechende Schmerz in ihrem Unterleib wie eine Welle aus ihrer Scheide strömte. Sie hätte sich eher die Zunge abgebissen als eine Rüge der Eltern einzufangen. Marthe überlegte krampfhaft. Wenn sie die Schüsseln zurücktrug, würde die Mutter schimpfen, brachte sie sie an den Tisch, lief es unten weiter. Sie wagte nicht, etwas falsch zu machen, doch das Pochen und Ziehen zwischen ihren Beinen zwang sie zur Umkehr ins kleine Bad neben den Schlafräumen, welches inzwischen das Plumpsklo ersetzte. Der Schweiß lief ihr über den Rücken, sie fühlte sich so mangelhaft und untauglich wie in der Schule, als sie die Treppenstufen hinaufstolperte.

Auf dem Toilettensitz schlug ihr Herz bis zum Hals; die ganze Unterhose war voll Blut, die Oberschenkel waren rot und streifig beschmiert, das schmierige Zeug lief bereits in die Kniekehlen hinein. Die Strumpfhose war nicht mehr zu gebrauchen, auch das Kleid musste gewechselt werden. Unten hörte man Vaters Stimme bereits im Flur, es konnte sich nur noch um Minuten handeln, bis gegessen wurde. Marthe biss sich auf die Zähne, Tränen waren zu nichts nütze. Irgendetwas war in Unordnung geraten, sie fühlte es wie eine Sünde. Es half nichts, sie ging über den Flur. Mit zitternder Stimme rief sie leise mehrmals den Namen ihrer Mutter, und Luise kam auch an den unteren Treppenabsatz, ungehalten, vorwurfsvoll und nervös. „Kind, was machst Du für ein Theater, das Essen wird kalt", fuhr sie ihre Tochter an. „Mit mir stimmt etwas nicht", stammelte Marthe, „Du musst mal nachschauen im Bad". Das Mädchen hatte so einen merkwürdigen Gesichtsausdruck, Luise hieß Anne das Essen aufdeckeln, stieg hastig nach oben und beugte sich über Marthe. „Um Gottes willen", flüsterte sie erschrocken, „eine schöne Bescherung. Komm her, nein, wart hier, ich geh Dir was holen." Marthe saß blutleer in der Hocke. Luise kam mit frischer Wäsche und einem gelben Stofflappen wieder, trat mit ihr hinter die Badezimmertür, erklärte ihr, wie sie ihn einzulegen hatte und wo die restlichen Lappen lägen. Dann zog sie die Tochter zur Seite, um sie aufzuklären. „Ab nun wird Dir das jeden Monat passieren, darüber unterlass es zu reden. Du musst darauf achten, nichts herumliegen zu lassen, Männer mögen das nicht." Luise wies ihre Tochter an, sich gut zu säubern und sich nun zu beeilen. „Das war's", sagte meine Mutter, „alles andere war uninteressant. Hauptsache, die Schüsseln kamen rechtzeitig auf den Tisch."

Im Rhythmus des Klackens ihrer Krückstöcke auf dem Fußboden, der mir Raum für Gedanken ließ, fuhr ich noch einmal mit Marthe auf der Autobahn Richtung Hannover. Im Kofferraum waren unzählige Geschenke und Haushaltswaren verstaut, die sie für Luise besorgt hatte. Auf dem Hintersitz stand eingeklemmt zwischen Tüten und einem Handkoffer eine Azalee in voller Blüte. Die Fähigkeit, anderen Menschen eine Freude zu machen, war bei Marthe zu einer Geschenksucht ausgeartet, der niemand widerstehen durfte, der kein schlechter Mensch sein wollte, und die einen zum böswilligen Menschen machte, wenn man ihr widerstand. Ihre Munterkeit auf der Fahrt wirkte etwas gezwungen, sie würde in Demut umschlagen bei der ersten Kränkung, die Luise verteilte. Hinter der Abfahrt fuhren wir durch die Dörfer auf Kreiensen zu, und ich genoss den Weg auf den Landstraßen, nahm mir Zeit für das altvertraute Landschaftsbild meiner Kinderjahre und die Anekdoten meiner Mutter. Hier wohnte die Familie einer Schulkameradin, dort eine Kollegin aus den Lehrjahren, mal wies sie auf eine Fabrik, in der Albert sein erstes Geld verdient hatte, mal auf ein Kaufhaus, in dem sie mit mir auf dem Arm gewesen war. „Da warst Du noch soo klein", sagte sie und hielt ihre Hand parallel zur Windschutzscheibe. Die Kleinstadt wirkte durch einige moderne Gebäude wie aufgefrischt, ich hielt am Straßenrand, bat Marthe einen Moment zu warten, stieg aus und ging in den nächsten Blumenladen um die Ecke. Mit einem Strauß bunter Rosen kam ich zurück. Meine Mutter glaubte, sie wären für Luise bestimmt und fand, das sei zu viel des Guten. Als wir den Ort erreichten, in dem Luise wohnte, und im Dorfkern an die Kreuzung kamen, bog ich links ab und fuhr auf den Friedhof zu. „Du bist immer für eine Überraschung gut", sagte Marthe nicht unfreundlich, als sie aus dem Wagen kletterte. „Vielleicht hätte Luise mitkommen wollen", grübelte sie, doch ich nahm es auf meine Schulter. Es war schwierig genug, zweier so unterschiedlicher Menschen wie Ottilie und Erich zu gedenken.

Wir gingen die verwinkelten ausgetretenen Wege entlang, an eingefallenen und frischen Gräbern vorbei. Eine hellrote Rose, die an ihren Blütenrändern in ein leuchtendes Orange überging, legte ich auf das Grab meines Großvaters, alle übrigen Rosen bekam Ottilie. Ernsthafte Besinnung kam nicht auf, wie so oft war das Vorgefühl der Handlung an Ergriffenheit zuvorgekommen. Die Begräbnisszene vor einem Jahr kam mir in den Sinn, wieder war es Herbst, ein klarer kalter Tag diesmal. Ich sah das Gesicht Marthes welken mit einem bitteren vertrockneten Zug um den Mund, als sei sie als nächste dran. Sie begann etwas hektisch mit bloßen Händen abgestorbene Blätter und Moos von der Grabeinfassung zu entfernen, etwaige Gefühle verscheuchend und in Tätigkeit bannend, ein Reaktionsmuster, das allen Familienmitgliedern gemeinsam war. Ob dieser Abstecher ein Test gewesen war, der ihr oder mir selbst galt, blieb dahingestellt, es war plötzlich unwichtig, am Bodensatz zu schürfen. Ich legte meinen Arm um Marthe, drückte ihre Schulter und sagte ihr, von einem unabweisbaren, tiefen Gefühl bewegt, aber ohne den altbekanntem Groll und mit einem Anflug von schlechtem Gewissen, dass ich sie liebe. Ihre Melancholie schlug mir entgegen wie ein ungebändigter Mantel im Wind. „Ich bin froh, dass es Dich gibt", erwiderte meine Mutter leise mit einem ernsten kleinen Gesicht, Vorwurf, Schmerz und die Bitte um Verzeihung in den Augen.

Eher benommen als befreit von den Geschehnissen vergangener Zeiten trafen wir bei Luise ein. Nach einem Austausch herzlicher Begrüßungsküsse hielt ich meinen Mund. Die eingeübten Rollen waren verteilt, sie ergaben sich fast von selbst, man erkannte sie wieder und schlüpfte hinein. Natürlich übertrafen sich Marthe und Luise in Gesten und Gunstbeweisen, Marthe mit ihren Geschenken und Luise mit voluminöser Esskultur. Ich half schweigend im Haushalt, nutzte meinen Sonderstatus als Enkelin, der Distanz erlaubte, und suchte die Weite des Gartens auf, die alten Bienenkästen, durchschritt die von Laub bedeckten Erdbeerbeete, streifte mannshohe Rhododendren. Es war wie immer alles beim Alten, hier blieb die Zeit stehen, oder meine Großmutter hatte die Gabe, sie für Besucher anzuhalten. Ich ging auf den Steinplatten zurück zur Terrassentür, die Ottilie damals wutentbrannt zugeschlagen hatte. Sie fehlte mir. Die Dienstbereitschaft meiner Mutter machte mir wie immer zu schaffen, sie nahm in dem Maße zu wie die Frau, die ich kannte, darin verschwand. Unsere Familienbande trugen Eigenschaften wie Dienstbeflissenheit und Herablassung, Marthe gab ihren Wunsch nach Anerkennung nicht auf. Meine Großmutter behielt das Zepter, nickte gnädig, wenn die Umstände, die Worte und die Gebärden zusammenpassten, sprach von Vorvorgestern und den damaligen Zeiten als den besseren, ihre Tochter knickste, ihre Enkelin, die es besser hätte wissen müssen, trat hilflos zur Seite. Das ging eineinhalb Tage gut, versehen mit früher Schlafenszeit, langen Mittagspausen, kurvenreichen Verbalisierungen und nachmittäglicher Torte, und einmal kam echte Freude auf, als Andrey erschien. Er hatte ein altes polnisches Lieder- und Versbuch mitgebracht, und ein wenig verlegen aus der Tasche gezogen. Unter den leergefegten Apfelbäumen bestand Marthe darauf, dass er uns daraus etwas vortrug, was ihn so freute, dass sein Adamsapfel auf und ab hüpfte.

Am Abend vor dem Abreisetag, Anfang November 1989, waren unsere Zungen auf ein Mindestmaß an familiärer Übereinkunft zusammengebunden. Wir sahen Nachrichten. Eine Großdemonstration auf dem Alexanderplatz; der Sozialismus ging auf die Straße. Ich ging innerlich mit, es war höchst spannend, einen Teil des deutschen Volkes selbstbewusst zu erleben. Luise sah die Wende schon kommen und frohlockte. Marthe verhielt sich neutral. Plötzlich wandte sie sich zu uns um, „Die haben Mut", sagte sie. Ihre Mutter verzog ihre Lippen, wölbte sie, Geringschätzung andeutend, nach unten: „Das Experiment ist längst zu Ende, Kind. Die sind so ruiniert wie die Polen und die Russen. Sie werden froh sein über unser Geld. Fragt sich nur, ob es knallt. Die Russen früher waren auch nicht zimperlich mit uns. Und unser Land in Polen? Wir verschönern es ihnen noch. Für heute habe ich genug." Sie nahm die Fernbedienung und knipste den Bildschirm aus. Marthe sprang auf, sagte: „Mutti, ich möchte das sehen", nahm ihr das Gerät aus der Hand und schaltete wieder ein. Unbeirrt schaute sie auf den Apparat. Meine Großmutter presste ihre Lippen zusammen. Einige Sekunden verstrichen in gespanntem Schweigen. Es war nicht möglich, über ihre Ansichten keine Worte zu verlieren, also sagte ich das erste, was mir einfiel: „Aus Deiner Überheblichkeit spricht das alte deutsche Herrenwesen, dieselbe Intoleranz, dasselbe Schielen auf Ressourcen, dieselbe Verachtung für unverständliche Wege. Zur Abwechslung täte es dir einmal gut, jemandem wie Andrey zu dienen, sich in Bescheidenheit zu üben. Und weißt Du was? Er würde es nicht einmal zulassen."

Luise legte ihre pfauenartige Haltung an, in ihren Augen echote es Verrat. Sie sei schließlich nicht mehr die Jüngste und spüre den Tag in den Knochen, warf sie uns spitz zu und eine gute Nacht vor die Füße. Marthe wandte sich, den Blick vom Fernseher lösend, zu ihrer Mutter, die schon an der Tür angelangt war: „Was unsere Demokratien zusammenhält, ist

143

vor allem Wohlstand, Mutti. Das rächt sich." Ich war erstaunt. Luise wandte sich noch einmal um. „Wenn es sich rächen sollte, bin ich schon tot", sagte sie kalt. „Ja", erwiderte meine Mutter bitter, „aber wir vielleicht nicht."

Am nächsten Tag nach dem Frühstück, bei dem das Schweigen nur vom Aufsetzen der Tassen und dem Klirren der Löffel unterbrochen wurde und einem knappen Dank, wenn man sich Konfitüre, Zucker oder das Butterschälchen hinüberreichte, blieb uns nur ein trister Gang zu den Maisfeldern. Ich war deprimiert, und Marthe kämpfte mit ihren Niesanfällen. Nachdem wir eine Weile gegen den heftigen Wind angelaufen waren, kehrten wir um. Bei der Verabschiedung sammelte Luise bereits ihre Gegenkräfte, und ich konnte mir meine Gefühle für sie sparen. „Ihr habt ja keine Ahnung, was meine Generation durchgemacht hat", gab sie uns mit auf den Weg. „Doch, Mutti, das wissen wir", sagte Marthe mit einer Engelsgeduld, die in mir teuflische Gefühle wachrief. Ein endloser Kreislauf. Ich unterließ es, zu sagen, dass das Gleiche, Schlimmeres noch, für andere Völker galt. Ich dachte an Großvater Erich, die Vorfahren seiner Familie kamen aus Breslau, Danzig und Posen. Nur unweit dieser Städte, die durch Völkerwanderungen und koloniale Eroberungen der Deutschen geprägt waren, lagen die Stätten, über die meine Großeltern nie sprachen. Die preußische Herrschaft über ein Gebiet, das seit Jahrhunderten von mehreren Völkern bewohnt war, blieb unumstößliches Recht in ihren Überzeugungen. Ich öffnete meiner Mutter die Beifahrertür. Als sie mich beim Einsteigen streifte, nahm ich es zur Kenntnis; den Grund ihrer Güte am Abgrund von Kaltschnäuzigkeit.

„Du bist ja mit Deinen Gedanken ganz woanders", sagte Marthe, die ihre Runden längst beendet hatte, mir mit ihren Krücken in der Hand gegenüber stand und prüfend auf mich herabsah. Ich kehrte ins Wohnzimmer zurück, unterließ es, die Muskulatur anzuspannen und den Ausdruck zu wechseln, und gab nach. „Ja", sagte ich verlegen. Sie humpelte langsam in die Küche, und ich hörte, wie sie das abgekühlte Wasser aus dem Kessel goss. „Ich setze neues auf", rief sie. Dann hörte ich wieder das Klacken und dann eine Weile nichts. Plötzlich erschienen ihr Kopf und eine halbe Schulter am äußeren Türrahmen. „Deine Gedanken interessieren mich auch", sagte sie schüchtern. Wir wechselten den Anblick. Plötzlich war Lichtspiel im Raum. Es diente Zeit zwischen uns, brach die Jahre um.

XVI

Das blühende Leben im Verborgenen, unter dem Marthe zur jungen Frau gedieh, war dankbar für jeden Besuch bei Ottilie. Stets willkommen in ihrem Geschäft, suchte Marthe in der Kleinstadt nach dem Abglanz einer ungewohnten Wirklichkeit, als deren Teil sie sich empfand; hier war sie aufgehoben in der Obhut ihrer Tante und genoss dennoch Freiheiten, die sie endlich mit anderen gleichstellte.
Im Laden gab es alles für den Hausgebrauch; Zahnbürsten und Zahnpasta, Wundcreme für den Kinderpopo, Seidenstrümpfe und Nagellackentferner, Lutschbonbons und Garn, Zeitschriften und Schulmaterial. Außerdem ein großes Sortiment an Lebensmitteln für den alltäglichen Bedarf, auch frisches Obst und frisch geschlachtete Hähnchen, Backwaren und Gemüse waren täglich im Angebot. Ottilie hatte sogar einen Lieferanten aufgetrieben, der sie mit exquisiten französischen Weinen belieferte. Sie war Chefin und Botenjunge, Verkäuferin und Bürokauffrau, Sekretärin, Mitarbeiterin für Warenabnahme und Gehilfin zugleich. Obgleich sie sich sehr über die Besuche Marthes freute, war sie rund um die Uhr in Betrieb und schmiss ihren Laden. Marthe staunte, wie viele Verehrer Ottilie hatte: sie kamen morgens vor Betriebsbeginn als Kunden, um eine Zeitung zu

145

kaufen, in Wirklichkeit aber, um Ottilie zu einem Rendezvous einzuladen, wobei die entzückende Nichte selbstverständlich gleich mit eingeladen war. Ottilie lehnte so herzlich und entschieden ab, dass Marthe sich fragte, wem ihr Bedauern galt. Den eher leutseligen Armleuchtern, den feinen Herren mit Hut und Krawatte, den jovialen Vertretern, die sie umlagerten, oder den verpassten Gelegenheiten, mit ihnen auszugehen. Doch schon wurde sie energisch bei der Hand gepackt, weil sie nichts anzuziehen hatte, wie die Tante meinte. Im nächst gelegenen Bekleidungsgeschäft erstanden sie ein Kleid, zwei Röcke, Schuhe und einen Mantel, deren Farben Ottilie so kombiniert auszuwählen verstand, dass sie zueinander passten. Jedes zweite Wochenende ging sie mit Marthe aus, in ein Restaurant, ins Kino oder zu Musikveranstaltungen. Einmal gingen sie sogar in den Zirkus, denn Ottilie meinte, sie müssten nachholen, was sie beide versäumt hätten. Marthe begriff, was es hieß, eine Nachteule zu sein, sie lernte beim Zusehen, dass es möglich war, zwei Päckchen Zigaretten am Tag zu rauchen, ohne Hustenanfälle zu bekommen, sie fuhr zum ersten Mal in ihrem Leben Taxi und trank ihren ersten Slibowitz.

Sie stellte sich an den Außenverkauf und bediente die Schulkinder, denen sie in Tütchen verpackt kleine Süßigkeiten zusteckte und immer ein Bonbon mehr hineintat, als sie bezahlen konnten. Ottilie hatte nichts dagegen, sie hatte ein offenes Herz für jedermann, solange ihr Geschäft lief. Marthe bewunderte ihre Tante für ihre Geschicklichkeit im Umgang mit den Kunden, für ihre organisatorischen Fähigkeiten und ihre rechnerische Begabung. Sie hatte immer einen Scherz oder einen passenden Satz parat, ohne sich aufzudrängen oder geschwätzig zu wirken, sie kannte die großen und kleinen Geschichten, Tragödien und Kapriolen ihrer Abnehmer. Sie ließ Kundinnen anschreiben, denen man die erst unlängst verstrichenen Trümmerjahre, die abgewetzten Kleider und die Schufterei um das Sattwerden ihrer Kinder ansah. In deren Einkaufstaschen steckte Ottilie, nachdem sie innerlich abgewogen hatte, wie sie bis zum nächsten Liefertermin zurechtkam, eine gute Flasche Wein, ein Paket Kekse, eine Dose Milchpulver oder ein Dutzend Rindswürste als gute Beigabe des Hauses. Einmal kam ein Hausierer vorbei und statt ihn wegzuschicken, wies Ottilie Marthe an, ihm die Taschen vollzustopfen, nahm aus der Kasse zehn Mark und beschied dem Mann, nicht alles zu vertrinken.

In Ottilies Wohnung dagegen herrschte ein völliges Durcheinander, in der Küche quoll schmutziges Geschirr aus dem Spülbecken, der Wasserhahn tropfte, vertrocknete Pflanzenblätter hingen schlapp und staubbedeckt über den Töpfen, kreuz und quer lagen Schuhkartons verstreut in den Zimmern herum, die im Warenlager noch keinen Platz gefunden hatten, ihr Tisch war überladen mit Rechnungen, Quittungen und Post, und das Betten-Machen hielt Ottilie für überflüssig, da sie ohnehin morgens ausstieg und abends hinein, wie sie erklärte. Die wenigen Wochen, die Marthe im Jahr bei Ottilie verbrachte, waren eine Offenbarung. „Sie hat mir gezeigt, dass im bloßen Licht einer Glühbirne die Dinge so verschieden erscheinen können, wie man sie wahrnimmt", erinnerte sich Marthe, als sie über die einzigen Ferien sprach, die sie in ihrer Jugend genossen hatte. Bei Ottilie vergingen die Tage wie im Fluge, sie purzelte ins Leben hinein mit einem Schwung, der mal durch Fröhlichkeit und mal durch Anstrengung, mal durch Kummer und mal durch Unbekümmertheit angetrieben wurde. Hier erfuhr Marthe auch von der Existenz des Staates Israel, denn Ottilie, die sich frühzeitig eines der ersten Fernsehgeräte leistete, die auf den Markt kamen, nahm mit regem Interesse an der Berichterstattung in den Nachrichten teil und schnitt sich Artikel über die Suezkrise aus den Zeitungen aus, freilich ohne Marthe zu erklären, warum. Auch überschritten ihre Gespräche mit der Nichte keineswegs einen bestimmten Grad von Intimität. Ihre Rückengymnastik betrieb sie noch immer allein und trug ihren Buckel, als sei er unsichtbar. Zum Thema Liebe erklärte sie Marthe, kurze Affären gäben dem Leben eine Würze, lange würden es versalzen, alles andere müsse sie später selbst herausfinden. Im Ganzen hinterließ sie den geheimnisvollen Eindruck einer Unabhängigkeit, die mit einer freundlichen Distanz zu den Menschen einherging und sich zu mehr bewegen ließ, wenn es ihr passte. Weil Ottilie von anderen kaum jemals verlangte, etwas zu tun, was sie selbst nicht vermochte, vermittelte sie Marthe das Gefühl, ihr Leben stände ihr offen, sie müsse es nur richtig zu nutzen wissen. Doch was sie unter Nutzen verstand, blieb Marthe verborgen, und als sie aus den Schulferien nach Hause zurückkehrte, zerrann die Welt, aus der sie gekommen war, wie ein Traum in der Wirklichkeit und verblasste mit jedem Tag mehr.

Im Sollingschen Forsthaus wurde noch immer mit fester Hand und nach rigiden Maßstäben regiert, Erich und Luise stellten sich aber auf die veränderten sozialen Verhältnisse ein; sie nahmen zur Kenntnis, dass es aufwärts ging und dass es sich gelohnt hatte, dafür die besten Jahre unter den schlechtesten Verhältnissen zu opfern. Ende der fünfziger Jahre hatte Erich den Vieh- und Geflügelbestand aufgegeben und verkauft, die Erträge jahrelanger Arbeit hatten sich rentiert, die bäuerliche Bewirtschaftung des Grundstücks wurde aber nun als Schinderei empfunden. Zur forstwirtschaftlichen Tätigkeit Kalweits war die Ausbildung junger Forstlehrlinge hinzugekommen, für die er zwei Zimmer im Untergeschoss als Lehrräume nutzte und eine Heraufsetzung seines Gehalts erhielt. Durch die asketische Lebensführung der Familie waren Ersparnisse nach und nach angewachsen, die kargen, düsteren Wände und zusammengestückelten Einzelteile des Hauses waren einem stattlichen Mobiliar, hellen Tapeten, und hinzugewonnenen Gemälden ostpreußischer Landschaften gewichen. Eine gediegene gutbürgerliche Atmosphäre, teils weidmännisch untermauert, teils korrektestem Anstand abgewonnen, verbreitete sich in den Räumen. Selbst das Treppenhaus begann sich nach Auswechslung des Geländers, dem Einsetzen neuer Flügelfenster durch die Forstverwaltung, einem pastellfarbenen Vorhangstoff, den Luise anbrachte und dem bizarren Wuchs mehrerer selbstgezogener Palmenarten auf dem Treppenabsatz für Neuankömmlinge wie die Bewohner des Hauses zu erwärmen. Sein altes gefräßiges Klappermaulgesicht verschwand im Zuge der Renovierung und verwandelte sich allmählich in einen freundlichen Durchgangsbereich. Im Wechsel der Jahreszeiten gaben die Kalweits sich wieder nach altem Brauch die Ehre, zur Gesellschaft einzuladen; man feierte den Einstand junger Forstbeamter in ihren Beruf, das Erntedankfest mit einem großen Abendessen, den dritten Weihnachtsfeiertag mit einem Nachmittagspunsch und beging Silvester mit einem Kostümball. Nun kam es darauf an, den Kindern eine ordentliche Ausbildung mit auf den Weg zu geben.

Nach einem mittelmäßigen Realschulabschluss begann Marthe als eines von drei Mädchen in der Klasse siebzehnjährig eine Lehre in der Kleinstadt. Sie sollte etwas Handfestes lernen, anstatt ihren Neigungen zu folgen und Säuglingsschwester zu werden. Mit Babys, meinte Erich, würde sie sich noch früh genug herumschlagen. Da Marthe im Abschlusszeugnis gute Noten in Deutsch aufwies und Ottilie am Telefon von ihren ordentlichen Abrechnungen schwärmte, war es bald beschlossene Sache, Marthe zur Bürofachgehilfin ausbilden zu lassen. Das war ein angemessener, moderner Beruf für eine junge Frau, die sich zur Sekretärin hocharbeiten konnte, wenn sie nicht vorher heiratete. Wie Anne nahm auch Marthe hin, was ihr beschieden war, und tröstete sich mit der Aufzucht von Hühnerküken auf dem Hof. Die Hennen und ein Hahn waren außer der Hauskatze und den zwei Jagdhunden die einzigen Tiere, die in dem blühenden Garten mit seinen fruchtbaren Obstbäumen und den großen Gemüsebeeten noch gehalten wurden, weil man die frischen Eier, das schmackhafte Fleisch in der Nudelsuppe und das morgendliche Krähen des Hahns nicht entbehren wollte.

Wie ein böses Omen überfiel Marthe eines Tages ein kleines Ereignis, das sie ihr Leben lang in Abständen immer wieder beschäftigte. Sie vertraute es mir an, als wir unsere

Spaziergänge durch Frankfurt wieder aufnehmen konnten und ihre Krücken im Keller verschwanden. Die Begebenheit war ihr eingefallen, nachdem sie einen Brief von ihrer Schwester erhalten hatte, aus dem sie mir vorlas. Anne hatte aus Freude über ihre Genesung einen Eierkuchen gebacken und in unzählige Stückchen zerteilt, um sie in den Ententeich vor den Wohnanlagen der Psychiatrie zu werfen. „Das ist typisch Anne", sagte sie so wehmütig, dass nicht abzuschätzen war, ob sie nur ihre Schwester oder auch sich selbst meinte. „Sie sieht nicht ein, warum es zwischen Mensch und Tier und zwischen Natur und Gefühl einen großen Unterschied geben sollte. Warum Realität und Mitgefühl so wenig zusammenpassen. Weißt Du, was ich nie vergessen werde? Meine Schwester und ich teilten uns die Arbeit mit den restlichen Hühnern, die so zahm wurden, dass sie uns hinterherliefen. Nie werde ich ihr zutrauliches Gluck, Gluck, Gluck vergessen. Eines Tages bekam eine unserer Hennen Küken. Wir nahmen sie in die Hände, streichelten die daunenweichen Federn, den zitternden kleinen Schnabel und sahen in die weitaufgerissenen Äugelchen. An einem Wochenende kam die Revierforstgemeinschaft des Sollings bei uns zusammen, und wir mussten für das Büfett Tische herantragen und durch den Garten schleppen. Einer war besonders schwer, vielleicht war ich auch ungeschickt, auf jeden Fall trat ich Schritt für Schritt zurück, bedacht darauf, nicht zu stolpern und zerquetschte dabei mit meinem Absatz ein Küken, das zwischen meine Beine geraten war. Ich habe es immer so bedauert, dass ausgerechnet ich es gewesen sein musste, die ihm seinen frühen Tod brachte. Es war nur ein Missgeschick, aber noch Jahre danach spielte sich in meinem Kopf diese Szene ab, überlegte ich, wie ich es hätte verhindern können".

Ich sah meine Mutter verstohlen an, sie sah erholt aus, das dunkle graumelierte Haar fiel ihr in einer weichen Welle um das Gesicht, ihre Augen hatten wieder jene tiefe, beeindruckende Farbe, die ein Naturbraun kaum jemals erreicht. Sie lief auch nicht mehr in diesem zackigen

Militärschritt neben mir her, den ich aus Kinderzeiten kannte. Aber ihr Gesicht blieb das eines zutiefst erschrockenen Wesens. Das Leiden der Welt war ihr unakzeptabel, machte ihr Angst, sie war und blieb ein Kriegskind, in dem sich immer noch die gleiche Fassungslosigkeit angesichts des Grauens abspielte. Ein guter Mensch hatte sie als junges Mädchen werden wollen, der, aggressionslos, für Grenzen der Zulänglichkeit büßt. Und dabei war sie geblieben. Ihre Innenwelt muss einer Puppenstube geglichen haben, ausgesponnen mit undeutlichen Phantasien und Tagträumen, über die die reale Welt wie ein kraftvoller Wind hinwegfegte, bis sie zerbrach wie ein Kartenhaus: ein nacktes, verfrorenes Ich, das über und über mit Rollen behängt war, die keinen Schutz mehr boten. Ich sann darüber nach, ob ihre körperlichen Schwächeanfälle nicht zwischen den durch Erziehung hervorgetriebenen scharfen Widersprüchen in ihrem Wesen vermittelten. Ob sie auf ihr Übermaß an Anstrengung und Verausgabung reagierten, ihre innere Uhr, die beschleunigte und antrieb, den Befehlsgehorsam, die hastige Redeweise, die Unachtsamkeit, mit der sie als Kind konfrontiert war, die auf Drill abgestimmte Motorik. Nun war die ehemalige Chefsekretärin, der kein Einsatz, den man von ihr verlangte, und keine Überstunde zu viel war, dazu gezwungen, das Dasein einer Frührentnerin zu ertragen.

Ein dünnes Fotoalbum, das sie mir frühzeitig vermacht hatte, schob sich durch meine Gedanken. Es zeigte sie in wenigen Abbildungen als junge Frau, die mit Kolleginnen und Freundinnen ihren Lehrabschluss feiert, wie sie ihre ersten Miniröcke präsentiert und Kostüm und Mantel für die neue Einstellung in einer Kanzlei vorführt. Marthe, so schmal wie eine Feder an einen Baumstamm gelehnt, mit einem Lächeln, das die ernsten großen Augen beschwingt, eine junge, kaum zwanzigjährige Frau, die zärtlich ihr Gesicht in das Fell einer Katze drückt, Herzensgüte und eine Spur Lebenslust, eine natürliche, aber gebrechliche Körperbetontheit ausstrahlt, Marthe, die jeden männlichen Instinkt weckt. Um keck oder gar frech zu wirken, war ihr Gebärdenspiel zu unsicher, ihre

Munterkeit zu empfindsam und ihre Schönheit zu beschützenswert. Ihr Antlitz hob sie aus den abgebildeten Gruppen unbekümmerter und banaler Provinzgesichter hervor und verriet zugleich sein Gramm Unvollkommenheit. Dieser Gestalt einer im Krieg geborenen Generation war noch ein Abdruck davon anzusehen. Marthes horchende Suche, die ihr Gesicht immer ein wenig in die Höhe schob, galt der einprägsamen Erfahrung, nicht erwünscht zu sein, die man ihr wie einen Impfstoff als Zugabe der Umstände verabreicht hatte.

Ihre chronische Bronchialerkankung wurde spät festgestellt, die Behandlung blieb erfolglos. Ottilie, die regelmäßig zur Kontrolle ihrer Wirbelsäule wegen zu einem Spezialisten in die Kleinstadt musste, nahm die Gelegenheit war, ihre inzwischen volljährige Lieblingsnichte Marthe vor dem Eintritt in den Berufsalltag noch einmal groß auszuführen. Sie fuhr in den Solling, um ihre Nichte abzuholen und vor einem opulenten Essen auswärts eine Spritztour mit ihr zu unternehmen, aber als sie abends ins Treppenhaus trat und von dort in die Stuben ging, wurde sie Zeugin, wie Marthes Körper von Hustenanfällen geschüttelt wurde, die Luise vergeblich mit Lindenblütensalbe zu mildern versuchte. Ottilie bestand darauf, gleich am nächsten Morgen erst zu ihrem Orthopäden, dann zu einem Internisten zu gehen. Unzähliger Allergien hätte man Herr werden müssen, unzählige Kuraufenthalte bewilligen müssen, um ihr Krankheitsbild zu verbessern, diagnostizierte der Internist nach einigen Untersuchungen und verschrieb Marthe Antibiotika.

Während Anne ihre Schwester mit Tees bekochte, zuckten ihre Brüder die Schultern über die Schmalgliedrigkeit dieser Schwester. Albert packte sie an den Hüften, hob sie lachend hoch und nannte sie einen kleinen Dünnspargel. Walther belehrte sie, ihre gefühlsgeschwängerte Naivität Menschen gegenüber bald möglichst abzulegen, im Berufsleben würde ihr das nur hinderlich werden. Marthe konterte, er solle lieber zusehen, Kontakte zu Menschen herzustellen, statt wie ein

Besenstil anderen den Dreck vor die Füße zu kehren, wenn er an der Universität Anerkennung finden wolle. Walther und Albert waren auf dem Weg, sich selbstständig zu machen; Walther hatte eine Aushilfsstelle in einem CDU-Stadtverordnetenbüro ergattert, mit der er eine kleine Wohnung in der Göttinger Innenstadt finanzierte, und begann, dort Geologie zu studieren. Albert, der zur Schulzeit lieber in einer Ecke des Schulhofs mit den hübschesten Mädels seines Jahrgangs geplaudert hatte, als für eine Examensprüfung zu lernen, war nach der 10. Klasse abgegangen und hatte eine kaufmännische Lehre abgeschlossen. Seit kurzem arbeitete er in einer Kreienser Firma als Handelsvertreter, fuhr über Land, Stock und Stein, um Verträge mit mittelständischen Warenabnehmern auszuhandeln und kannte kein größeres Verlangen, als aus dem Provinznest herauszukommen. Als eine Zweigstelle seines Betriebs junge, unverbrauchte und ungebundene Arbeitskräfte in Frankfurt anwarb, war er einer der ersten, die sich zur Verfügung stellten.

Marthe und Anne blieben vorerst allein in der Försterei zurück, gaben einen Teil ihres Gehalts an den elterlichen Haushalt ab, halfen der Mutter bei der Obsternte im Garten und beim Kochen und verbrachten ihre Freizeit recht unterschiedlich; Anne bei ihren mathematischen Berechnungen rund ums Haus, mit ihrem Gemurmel und der Nase in Büchern, Marthe verabredete sich hin und wieder mit ihren Kolleginnen aus dem Büro. Beide zog es aus dem Haus, doch mieden sie jede ungewohnte Wirklichkeit, in der sie sich nur langsam zurechtfanden, wenn äußere Einwirkungen es erzwangen. So flossen ihr Alltag und ihr jungfräuliches Leben dahin. Anne verkroch sich in eine streng formalisierte Innenwelt, und Marthe wartete auf ein unbestimmtes Ereignis, das ihrem Leben eine neue Wendung geben würde. Tatsächlich gab es bald einschneidende Veränderungen: Einem Kuraufenthalt Luises folgten die erzwungene Geschäftsaufgabe Ottilies und schließlich Marthes erste große Liebe.

XVII

Luise stand an der Wende zum Alter, ihre blühende Sinnlichkeit, ihr betörendes Lachen und ihre ausschweifenden Handbewegungen hatten in all den Jahrzehnten erschöpfender Arbeit gelitten. Doch noch immer trug sie ihren üppigen Busen, ihre praktische dunkle Gartenarbeitskleidung, ihre bunt gemusterten Kleider und ihren wie abgemessenen Schritt mit einer weiblichen Nonchalance, die ihre Tugendhaftigkeit umso mehr unterstrich. Ihre Taille war nicht mehr so schmal und fest wie früher, so dass sie sich gezwungen sah, sie zu gegebenem Anlass mit einem Korsett, später mit Hilfe von Miederhosen zu schnüren, sie trug ihre Hauskleider knielang und verstand es, mit Bein nicht zu geizen, wenn sie nicht gerade ein selbstgeschneidertes, bodenlanges Festgewand bevorzugte. Im Alltag achtete sie strikt auf die akkurate und genaue Ausführung aller Haus- und Grundstücksarbeiten, sie wirbelte den ganzen Tag herum, lief von der Küche in die Speisekammer, von dort aus in die Vorratsräume, weiter in den Kartoffelkeller, wieder hinauf in die Küche, mit einem Eimer in den Garten, sammelte das Obst ein, nahm sich ein paar Gartenkräuter mit, kehrte zurück und wandte sich wieder einer der vielen unterbrochenen Arbeiten zu, die bis zur Abenddämmerung beendet sein würden. Unzählige Gläser eingemachter Marmeladen, Dutzende von Kuchen, Torten und Gebäckstückchen, Gelee, eingemachte Gewürzgurken, Apfelmus, Einweckgläser gefüllt mit Pflaumen, Birnen, Schattenmorellen und Pfirsichen bewahrte sie in den Regalen auf, dazu kamen die tiefgekühlten Hähnchenkeulen, Spinat-Nudel-Röllchen, Rehrücken, Kalbsbraten, Leberpasteten und Schweinerouladen, die selbstgefertigte rote Grütze, das Mandarinenkompott und die Erdbeer-Mocca-Trüffel. Wenn sie mit gebeugtem Rücken in der Erde Furchen zog, sah sie aus wie jede Frau, die gärtnert, plump oder hausbacken wirkte sie dennoch nicht, und wenn sie sich von ihrer Arbeit erhob, um einen Besucher am Gartentor willkommen zu heißen, dem

Briefträger entgegen zu gehen oder Friedhofsgänger beim Spazieren zu grüßen, straffte sie sich unwillkürlich und verwandelte sich im Bruchteil von Sekunden in eine empfangsbereite Gastgeberin. Mag es an ihrer Einbildung oder an meiner, oder dem Blickwinkel des Fotografierenden gelegen haben, man sieht es den Bildern, die mit den Erinnerungen übereinstimmen, an, mit welcher Winkelneigung der Kopf meiner Großmutter zu beeindrucken wußte. Man sah einen lichten Stolz zwischen den geschwungenen Augenbrauen und dem spitzen Haaransatz, der sie über alle Niedrigkeit erhöhte und sie bei der einfältigsten Hausarbeit aussehen ließ, als trüge sie eine Perücke im Stil Louis XIV.

Erich hatte inzwischen eine Haushaltshilfe eingestellt, die einmal in der Woche kam und die Grundreinigung erledigte, doch hielt das Luise in ihrer Arbeitswut kaum auf. Es war ihr, zumal nach Andreys Rückkehr aus Polen, gar nicht anders möglich, als alle alten Rituale, Vorgänge und Regeln der ostpreußischen Landgutswirtschaft in ihrem zweitausend Quadratmeter großen Grundstück zu reaktivieren.

Als der Bau der Mauer vollzogen war und alle nickten zu einer Ideologie, der zuzustimmen sich schon Hitler nicht gescheut hatte auf vielerlei Plakaten, und die ersten Nachrichtenübertragungen über den Frankfurter Auschwitzprozess über den Äther liefen, ohne dass im Kalweit'schen Haus irgendjemand daran inneren Anteil nahm, rief Luise zur Stachelbeerernte ihre Töchter zur Hand. Sie verstand nicht gleich, woran es lag, aber ihr wurde die Arbeit schwer, obwohl die Söhne außer Haus und weniger Esser zu bekochen waren. Es dauerte eine Weile, bis sie ihr Schweregefühl an ihre alte Schwäche, das schlechte Bindegewebe und die Thromboseanfälligkeit gemahnte. Ihre Beine schwollen von Tag zu Tag an, doch ließ sie sich vorerst nichts anmerken, legte sich abends ein Kissen unter die Fersen und duschte in der Frühe unter eiskaltem Wasser. An einem Samstag, als sie gerade ihre Beine über die Bettkante gehoben hatte und sich die dunklen Flecke um ihre

Waden besah, packte Erich plötzlich einen Fuß, schob ihr Bein zu sich heran und knurrte besorgt: "Alte, wirst Dich mehr ausruhen müssen, wenn wir noch länger etwas von Dir haben wollen!" Luise wehrte ab, seine Worte taten selten gut und trafen gleichwohl ihren Stolz. Sie ging schweigsamer als sonst an ihre Arbeit, doch gegen Nachmittag verhärtete sich ihre rechte Wade und ihr Fuß wurde fühllos und taub. Sie rieb ihn mit Brennnesseln ein, und die Wade wurde wieder elastischer, aber sie beschloss, sich den nächsten Tag von Erich zum Hausarzt fahren zu lassen, und gab den Mädchen Bescheid.

Der behandelnde Hausarzt wies sie ohne weitere Umstände wegen akuter Thrombosegefahr in die Göttinger Klinik ein, wo man ihr über das Wochenende Stützstrümpfe verordnete und sie am Montag der darauf folgenden Woche operierte. Die erste Auszeit von vier Wochen Dauer seit den Tagen am Kurischen Haff in der Jugendzeit und den sorglosen Wanderungen an der Alle als frischvermählte Braut nahm Luise Kalweit in einer Kurklinik im Harz. Ein Lebensalter zwischen ostpreußischem Junkertum und westdeutscher Trümmerlandschaft trennte dieses Jahr von jenen; dem ersten Brief, den sie ihrem Mann Erich schickte, fügte Luise nach der Beteuerung, es gehe ihr schon viel besser, die fast ängstlich anmutende Frage an, ob die Stachelbeerernte in ihrer Abwesenheit auch geglückt sei.

Zur gleichen Zeit begann Ottilie die Auswirkungen einer neuen Supermarktkette in ihrer Stadt zu spüren. Sie konnte es genauestens mitverfolgen, denn auf der gegenüberliegenden Straßenseite hatte eine Filiale eröffnet, und Ottilie sah die Menschen, darunter auch ihre Kunden, an den verkaufsoffenen Samstagen hineinströmen. Eine Weile versuchte sie, mit besonderen Preisangeboten mitzuhalten, vertraute auf ihre Stammkundschaft und gruppierte ihr Sortiment um. Das ökonomische Ungleichgewicht ließ sich damit nicht aufheben, nach und nach begannen die Kunden von Ottilie das Wenige auszuwählen, was sie billiger anbieten konnte. Ihre Obsttheke bot weder südamerikanische Früchte noch Kübelpflanzen im Angebot, ihre Fleischbestellungen wogen nur ein Fünftel des Sortiments an der Supermarkt-Theke und französische Rotweine gab es drüben en masse. Ein Jahr verging, und Ottilie rutschte mit ihren monatlichen Einnahmen und Ausgaben in ein Patt. Ihre Ladenglocke klingelte nur noch halb so oft, Kunden, die sie früher täglich gesehen hatte, grüßten sie nur noch verlegen oder beiläufig, manche bedauerten bei einem Schwätzchen den unaufhaltsamen Wandel der Zeit, andere erschienen gar nicht mehr. Nur die Schulkinder blieben allesamt, auf dem Schulweg, auf dem Nachhauseweg und in den Pausen, doch waren die Herzchen, wie meine Großtante sie nannte, wenig lukrativ, und als sie in den großen Sommerferien stundenlang allein im Laden stand, sich beschwichtigte, herumkramte, verkrampft grüßte, wenn doch jemand hereinkam, fühlte Ottilie den Zahn der Zeit. Es entsprach weder ihrem Wesen noch ihrem Blick, die neue Situation und ihre unhaltbare Stellung zu verleugnen, allerdings wollte sie sich ebenso wenig ruinieren lassen. Sie sprach nie darüber, was es sie gekostet haben mag, aus Einsicht in ihre Geschäftsgrundlagen und aus Selbstachtung ihren Konkurs zu verhindern. Sie realisierte die Verluste und vermietete ihren Laden an ein türkisches Gastarbeiterehepaar, das eine Reinigung mit angeschlossener Schneiderei darin einrichtete.

Die Mieteinnahmen waren gering, ihre wenigen Ersparnisse waren bald aufgebraucht, und Erich und Luise halfen ihr einige Monate stillschweigend über die Runden, obwohl Luise sich nicht beherrschen konnte, halblaut zu bedauern, dass sie Seidenstrümpfe für den besonderen Anlass nicht mehr umsonst bekam. Ottilie heuerte in einem Konfektionsgeschäft eines Pelzhandelsunternehmens als erste Angestellte an, bekam trotz ihrer Rückenschieflage den Posten und hielt bis zum Rentenalter ihre Stellung. Als Dank für ihre Unterstützung schenkte sie Luise nach Ablauf ihrer Probezeit einen Ozelot in moderner Dreiviertellänge, den diese im Winter bei alltäglichen Einkaufsfahrten oder Spaziergängen mit Erich im Wald benutzte.

Immer wenn wir in der Gegend, in der ich wohnte, spazieren gingen, lud ich Marthe zu einem Stück Kuchen und einer Tasse Tee ein. Nur ein paar hundert Meter von meinem Wohnhaus entfernt lag eine Bäckerei, die ich betreten wollte. Bevor ich mich versah, strebte Marthe schon schnurstracks auf sie zu, winkte ab, ich solle ruhig schon vorausgehen, und verschwand im Geschäft. Ich wusste schon, was auf uns zukam, und sah, anders als zu früheren Zeiten, keinen Sinn mehr darin, mich aufzuregen. Ich ging also hinein, überredete Marthe vor stehendem Personal und wartender Kundschaft statt zwölf doch nur acht Kuchenstücke zu nehmen, dachte an die sechs Schulbrotstullen, die sie mir täglich mit in die Schule gegeben hatte und von denen ein Gutteil entweder in den Mägen anderer Klassenkameradinnen oder im Abfalleimer gelandet waren, und bedankte mich herzlich. Meine Nachbarin im Obergeschoss, eine alleinerziehende Mutter mit Kind, würde sich freuen, wenn ich ihr abends einen Teller hinaufreichte. Aber davon erzählte ich Marthe nichts, um ihr verrücktes Nährbedürfnis nicht zu beunruhigen. Dass Liebe durch den Magen geht, muss in Ostpreußen erfunden worden sein, nur vergiftet von ein paar wenigen Pilzen am Rande.

Als sie an meinem Küchentisch saß, nahm sie nur ein kleines Stück gemischte Obsttorte, sie liebte von jeher frische Sachen, nichts, was im Mund verstaubte. Seit ich sie kannte, aß Marthe wie ein Spatz. Nur aus ihren Erzählungen wusste ich, dass sie einmal in ihrem Leben für wenige Monate einen Heißhunger auf alles empfunden hatte, was ihr in die Finger kam: Während ich in ihrem Bauch heranwuchs, hatte sie eine saure Gurken-Phase, verschlang gerade in Mode gekommene Curry-Würste, und es gab keinen Cafésalon im Sommer 1965, an dem sie nicht bedauernd vorbeiging. Die restlichen Kuchenstücke verstauten wir sorgfältig im Kühlschrank, Marthe zählte alle Möglichkeiten auf, wann ich sie essen könnte, zu welchem Zeitpunkt und wie lange ich davon noch etwas hätte. Ich war schweigsam diesen Nachmittag, und Marthe fuhr, statt dass ich sie nach Hause brachte, mit einem Taxi.

Es war ein langer Weg von der Liebe, die durch den Magen geht, bis zum nicht mehr Riechen können dessen, was an Nahrung angeboten wurde, und manchmal führte er dazu, einen anderen Menschen zum Erbrechen zu finden. Seinen Ursprung hatte er darin, dass am Anfang der Nahrungskette zwischen Mutter und Kind ein Vater stand, der sie in Gang setzte, vielleicht aus Lust, aus Willkür, aus Habgier, vielleicht auch aus Gedankenlosigkeit. Noch zeitraubender war es, ein Kind zu sein, das seinen Vater nie gekannt hat, nichts über ihn wusste, außer dass die Nase, die Augen und die Hände denen des Erzeugers nicht ganz zufällig ähneln mochten, ohne dass er die Konsequenz seines Orgasmus beglaubigt sehen wollte. Schwierig wurde es, als der Vatertod mit dem Kindsmord einherging, den die Mutter nicht mitvollzog, weil die Nahrungskette ihr schon in Fleisch und Blut übergegangen war und die Spur des frischen Blutes wie ein Nachruf auf ihre Vergangenheit wirkte. Mir war nicht danach, diese Geschichten ins Gespräch zu bringen, die Strecken, die sie entlangführten, kennzeichneten meinen Lebensweg. Deswegen schwieg ich diesen wie jeden Nachmittag gegenüber Marthe von Schwangerschaften, Nahrungsketten und Vaterlosigkeit. Aber es war wie mit jedem Ausweichen vor Tatbeständen; jedem Verleugnen der Tatsache, dass psychische Beschädigungen, einmal in die Welt gesetzt, Folgeerscheinungen bei Kindern und Kindeskindern hinterlassen. Es war wie mit der Frage nach dem Ei und der Henne: Je weiter die Wirklichkeit sich von ihren Wurzeln entfernte, desto wirklicher wurde das Tabu, auf das sie reagiert.

Luises Kuraufenthalt brachte für Marthe eine neue Doppelrolle mit sich, sie wuchs mit ihr ins erwachsene Leben. Es zeigte sich, dass sie die Anordnungen der Mutter nicht brauchte, um den Haushalt in der Försterei neben ihrer Sekretärinnenarbeit zu führen. Erich Kalweit blickte mit barschem Wohlwollen und wortloser Anerkennung auf seine wohlgeratene Tochter, die ihrer jüngeren Schwester in der Küche freie Hand ließ, was die Atmosphäre ein wenig von Zwängen befreite. Auch Anne schien ihm ein liebenswertes Kind, doch war sie widerborstiger in ihren Antworten und abweisender, je sehnsüchtiger sie auf ein Zeichen väterlicher Liebkosung wartete, und so warfen sie und ihr Vater sich nur raubeinige Sätze zu wie bei einem heftigen Pingpongspiel, unter dessen Härte Anne in Wirklichkeit litt. Aus einem Brief Ottilies entnahm Marthe in diesen Wochen deren schwierige Lage und ihren Kampf für das Fortbestehen ihres Geschäftes; sie versah ihren Antwortbrief an die Tante mit Ratschlägen, was junge Mädchen, die im Büro arbeiteten, allgemein für Artikel bräuchten, und flocht nebenbei ein, dass der Status solcher Lehrmädchen inzwischen für sie der Vergangenheit angehöre. Sie machte sich Sorgen um ihre Tante, schrieb aber nichts davon, weil Ottilie dies ganz nach ihrer Art von vornherein abgewimmelt hatte. Auf Herzensergüsse mitleidender Art sei sie nicht erpicht, war als Satz dick unterstrichen zu lesen; sie sei bestrebt, mit Erfindergeist über die Durststrecke zu kommen.

An einem Nachmittag kam Andrey Oschnewsky vorbei, der so breit ostpreußischen Dialekt sprach, dass Marthe Mühe hatte, ihn zu verstehen. Sie kannte ihn flüchtig, mehr aus den Gesprächen ihrer Eltern als durch unmittelbaren Kontakt, er war auf der Durchreise nach Polen vorbeigekommen, und Erich Kalweit lud ihn ein, über den Nachmittag dazubleiben. Marthe konnte diesen Mann gut leiden, der erheblich jünger war als ihr Vater und erheblich älter als sie selbst. Er war einer von den Menschen, die wie ein stehendes Gewässer wirkten, still, klar, aber nicht bewegungslos, sondern in sich ruhend. Marthe fasste sofort Vertrauen in ihn, der sich so nett und ernst zu bedanken wusste für die weiblichen Darreichungen am Kaffeetisch. Nur erreichte sein Lächeln selten seine Augen, als fehle ihm die Kraft, mehr als den

Mund zu bewegen. Marthe hatte auf der Terrasse gedeckt und lief noch einmal hinein, um Anne zu rufen, die erinnert werden musste, Vaters Anweisungen über Pünktlichkeit bei Tisch einzuhalten. Aber die Schwester lag auf dem Fußboden in ihrem Zimmer völlig eingesponnen in einen Haufen von Papieren, die sie für wichtige mathematische Gleichungen nutzte, wie sie Marthe erklärte. „Anne", sagte Marthe beschwörend, „Du willst doch vor fremden Besuch keine Kopfnuss mehr riskieren, zumal Du fast volljährig bist. Ich erkläre, dass Du Dir noch einmal über Hände und Gesicht fährst und Dein Haar gewaschen hast und dann komm aber!" Anne nickte und warf ihrer Schwester durch den Türspalt einen Handkuss zu. „Ich werde Dir dafür heute Abend eine Kreation unserer cuisine vorführen, die Dich auf der Waage um ein halbes Pfund anhebt", rief sie ihrer Schwester nach und begann ihre Papiere einzusammeln.

Die freundliche, gleichmütige Art Andreys, die Marthe nicht mit Gleichgültigkeit verwechselte, und seine Worte, die keine konventionelle Note, aber dafür auch keinen schiefen Ton besaßen und sich bei der nächsten Wendung des Gesprochenen gern entschuldigten für ihr Dasein, wirkten so friedlich, so einfach in diesen Nachmittag hinein, dass Marthe fast schläfrig und nicht wie sonst stets angespannt neben ihrem Vater saß. Andreys Wirkung schien auch auf ihn abzufärben, er zürnte nicht, weil Anne nicht herauskam, und hörte Andrey aufmerksam zu, der als Automechaniker in Neuhaus arbeitete und vierzig Kilometer entfernt von seinem Arbeitsplatz in einem Dorf an einem eigenen Häuschen zimmerte. Dann sagte der Gast, er werde nach Treblinka fahren, und Marthe horchte auf, obwohl sie nicht genau wusste, was das bedeutete. Der Frankfurter Prozess habe ihn dazu veranlasst, sagte Andrey und sah die Tochter seines Gastgebers an. Marthe erinnerte sich dunkel; im Radio war eine Berichterstattung über diesen Prozess an ihrem Ohr vorbeigezogen, ohne dass sie allzu genau hingehört hatte. Die Erwähnung der Zeit unter Hitler und dieser schauerlichen Taten, über die ihre Eltern sich ausschwiegen und die ihre

Tante das „Dauerpogrom der großen kriminellen Vereinigung" nannte, löste in ihr eine diffuse Unsicherheit aus, eine Befangenheit, weiterzudenken. Andrey, das wusste Marthe, war polnischer Abstammung; dass er in seine Heimat fuhr, war nichts Ungewöhnliches, aber was wollte er dort, an diesem Ort?

Marthe überlegte krampfhaft hin und her, ob sie sich erlauben konnte, diese Frage zu stellen. War es Scham, die ihren Vater nichts über sein Richterdasein im Ehrenamt verlauten ließ, er, der sich nicht so untadelig ansah wie die Nachkriegsprovinz ihn? Der vom Familienzweigaufbruch nach Palästina und christlich-jüdischen Eheschließungen in der eigenen Familie nie sprach? Nicht von der Absetzung oder dem Rückzug eines Onkels von Luise, als Bürgermeister, kurz nach Beginn der Machtergreifung? Nicht vom Abbruch der Beziehungen, der Suche einer älteren Nichte, Tochter seiner Schwester in Israel nach Verwandten? Der, wie Ottilie, achtlos, scheinbar achtlos, Symbole jüdischen Glaubens im hinteren Eck eines Kleiderschranks verwahrte, ohne dass kaum je in seiner oder seiner Kinder Generation miteinander gesprochen wurde? Marthe verschloss sich ebenfalls. Vor ihr lag das Eis, der zerkaute Schnee in Klumpen, bittere, gefrorene Kartoffelschalen, die ewig schlechten Zähne ausgespuckt. Die Pferdeleiber am Wegrand und die toten Säuglinge. Das Geschrei, der Brandgeruch, die Eiseskälte, Wirrwarr und Angst, Zittern und Panik und im Dunkeln immer weiter, ohne zu wissen, wohin. Marthes erste Erinnerungen drückten pochend links und rechts im Schädel. Sie stand auf und goss erst Andrey, dann ihrem Vater, dann sich selbst Kaffee nach. Ihr Vater murmelte leise, fast bedächtig, zu dem Gast gewandt: „Es war verfehlte Politik, die sich nicht wiederholt. Verirren Sie sich nicht in der Vergangenheit. Wir haben alle gelitten." Seine Tochter spürte ein Kratzen im Hals, es lag eine Stimmung in der Luft, irgendetwas Wichtiges schien vorzugehen. Sie sah auf den Boden und hörte Andrey Oschnewsky erwidern: „Die einen frönten ihrer Lust zu töten, und die anderen starben daran, das ist nicht das gleiche Leid. Das war mehr als Krieg. Das hört nicht auf in meinem Kopf."

Dann wechselte Andrey das Thema und erbot sich, auf einer seiner nächsten Fahrten das alte Forstgrundstück der Kalweits aufzusuchen. Erich lehnte dankend ab, während Marthe damit begann, den Tisch abzuräumen. Man würde noch einmal darauf zu sprechen kommen, wo damals gegraben worden sei, hörte Marthe sie verabreden. Schmuck gab es also drüben genauso unter der Erde wie Tote. Beim Abschied drückte Marthe dem Gast aus einem Impuls heraus heftig die Hand. Sie sah, wie eine feine Linie von Andreys Mund bis zu den Augen reichte, und es freute sie, dass sie mit diesem Lächeln gemeint war. Aber sie vergaß diesen Moment wieder, denn sie hatte bald ganz anderes im Sinn.

XVIII

Er war nicht stattlich und nicht schön, er war nicht reich und nicht vornehm, und er war in einem Alter, dass er ihr Vater hätte sein können. Er war ein Handelsvertreter wie Tausende seiner Zeit, hatte es schließlich im Kaffeehandel zu etwas gebracht und sich selbstständig gemacht. Er konnte reden und sich darstellen, lügen, dass sich die Balken bogen, er war ein harmloser Jedermann, der den Schwindel als echte Ware verkaufte. Er kam überall durch, wo es galt, Leute zu ihrem naiven Wohlwollen zu überreden, und wo ihm das nicht gelang, verlegte er sich darauf, alle seine Überredungskünste aufzubieten, um anfängliches Misstrauen mit einer Unterschrift auf einem Blatt Papier in einen treuherzigen Versuch umzuwandeln. Er hatte dünnes, schwarzes Haar, und die wenigen Strähnen, die ihm geblieben waren, strich er mehrmals am Tag sorgfältig mit einem Kamm über den Hinterkopf. Er hatte bereits einen leichten Bauchansatz, legte Wert auf gebügelte Hemden und konservative Anzüge in dunklen Farben.

Er war verheiratet, was er vorerst verschwieg, denn er hatte ein Auge auf dieses Mädchen geworfen, das eigentlich schon eine junge Frau war. Sie war tüchtig und wurde mit Lob bedacht in ihrem Büro, am Anfang hatte sie sich noch hinter ihren Aktenordnern verborgen, dann aber doch den Kopf in den Blumenstrauß gesteckt, den er ihr mitgebracht hatte. Sie zögerte auch mit weiteren Auskünften, doch mit seinem zähen Werben wuchs auch ihre Zutraulichkeit, und schließlich hatte er sie für sich gewonnen. Sie hing bald an ihm mit einer zurückhaltenden Schwärmerei, die er nicht für möglich gehalten hätte, und die ihm nicht peinlich wurde, sondern wohltat. Er hatte sie animiert, anfänglich, ohne sich Rechenschaft darüber abzulegen, ob er mehr bezweckte, als seine Wirkung auszuprobieren und seinen Marktwert bei den jungen Frauen zu testen, die in den Vorzimmern saßen. Regelmäßig ging er an ihnen vorbei, wenn er zu einer Besprechung mit einem der Anwälte musste, die Auszahlung seines Kompagnons stand an. Das Mädchen, das ihm jetzt heimlich mit jedem Blick folgte, aufgeregt errötend, wenn er sie ansprach, mit einer Wespentaille und dem Glauben an das Glück, das zur Tür herein- und herauskam, ging ihm nicht mehr aus dem Kopf. Sie lebte noch zu Hause, obwohl sie längst ihr eigenes Geld verdiente und sich eine kleine Wohnung hätte leisten können, was es einfacher gemacht hätte; so lud er sie unverfänglich in ihrer Mittagspause auf eine Tasse Kaffee ein.

Sie saß still neben ihm, berichtete auf Nachfragen von ihrem Büroalltag und den Sorgen der Klientel, die sie täglich abheftete, und er lockerte die Atmosphäre mit Erzählungen von seinen Reisen auf. Er schmückte hier aus und unterstrich dort, ließ am Rande fallen, dass er von seiner Frau getrennt lebe, was keine glatte Lüge war, da er seit Monaten übers

Land fuhr, um Verträge abzuschließen und günstige Lieferbedingungen auszuhandeln, und zu Hause nur die Wäsche wechselte. Er war galant, doch seine Anstrengungen waren nicht notwendig, sie freute sich über jeden Zuspruch. Sie war offenbar kaum herumgekommen und hing an seinen Lippen. Er gab seine Weltoffenheit zum Besten, die wenig mit den schäbigen Hinterzimmern, in denen er verhandeln musste und den grauen Pensionszimmern, in denen er abstieg, gemein hatte. Sie verabredeten sich erst einmal in der Woche zur Mittagspause, dann richtete er sich darauf ein, zweimal in der Woche in der Stadt zu sein. Nachdem er ihren Körper besessen hatte, begann er von einem Neuanfang zu träumen, von einer Auflösung seiner noch vor dem Krieg geschlossenen Ehe, das halbwüchsige Kind war ohnehin eher Tochter seiner Mutter als des Vaters. Seine junge Geliebte, für die er nicht wenig ausgab, denn die Hotelzimmer mussten für die wenigen Stunden schon ein wenig mehr Atmosphäre bieten als jene, mit denen er sonst auskam, war geschickt in Buchhaltung, Abrechnung, Schreibmaschine und Stenographie, sie verstand außerdem etwas davon, Paragraphen aufs Papier zu bringen. Sie könnte ihm in der Zukunft nicht nur privat gute Dienste leisten.

Sie war so anspruchslos, dass es ihn wunderte, und wollte umso schöner sein für ihn, je öfter sie sich trafen. Sie hatte einen so zarten, makellosen, reinlichen Körper, den anzusehen ihn ganz schwindelig machte, und er kam ins Grübeln über die gemeinsame Zukunft, die sie im Voraus so willig an ihn verschenkte. Langweilig war es mit ihr nie, sie verstand zuzuhören, war ein Quell unermüdlicher Zärtlichkeiten und genoss die erste Lust unter seinen Händen, dass er sich vorkam wie ein junger Gott, so stark war seine Erregung, wenn er sie auszog. Die Auszahlungen an den Kompagnon wurden unausweichlich, nach Abzug seiner Unkosten würden ihn eine Scheidung und Unterhaltszahlungen an die Frau teuer zu stehen kommen, aber das junge Ding an seiner Seite war auch nicht wegzudenken. Das war etwas ganz anderes als der vertraute Kohlgeruch des

Ehebettes, das sich unter ihm schon lange nicht mehr bewegte, als die herausfordernden Sätze der Nutten, die sich ihm im Puff zur Verfügung stellten. Es war warmes, hingebungsvolles, süßes Fleisch, nur für ihn bestimmt, ihm geweiht und mit einer kindlichen Gebärde triumphierend, die ihm gefiel. Da blieb das Gezeter der Frau über Geldsorgen und Verschwendungssucht nicht mehr im Halse stecken, es war heruntergewürgt, wenn die Hose fiel.

Als das erste Jahr vergangen war, fragte er sich erstaunt, wie schnell die Zeit verstrich, er war nicht fertig mit der Geschichte und besann sich auf die Möglichkeiten, die sich ergaben, wenn die Tochter einmal aus dem Hause ging. Die Frau allein konnte schließlich keine Unsummen verlangen. Aber seine kleine Marthe begann ungeduldig zu werden, immer wieder kamen nun Fragen nach einer gemeinsamen Wohnung, nach dem Fortgang seiner Scheidung, nach Ablauf des Trennungsjahrs. Noch ließ sich das Mädchen mit zärtlichen Küssen beschwichtigen. Wenn er mit seiner Hand über ihren Rock fuhr, zwischen ihre Beine glitt, bis ihr die Augen im Stehen zufielen, hatte er ein wenig Zeit gewonnen. Es war aber voraussehbar, dass das nicht anhalten würde und die Warterei ihr unbedarftes, gläubiges Gesicht vor Enttäuschung vergrätzte. Er wollte ihr als ersten Schritt den Einzug in eine eigene Wohnung schmackhaft machen, das gab ihm Aufschub, war praktikabel auch fürs Verweilen, die Ersparnis an Geld, die gebügelte Wäsche und den Vorgeschmack auf ein gemeinsames Leben. Wenn das gut ging, würde man weiter sehen.

Plötzlich aber kam sie mit dem verflixten Kind an, das war das letzte, was er gebrauchen konnte, in seinem Alter und in seinem Beruf. Wenn einer seiner Kunden etwas davon erführe oder seine Frau, wäre er geliefert. Er musste ihr dieses Kind unbedingt ausreden, ein Junge wäre ja ganz schön gewesen zur Abwechslung, aber nein, auch das brächte nur Schwierigkeiten, und er musste sehen, wie er über die Runden kam. Sie musste mit sich reden lassen, bis sie zur Vernunft gekommen war, schmeichelnd, einfühlsam, verständnisvoll würde er sein, mit der Bitte um Rücksicht für seine Lage, Appelle an die Geduld. Eine feine Adresse in Jugoslawien hatte er schon, und ihr das Versprechen abgenommen, ihren Eltern den Namen des Vaters nicht zu verraten. Jegliches Aufsehen, das negativ auf ihn zurückfiel, war unbedingt zu vermeiden, das würde sie schon verstehen, Marthe, mein Kleines, nicht wahr, und vorsichtiger müssen wir künftig auch sein. Ja, so ging es.

Sie war sehr traurig, die Kleine, doch voller Vertrauen und stieg in den Zug, für den er die Fahrkarten besorgt hatte. Die Adresse und das Geld waren im Koffer und die Eltern dachten wohl, sie mache ihre erste verdiente Urlaubsreise, wenn auch nur für eine Woche. Dann kam sie aus Jugoslawien zurück, er hatte sich schon gefreut auf ein paar Stunden zu zweit, Geflüster über dies und das, ohne die Sorge um ein Drittes, unvorhergesehenes Leben. Aber ihr Gesichtsausdruck am Bahnsteig spielte den Trotzkopf und gab ihm zu denken, da wischte er allen Unbill mit einer ausschweifenden Handbewegung von sich, steckte seine Nase in ihr Haar, in seinen Gedanken schloss sich schon die Tür des Hotelzimmers. Doch hinter der Tür verging ihm die Lust. Sie war sonst gar nicht so, nun war sie geradezu aufgebracht, und zuhören wollte sie auch nicht mehr, dabei sah ihr Rücken immer noch niedlich aus. Sie war also dumm genug gewesen, schwanger zu werden, aber nicht schlau genug, es weg machen zu lassen, weil irgend ein Trottel, irgend so ein hirnrissiger Idiot von menschenfreundlichem Arzt mitten im Urwald Europas ihr nach der Untersuchung erklärt hatte, mit dem Kind sei alles in Ordnung und der Mutter gehe es gut. Und weil es keine körperlichen Gründe gäbe für einen Eingriff, der das werdende Leben dieses Kindes abbräche, solle sie es sich doch noch einmal überlegen als junge Frau, die sie war. Und von gütigem Zuspruch konnten die Weiber ja nie genug kriegen. Da hatte sie sich wieder in die Bahn gesetzt, anstatt sich nach einem gelungenen Eingriff die Gegend anzuschauen und mal ein paar Tage auszuspannen, um die ganze Sache unter dem Eindruck des Mittelmeerflairs zu vergessen. Schließlich hatte der Arzt es ihr freigestellt, und das bisschen Moral war zu nichts nutze. Nein, sie hatte plötzlich eine Bindung, einen Stolz, ein ihm unerklärliches Gefühl empfunden, je länger sie im Zug gen Norden fuhr. Eine Einheit mit sich selbst, auf der sie nun beharrte, was immer das war, er verstand es nicht. Und nun wollte das junge Ding zusehen, wie es in ihr wuchs, Fleisch ihres Fleisches. Aber seinem Fleisch stand der Sinn nicht danach, vielmehr war zu überlegen, wie er wieder Herr der Lage werden konnte.

Das Beste war wohl, sie zog fort, je größer die Stadt, desto besser, und er würde sich ab und an um sie kümmern, wenn die Geschäft es zuließen. Arbeiten konnte sie ja, eine Sekretärin fand doch immer etwas, mit dem Kind hatte sie zu tun, da würde ihr die Zeit zwischendurch ohne ihn nicht langweilig werden. Und tatsächlich, er hatte ihr die Zukunft gerade erst schön ausgemalt, da erschien es ihr selbst eine gute Idee. Wohl hatte die Familie nachgeholfen, sie vergoss ein paar Tränen, sprach aber nicht davon. Überhaupt war sie ernster und stiller geworden, was ihr gut stand, schmiegsam wie eh und je, und sie sah ihn mit einem bittenden Blick an, der, hol mich der Teufel noch eins, alle guten Vorsätze in ihm wachrief, auf die sie in ein paar Jahren bauen konnte. Die Tochter kommt jetzt auf eine Handelsschule, das kostet, mein Liebchen, das kostet, aber die Scheidung läuft, und welche Frau wird wohl meine nächste werden? Da brauchst Du doch das Kinn nicht hängen lassen, wenn ich Dich besuchen komme und das Kind ist da. Sei nicht böse, wenn ich dann im Abstand von zehn Metern hinter Dir und dem Wägelchen herlaufe, es könnte mich jemand erkennen und ich wäre geliefert. Dafür verspreche ich Dir, bringe ich ein Geschenk für das Kleine und meine Wäsche mit. Nein, das will sie nicht, kurios; das sind die spinnigsten Ideen manchmal in den Weiberköpfen, auch dieser Name, was Altes nach einem mittelalterlichen hohen Geschlecht, Magnus oder Caroline, man denke nur an Karotte, das Kind wird die Gelbsucht kriegen. Die Wege nach Frankfurt sind doch weiter als ich dachte, die Geschäfte gehen schlecht, wo noch kein Kundenstamm aufgebaut ist, kann auch keiner betreut werden, versteh das doch, aber ich komme nach, sobald ich kann.

Und als ihre Beine dicker wurden und ihre Brüste sich senkten, war sie so ungemütlich, nicht schlechter Laune, nein, aber so, dass es gar nicht mehr lustig zuging und keine Lust mehr gab, die sie entflammte. Unbedarft war sie auch nicht mehr, eher gereift durch die gewöhnliche Mutterschaft, das Gesicht war in Kummer getränkt und dann wieder wie leergefegt. Und die Koffer nach Frankfurt waren schon gepackt, was ihn erleichterte, vielleicht täte ihnen beiden eine Pause gut, sie hatte ja auch einen Bruder in Frankfurt, der sich kümmern konnte, und ihre neue Adresse schrieb er sich auf, gab auch eine Deckadresse an und steckte ihr etwas Geld zu, als Vorauszahlung, zweitausend Mark vom Sparbuch der Frau, eine Summe, die ihm doch nötig schien. Nun stand sie am offenen Fenster des Hotelzimmers, hatte die Hand, die fleischig geworden war, auf den Bauch gelegt, und kein Lächeln erhellte ihr Gesicht. Das Wasser war nicht schön anzusehen, die dicken Unterarme bei einer so jungen und kleinwüchsigen Frau, aber das wird schon, kleine Marthe, wir werden das Kind schon schaukeln, wenn du erst in der Stadt bist und ich mich freimache. Und er sah ihr nach und fragte sich, wie er dazu gekommen war, das Mädchen heiraten zu wollen. In seinem Alter müsse man sich schonen, hatte seine Frau ihm erst neulich zu verstehen gegeben, als er unter Ächzen aus dem Ehebett gekrochen war. Aber diese hier, die würde es schaffen, der stand noch die ganze Welt offen, die ohnehin immer toleranter wurde, und er würde ihr monatlich Geld schicken, damit sie über die Runden kam. Er hatte aus der Geschichte, im Ganzen gesehen und bei Tageslicht betrachtet, doch wirklich dazugelernt. Man durfte sich jetzt nur nicht ins Boxhorn jagen lassen, ein so alter Vater wäre ja auch ungenießbar für das Kind, das hätte sie sich früher überlegen sollen, als sie sich einließ, sie suchte ohnehin nur einen Vaterersatz in ihm, muss ja eine ordentliche Zuchtstube gewesen sein bei ihr daheim, na, genutzt hat es ja nicht viel, sie hatte sich doch sicherlich was gedacht dabei, mit einem verheirateten Mann.

XIX

Marthe wurde von einem unerträglichen Gefühl im Magen erfasst. Nach ein paar Minuten ging es in einen Würgereiz über. Eine bleierne Schwäche breitete sich in allen Gliedmaßen aus. Mühsam ging sie über die Landstraße, schwarze, kleine Pünktchen erschienen vor ihren Augen, jeder Schritt hallte in ihren Schläfen wieder. Sie schlug den Weg zur Försterei ein. Dreiundzwanzig Jahre entspulten sich wie eine Rolle Garn, die sie fallen sah, einholte, zurückrollte, wieder anstieß, sie drückten ihr auf die Schädeldecke, trieben den Schweiß zwischen die Schulterblätter und vernebelten ihre Sinne. Eine dumme Kuh, eine ungebildete Pute schalt sie sich. Hatte sie wirklich noch vor wenigen Monaten gedacht, sie wäre einzigartig? Hatte sie nicht gedacht, es gäbe unverwechselbare Augenblicke körperlicher Vereinigung? Die Wonnen der Lust, hatte sie die tatsächlich als eine Mitteilung an das Leben verstanden? Was hatte sie sich alles gedacht, empfunden, zusammengereimt vielmehr, und für wahr gehalten. Das Gefühl zerstampfte ihre Eingeweide. Sie entließ langgezogene, angestaute Furze, und fühlte sich etwas besser. Die Luft enthielt üble Geruchspartikel, die sich auf ihre Zunge legten. Eine Attacke bezog Stellung in der Magengrube, durchwühlte und sprengte die Gedärme, so dass ihr Oberkörper nach vorn flog und ein wilder Schwall übel riechender Speie und unverdauter Essensreste in hohem Bogen auf den Rinnstein spritzte. Die Übelkeit teilte sich dem Kreislauf mit. Ein stärker werdendes Flimmern vor den Augen, und das Kreisen der Bäume vor ihr veranlassten Marthe, sich an den Straßenrand zu setzen. Sie fühlte sich hilflos, das Zurücklegen der Strecke von der Busstation bis nach Hause dauerte eine gute dreiviertel Stunde, und sie hatte erst wenige hundert Meter zurückgelegt. Im Bus, während fremde Stimmen an ihr Ohr schallten und sie müde den Kopf an der Lehne rieb, hatte sie sich vorgenommen, auf dem Weg nach passenden Sätzen zu suchen, die sie sich bereitlegen wollte für das unvermeidliche Gespräch mit den Eltern. Jetzt sehnte sie sich nur danach, in ihr Zimmer zu kommen, sich ins Bett zu legen und zu schlafen. Es war frisch, Marthe zog ihren Mantel enger zusammen, stand von der Straße auf und lief weiter, plötzlich beschämt von der Hilflosigkeit, die sie in aller Öffentlichkeit gezeigt hatte.

Sie sah von weitem auf der rechten Seite die Böschungen auftauchen, dahinter hob sich das dunkle Tannengrün der hochstämmigen Bäume schemenhaft ins Auge, noch undeutlich war ein schmaler Streifen Hauswand sichtbar. Mit ihrem Blick umklammerte sie diese Spur, die in ihr weiter lief, die sie aufrecht erhielt gegen eine Ödnis, eine Leere, eine Taubheit, die sie minutenlang ergriff. Sie wollte dieses Kind behalten, sie wollte es sehen, sie hätte geschworen auf seinen Vater, ihren ersten Mann, sie hatte geglaubt, dass alles, was man sprach in solchen Situationen, in denen der Körper offen ist, wund und empfänglich, wahr sein musste, Echtheit verbürgte, kommende Wirklichkeit. Das alles war nicht wegzudenken, unmöglich zwei Tage vor dem Osterfest, an dem auch Walter und Albert teilnahmen, nur Ottilie würde fehlen, da sie ihren Laden, den sie aufgegeben hatte, in den Feiertagen für die Nachfolger freiräumte. Marthe litt. Sie hatte begriffen.

Unwirklich wurden alle Träume der Kindheit, alle auf die Zukunft gerichtete Phantasie, alle Zuversicht auf göttergleiche Redlichkeit. Es zerrann, zerstob ein Gebilde, übrig blieb das Kind, das nur durch ihren Willen sich auflöste. Es brüllte eine Tigerin, und es piepste eine Maus danach, es krähte ein Hahn und es heulte der Wolf, es war alles verkehrt in ihrer Brust, widersinnig wie die Realität. Das Kind leibte sich ein, konnte sich aber wieder in Luft auflösen, abgehen, festgehalten werden, sie hatte Möglichkeiten. Aber ihr Körper war mehr als Luft und näher am Kind und ein Teil ihrer Seele. Und sie stritt, stritt mit dem Dasein des Kindes, seiner Nutzlosigkeit, der Unempfänglichkeit, mit der es gezeugt wurde, der Naivität, mit der es empfangen worden war und sich eingenistet hatte, einem ungemein biologischen Vorgang, den Marthe selbst nicht als diesen empfand. Sie konnte Ottilie momentan nicht aufsuchen, die ihr hätte raten können. Seit dem Beschluss, das Kind zu bekommen, erschien es ihr wie eine Chimäre; Schlange, Löwe, Ziege, eine ungeheuerliche Wirklichkeit, die auf sie zukam, gegen die sie sich nicht gewappnet hatte und der sie sich noch nicht gewachsen fühlte.

Als Marthe ans Gartentor trat und sich einen Augenblick am äußeren Pfosten festhielt, streifte sie Kinderglückseligkeit; hier war sie zu Hause, sie konnte nicht gehen und nicht bleiben ohne den elterlichen Segen, den Beistand, den Zuspruch, sie würde die Vorwürfe verschmerzen, die Seitenhiebe, die Empörung, sie würde akzeptieren, dass man hätte flügge werden können, ohne aus dem Nest zu fallen. Doch das Band, das sie alle Jahre umgeben hatte, würde nicht reißen, das Band, an dem auch das Kind hing. Sie hatte sich geirrt, aber ein zweites Mal würde ihr das nicht passieren, denn sie kannte sie ja alle, ihre Mutter, ihren Vater, ihre Schwester, ihre Brüder, ihre Tante. Tante Ottilie insbesondere, die ja leider nicht zur Verfügung stand, und selbst genug am Hals hatte, bei der sie am liebsten gleich untergekrochen wäre für eine Weile. Marthe drückte die Tür auf wie einst und immer und stand einen Augenblick in dem Treppenhaus, bevor sie langsam hinüber ins Wohnzimmer ging. Da das Unausweichliche sein musste, sollte es gleich sein. Ein Unwetter reinigt die Luft, auch Flurschäden waren, dachte sie, wenn man sich an die Arbeit machte, zu beseitigen.

Nicht lange, nachdem die Kuchenstücke verdrückt waren und die Nachbarin aus dem Obergeschoss den Teller sauber abgewaschen und zurückgebracht hatte, stand ich in einer kleinen Dachkammer des Hauses, und besah mir eine Seidenstickdecke, die mir in die Hände gefallen war und an der Marthe lange gearbeitet hatte. Sie bestand aus einem feinen Stoff mit konservativem Schnittmuster, vorgezeichneten banalen Blumenmotiven und kitschigen Konfigurationen im Übermaß. Ich hätte sie auf keinen Tisch gelegt, sie traf nicht meinen Geschmack. Aber die Sorgfalt, mit der die Stickereien eingearbeitet waren, die filigrane Handarbeit, die sich darin zur Geltung brachte, die liebevollen, kleinen Details in der Verarbeitung waren beeindruckend und relativierten alle Geschmacksunterschiede. Ich nahm die Decke auf, entfaltete sie und hielt sie mir an die Wange. Mir fielen die Bilder ein, die Marthe malte, Schmuckstücke, die sie anfertigte, Bastelarbeiten, aus Naturstoffen und Trockenblumen, die sie geschickt und farbenfroh arrangierte. Ich vergegenwärtigte mir ihre weiche, unsichere, kindhaft wirkende Stimme, wenn sie sich nicht auswich und über Gott und die Welt auf Höckchen und Stöckchen kam, ihre Mitmenschlichkeit, von der sie niemanden, wirklich niemanden, ausschloss. Die Decke verschwand wieder im Koffer mit den anderen Wäschestücken. Was ich eigentlich gesucht hatte, fand ich nicht, ja, ich konnte mich nicht einmal mehr entsinnen, was es war.

Ich wusste, dass die Pausen, die ich wie Schritte zwischen unsere Beziehung legte, zu meinem Wesen, meiner zweiten Natur im Umgang mit Menschen geworden war. Ich kam auf die Welt zu und ging wieder hinaus, unkte über der Liebe Luftschlösser, sah Schemen nur luftgeschwärzt am staubigen Hang von Atlantis und war denen doch wohlgesonnen, die trunken vor Lust sich verirrten. Ich suchte nach Kellern und

Luftgerinnseln, ich wechselte den Anblick, stand vor Mutters Abbild wie vor einem ungenutzten Sarg, und wenn ich Anlauf nahm, stieß ich mein Herz am Stein oder in die Mördergrube. Misch Farben, sagte ich mir dann nach weiteren Jahren, und lass die Rede sein vom Zubrot der Liebe, und sparsam geh um mit Weiß. Der Zorn aus schlaflosen Nächten fiel von mir ab.

Der phantastischste Gedanke war der einer Inschrift, die nicht gelöscht werden konnte durch noch so traumatische Erfahrung; Mutter und Tochter. Seite an Seite über dem ausländischsten aller Flüsse; ganz freiwillig, das war mein Traum. Wenn Marthe sprach, war es ganz etwas anderes als bei Luise. Ihr Duktus war so unterschiedlich wie Tag und Nacht. Bei Luise war ich in eine harte Lebensschule gegangen, in der man lernte, zu beeindrucken und unbeirrbar seinen Weg zu gehen, Marthe dagegen glaubte an die Existenz des einzelnen Menschen und an den Sinn der Liebe, nur nicht an sich selbst. Ihre Stimme an meinem Ohr war so deutlich in mir aufbewahrt, dass ich manchmal ihre wirkliche Stimme und die meines Innern miteinander verwechselte. Sie war, ich merkte es plötzlich, zugegen.

Die Familie stand und saß um den großen ovalen Tisch herum. Erich saß an der Stirnseite, Albert hatte sich an die Wand gelehnt, eine Hand lässig in der Hosentasche, Walther saß auf der Eckcouch und hatte die Beine übereinander geschlagen, seine Finger trommelten nervös auf der Armlehne. Luise saß hoch aufgerichtet und steif neben Erich, der nun aufstand und im Zimmer hin und herlief. Anne hatte sich an die Heizung an der Fensterbank verkrochen und sah verschreckt und verstohlen aus dem Fenster. Marthe zitterte am ganzen Körper, eine tiefe, geräuschvolle Stille zerbarst unter den Anwesenden. In Luises Hand knäulte sich ein zerdrücktes Taschentuch, welches sie gedankenlos und krampfhaft knetete. Sie war außer Fassung und nicht mehr imstande, etwas zu sagen. Sie blickte abwechselnd zu Erich und zu Marthe. Alle Vorwürfe, die der Schreck ihr eingegeben und hervorgerufen hatte, hatte sie ihrer Tochter entgegengeschleudert, übrig blieb eine leere Hülle enttäuschter Erwartungen. Marthe war folgsam und fleißig gewesen, und obwohl man sich nicht einzumischen hatte in die Partnerwahl der Kinder, war sie sicher gewesen, dass dieses Kind eine treue Seele und etwas Dauerhaftes suchen würde. Sich auf ein Verhältnis einzulassen und die Familie mit der Schande eines unehelichen Bastards zu beflecken, hätte nicht einmal Albert gewagt, der noch immer mit einem frechen Gesichtsausdruck und jugendlichem Leichtsinn mit jeder hübschen Frau flirtete, die ihm über den Weg lief.

Marthe sah blass aus, mit roten Flecken auf den Wangen und geweiteten, aufgerissenen Augen. Sie klammerte sich an die Stuhllehne, aber sie hielt ihren Kopf gerade und blickte ihrem Vater in die Augen. „Ich werde das Kind behalten und der Name des Vaters tut nichts zur Sache", sagte sie zum wiederholten Male. Der Mann müsse zur Rechenschaft und zur Verantwortung gezogen werden, hatte Erich Kalweit zu seiner ältesten Tochter gesagt. „Er muss Dich heiraten, das muss doch auch in Deinem Interesse liegen, wenn du kein Schmierlapp bist, sondern der Mensch, zu dem wir dich erzogen haben. Wie eine Nutte hast Du Dich aufgeführt, jetzt begrenz wenigstens den Schaden. Das Kind muss weg. Ehrlosigkeit, Lasterhaftigkeit dulde ich nicht in meinem Haus! Wenn Du weiter zur Familie gehören willst, sei Dir Deiner Pflicht uns gegenüber bewusst." Marthe hatte zu all dem geschwiegen, sie hatte ihren Kopf gesenkt und auf ein Wort gewartet von Anne oder auch von Albert. Doch als Walther seinem Vater beipflichtete und von der Scham sprach, die ihn angesichts des Tuns seiner Schwester überkomme, widersprach keiner der übrigen Anwesenden, und Luise sah ihre Tochter mit stiller Empörung an.

Marthe fühlte plötzlich eine Entfernung zu all dem Gestühl, den anwesenden Gestalten, dem Haus, als wäre sie verloren an diesem Ort, als wäre der Platz, den sie hier eingenommen hatte, einem Brandfleck gewichen. Sie wiederholte noch einmal leise, dass sie das Kind nicht abtreiben werde. Ihr

Vater stand auf, trat dicht an sie heran und sagte entschlossen: „Geh uns aus den Augen. Du besudelst nicht dein Elternhaus." Marthes Flecken breiteten sich über die Stirn aus, sie zuckte zurück. Sie nahm die Hände von der Stuhllehne, ging an ihrem Vater vorbei, blickte sich nicht mehr um und ging auf ihr Zimmer.

Albert murmelte eine Entschuldigung, er müsse einmal auf Toilette und warf Anne im Hinausgehen einen Blick zu, doch diese schien nichts wahrzunehmen, sie sah aus dem Fenster und folgte mit dem Blick einer Katze, die in geduckter Haltung durch die Wiese schlich. Dann zog sie den Vorhang zur Seite, holte tief Luft, hauchte mit ihrem Atem einen Dunstfleck an die Scheibe und schrieb mit ihrem Zeigefinger ein M hinein. Gehorsam ging sie ein Küchentuch holen, als ihr Vater ihr barsch befahl, den Unsinn wieder zu entfernen und sich ihrem Alter entsprechend zu benehmen. Luise stand ohne eine Mitteilung auf und verließ das Zimmer.

Es war falsch, diese Tochter so gehen zu lassen, Luise fühlte es durch und durch, sie ging über den Flur und ließ sich schwerfällig auf der Küchenbank nieder. Sie ließ bekümmert den Kopf fallen, sah vor sich hin. Als Erich auf sie zutrat, sah sie ihn bittend an. Aber er wandte sich ab und ging mit dünnen Lippen, zusammengezogenen Augenbrauen und funkensprühenden, düsteren grauen Augen in der Küche umher. „Sie muss die Verantwortung für das übernehmen, was sie angerichtet hat, Alte. Wenn sie das Kind austrägt, ist die Familie entehrt. Das hat es bei uns nicht gegeben und wird es nicht geben. Ein solches Verhalten kann nicht geduldet werden." Erich setzte sich seinen grünen Weidmannshut auf, nahm einen seiner Spazierstöcke mit einem handgeschnitzten Adlerkopf als Knauf zur Hand und schritt durch die Außentür in den Garten. Luise sah ihn über den Kiesweg gehen, er blickte mit zusammengekniffenen Augen über den Wald und straffte den Rücken. Es gab kein Zurück. Nach einer Weile stieg sie ins oberste Stockwerk hinauf und ging in Marthes Zimmer, das aufgeräumt und mit zahlreichen Blumentöpfen versehen im freundlichen

Frühlingslicht aussah wie immer. Luise wandte sich ab, schloss die Zimmertür und stieg die Treppe hinunter. Benommen setzte sie sich wieder auf die Küchenbank. Albert kam herein, weil er den Garagenschlüssel suchte, den er schließlich auf der Büfettablage fand, bückte sich kurz, drückte seiner Mutter im Vorbeigehen einen Kuss auf die Wange und murmelte, sie werde es schon schaffen, er werde sie aufsuchen. Walther kündigte einen Besuch in der Kleinstadt bei seinen zukünftigen Schwiegereltern an und gab zu bedenken, dass er aus Schicklichkeitsgründen vom Weggang der Schwester und den Hintergründen erst einmal Schweigen werde. Anne, die Luise jetzt gern in ihrer Nähe gewusst hätte, war nicht aufzufinden. Sie kam auch nicht herbei, als Luise sie rief. Nur Arko, der Jagdterrier kam, wedelte mit dem Schwanz, leckte Luises Hand, die schlaff herunterhing und es geistesabwesend hinnahm, bis sie zusammenzuckte unter der ungewohnten Berührung, die sie sonst nicht zuließ.

Luise bückte sich, nahm Arkos Kopf in die Arme, der in ihrer Armbeuge verschwand, ließ wieder los, legte die Hände vors Gesicht, nahm sie wieder herunter, schluchzte in das vollkommen verknitterte Taschentuch, ließ ungerührt einen Sturzbach salziger Tropfen das Hundefell benetzen. Sie saß da und weinte, bekümmert über sich selbst und das Kind, und bedauerte, noch immer erzürnt, die Tochter zu verlieren. Sie ertrug es nicht, Erich zu widersprechen, dann hätte sie auch Schützenkönigin werden können, so war es nun einmal. Aber in diesem Fall, wo es um ihre Tochter Marthe ging, konnte er ihren Kummer nicht lindern.

Marthe war seit einer Stunde fort, ohne Umarmung, ohne Grußwort, ohne Adresse, mit verweinten Augen war sie die Treppe hinuntergestiegen und niemand hatte sich gerührt, um ihr entgegenzutreten, das Ruder herumzuwerfen. Sie war am Vorplatz angelangt, an jener Stelle, an der sie vor annähernd zwanzig Jahren das eigene Bewusstsein übersprungen hatte. Sie stand unter dem Kastanienbaum mit Blick über das Gartentor auf das umzäunte Brachland und die weißen, schwerelosen Wolkengrüppchen, sie dachte an das bezopfte, hüpfende Mädchen mit der Kastanie in der Tasche. Die Zöpfe waren Vergangenheit, die Kastanien fielen jedes Jahr wieder, das Kind im Kleid war verschwunden. Sie fand es nicht mehr, nicht hier, nicht drüben am Hühnerstall, nicht im Gemüsegarten, nicht oben im Zimmer. Es war auch als Abbild nicht mehr greifbar. Sie war zurückverwiesen auf die Gegenwart, die sie durchfror, ängstigte und mit ungewisser Zukunft bewarf. Sie würde sich ein Zimmer in der Kleinstadt suchen, ihr Arbeitsverhältnis nach Ablauf der Kündigungszeit beenden und dann den nächsten Zug nach Frankfurt nehmen. Vielleicht war es möglich, Ottilie anzurufen. Marthe schob eine Schulter hoch, stemmte sich eine Tasche darüber, nahm den einzigen Koffer, den sie besaß, und ging davon.

XX

Die Frankfurter Ansicht, die sich Marthe nach dem Durchgang durch die Bahnhofskuppel bot, war schmutzig und quadratisch. Die Tristesse schlingerte mit den vereinzelt flatternden Tauben über den Platz, die Sonne zog schräg über die Dächer hinweg, ohne den Asphalt zu erreichen, und der Lärm, der im Schritttempo der Autos mitfuhr oder im Schutz von Windschutzscheiben aufheulte, hüllte die strömenden Menschenmassen in eine Ausdruckslosigkeit, als liefen sie durch unsichtbare Glasgänge und nicht hastig auf offener Straße, um zur Weiterfahrt zu den verschiedenen Straßenbahnlinien zu gelangen. Ein Schwall urindurch-tränkten Bierdunstes schlug Marthe ins Gesicht, als sie aus dem Gebäude trat. Die Wärme staute sich in ihren Schuhen und ihre geschwollenen Füße rieben sich an den Innennähten. Vor dem Taxistand drängelte sich eine lange Schlange, aber Marthe hatte für ein Taxi ohnehin kein Geld. Sie fragte sich mit einem Zettel in der Hand durch das Wirrwarr des Straßenbahnnetzes auf den Ort zu, der ihr angegeben war, und übersah, steif vor Widerwillen, stiere Männerblicke, die ihr vorkamen wie wild entschlossene Affenhorden. Nach einer halben Stunde stieg sie aufatmend und dankbar für die Hilfe eines Schaffners in die Straßenbahn, in der es stickig war und deren Schlingern und Quietschen den Stadtverkehrslärm übertönte.

Die Schwester war freundlich und resolut und für Kummer gefallener Mädchen unzugänglich. Im Haus herrschte eine strenge Ordnung, auf jedem Flur hing das Kreuz Christi. Die Frauen, die vorübergehend um Unterkunft baten, wurden penibel ausgewählt. Wer sich als tauglich erwies, durfte bis zur Entbindung in Arbeit und Brot stehend, in der Anstalt für ledige junge Mütter bleiben. Marthe passte sich schnell ein. Sie war dankbar für das Zimmer, das sie bewohnte, half in der Küche und in der Verwaltung und war sich ihres moralischen Defizits bewusst, so oft der mit Gott verheiratete Blick einer Schwester sie länger als üblich traf. Niemand fragte sie nach den Gründen ihres Aufenthaltes, niemand wollte ihre Geschichte hören, aber die strenge Freundlichkeit, die ihr zuteil wurde, verwandelte sich schon nach wenigen Wochen in aufmunterndes Wohlwollen, denn an die kurzen, knappen Anweisungen hielt sich kaum eine der junge Frauen so gewissenhaft wie Marthe. Sie war nicht gläubig und besuchte die Gottesdienste nur an den Sonntagen, wenn alle Insassen des Hauses nach dem Frühstück zusammengerufen wurden. Aber sie glich dieses Manko in den Augen der Schwestern aus, weil sie sich von den Flurgenossinnen fernhielt, die ihre Ausgangszeit überschritten, mit jungen Männern anbändelten und sich vor der Reinigung der WCs drückten. In den ersten Wochen nach ihrer Ankunft verlieh Marthe gutgläubig Röcke und Blusen an andere Frauen weiter und bekam als Dank dafür einige Zigaretten, die sie am offenen Fenster ihres Zimmers rauchte. Sie sah ihre Kleidungsstücke nicht mehr wieder, so oft sie auch danach fragte. Einmal waren sie in der Reinigung, ein andermal war ein Rocksaum gerissen, ein drittes Mal ein Unglück dazwischen gekommen, bis sie ihre Rückforderungen aufgab.

Sie studierte die Stellenanzeigen in den Tagesblättern, doch die Oberschwester empfahl ihr, zuerst eine kleine Wohnung zu suchen. Marthe hatte den Rest ihres Gehalts von ihrem Konto abgehoben, bevor sie nach Frankfurt gekommen war, aber angesichts der Ausstattung, die sie für das Baby kaufen musste, erschien ihr jede Kaution überteuert. Sie begann Bewerbungen zu schreiben für das kommende Jahr, der Geburtstermin lag im Spätherbst, und nahm Kontakt mit dem Wohnungsamt auf. Inzwischen war ihr Bauch rund, ihre Füße schwer und klumpig, das Wasser staute sich in den Handgelenken und Waden und wenn sie sich abends ins Bett legte, hatte sie Sodbrennen und Rückenschmerzen. Je weiter ihre Schwangerschaft fortschritt, desto größer wurde ihre Angst, sich selbst und das Kind nicht eigenständig versorgen zu können, desto einsamer fühlte sie sich im Gewühl der Stadtmenschen während ihres Ausgangs.

Wenn sie in ihren freien Stunden vom Eschenheimer Turm über die Hauptwache zur Paulskirche ging und von dort aus zum Römer und weiter an den Untermainkai lief, auf dem Weg, wie es sonst nicht ihre Art war, hastig eine Wurst mit Ketchup verschlang, sich dann am Mainufer auf einer Bank ausruhte und den vorüberfahrenden Schiffen zusah, war sie blind für ihre Umgebung. Sie war nicht einmal imstande, einen Fernmünzsprecher aufzusuchen und Ottilie anzurufen. Erst im September 1965, als sie in den achten Monat kam, schickte sie ihrer Tante einen kleinen Brief, in dem sie ihren Aufenthaltsort verriet und unverschnörkelt mitteilte, wie und warum sie sich in der Stadt befand. Genau an dem Tag, als ihre Fruchtblase fünf Wochen vor dem errechneten Termin plötzlich platzte, erhielt sie eine Rückantwort von Ottilie. Mit dieser sandte ihr die Tante einen Scheck und fügte die Nachricht bei, dass sie ihre Nichte besuchen wolle.

Marthe stand in der großen Gemeinschaftsküche des Hauses und wusch Geschirr ab, stützte sich, wenn das Trampeln im Unterleib ihre Blase zu zertrümmern schien, für einige

Sekunden nach Halt suchend auf die Ablage und arbeitete dann in der gebotenen Windeseile weiter. Sie sah durch das Guckloch der Tür auf die Uhr, die draußen im Flur hing, es war noch nicht elf Uhr vormittags vorbei und sie fühlte sich schon müde und erschöpft. Der einzige Lichtblick des Tages war die Nachricht von Ottilie, die sie unter ihrem Kopfkissen verwahrte und abends noch einmal lesen wollte. Als sie sich reckte, um eine Handvoll Teller ins Regal abzustellen, sprudelte ein Schwall Wasser zwischen ihren Beinen hindurch und lief in Bächen über den Boden. Marthe suchte nach einem Lappen, um die Pfütze wegzuwischen, als die dienstälteste Schwester hineinkam, der sie verlegen zu erklären begann, was passiert war. Diese winkte Marthe wortlos hinter sich her.

Eine Stunde lang lag Marthe in dem frisch bezogenen Bett im Kreiß-Saal und wartete. Fast wäre sie eingeschlafen, aber die Furcht, sich vor der Hebamme zu blamieren, die alle halbe Stunde hereinschaute, hielt sie davon ab. Dann setzte ein leichtes Ziehen in ihrem Unterleib ein, das sich bis zum Bauchnabel erstreckte, sich verstärkte und wieder abebbte. „Ich glaube, es geht jetzt los", flüsterte Marthe, als die Hebamme den Kopf zur Tür hereinsteckte. Sie war eine dralle Person mit einem Frohnaturlächeln im runden Gesicht, aber im Haus gab es an diesem Tag drei Gebärende, die sich ihr Lächeln teilen mussten. Sie steckte ihre Hand in den Handschuh, um Marthes Gebärmutterhals zu kontrollieren, und nickte zufrieden. „Sie haben noch eine Weile Zeit, aber die Wehen werden voraussichtlich stärker werden", sagte sie mit einem aufmunternden Lächeln zu Marthe. „Drüben liegt eine Frau in den Presswehen. Wenn ich dort fertig bin, komme ich wieder zu ihnen, und die Ärztin guckt auch gleich herein." Die Tür schloss sich hinter ihr. Marthe hörte entfernt ein schwaches, aber langgezogenes Aufstöhnen. Dort plagte sich eine Frau, die Hebamme hatte gesagt, das Kind bewege sich keinen Millimeter. Dann war es eine Weile ruhig, und Marthe kämpfte wieder gegen ihre Schläfrigkeit an.

Als die erste heftige Wehe einsetzte, war sie überrascht von der Wucht und umklammerte mit der Hand das untere Bettgestell. Sie lag auf der linken Schulterseite und krümmte die Knie. Der tiefe, wühlende Schmerz kam wieder, erstreckte sich über den ganzen Unterkörper, zog nun bis zur Brust herauf und nahm ihr den Atem. Sie strich sich das Haar zurück, nahm den Waschlappen, den ihr die Hebamme auf den Nachttisch gelegt hatte und steckte sich ein Hälfte von ihm in den Mund. Sie wollte es vermeiden, zu stöhnen oder zu schreien. Im Abstand von ein paar Minuten folgte Wehe auf Wehe, jede einzelne von ihnen schien eine Unendlichkeit lang anzudauern. Marthe biss auf den Lappen, dachte an Luise, die das viermal durchgemacht und keinen Ton darüber verloren hatte, sie dachte an Ottilie, die sie wiedersehen würde, wenn sie das hier erst hinter sich gebracht hatte, sie dachte an das Kind, das unten in ihrem Bauch mitkämpfte oder sich gestört fühlte durch die Anspannung ihres Körpers, sie wusste es nicht genau. Sie dachte an seinen Vater, und der Druck hinter den Augen trieb ihr Feuchtigkeit in die Augenwinkel, die sie fortwischte. Eine harte Stelle war zurückgeblieben, verbohrt hinter den Rippen, wann immer sie nicht verhindern konnte, dass ihre Gedanken zu ihm hinüberglitten, zu seinen Händen, die ihre Brüste und ihre Taille gierig umfassten, seiner Zunge, die ihre Brustwarzen umspielte und seinem Kinn, das leicht kratzte. Seiner charmanten Art, mit einem Blumenstrauß in der Hand schon an der Tür Komplimente über ihr reizendes Aussehen zu machen, was sie sich nicht nur gefallen lassen hatte, nein, es hatte sie in ein Übermaß an Glück, in ein nie gekanntes Hochgefühl versetzt. Sie dachte an die Vertiefung ihrer Gefühle, an die Ergriffenheit, an den Ernst ihrer Liebe und es kam ihr plötzlich wie eine andere Seite dieser Geburt vor.

War sie nicht schonungslos einem Vorgang ausgesetzt, der ihren Leib, ihre Seele, ihren Geist in einen naturhaften, einen durch und durch realistischen und doch traumhaften, durch kaum etwas aufzuhaltenden Prozess des Werdens versetzte, sie teilnehmen ließ, ihr aktiv etwas abforderte? War das dem

Mann nicht etwas völlig Fremdes, konnte er die Glückseligkeit der Liebe, der Vereinigung, die zu Fruchtbarkeit, zu neuem Leben führte, überhaupt verstehen? Konnten seine Gefühle echt sein und dennoch nur von ungefährer Dauer? Wovon war sie denn abhängig, wenn nicht von einer Verantwortung, einer Verwurzlung, einer Demut gegenüber allem, was Empfängnis und Bedürftigkeit von Leben, von Sinneseindrücken, von Mitteilungen darstellte? Ihr kam die Überheblichkeit, mit der er über ihre Liebe hinweggegangen war, plötzlich so dumm vor wie ihre eigene Naivität.

Banal war all dies gegen die nächste Wehe, die sie fast aus dem Bett schleuderte. Sie hielt sich mit beiden Händen fest, presste den Po zusammen, warf den Kopf herum, das Gefühl riss unterhalb des Babys quer durch den Bauch, stieß von der Bauchdecke bis in die Hüften, hielt an. Marthe biss in den Lappen. Sie hörte dumpf laute Schreie, vielleicht war die andere Frau bald erlöst. Marthe stand auf, wie die Hebamme es ihr empfohlen hatte, ging ein paar Schritte durch den Raum, die nächste Wehe kam in einer Welle, Marthe versuchte ihren Atem anzupassen, aus und ein, aus und ein, die Frau drüben röchelte jetzt, und Marthe fühlte Panik in sich aufsteigen. Sie hielt dem Schmerz nicht mehr stand, sie wollte diesen Reißwolf in ihrem Körper nicht mehr, der wie eine Kreissäge bis in die Wirbelsäule hineinfuhr. Sie war nur mit dieser weißen offenen Tuchjacke bekleidet, aber es war, als beklemmten sie tausende Kleidungsstücke. Sie ging in die Knie, setzte sich in die Hocke, versuchte wieder das rhythmische Atmen einzuüben, aber die Luft blieb ihr stecken und sie wartete, bis der Schraubstock durch alle Gedärme gezogen war. Konnte das Baby das überhaupt überleben? Marthe schleppte sich wieder zum Bett, tupfte sich mit dem Waschlappen über das Gesicht, war froh um die kurze Pause und hätte darum beten, schreien und betteln mögen, dass sie von der nächsten Wehe verschont blieb.

Die Ärztin kam herein, dünn, sportlich und flink. „Na, sowas! Es gibt doch keinen Grund, den Po so zusammen zu petzen, locker, ganz locker. Drüben die Frau hat es auch geschafft und das Kind klemmte, bei dem großen Kopf auch kein Wunder, so, ja, jetzt schön atmen, jetzt schauen wir einmal, wie weit sie sind mit ihrem Frühchen, auf das wir gut aufpassen müssen. Ja, die Herztöne sind zufriedenstellend, der Muttermund ist auch schon gut sieben Zentimeter geöffnet, ich bin gleich wieder da."

Inzwischen war es Abend, im Zimmer war es dunkel, Marthe hatte jeden Sinn für Zeit verloren, zwischen dem Atmen, der Angst, dem Reißen, dem Stillstand, dem schleifenden, bohrenden Schmerz, dem verzweifelten Gedanken ich kann nicht mehr, dem Mut, ich muss es schaffen, der neuen Wehe, den Worten der Ärztin, die beruhigend auf sie einredete, der Hebamme, die alle möglichen medizinischen Bestecke zurechtlegte. Marthe verlor sich im Körper, einer einzigen offenen Wunde, die sie nach unten zu ziehen begann, zu drücken und zu stoßen, eine Wucht, die ihren Leib durchbrach. Sie verstand jetzt, was Folter sein konnte, flüsterte, sie gäbe auf, spürte die Hand der Hebamme auf ihrem Arm und den Druck, der unten zunahm und die Haut überspannte. Das Baby musste ein riesiges Ungetüm sein, ein Monster, das sie zertrümmern, zerfetzen würde, das sie erdrückte und erpresste. „Pressen sie", rief die Hebamme, „pressen Sie", rief die Ärztin, aber sie schnappte nach Luft, sank in sich zusammen, sie hörte die hastigen Worte der Ärztin, sah die Handreichungen der Hebamme, gleich würde sie bersten, sie würde platzen, es musste doch einmal aufhören. „Es ist zu schwach", sagte die Ärztin, „ich kann die Herztöne nicht mehr hören", dann kam ein Arzt hinzu, die Ärztin nahm etwas aus seiner Hand, „wir setzen jetzt die Saugglocke an, „pressen Sie noch einmal". Marthe dachte, so ähnlich wird es im Krieg gewesen sein, nur lag sie in keinem Schützengraben, sie platzte, der Druck explodierte, und sie schrie gellend auf, „das Köpfchen haben wir schon, noch einmal pressen, ja, so ist gut", sagte die Ärztin. Und dann war sie ein halb entleerter Schlauch, ihr Körper floss fort, ihr Atem ging leichter, das Kind glitt aus der Scheide. Marthe sah es zum ersten Mal an. „Sie verliert viel Blut" sagte die Ärztin zur Hebamme und wandte sich dann zu der Erstgebärenden: „Sie sind gerissen, wir müssen sie nähen".

Marthe lehnte sich zurück, fühllos wie ein Bestandteil bloßer Haut, sie war müde, unendlich müde. Das Kind war ein Mädchen, ein unglaubliches kleines Wesen mit einem stacheligen, dichten Kranz von pechschwarzem Haar auf dem Kopf. Es greinte die nackten neuen Wände an, Marthe durfte es kurz sehen, dann brachten sie es in einen Schutzraum, es war noch sehr schwach. Es musste in einen Brutkasten, sein Körper war nicht alt genug für die Wirklichkeit. Seitlich vom Wärmebett gab es verschließbare Öffnungen, die es ihr erlauben würden, mithilfe der Schwestern die Pflege-maßnahmen ihres Kindes zu begleiten. Marthe ließ geschehen was geschah: Sie wurde genäht, die Beine lagen auseinander, die Ärztin schnitt den Faden ab. „Und dann", sagte die Hebamme, „bringe ich sie ins Bett, sie müssen schlafen, viel schlafen, ihr Kreislauf muss sich wieder stabilisieren". Tatsächlich schlief Marthe bald.

Als sie am nächsten Morgen an das Wärmebett trat, waren alle Schmerzen, alle Wundheit, alle Einsamkeit ihm zugewandt. Dies kleine, zarte, verschrumpelte Kind war ihres, es gehörte zu ihr, es war das größte Wunder auf Erden, es war mit nichts vergleichbar. „Wir beide werden es schaffen" flüsterte sie ihm zu. Das Kind hatte einen Schlauch in der Nase und schlief, es sah schmächtig aus, bis auf die enorme Haarpracht, die von seinem Köpfchen abstand. „Du bist, was ich habe", dachte sie zärtlich, „mein kleines Mädchen". Eine Hebamme trat herein und stellte sich einen Augenblick zu ihr. „Ich muss die Windeln wechseln. Wollen sie helfen? Ein bezauberndes, kleines Menschenkind. Wie soll der kleine Igel denn heißen?" Marthe wurde rot vor Freude über das Lob. „Ich werde sie Caroline nennen", sagte sie leise.

Einmal wandelten wir auf meinen Wunsch hin auf den alten Spuren durch Frankfurt. Marthe erzählte dies und das, und was sie zu erzählen vergaß, ergänzte ich im Stillen mit dem, was ich wusste. Im Frühjahr 1966, auf den Tag genau, als die Frankfurter Allgemeine Zeitung den Aufsatz eines aus der Emigration zurückgekehrten Philosophen zur Frage veröffentlichte, was deutsch sei, fand Marthe eine Ganztagsstelle am Frankfurter Börneplatz, dem Standort der ehemaligen jüdischen Synagoge. Wenig später bot man ihr in Fechenheim eine kleine Wohnung in einem Siedlungsbau an, die sie in den Abendstunden renovierte. Sie bestand aus einem Zimmer für das Kind und einem Wohnschlafraum für sie, einer winzigen Küche, einem schmalen Flur und einem kleinen Bad. Fast ein halbes Jahr lang war Marthe vom Wohnungsamt zum Sozialamt, vom Sozialamt zum Arbeitsamt und vom Arbeitsamt zum Wohnungsamt gelaufen, von den Sacharbeitern zu den Personalchefs, sie hatte unzählige Bewerbungsgespräche geführt und zähe Verhandlungen über eine Überbrückungshilfe, denn Unterhaltszahlungen vom Vater des Kindes erhielt sie nicht. Von dem Geld, das Ottilie ihr als Taufpatin für das Kind überreichte, kaufte sie ein weißes Kinderbett, einen kleinen Wohnzimmertisch, zwei billige Sessel und eine aufklappbare Schlafcouch, die sie tags und nachts benutzte. Ottilie hatte sich eine Woche Urlaub genommen und war in diesem Sommer nach Frankfurt gekommen. Und hier wollte sie sich gleich nützlich machen. Sie telefonierte mit dem Elektriker, der Serviceabteilung des Möbelhauses und der Siedlungsgenossenschaft, bis die Toilettenspülung wieder funktionierte, die Couch aufgestellt und der Küchenanschluss für den Herd hergestellt war. Eine Waschmaschine konnte Marthe sich vorerst nicht leisten, aber sie wehrte Ottilies Überlegungen ab, in der Zeitung nach Privatanzeigen zu schauen. Erst recht wollte sie sich keinen schenken lassen. Das schaffe sie schon, sie sei Arbeit gewöhnt, meinte sie. Als Ottilie abfuhr, nahm sie Marthe das Versprechen ab, sie so bald als möglich mit dem Kind zu besuchen, über die übrigen Familienmitglieder verloren beide kein Wort. Das Kind war noch im städtischen Heim untergebracht, wo es Marthe fast täglich nach der Arbeit besuchte. Manches Mal fand sie keinen Zutritt mehr, wenn sie die Straßenbahn verpasst hatte, die Verbindungen quer durch die Stadt zur Berufsverkehrszeit schwierig waren oder von Protesten gegen den Vietnam-Krieg unterbrochen wurden, und weil die Besuchszeit abgelaufen war, wenn Marthe erst nach achtzehn Uhr eintraf. Nach der Lohnarbeit, dem Besuch beim Kind, der Erledigung von Einkäufen, dem Bügeln, Vorkochen, Schuhe putzen und dem Wäsche-Waschen fiel Marthe müde ins Bett. Dann dachte sie noch einmal kurz an diese fremde große Stadt, an die falschen Vorstellungen, die sie sich vom Leben gemacht hatte und an Caroline.

Als wir am Ende unseres Rundgangs angekommen waren und ich in ein bewegtes Schweigen verfiel, die Sprache nicht mehr von der Zunge glitt, kurz vor der allgemeinen Regungslosigkeit, die mich manchmal befiel wie ein lähmender Schmerz, blieb Marthe mitten auf dem Starkenburger Ring stehen, gab sich sichtbar einen Ruck und flaggte Trauer, die sie in meine Segel strich. Wir umschifften keine unserer Schwächen, und Marthe sah die weibliche Linie in unserer Familie, die sich dem Mann Untertan machte, sich keinen Wert beimaß und den Verlauf des Lebens und das Schicksal der Kinder einer anderen Macht als der Selbstbehauptung überließ. Ein prüfender Blick, ein verweintes Gesicht trennte mich noch. Ich küsste sie scheu auf die Wange. Die undurchschaubar wirkenden Verhältnisse betrogen uns nicht mehr.

3. Kapitel

XXI

Um mit dem Kind, das ich einst gewesen bin, ins Gespräch zu kommen, bedarf es nicht viel, da ich ihm am nächsten von allen Menschen stehe. Allerdings sind meine Unterhaltungen mit ihm von ganz besonderer Art. Es ist nicht möglich, auf es zuzugehen und zu sagen: „Da bist du, eben haben wir noch zusammen gelacht", eine solche Annäherung widerspricht seiner misstrauischen Natur. Inzwischen habe ich mich daran gewöhnt, bei meinen Begegnungen mit Caroline immer wieder von vorn anzufangen, denn wenn sie ihre Grenzen gewahrt sieht, duldet sie meine Nähe. Sie hat es sich schon sehr früh in den Kopf gesetzt, als Verwandlungskünstlerin durch das Leben zu gehen, zuweilen zieht sie sich in eine Höhle zurück oder tanzt. In ihrer besten Verfassung wandelt Caroline unsichtbar neben mir her, begleitet mich bei einem Interview oder bettet sich in meinen Schoß, wir sind eins. In ihren schlechtesten Zeiten, wenn das Flickzeug der Unzulänglichkeit nicht ausreicht, um das Tageswerk reibungslos zu betreiben, erscheint sie mir ungestüm, wie eine Tigerin im Zoo, die hinter Gittern steht und blind in die Menge starrt, falls sie nicht, mit noch geschmeidigen, aber schon gebrochenen, ruckartigen Bewegungen ihre Runden dreht. Die blutunterlaufene Narbe, die das getigerte Fell vom Hals bis zum rechten Schulterblatt durchfährt, gehört einer längst vergangenen Epoche an, den ersten Jahren nach ihrer Ankunft, gegen die ich machtlos bin. Dann heißt es Geduld fassen und abwarten; leider gibt es immer einen rostigen Eisenhaken, der aus folgerichtiger Unbedachtsamkeit vor den Gitterstäben in den Boden gerammt und nicht mehr entfernt wurde. Da ich ungern zusehe, wie Caroline, die Tigerin, auf den Schattenriss nebulöser Gestalten zuspringt und auf eiserne Halterungen prallt, gebe ich uns Unterricht in der Anschauung von Erinnerungen, und behelfe mich mit Konzentration auf äußere Geschehnisse. Zeit zieht sich zusammen und dehnt sich aus, es sind Refugien der Einsicht entstanden, die ein selbstgenügsames Panorama entwerfen. Das ist Glück; was sich heute offen gestaltet, hat einmal ganz anders ausgesehen.

Morgen würde das Kind ankommen; Luise dachte mit einem Gemisch aus Freude und Unbehagen daran. Seit Beginn ihrer Korrespondenz, die mit dem Brief der Tochter begann, war die Verbindung zu Marthe wieder hergestellt, aber Tatsachen zu schaffen, war etwas anderes, als sie vorzubereiten. Das merkte sie gerade jetzt.

Luise beugte sich über die Schüssel, die vor ihr auf dem Tisch stand, um die Anzahl der bereits geschälten Kartoffeln abzuschätzen. Sie stand auf, um die Kartoffeln zum Gemüse auf den Herd zu stellen und das Bett für das Kind herzurichten, als ihr Blick über die Terrasse und den Vorplatz hinweg auf ihren Mann fiel, der mit dem Rücken zu ihr stand und einem der neuen Forstlehrlinge mit knappen Worten den Weg in die Kleinstadt beschrieb. Luise erschien dieser Rücken zuweilen als einzig wirklich innerhalb der wechselnden Zeiten und Epochen ihres Lebens.

Während sie auf der Terrasse saß, im Rücken die Banklehne spürte und die Sonnenstrahlen des Spätsommers genoss, im Geiste aber schon die Tür des alten Wäscheschranks im oberen Stockwerk öffnete, hingen ihre Gedanken am Schnee, der in den Wintertagen vor ihrer Hochzeit gefallen war, an der Stille, die aus der Tiefe des Waldes ein Geheimnis machte, in sein weißestes Kleid gehüllt. Seufzend stand sie auf. Die kleine Kammer schien ihr passend für das Kind. Sie lag am Ende des Flurs im Obergeschoss, Anne übernachtete auf demselben Stockwerk. Die Sonne tauchte die holzbekleideten Decken und Wände in ein mildes, sanft wirkendes Licht, das die alten, aber glänzenden Bohlen weniger abgegriffen aussehen ließ. Erich saß bereits an den Bauplänen zum neuen Haus, in dem auch genug Platz für Besucher vorhanden sein würde. Anne war in die Stadt gefahren, um für das Kind einen Ball und ein Springseil zu kaufen. In der nächsten Woche würde Ottilie eintreffen, sie hatte ihr Kommen bereits angekündigt.

Über Marthe war seit ihrem Weggang in der Kalweit'schen Försterei kaum gesprochen worden. Wenn Luise und ihre Kinder es doch einmal wagten, dann nicht vor Erich und mit dahingeworfenen Worten, die eine Atmosphäre erzeugten, welche durch Widerworte durchbrochen werden musste. Und bevor ein Widerwort das andere gab, hielt man besser den Mund. Schneller als sie dachte, war Luises Zorn darüber abgeklungen, dass Marthe die Folgen ihrer Liebelei in aller Welt herumtrug, dass sie den Vater mit ihrer starrsinnigen Verschwiegenheit schützte. Luise sah abwesend aus dem Fenster, starrte quer über die Wiese auf den Hühnerstall und registrierte nebenher das ewige Gemurmel des Baches. Sein Geplätscher drang mit einem frischen Luftzug mal lauter, mal leiser durch das gekippte Fenster an ihr Ohr. Es war kein breiter Flusslauf, hier gab es keine von üppigem Kiefernwald umgebene Seenplatten, die ihre langen Schatten über die Ränder der Ufer warfen, kein Elchgeweih, das sich zwischen den stehenden Gewässern, den schmalen, melierten Stämmen und dem violett und gelb durchtränkten Abendhimmel hindurch schob.

Die uneheliche Enkeltochter. Luise versuchte, sich auf die Gegenwart zu besinnen. Sie kam nicht zur Ruhe, seit sie das Foto, das dem Brief beilag, wieder und wieder herausgenommen, nach dieser und jenen Seite gewandt hatte, zum mehrfach gelesenen Brief zurückgesteckt, erneut hervorgeholt hatte. Es war erstaunlich, die Züge der Familie im Antlitz dieses Mädchen wiederzuerkennen, die helle, blasse Haut, das dunkelbraune, fast schwarze Haar, die hoch angesetzten Wangenknochen, die leicht hervorspringende Nase unter blauen, von dichten Wimpern und Brauen umrahmten Augen, in denen sich keine Kindlichkeit widerspiegelte. Diese Augen schienen älter zu sein als das gut dreijährige Kind. Dem Brief war die Kopie eines psychologischen Gutachtens beigefügt, aus dem hervorging, dass man um seine Gesundheit und Stabilität fürchte. Luise rechnete nach. Es war nun fünf Wochen her, dass Marthe ihre Eltern um Hilfe gebeten hatte. Offensichtlich war das Mädchen im Moment zu angegriffen, um in eine Kindertagesstätte zu gehen. Luise schüttelte den Kopf über die Probleme der Tochter und ihre Sorgen um sie, auch wenn sie diese noch nicht so recht auf das unbekannte Enkelkind übertragen konnte. Das Kind hatte nur am Wochenende bei seiner Mutter gelebt. Sie habe versucht, mit der Tochter alles nachzuholen, was sie unter der Woche, in der das Kind bei einer Pflegefamilie lebte, versäumt habe; ihre Werktage seien vollgefüllt mit Lohnarbeit und Überstunden, schrieb Marthe. Aber sie bedaure es im Nachhinein, nicht doch einen Krippenplatz favorisiert zu haben. Erst am Ende ihrer Ausführungen brachte die Tochter ihr Anliegen hervor. Sie wäre dankbar, schrieb sie, „wenn Ihr Caroline für eine begrenzte Zeit bei Euch in der Försterei aufnehmen könntet, bis sie eine städtische Einrichtung verkraftet."

Erich hatte beim Lesen des Briefes die buschigen Augenbrauen so aneinander gekniffen, dass an der Nasenwurzel eine dicke Wölbung entstanden war. Es war die erste Post der Tochter gewesen, nachdem er sie des Hauses verwiesen hatte, und Luise konnte sich innerlich kaum fassen vor Freude. Sie fuhr mit den Fingerspitzen über die Handschrift ihrer Tochter, roch an dem Papier und sah sich wieder auf der ehemaligen Ofenbank in der Küche sitzen. Sie entnahm dem Schrank die Bettwäsche, bezog das Kinderbett und schüttelte die Decke auf. Lauter Sandmänner lachten ihr entgegen und guckten geheimnisvoll unter ihren Mützchen hervor, den rechten Zeigefinger an den Mund gelegt. Um sie herum schliefen ein Hase, ein Igel und ein Reh. Schlafe Marjellchen, schlafe auch Du. Luise hatte es plötzlich eilig, ihre Tochter und das Kind zu sehen. Sie strich das Laken noch einmal glatt und verließ das Zimmer.

Ein paar Tage später stand die Familie am Bahnhof, um Marthe zu verabschieden, die nur das Wochenende über geblieben war, weil sie keinen Urlaub bekommen hatte. Caroline verhielt sich still und versteckte sich hinter ihrem dicken, langen Haar. Marthe hatte ihrer Tochter zu erklären versucht, warum sie wieder abfuhr ohne sie, dass sie arbeiten müsse, um Geld zu verdienen, dass sie eine neue, größere Wohnung gefunden habe, die renovierungsbedürftig war, dass Caroline bald nachkommen würde, wenn sie bereit war, in den neuen Kindergarten zu gehen. Bei dem Wort Kindergarten zuckten die Wimpern des Mädchens, es ließ die Arme hängen und nickte tonlos. Marthe seufzte bei dem Gedanken daran, während sie in den Zug stieg. Wie oft hatte sich das Kind schon weinend oder schreiend auf den Boden geworfen, seine Regungslosigkeit erschien ihr rätselhaft. Schenkte es ihr keinen Glauben mehr oder hatte es bereits an seinen Großeltern Gefallen gefunden? Es war die ganzen Tage über nicht von der Seite seiner Mutter gewichen, und hatte nur ab und an einen undefinierbaren Blick auf Erich Kalweit geworfen.

Marthe stritt mit sich. Nie und nimmer hatte sie sich in all den zurückliegenden Jahren vorstellen können, von staatlicher Hilfe zu leben. Nie wollte sie in den Augen ihrer Eltern so tief sinken, dass man ihr hätte nachsagen können, sie lasse sich erst ein Kind machen und könne sich dann nicht einmal selbst helfen. Sie musste auf die Beine kommen und mit den Füßen fest auf der Erde stehen, und wenn sie sich dabei meterdicke Schwielen lief. Marthe drehte sich noch einmal um, winkte zu Anne, Luise und Erich Kalweit hinüber und warf Caroline einen Handkuss zu. Sie war froh, als die Kleine ihre Hand hob.

Im fahrenden Zug suchte sich Marthe ein unbesetztes Abteil, setzte sich an einen Fensterplatz in Fahrtrichtung und schloss die Augen. Man hatte sich wieder versöhnt. Sie sah ihren Vater vor sich bei der Begrüßung, wie er die Mutter grob anfuhr: „Alte, lass das Heulen", obwohl seine raue Stimme selbst einen belegten Klang nicht ganz unterdrücken konnte.

Sie sah ihre Mutter weinen, aber die Tränen kamen zu früh oder zu spät, in Frankfurt hatte sie nichts von ihnen gespürt. Sie sah das Erstaunen in den Gesichtern der Eltern, als sich Caroline hinter den Rücken ihrer Mutter verzog und sich weigerte, den Fremden die Hand zu geben. Sie sah Anne, die sich ebenfalls kaum hinter dem Rücken der Eltern hervortraute und nach kurzem Zögern ihren Kopf an Marthes Schulter legte. Sie dachte an die Aufregung, die sie beim Anblick der Eltern empfunden hatte und die sie zu verbergen suchte, indem sie Caroline mit festem Griff um die Schultern dazu zwang, sich den Großeltern zu zeigen. Sie rief sich die ersten stockenden und belanglosen Wortwechsel in Erinnerung, die langsam hinüberglitten in die codierte Alltagssprache derjenigen, die sich seit langem kennen. Sie erinnerte sich der ersten Bemühungen Annes, das Kind aus der Reserve zu locken, an ein rechnerisches Fingerspiel, einen Taschenspielertrick der jüngeren Schwester am Esstisch, den Erich Kalweit durchgehen ließ. Ja, man hatte sich wieder zusammen gefunden, die Tochter bat, die Eltern gaben, man machte ein Gemeinschaftswerk aus dem, was nicht mehr zu ändern war. Aber man unterließ jedes Reden über vergangene und gegenwärtige Zeiten.

Carolines Einzug in die Försterei gab Auskunft über die Fähigkeit eines jungen Menschen, das Herz eines alten zu erobern, der sich noch einmal im Spiegel des Lebens der Welt zuwendet. Die erste Hand, in die sie auf einem Waldspaziergang ihre kleine Faust schob, war rau und fest und verstand zuzupacken. Später schoben sich mehrere Finger in die Handfläche, wenn das Mädchen ihren Großvater auf etwas aufmerksam machen wollte; es wurde zum regelrechten Zeichen zwischen ihnen. Ein anderes Zeichen war Luises Stimme. Sie erklomm bislang ungehörte Oktaven so behände, dass ihr Gesang den reichhaltigsten Nachhall im Kopf des Kindes wachrief. Auch ihr Toilettentisch besaß fast magische Anziehungskraft. Vielleicht hätte Anne ein wenig eifersüchtig werden können, wäre sie nicht eine Kindernärrin gewesen und das Mädchen nicht das Kind ihrer geliebten Schwester Marthe, das zudem ein merkwürdiges Wesen zu sein schien: Mal ängstlich und scheu, mal unbekümmert und mutig, immer ein wenig verschlossen, mit einem unergründlichen Ausdruck in den Augen, der sich in alles und jeden hineinzubohren schien. Das merkwürdigste an diesem Kind waren jedoch seine arabesken und akrobatischen Neigungen, die zu den waghalsigsten Situationen führten.

XXII

Sie nannten das Kind Linus. Sie gingen mit ihm auf dem Arm in die Stadt zum Einkauf, sie zeigten ihm die Hochsitze, von denen aus man die Waldflächen des Sollings überschaute, sie gaben ihm ein kleines Stühlchen, eine Harke und einen Eimer für den Garten, und Luise knetete einmal in der Woche mit ihm Kuchenteig, auch wenn das Kind den Vanillinzucker samt Packung in die Rührschüssel hineinwarf. Es hatte Erich Kalweit beeindruckt, obwohl es spargeldünn und von weiblichem Geschlecht war. Er schnitt dem Enkelkind bei der ersten Gelegenheit das Haar zu einem kurzen Putz, als er sich von Luise den Nacken ausrasieren ließ, und strich ihm über den geschorenen Kopf, wenn er es liebkoste. Das Kind stand da und ließ es geschehen. Es hob seinen Kopf und lächelte seinen Großvater an, als sei er Zeus im Olymp.
Doch dann kam die Angst wieder, die Großvater nicht kannte, weil er keine Erfahrungen gesammelt hatte in der Besenkammer, wenn man nicht gehorchen wollte. Das Kind kannte keine Sprache dafür, aber es wusste genau, was

vorgefallen war. Großvater hatte anscheinend keine Ahnung davon, wie es war, wenn man im Schlafanzug vor die Tür musste, der Boden kalt war und man an den Füßen fror. Er hatte keine Ahnung, wie es war, wenn die Tür sich schloss und man allein im Dunkeln saß, zwischen ein paar Wischlappen, die auf dem Boden lagen. Er wusste nicht, wie es war, wenn es drinnen eng, dunkel und staubig war und man mit den Knien gegen die Innentür stieß. Wenn man ganz dringend Pipi musste und an Mama dachte und nicht schreien konnte, weil man keine Luft bekam. Großvater wusste nicht, dass die fremde Frau unter der Woche von allen Kindern mit dem Namen Mama angeredet werden wollte, dass sie jederzeit wiederkommen konnte, um sie hier wegzuholen. Großvater wusste auch nichts vom Verschwinden eines Kindes in der Menge. Großvater wusste überhaupt nicht viel, und doch wusste er lauter Dinge, die das Kind nicht wusste.

Er wusste, wie man Holz hackt. Er wusste, wie man ein Wildschwein erschießt. Er wusste, wie man Geld verdient. Aber vor allem konnte er ein Huhn schlachten: Er hatte das Huhn auf einen glatten Baumstumpf gepresst und seine linke Hand um seinen Hals geschlossen. In der rechten hielt er eine Axt. Der Rumpf des Huhnes sprang wild auf und ab. Dann hieb er zu, und das Blut spritzte. Der Kopf des Huhnes fiel auf den Boden, und der Körper hüpfte kopflos im Kreis um den Holzstamm herum. Großvater war groß und stark, aber so stark, dass die Angst fortging, war er nicht.

Linus stieg auf den Stapel aufgeschichteter Hölzer, die im hinteren Teil des Gartens lagen. Oben angekommen, bog sie die Arme über den Kopf, hob ein Bein nach hinten an den Rücken, streckte den Fuß, auf dem sie stand, in die Höhe, bis sie den Balken nur noch mit den Zehenspitzen berührte und hob das in die Luft gestreckte Bein, bis der Fuß ihren Hinterkopf berührte. So blieb sie stehen. Luise sah aus dem Fenster, ließ die Schüssel fallen und lief. Sie winkte sie herunter und rief nach ihr. Linus senkte ihre Arme, nahm den Fuß vom Rücken in die Kniebeuge und drehte sich auf den Zehenspitzen einmal um sich selbst. Großmutters Stimme schnitt in ihr Ohr: „Kind, was machst Du, komm da herunter!" Linus stellte sich gerade hin, schlug die Beine zusammen, sprang in die Tiefe und schaute mit blanken Augen in Luises halb erzürntes, halb entgeistertes Gesicht. Dann wischte sie sich die Hände an ihrem schmutzigen Kleidchen ab, setzte sich in die Hocke und wartete. Doch Großmutter schüttelte nur mit dem Kopf, nahm sie erleichtert bei der Hand und ging mit ihr ins Haus.

„Linus, wir gehen in den Wald", sagte Erich einige Wochen später, als seine Tochter Anne gerade ein Märchen vorgelesen hatte, das ihre kleine Nichte immer wieder hören wollte. Inzwischen war der Wintereinbruch nahe, die früh einsetzende Dämmerung hatte den Räumen bereits Tageslicht entzogen, eine schattige Mattigkeit umgab die einzelnen Möbel. Linus hatte sich in einen Sessel verkrochen. Sie lauschte Annes Stimme. Die ersten Schneeflocken tanzten um die Fensterscheibe und setzten sich ans Glas, draußen auf der Landstraße ging eine Straßenlaterne nach der anderen an. Die Putzfrau wusch die Lappen aus und stellte Besen, Schrubber und Schaufel in den Flur, um sich zu verabschieden. Großmutter saß an der Nähmaschine. Sie schneiderte eine kleine Frühlingsjacke für das kommende Jahr. Erich hatte inzwischen die Futtersäcke im Auto verstaut, kam in den Hausflur, rief das Kind heran, zog ihm Anorak, Mütze und Schal an und trabte durch den Schnee zum Auto. Linus versuchte mit Riesenschritten mitzuhalten.

Im Wald war die Dämmerung schon fortgeschritten, aber noch waren einzelne Umrisse gut zu erkennen. Während Erich Kalweit die Krippe füllte, suchte Linus auf der weißen Schneedecke nach frischen Spuren. Dann gingen sie zum Wagen und warteten. Nach einer kleinen Weile, die dem Kind wie eine Unendlichkeit vorkam, zog die erste Gruppe von Rehen sichernd über eine kleine Wiese, zwei Böcke, ein Jährling und ein Spießer folgten nach. Linus war etwas enttäuscht, dass sie keine Wildschweine sah. Erich stellte den Motor an und ließ die Lüftung laufen, und die Rehe stoben auf und davon. „Die kommen wieder", brummte er und fuhr los. Leise glitten sie durch die zunehmende Dunkelheit zurück.

Am nächsten Morgen, einem Samstag, war das Kind nicht stillzuhalten. Es sah blass aus, und Anne hatte eine durchwachte Nacht hinter sich, was sie aber äußerlich gelassen hinnahm. Sie hatte zweimal das Bett neu beziehen müssen, das Kind war nicht davon zu überzeugen gewesen, dass seine Mutter es wieder zu sich holen würde. Es hatte sich bis zur Erschöpfung wie eine Wilde gebärdet und dann vor sich hin geschluchzt. Das Licht im Flur half so wenig wie die Tante, die mehrmals an ihr Bett kam. Morgens um drei hatte Anne sich seiner erbarmt und den zitternden Körper müde an ihren gedrückt. Nun rannte Linus zum Hühnerstall, um sich hinter Großvaters Hosenbeinen zu verstecken, während er die Eier einsammelte und die Hühner aufgeregt hin und her liefen. Das Körbchen trug sie stolz zu Großmutter in die Küche. Dann lief sie im Garten umher, schlug Purzelbäume, versuchte ein Rad zu schlagen, machte sich dabei aber bloß Strumpfhose und Umhang nass. Großmutter Luise rief das Kind zu sich herein. Sie versuchte, es mit frisch gebackenem Brot, Wackelpudding und Vanillesoße zu verlocken, denn es sollte mehr essen.

Es verkleckerte sein Kleidchen, spuckte die Vanillesoße wieder aus und machte Anne eine Freude, indem es die Hände hob und laut und deutlich seine Finger abzählte.

Plötzlich stand das Kind auf, Tränen liefen über sein Gesicht, es setzte sich auf den Fußboden in eine Ecke des Zimmers, sah Großvater Erich und Großmutter Luise mit seinem unergründlich blauen Blick an und versteinerte. Erich trat ärgerlich auf es zu, packte es an seinen Handgelenken und zog daran. „Steh auf, Linus!" sagte er barsch, doch das Kind rührte sich nicht. Da packte Erich es grob, griff ihm unter die Arme und hob es hoch, um es durchzuschütteln. Das Kind hob den Kopf, eine Spur Angst schimmerte in seinen Augen. Erich stellte es auf die Füße. Einer unvermittelten Regung nachgebend, hob er es wieder hoch und drückte es an seine Brust. Luise ging schweigend in den Vorratsraum, um ein frisches Tuch zu holen, und Anne stand im Türrahmen und hatte die Hand auf ihren Mund gelegt.

Über den Vorfall wurde nicht mehr gesprochen. Luise schickte Anne mit dem Kind zum Friedhof, um ein Gesteck an das Grab Mathilde Suhrkaus zu bringen. Sie hatte alle Hände voll zu tun: Im Laufe des Tages würden Ottilie und Albert mit seiner Verlobten eintreffen, ein Festessen war geplant. Anne ging mit dem Kind an der Hand stumm über die Landstraße, dem Pferd auf der Wiese schenkten sie keine Beachtung. Sie schlugen den asphaltierten Weg zum Friedhof ein, und Anne zeigte ihrer Nichte das Grab der Urgroßmutter. Sie legte das Gesteck auf das Grab, ordnete seine lila und rosé-farbenen Schleifen und befestigte es mit einer dafür vorgesehenen Halterung am Boden. Als sie sich wieder aufrichtete, war Linus verschwunden. Kurz darauf entdeckte Anne das Mädchen. Es war auf einen großen Grabstein geklettert und hatte sich, mit angewinkelten Fußspitzen am oberen Steinrand festhaltend, mit dem Körper nach unten gehängt, so dass ihre kurzen Haarspitzen die Erde berührten. Das Gesicht hielt sie seitlich an den Stein gepresst, die Arme auf die Grabstätte gestützt. Langsam rutschte sie herunter und krabbelte über den Erdhügel, Anne musste kichern. Sie klopfte dem Kind den Dreck von der Kleidung, war erleichtert, dass ihnen niemand zusah, hob es hoch, setzte es auf ihren Rücken und trug es auf dem Rückweg zur Försterei Huckepack.

Am Abend glänzte das ganze Haus, die aus Hirschgeweih gearbeiteten Kronleuchter brannten, die silbernen Kerzenhalter und Serviettenringe leuchteten im warmen Schein des Kerzenlichts, das Besteck und die Gläser blitzten und der Duft von gebratenem Putenfleisch, Lammfilets und mariniertem Fisch zog durch das Erdgeschoss. Erich hatte am Nachmittag im Beisein von Linus einen Eber aufgebrochen, den er zuvor geschossen hatte. Er zeigte dem Kind die Trophäen und erklärte ihm, wie die Hauer zu Wandschmuck verarbeitet wurden und in sein Arbeitszimmer gelangten. Anne und Luise hatten den ganzen Nachmittag mit der

Zubereitung der Haupt- und Nebengerichte, der Suppen, Soßen und Nachspeisen verbracht. Dann zog man sich in die Schlafräume zurück, um sich neu anzukleiden.

Das Kind trug ein mit weißer Spitze an Ärmel und Kragen verarbeitetes blaues Baumwollkleid, dessen Rock aus Satinstoff in verschiedenen Blautönen schimmerte und dessen perlmutt-farbene Knöpfe an kleine, zierliche Muscheln erinnerten. Großmutter Luise hatte es selbst entworfen und genäht, und Anne hatte eine kleine, dunkelblaue Schärpe besorgt, die sie ihm an die Brust heftete. Als Ottilie ihre Nichte lachend und mit rollenden Augen begrüßte und sie hoch in die Luft warf, nannte sie sie einen Paradiesvogel. Insgeheim war sie erzürnt darüber, wie man das Kind nannte, doch sie ging darüber hinweg, wenn sie es hörte, und sprach es nur mit seinem vollen Namen an. Sie hatte dem Mädchen eine Überraschung mitgebracht: Einen Hut mit mehreren Straußenfedern in allen Größen, den es auch nicht aus der Hand geben wollte, als man zu Tisch bat, und den es schließlich zur Feier des Tages aufbehalten durfte.

Forstmeister Gottschewsky, der dem Kind wohl gesonnen war, es an der Nase fasste und gerne Witze machte, über die er selbst am lautesten lachte, erschien mit seiner Frau und einem weiteren Kollegen. Er hatte zu Luise ein besonders herzliches Verhältnis, denn er war der Sohn einer aus Johannisburg stammenden Kleinindustriellenfamilie. Sein Vater erinnerte sich noch lebhaft an frühere Zeiten und die alten Suhrkaus ließen die Kalweits über den Sohn stets herzlich grüßen, wenn man sich nicht gerade bei einem Ostpreußenabend traf. Albert war schon eingetroffen und hatte sich mit seiner jungen Verlobten im oberen Stockwerk einquartiert; sie wollten über Nacht bleiben. Ein pensionierter Studienrat war auch erschienen, ein ehemaliger Lehrer der Kalweit'schen Kinder, der mit Luise über die Flüsse und Auen Ostpreußens fachsimpelte. Die junge Frau an Alberts Seite, gebürtige Frankfurterin und Tochter eines Dentisten, war wortkarg. Umso bewundernswürdiger war ihr Aussehen. Linus blickte immer wieder heimlich zu ihr hinüber. Sie trug einen sandfarbenen Hosenanzug und fein verarbeitete, perlenbestickte Mokassins, ihre langen Fingernägel waren blutrot lackiert. Unzählige Ringe und Armbänder klirrten bei jeder Bewegung an ihren Händen und ihr langes, pechschwarzes Haar, das sie zu einem riesigen Knoten gebunden über ihrem Kopf trug, wurde von einem feinen, bestickten Haarnetz zusammengehalten. Linus fand, sie sähe aus wie eine Indianerprinzessin, aber wenn sie den Mund öffnete, sprach sie ein kaum verständliches Kauderwelsch, und Ottilie flüsterte ihr zu, das sei der Dialekt, den man in Frankfurt spreche.

Ottilie setzte sich zur Linken ihrer Großnichte, Anne nahm die rechte Seite ein, um auf ihre Tischmanieren zu achten, denn das Kind kam mit den Servietten schlecht zurecht, die sie an den Mund führen musste, sie hampelte mit den Beinen herum, und es kam vor, dass sie ihr Gegenüber versehentlich traf. Auch der Rücken musste mit einer leichten Handbewegung alle paar Minuten unauffällig begradigt werden; eine kleine Dame hatte zu lernen, dass ein krummer Rücken eine Frau hässlich macht. Linus war müde, das viele Essen auf dem Tisch machte ihre Augen satt und den Magen voll, und sie staunte über den Appetit von Forstmeister Gottschewsky, der ihr zwischen zwei Bissen zuzwinkerte. Man sprach über die Unsitten der Jugend im allgemeinen und der Studentenbewegung im besonderen, über die vorjährige Borkenkäferplage in den Wäldern, das bevorstehende Weihnachtsfest und die Bedrohung durch den Warschauer Pakt. Albert sprach dem Essen zu, als hätte er sich in den letzten Wochen nur von Frankfurter Würstchen ernährt. Seine Braut und der junge Forstbeamte wahrten das höfliche Schweigen noch unsicherer Besucher, die zu gar nichts eine Meinung und zu allem ein Lächeln oder ein Nicken übrig haben. Ottilie hielt sich zurück, und Anne machte ein verdrießliches Gesicht. Sie wagte einzuwerfen, dass Aufrüstung für beide Seiten etwas Bedrohliches sei und die Jugend keine Kriege mehr wolle. „Manchmal sind Drohungen das einzige Mittel, das einen maßvollen Staat nach innen und außen schützt", hielt ihr Vater ihr vor, und der Studienrat warf ein, dass des Bürgers Pflicht vor dessen Rechten Vorrang hätte. Ottilie sagte mit ihrer liebenswürdigsten Stimme: „Ja, ja, die böse Natur des Menschen verhilft der Macht zu ihrem Ansehen, wozu soll sie auch sonst gut sein!" Forstmeister Gottschewsky, dem ungemütliche Wendungen bei köstlichen Angelegenheiten zuwider waren, pries die flambierte Putenbrust in die eingetretene Stille hinein in solch blumigen Worten, dass Luise nicht umhin konnte zu erwähnen, sie seien tatsächlich polnischer Herkunft. „Sie sind aber lange nicht so gut wie die ostpreußischen früher, ich habe mir Mühe gegeben", fügte sie etwas kokett hinzu.

Niemand bemerkte, dass Linus von ihrem Stuhl geglitten war, den Tisch verlassen hatte und in einer Ecke des Esszimmers unter einer der vielen Palmenarten hockte, die ihre Großmutter mit Vorliebe züchtete. Sie hatte ihre Strumpfhose und ihre Unterhose heruntergeschoben und den Saum des Kleidchens ordentlich nach allen Seiten geglättet. Nun drückte sie. Als der Gestank sich langsam im Raum ausbreitete und die ersten Nasen erfasste, als Luises Gesicht eine feine Röte und ein irritierter Gesichtsausdruck überzog, war es schon zu spät. Linus stand mitten im Zimmer, zeigte voller Freude auf das dunkelbraune, stinkende Häufchen und rief stolz über alle Gäste hinweg zum Tischende blickend: „Großvater Erich, schau mal, ich habe auch ein Wildschwein erschossen!"

Forstmeister Gottschewsky tat sein Bestes, um den Abend und die Kleine zu retten. Mit einem dröhnenden Lachen stand er schneller auf, als man seinem Körperumfang zugetraut hätte, ging zu dem Kind hinüber und sagte vergnügt: „Na dann wollen wir das kleine Schweinchen mal in den Garten tragen, wo es hingehört." Doch selbst Ottilie und Anne hatte der Schreck erfasst und die Peinlichkeit überrannt, und das Kind wurde bald in sein Bett gesteckt. Großmutter Luise verzichtete an diesem Abend auf einen Gute-Nacht-Kuss und am nächsten Tag musste das Mädchen bis zum Nachmittag ohne den Wohlklang ihrer Stimme auskommen: Sie richtete nicht ein einziges Mal das Wort an es. Am Nachmittag aß Linus zum ersten Mal freiwillig ihren Wackelpudding mit Vanillesoße. Das brach das Eis zwischen Enkelin und Großmutter wieder, aber sie waren beide noch eine Weile voneinander enttäuscht.

.

XXIII

Während ich als Journalistin durch deutsche Städte und Dörfer fuhr und auch mal für einen Artikel einen Abstecher nach Frankreich machte, geriet ich auf Abwegen ins Zwiegespräch mit meiner Vergangenheit. Mir leuchtete ein, warum Caroline durch meine Gegenwart strich wie eine Katze: sieben Leben und ein wenig Lebertran zur Beruhigung der Nerven waren meine ständigen Begleiter. Die Identifikation mit der Fremde und die Aufspaltung in ein weibliches und ein männliches Wesen waren mir geläufig, bevor ich richtig sprechen konnte. Seitdem war mein Leben mit Fragwürdigkeiten versehen, die meine Vorstellung von kommenden Ereignissen in ungewohnte Offenheit stießen.

Bei einer meiner Recherchen in einem Frauenhaus war ich mir sicher: hierhin wäre meine Mutter mit mir niemals gezogen. Der Journalistin einer Tageszeitung standen nach den ersten Kontaktgesprächen Tür und Tor offen, auch die Interviewpartnerinnen, zwei Pädagoginnen, zeigten sich aufgeschlossen für Fragen nach dem Hergang familiärer Gewalt, die zumeist von Ehemännern, Lebenspartnern, Vätern, Stiefvätern und Großvätern ausgingen. Selten genug komme es vor, dass sich jemand für das Leben in den Häusern interessiert. Während man mir eine Tasse Kaffee anbot, dachte ich an ein chinesisches Professorenehepaar, das ich einmal über seine Anschauung zur buddhistischen

Religion interviewt hatte und bei dem mir der kerzengerade Rücken und die mustergültige Handführung beim Teetrinken im Hause meiner Großmutter mit jenem liebenswürdigem Charme gedankt wurden, der mich einiges vom Gleichmut dieser Zeremonie verstehen ließ und den Chinesen den Mund öffnete.

Hier war es anders. Ich fragte mich, warum inmitten bürgerlicher Moral die Aggressionslust des Mannes so unbeherrscht zur Geltung kommen konnte, dass Frauen und Töchter derart schwiegen, und ließ darüber meinen Kaffee kalt werden. Zu guter Letzt verschüttete ich einen Rest und entschuldigte meine Unhöflichkeit. Die Zurschaustellung professioneller Distanz war misslungen. Der Artikel sprach dann von allgegenwärtigen Tatsachen; ich ließ weder die Schwiegermutter unerwähnt, die die um zwei Jahrzehnte jüngere Malträtierte daran erinnerte, wieviel man sich in den letzten Jahren doch aufgebaut habe, noch die soziale Deklassierung der flüchtenden Frauen. Ich schrieb von psychotischen Zuständen der pubertierenden Töchter nach dem Blackout, wenn ihre Väter, die ihre Tat mit den Worten: „Du bist etwas ganz Besonderes!" einleiteten, in ihrem Innern zu Mördern jeglicher weiblicher Daseinsberechtigung wurden. Ich beschrieb die Zyklen der Abhängigkeit und des guten Willens, in die Frauen gerieten, die sich selbst die Schuld am Verhalten ihrer Männer gaben, und stocherte in den von Misshandlung geprägten Schicksalen herum wie in einem unschmackhaften Essen. Ich führte die Kinder vor, eines nach dem anderen, und selbstverständlich anonym. Ich mahnte die Gesellschaft, sie nicht nur morgens als Nachricht zum Blickfang zu machen. Dann eilte ich zu den nächsten Terminen: Ein Regionalpolitiker mit Aussichten auf ein Bundestagsmandat hatte sein Fähnchen vollgeschrieben mit Ideen, die er der Öffentlichkeit nicht vorenthalten wollte, und eine Abiturientenklasse hatte auf einer erstklassigen Homepage ihr Gymnasium vorgestellt.

Während ich per Handy meine drohende Unpünktlichkeit vorausschickte und mir das Informationsfaltblatt und die

Einladung zu einer Ausstellungseröffnung in der Frankfurter Schirn durchlas, war zur Besinnung keine Zeit. Der Tag war keineswegs zu Ende, und durch einen dummen Zufall am Abend geriet ich in Panik. Mein Anrufbeantworter funktionierte nicht, als ich ihn einstellte, und aus dem Wirrwarr undeutlichen Gekraschpels erkannte ich die grippekranke, heisere Stimme meiner Mutter, die mich über den Unfall von Luise und Andrey informierte, bevor das Gerät in Tonlosigkeit verfiel und alle anderen Mitteilungen verschluckte. Aus dem Telefonhörer, den ich abnahm, um ihre Nummer zu wählen, erklang ein langgezogenes, lautes Tuten. Ich verstand die Welt nicht mehr, verfluchte abwechselnd den Posaunenlaut an meinem Ohr und den Defekt in der Leitung, und schob schließlich alle Schuld auf die verantwortliche Telefongesellschaft. Der Griff zu Handtasche und Autoschlüssel lag nahe, ich nahm den kürzesten Weg zur Wohnung meiner Mutter.

Marthe öffnete mir mit fieberrotem Gesicht und in aufgelöster Verfassung und berichtete das Wenige, was sie wusste. Nachdem sie sich mit einem Glas Tee und einem Löffel Honig wieder ins Bett gelegt hatte, rief ich erst bei Albert, der nicht zu erreichen war, und dann bei Walther an, dessen Sohn am Apparat war. Seine Eltern waren schon zur Unfallstelle und dann weiter ins Krankenhaus gefahren, in dem Luise lag. Von Andreys Verbleib wüsste er nichts, erklärte er auf meine Anfrage schnippisch. Wir kannten uns kaum, als Kinder waren wir uns bei der Beerdigung von Erich und sporadisch bei Luise begegnet. Er gab mir die Adresse der Unfallklinik, und nachdem ich aufgelegt hatte, versuchte ich Marthes Selbstvorwürfe über ihre Unpässlichkeit zu lindern, machte ihr ein paar kühlende Umschläge und riet zu einem Arztbesuch am nächsten Morgen. Sie weinte und gab mir einige dunkle Kleidungsstücke, die ich gebrauchen konnte, und ein Päckchen für Anne mit. Was eigentlich geschehen war, war unbegreiflich. Die Zeit der Kindheit lief durch eine Sanduhr, und wenn man sie umdrehte wie jetzt, verwechselte man sie mit einem erwachsenen Leben.

Zum Weihnachtsabend holte Marthe ihre Tochter nach Frankfurt. Sie ließ sich Überstunden und Urlaub anrechnen, verbrachte einige Tage bei ihren Eltern und fuhr mit Caroline weiter zu Ottilie, die ihre Nichte und Großnichte in dem Pelzgeschäft vorstellte, in dem sie arbeitete, und mit ihnen einen Weihnachtsbummel machte, bevor sie zurückfuhren. Die erst seit wenigen Wochen bezogene Wohnung hatte Marthe so liebevoll eingerichtet, wie es ihr Gehalt zuließ. Nach dem Jahreswechsel wollte sie mit Caroline einen neuen Anlauf im Kindergarten wagen. Ihre Tochter nahm diese Wende zwiespältig auf. Die konservative Lebensführung der Kalweits bestach auch im sechsten und siebten Jahrzehnt des zwanzigsten Jahrhunderts durch ihre Verlässlichkeit. Eine derartige Festigkeit in den Beziehungen war in kaum einer anderen Lebensform geleistet, die Caroline kannte, und sie sog sie in sich auf; abertausende winzige Schablonen, die ineinander verschachtelt Psyche und Charakter formten. Die tiefen Eindrücke, die strenge Moral und die farbenfrohe Wirklichkeit von Carolines Empfindungen im Solling entschwanden, ohne sich wirklich aufzulösen. Das Leben der Großeltern im Forsthaus und später im hellen, großen Neubau ging weiter ohne sie, verblasste nach und nach in ihrer Erinnerung und wurde zur Ferienzeit wieder aufgefrischt. Tante Anne hatte Caroline eine unwiderstehliche Neigung zum Kopfrechnen durch wiederholtes Üben quer durch alle Tätigkeitsbereiche des Alltags beigebracht, und dies Erbe verließ sie auch nicht, als sie fortan mit der Metamorphose vom Landjungen zum Stadtmädchen beschäftigt war. Anne und die Bruchrechnung wurden durch die späteren Schulanforderungen ständig wachgeküsst und entzauberten den Schlaf der Verträumten, die zwar einen Hang zum Phantastischen, aber keinen Sinn für Ordnung bewies: In den ersten Jahren ihrer Schulzeit wurde das Tüpfelchen auf dem kleinen I von Caroline regelmäßig übersehen, sie hielt es für ein unfertiges kleines T und fügte den entsprechenden Querstrich dazu an.

Nach dem Umzug in die neue Wohnung lebte Marthe in selbstgewählter Abstinenz. Sie hielt ihre eigenen Gefühle und Sehnsüchte mittels der Tatsache in Schach, die sie zur Hauptsache machte: dass sie es geschafft hatte, das eigene Leben und das ihrer Tochter finanzieren zu können. Doch diese Bilanz erfüllte ihr Leben nicht. Nicht in den luftknappen, schwülen Nächten, in denen draußen tausende von Lichtern blinkten, die in ihr Schlafzimmerfenster hereinschimmerten, und beredte Zeugnisse eines lebendigen Trubels waren, von dem sich Marthe ausgeschlossen fühlte. Nicht zur Stoßzeit am Werktag, wenn die Straßenbahn wieder einmal nicht rechtzeitig kam und der einzige Kinobesuch im Vierteljahr mit einer Kollegin deshalb ausfiel. Nicht an den Abenden, wenn es dämmerte und das Telefon, das sie sich endlich leisten konnte, still blieb. Besonders während der sommerlichen Jahreszeit fühlte Marthe sich vom Leben verschmäht und von Einsamkeit betäubt. Im Winter fror sie wie alle ihre Geschwister leicht. Albert rieb sich die Hände und kniff die Schultern zusammen, wenn es herbstlich wurde, Anne zog drei Schlüpfer über, Walther fröstelte unentwegt und trug das ganze Jahr eine seiner grauen Strickjacken. Marthe hatte, seit sie sich das leisten konnte, immer eine Decke um die Beine und eine zweite um den Oberkörper geschlungen; im September fing sie damit an, trotzdem wurden ihre Hände und Füße vor Mai nicht warm. Sie war machtlos gegen eine innere Frostschicht, die mit der äußeren Kälte durch die einzelnen Hautschichten zog und ihren Körper auskühlte.

Wenn sie Caroline abends nach dem Einkauf mit einer Gute-Nacht-Geschichte ins Bett gebracht hatte, ihre Hausarbeit erledigt hatte, sich weder mit einem Buch noch einer Zeitschrift und auch durch keinem Film ablenken konnte, dachte sie bei Handarbeiten an das Kriegsende und an ihren Vater zurück, der immer irgendeinen Groll in sich zu spüren schien, der immer barsch, immer zurückhaltend gewesen war. Selten nahm er die Mutter vor ihren Augen in den Arm, noch seltener sie. Sie dachte an das ärmliche, ordentliche, disziplinierte Von-der-Hand-in-den-Mund-Leben im Schweiße des Angesichts, an die ersten Schuljahre, an das Blut der Tiere, die man halten und schlachten musste, um sich durchzubringen, die vielen Früchte, die zu ernten waren, wollte man auf das trockene Brot Marmelade streichen, an das Bett zu viert und die viel zu kurzen Hosen und verschlissenen Röcke. Sie erinnerte sich an die wenigen Augenblicke, in denen ihre Mutter sich erschöpft auf das Sofa im elterlichen Wohnzimmer gelegt hatte, wie sie, das Mädchen, diese Augenblicke genossen hatte, in denen man den Staub tanzen sah, die Wanduhr ticken hörte und draußen von Ferne das Getucker eines Traktors. Das war verpönt. „Arbeit gibt es genug, steh nicht so faul herum", hatte es schon Minuten später geheißen, und wenn Luise vom Sofa aufstand, war sie schlecht gelaunt. Damals waren die Tage mit jedem neuen Morgen aus Angst und Staub gebacken worden, in den Magen gekrochen und von dort aus in alle übrigen Eingeweide. Tage hatten sich angehäuft, in denen sie die Angst des Ungenügens nicht mehr spürte, so gebräuchlich wurde sie. Nun fraßen diese Tage sie auf.

Als Caroline sechs Jahre alt war, heiratete Marthe. Sie setzte alles auf diese Liebe, den Garanten für ein anderes als das aus der eigenen Kindheit und Jugend bekannte Leben. Dass der Mann dem Alkohol übermäßig zusprach, sollte ihren Triumph, einen ihrem Vater geistig und beruflich überlegenen Mann geheiratet zu haben, keinen Abbruch tun, ebenso wenig die Anwesenheit ihrer Tochter, die er mal belustigt, mal interessiert und mal als störend wahrnahm. Die Gründe, die sie veranlassten, über die Geschehnisse, die folgten, hinwegzusehen, sie auszuhalten und hinzunehmen, hatten mit Gleichgültigkeit nichts zu tun.
Marthe begegnete Jochen Werneck in einer stadtbekannten und gutbesuchten Gastwirtschaft in Sachsenhausen, in die Albert sie nach seiner Hochzeit einlud, um seiner Schwester ein wenig von der Welt zu bieten, die er genoss, wenn er sich nicht feineren Maßstäben beugte. Marthe nahm die Einladung

nur zögerlich an, weil sie es weder gewöhnt war, einen Schoppen zu trinken, noch Apfelwein mochte. Zu vorgerückter Stunde machte ihr ein studierter Betriebswirtschaftler den Hof, nachdem er sich höflich vorgestellt hatte, und schäkerte vergnügt mit ihrer Tochter. Seine Eltern, so erfuhr sie bald, waren schon tot, der Vater war im Krieg gefallen und die Mutter war kurz nach Kriegsende an Krebs gestorben. Er war von seinem Onkel, dem älteren Bruder seines Vaters, und dessen Frau, deren Ehe kinderlos geblieben war, großgezogen worden. Sein Sarkasmus, die gezielten Attacken auf die kleinen und großen Ungereimtheiten und Macken im Verhalten der anderen Gäste, und seine durch Schmeicheleien abgemilderten, wortgewandten Frechheiten im Umgang mit dem Dienstpersonal machten auf Marthe zuerst einen überheblichen Eindruck. Aber seine unverblümten Komplimente über das Wohlverhalten der Tochter und das aparte Aussehen der Mutter und seine eingestreuten Berichte über seinen beruflichen Erfolg verfehlten ihre Wirkung nicht. Durch Erfahrung misstrauisch geworden, blieb sie aber vorerst zurückhaltend. Nach einer Affäre stand ihr nicht der Sinn.

Es dauerte einige Monate, bis sie sich im selben Lokal zufällig wiedersahen. Da Marthe distanziert blieb, bemühte sich Jochen Werneck rührend um Caroline, die seine Aufmerksamkeit rundherum genoss. Einige Tage später rief Jochen Marthe an und blieb trotz ihrer reservierten Art hartnäckig, bis sie bereit war, ihn wiederzusehen. Die ersten gemeinsam verbrachten Stunden in Marthes Wohnung vergingen wie im Fluge mit dem offenen Werben des Mannes, und dem Malen und Aufhängen von Bildern in Carolines Zimmer, die einzelne Szenen von Hänsel und Gretel darstellten. Nach einigen Wochen gestand sich Marthe ein, dass sie sich ernsthaft verliebt hatte. Dieser gebildete Mann war offensichtlich an ihr interessiert und akzeptierte Caroline.

Als die erste Nacht, in der er bei ihr blieb, hereinbrach und das Kind schlief, empfing sie seine Küsse und Umarmungen in scheuer Erwartung. Zum ersten Mal, seit sie diese Wohnung bezogen hatte, lag sie nicht allein im Bett. Es war lange her, dass ein Mann sie berührt hatte, und sie war ungeübt und aufgeregt wie ein junges Mädchen. Ihr Körper rief in Jochen Werneck Entzücken wach. Er umfasste ihre vollen, festen Brüste, ihre schmale Taille, streichelte sie und zeigte ihr, dass sie ihm gefiel. Sie gab ihm zu verstehen, dass sie mehr brauchte als Sexualität, die er mit anderen Frauen bei vielen Gelegenheiten geteilt hatte, einer Lust, der er sich mit einer gewissen Eitelkeit, aber ohne tiefere Gefühle hingab.

Marthe Kalweit kam ihm gelegen. Seit einiger Zeit hatte er Probleme. Er konnte sich nicht mehr darauf besinnen, wann sie sich eingestellt hatten. Sein Körper wurde ihm fremd, entglitt ihm im entscheidenden Augenblick, das Begehren übertrug sich nicht auf sein Glied. Schon in der frühesten Jugend hatte er mit Hilfe alkoholischer Getränke Spannungen reduziert, Ballast abgeworfen, Hemmungen reduziert. Ohne Alkohol war er nicht in der Lage zu genießen, aber je mehr er trank, desto mehr verlor er die Beherrschung, verschwamm sein Körper im Dunst diffuser, ambivalenter Empfindungen, ohne ihm zu gehorchen. Er empfand Zärtlichkeit und ein Erstaunen über das Verständnis, das diese Frau ihm entgegenbrachte. Ihre etwas linkische Art, ihm entgegenzukommen, ließ trotz des Kindes auf Unerfahrenheit schließen. Das hätte andernfalls Geringschätzung in ihm ausgelöst, doch nun freute er sich über seine Eroberung. Sie half ihm, vorübergehend sein Gleichgewicht zurückzugewinnen, und sein Gesicht zu wahren.

Marthe floss ruhig dahin, ihr Körper fühlte sich geborgen und sicher in seinen Händen, die sie zitternd erforschten, liebevoll strich sie diesem noch etwas unbekannten Mann über sein blondes Haar, über die vollen Wangen, und den Oberlippenbart. Als sie seine zunehmende Unsicherheit bemerkte, wurde sie weich und geschmeidig, ihr weibliches

Selbstbewusstsein wuchs mit ihrem Einfühlungsvermögen. Sie nahm sein nicht ganz hartes Glied in ihre Hand, mit dem er vergeblich versucht hatte, in sie einzudringen, hob ihren Po etwas an und passte ihn in ihre Öffnung ein, bis sie sicher war, dass er mit seinem Schaft so weit vorgedrungen war, dass er nicht mehr hinausrutschen konnte. Als er sich zögernd in ihr bewegte, schwoll sie an und genoss die Macht, die sie über diesen klugen, schweren Mann hatte, während sie ihn liebevoll führte. Ihr Orgasmus kam sanft und erlösend, während er schweißnass im Rücken aufstöhnte und sich ergoss. Später, nachdem sie sich voneinander gelöst hatten und er neben ihr lag und leise schnarchte, gab sie sich einem aufkeimenden Glücksgefühl hin.

Caroline wurde abrupt aus der kurzen Phase gesicherter Zweisamkeit und aus der ganz eigenen Welt herausgerissen, die die Grimm'schen Märchen für sie darstellten. Sie empfand eine große Eifersucht auf diesen Fremden, der ihr die Mutter wegnahm, und war gleichzeitig fasziniert von der neuen Konstellation. Sie war voller Hoffnung auf die Zuwendung durch einen Vater, der zwar nicht an Großvater Erich heranlangte, aber dafür unmittelbar anwesend war. Doch schon vor der Hochzeit des Paares, die Marthes Eltern ausrichteten, spürte das Kind eine Einsamkeit, die es fortan begleiten sollte. Die Isolation Carolines begann an dem Tag, als Jochen, der inzwischen bei Marthe eingezogen war, mit wutentbranntem Gesicht in ihr Zimmer kam. Caroline hatte zuvor mit einem Filzstift dicke, rote Punkte auf ihrem Gesicht und der Nase verteilt, war selbstvergessen mit gestreckten Füßen in Sprüngen durchs Wohnzimmer, dann in den Flur hinüber in ihr eigenes Zimmer gejagt, hatte sich auf Zehenspitzen um die eigene Achse gedreht und sich mit einer Kniebeuge vor einem unbekannten Gegenüber verbeugt. Jochen hatte im Wohnzimmer vor dem Fernseher gesessen, gerade das vierte Glas Apfelwein geleert und sah dem Kind mit leicht hervorstehenden, glasigen Augen nach. Er stand auf und ging in ihr Zimmer. Kurz entschlossen riss er alle von ihm und ihr gemalten Bilder von der Wand, zerriss sie in kleine Schnipsel, verstreute sie auf dem Boden und erklärte, das Kind sei die Mühe nicht wert. Dann beobachtete er lauernd seine Reaktionen. Das Kind hob die Schnipsel, eins nach dem anderen auf, hielt sie in seiner Hand und wartete. Es horchte angestrengt der stillschweigenden Duldung der neu entstandenen Verhältnisse nach. Es blieb ruhig in der Wohnung. Marthe tat, als wäre sie nicht da, und in Caroline verödete eine Vorstellung. Sie benahm sich fortan unmöglich, und wenn sie es nicht tat, geriet sie an einen leblosen, toten Punkt.

XXIV

Kindheitsjahre können eine unendlich lange Zeit sein, die von der Erinnerung auf wenige exemplarische Momente zusammengeschnitten wird oder sich ausdehnt auf das ganze spätere Leben. Beides war der Fall. Während Caroline mir vergegenwärtigte, wie früh die Recherche in meinem Leben begonnen hat, die aus dem Journalismus mehr macht als die Verteilung von Nachrichten und mich fragen ließ, wie mein innerer Zensor aussah, überblickte ich den Fluss von Informationen und Meinungen über sexuellen Missbrauch im Internet. Das Massenkommunikationsmittel wird vor allem durch männlichen Gebrauch bestimmt, stellte ich fest, während ich Werbung für Prostitution herauszappte und nach Dokumentationsmaterial und Streitschriften von betroffenen Frauen und Jugendlichen suchte, die dagegen protestierten. Carolines Zustand riet mir dringend, dieses unsinnige

Unterfangen aufzugeben, sie zog sich in ihre Höhle zurück. Bevor ich mich noch zu ihr umwenden konnte, um sie wieder hervorzulocken, und aus ihrer Erstarrung zu erlösen, fiel mir eine Notiz ins Auge, die mich darüber aufklärte, dass seit der Wende von 1990 an der polnisch-deutschen Grenze Bronzestatuen, die Hitlers Kopf und Rumpf darstellen, Hochkonjunktur haben, und auf dem Schwarzmarkt zu Höchstpreisen verkauft werden. Das war wieder ein ganz anderes Thema.

Die wirklichen Schauplätze, zitierte Caroline, die ihren Haarschopf aus der Höhle steckte, zu meiner Verwunderung, *finden woanders statt. Einmal in dem Denken, das zum Verbrechen führt, und einmal in dem, das zum Sterben führt.* Sie verwies auf Aspekte in der Geschichte unserer Kindheit, die kaum öffentlich recherchiert waren und die wissenschaftliche Forschung nicht berührte. Wir beide nähmen immerhin daran teil, ob das nicht genüge, fragte sie. Ich setzte mich ganz nah an die Höhle, die sie zu ihrer eigenen Sicherheit nicht verlassen wollte, und sie flüsterte mir ins Ohr, dass *die Welt des Glücklichen eine andere als die des Unglücklichen* sei. Ich verstand nicht, was sie meinte. Caroline kroch aus der Höhle, schüttelte ihr volles, dunkles Haar und begann mit einer pantomimischen Darstellung. Langsam reihte sie Bild an Bild, und ich sah ihr zu.

Während Caroline in Gedanken am Baum hing, mal mit dem Kopf, mal mit den Füßen nach unten, und dann mit einem Salto durch die Luft sprang, wollte sie in Wirklichkeit eine Blume am Wegrand pflücken. Das war ihr verboten. Sie hatte in einer unsichtbaren Reihe mit anderen auf einem schnurgeraden Strich zu gehen, und wenn sie nach links oder nach rechts abwich, wurde sie gezüchtigt. Es war zu essen, was auf den Tisch kam, und wenn sie es ausspuckte, wurde ihr befohlen, es erneut herunterzuschlucken. Während sie tagsüber in ihrem Zimmer lag und die Luft anhielt, vermied sie es tunlichst, Jochen Werneck zu reizen. Sie wollte seine Drohung, dass sie bald in ein Heim komme, wohin sie gehöre, nicht erneut provozieren. Wenn Marthe sich erlaubte, mit ihr ein Lied zu singen, wurde die gelöste Stimmung durch die ärgerliche Frage unterbrochen, warum sie das Kind behalten wolle. Caroline unterließ es bald, sich darüber zu beklagen, dass Jochen ihre auf dem Schreibtisch aufgereihten Knetfiguren im Vorbeigehen zusammengedrückte, sondern suchte sich ein Versteck unter dem Bett für sie. Wenn sie hörte, dass unten die Haustüre ging und Marthes Hände leicht zu zittern anfingen, wusste sie, dass Jochen Schnaps getrunken hatte. Wenn er den Schlüssel in der Wohnungstür herumdrehte und mit schweren Schritten in die Wohnung kam, faltete Marthe die Hände wie zu einem Gebet, und wenn ihm Befehle nicht ausreichten und ihre Gebete nicht erhört wurden, zerschlug er zwei Stühle. Wenn Marthe mit Schmerzen im Rücken oder an den Füßen von der Arbeit nach Hause kam, das Abendbrot zubereitete, die Waschmaschine bediente, Jochens Hemden bügelte, Schuhe putzte und den Moment ersehnte, in dem sie sich ins Bett legen konnte, um sich zwischen Laken und Bettdecke zu schieben und wegzutreten von den Anstrengungen des Tages, nannte Jochen Werneck sie ein Kleinhirn. Wenn sie erwartungsvoll in einem neuen Kostüm im Türrahmen stand und sich ihm mit einem Lächeln vorstellte, wandte er seinen Kopf zur Seite und mokierte sich über ihre Dackelbeine. Nur von den Augen der Tochter beobachtet, die sich ihre nutzlosen Komplimente und jeden unwillkommenen Trost verbiss, ging sie leise zurück in das Schlafzimmer und zog sich wieder aus. Caroline riss sich derweil die Haut von den Fingerkuppen und streifte auf dem Heimweg von der Schule durch den Friedhof, um dort ihre Pirouetten zu drehen. Sie stahl ein kleines Küchenmesser, um zwischen den Gräbern Regenwürmer und Schnecken zu zerschnetzeln. Allmählich gewöhnte sie sich daran, zu sein, was ihr von Tag zu Tag mehr zukam: ein Bastard, ein Parasit, ein Schmarotzer.

Nach dem ersten Zusammentreffen mit Jochen Werneck ließ Erich Kalweit seine Frau nicht darüber im Ungewissen, dass dieser Schwiegersohn kein Mann für Marthe sei. Luise hielt ihm entgegen, dass die Liebe ihre eigenen Wege gehe. Sie war froh darüber, dass die Tochter wieder Ordnung in ihre Leben brachte, weshalb sie es nach der Verlobung bei der wie nebenbei ausgesprochenen, gemessenen Frage, ob sich Marthe ihre Entscheidung auch gut überlegt habe, beließ. In den ersten Jahren dieser Ehe waren Luise und Erich Kalweit ohnehin vollauf damit beschäftigt, sich mit Annes Psychiatrieaufenthalt abzufinden und ihr neues Haus zu bauen. Diese Entwicklungen begleitete Marthe nur aus der Ferne, denn seit sie die Frau von Jochen Werneck war, sah sie ihre Familie ausschließlich bei obligatorischen Familienfeiern. Einmal allerdings beschied Luise ihrem Schwiegersohn ihre Abneigung; als Jochen morgens um halb elf in den Kalweit'schen Weinkeller ging, um einen alten Jahrgang heraufzuholen, und seine Schwiegermutter ihn dabei erwischte, wandte sie den Kopf mit Unwillen zur Seite. Sie zog ihre Augenbrauen so hoch, dass es ihm nicht gelang, sich etwas anderes einzubilden als seine Blöße, worauf er weitere Verstöße gegen die Hausordnung vermied.

Jochens Zieheltern, Onkel Alfred und Tante Erna, kamen selten nach Frankfurt, und auch Ottilie hielt sich zurück. Ebenso selten suchte Jochen ihre Nähe. Die Kälte, die er verströmte, wenn er Tante und Onkel auf einen Nachmittag zum Kaffeebesuch einlud, ließ sich nicht nur auf den Umstand zurückführen, dass er schon Tage vorher keinen Alkohol mehr anrührte. In nüchternem Zustand war sein Körper solcher Anspannung ausgesetzt, dass Marthe und Caroline es sich unwillkürlich angewöhnt hatten, durch die Räume der Wohnung zu schleichen.

Während der Unterhaltung der Erwachsenen saß das Kind eingeklemmt zwischen ihnen auf einem Stuhl, und Marthe sprang herum, um zu fragen, ob sie jemandem noch etwas anbieten könne. Tante Erna wirkte fast so schüchtern und unsicher wie sie, nur nicht so nervös. Alles an ihr war blass, die Farben ihrer Kleider, ihr Gesicht, ihre Augen und ihre Lippen, so dass sie sich kaum von der Wand im Hintergrund abhob. Das Gespräch wurde hauptsächlich von den Männern bestritten, und außer einem „Ja, ja", wenn sie den Ausführungen ihres Mannes beizupflichten bestrebt war, enthielt sich Tante Erna jeden Kommentars. Marthe schwieg, sah von Jochen zu seinem Onkel und wieder zurück und bot seiner Tante eine Schale voll Plätzchen an. Nach der dritten Tasse Kaffee ging man zum Abschied über. Diese Nachmittage verliefen immer ähnlich, und sie waren so selten, dass Caroline sie hinnahm wie eine Klassenarbeit, auf die sie sich besonders sorgfältig vorbereitete. Das muss ihr gelungen sein. Eines Tages holte Onkel Alfred einen alten, zerfledderten Pass aus seiner Jackeninnentasche und legte ihn auf ihren Schreibtisch. „Der ist vom Adolf", sagte er stolz und riet ihr, nicht alles zu glauben, was man ihr in der Schule über ihn erzähle. Doch Caroline, die in die dritte Klasse der Grundschule ging, hatte noch nie etwas von diesem Mann gehört und nickte bloß.

Warum Jochen nie mit ihnen nach Gelnhausen zu Onkel Alfred und Tante Erna fuhr, blieb lange ein Rätsel, ebenso, warum die unscheinbare Erna Angst zu haben schien, dass sie nicht mehr kommen durfte. Marthe, die Luise und vor allem Ottilie gern öfter besucht hätte, versuchte zu vermitteln, doch Jochen schnitt ihre Versuche grob mit dem Hinweis ab, dass das seine Angelegenheit sei. Eines Abends, als Caroline schon im Bett lag, ging die Tür auf und das Licht an. Jochen stand schwankend im Türrahmen, rülpste, räusperte sich und sagte: „Sei froh, dass du deine Mutter hast. Ich saß allein mit diesen stupiden Alten zwischen Vogelsberg und Spessart, in der ersten judenfreien Stadt unterm Führer. Das erste, was Alfred getan hat, als er von den Briten nach Hause geschickt wurde, war, mich in den Keller zu stecken. Ich sollte nicht so eine Memme werden wie mein Vater, der geweint hat, als er an die Front musste. „Geh du erst mal zum Militär, damit du ein richtiger Mensch wirst!" sagte er zu mir. Im Keller hatte ich Zeit, viel Zeit. Da war ich drei, vier Jahre alt. Und weißt du, wie er mit ihr umging, mit Erna?" Jochen sah von der Tür zu Caroline herüber und kam ins Zimmer herein. „Er hat sie gevögelt wie ein Waschbrett. Wenn er von der Arbeit kam, juckte es ihn zwischen den Beinen. Wie ein Waschbrett, ich hab´s gesehen und wenn sie nicht mehr wollte, hat er sie mit ein bisschen Taschengeld, einem neuen Büstenhalter, einer Uhr gekauft. Dann musste sie ihn ranlassen." Jochen setzte sich auf die Bettkante. Caroline zog ihre Beine an und wartete angespannt. Sie kannte diese Abende. Sie wollte solche Geschichten nicht hören, sie wollte mit Jochen kein Mitleid haben, sie wollte Tante Erna nicht kennenlernen, deren Worte so hohl wirkten, als hätte sie einmal ein ganz anderes Leben gelebt, von dem sie sich nur äußerlich verabschiedet hatte. Sie empfand eine unerklärliche, durchdringende Abneigung gegen diese Familie. Aber Jochen zog ein Foto aus der Brieftasche und hielt es ihr hin. Ein weicher junger Mann war zu sehen, mit ein wenig Bartflaum um die Oberlippe, blondem Haar, breiten, aufgeworfenen Lippen. Auf seinem Gesicht lag derselbe stramme Schatten wie in Jochens. Marthe erschien im Türrahmen, erinnerte daran, dass ihre Tochter schlafen müsse, und bat Jochen, aus dem Zimmer zu gehen. „Dein Alter war auch nicht besser", sagte Jochen unvermittelt zu ihr. Marthe, die das Thema schon kannte, gab nicht so schnell klein bei. „Mein Vater war reell. Er hat versucht, alle Menschen gleich zu behandeln, " beteuerte sie. „So, so" sagte Jochen höhnend, „ein Patriarch war er, nichts weiter". „Ja", sagt Marthe leise, „das stimmt".

Während dieser Zeit galt Carolines Liebe ihrem Großvater, nicht aber seinem Gewehrlauf. Sie galt der Krippenfütterung im Winter bei hohem Schnee, nicht aber der Tatsache, dass die Tiere im Jahr darauf zum Abschuss freigegeben wurden. Auch den ungeraden Achtzehnender, der im Wohnzimmer der Großeltern hing, mochte sie nicht. In einem ihrer Träume saß sie mit Erich in einer unbekannten Landschaft auf einer Bank, umfegt von stürmischen Wolken, einige Meter entfernt stand eine halb abgerissene Hausruine, in deren restlichem Mauerwerk es brannte. Großvater Erich hielt eine kaputte Eierschale in der Hand, die aussah, als wäre sie geköpft worden, ein ungenießbarer Rest flüssigen Eidotters, glibberig und angegraut, war noch vorhanden. Caroline fragte ihn ängstlich, ob man den Rest nicht noch retten könnte, aber Erich schüttelte resigniert den Kopf und sagte: „ Linus, das Leben ist nun einmal so wie es ist: kurz und beschissen wie eine Hühnerleiter."

Die Angst vor dem Tod ging mit einer starken Sehnsucht einher. Die Beklemmung wuchs, nachts schwoll sie zur Panik an. Caroline wollte nicht ausgelöscht werden, nicht jetzt, nicht bald, eigentlich nie. Sie versuchte sich vorzustellen, wie das war, nichts mehr anfassen zu können, nichts mehr zu riechen, nichts mehr zu sehen und zu schmecken, sich nicht mehr zu bewegen, ein totes Stück Fleisch, durch das die Würmer krochen oder das zu Asche verbrannt wurde. „Was für dumme Gedanken", sagte Marthe ungeduldig. "Du bis nicht in dem Alter, um ans Sterben zu denken und brauchst keine Angst davor zu haben. Ich habe auch keine!" Sie wollte nicht hören, dass sich die Schnecken und Würmer in der Nacht mit den Spinnen und Ameisen, mit den Rehen und Hirschen, den Wildschweinen und Füchsen vereinen würden, um sich für die vielen ermordeten Artgenossen zu rächen, für die Messerstiche, die sie durch ihre Hand erlitten, und die Schüsse im Wald, die Großvater Erich zu verantworten hatte. Das konnte nicht gut gehen, denn es war Unrecht. Warum wurde eine Ricke, die ein Junges im Bauch trug, erschossen? Warum musste der Bock, dessen Gehörn mit vielen anderen zusammen im Treppenhaus der Kalweits hing, sein Leben lassen, nur weil seine linke Gabelung eine Krümmung aufwies? Und die Fliege, die auf dem Rücken lag und mit ihren Beinen strampelte, konnte man ebenso gut vorsichtig an die frische Luft tragen, statt die Fliegenklatsche zu benutzen. Wenn die Dunkelheit hereinbrach, grinste die Angst, hatte sich in ein Gerippe verwandelt, das aus dem Kleiderschrank kam oder aus der hintersten Ecke einer Scheune und rief: "Komm mal her da, Kleines", mit eben solch einer Handbewegung, die Hänsel verlockt hatte.

Als das wirkliche Sterben in ihr Leben trat, war Caroline nicht darauf gefasst. In den Sommerferien, die sie im Alter von neun Jahren bei ihren Großeltern verbrachte, schrumpelte ihr Großvater zu einem Maskottchen zusammen, in dessen Körper der Teufel eingefahren war. Schwerfälligen Schritts zog er sich mühsam die Treppenstufen hinauf, und Caroline, die wegen ihres Alters nun auch so genannt wurde, hielt ihm erschrocken die Hand. Der Mensch, dessen Allgegenwart sie beschützte, war auf die Hälfte seiner Größe zusammengesunken und abgemagert. Sie hatte schon in Frankfurt durch ein Telefongespräch Marthes mit Großmutter Luise erfahren, dass er an einem schrumpfenden Magen litt, dass Wucherungen in seinem Körper seine Tätigkeit beeinträchtigten, dass er das Wenige, was er zu sich nahm, schnell wieder ausbrach und dass die Ärzte eine Operation nicht mehr empfahlen. Aber das alles konnte nicht sein Ende bedeuten. Während Caroline sich hinter den Stechpalmen im Wintergarten versteckte, um zu belauschen, was Großvater Erich mit Großmutter Luise hinter der Blütenpracht einiger Kakteen besprach, hoffte sie, dass dieser unfassliche Vorgang, der den Lebenswillen ihres Großvaters in einen böswillig verzauberten Flaschengeist verwandelte, dessen Atem in einer Urne gefangen gehalten werden sollte, wie durch Zauberhand gebrochen werden konnte.

Das Kind lief seinem Großvater hinterher wie ein Hündchen, und wenn er es erschöpft zurückwies, hielt es sich in seiner Nähe auf, um das Unabwendbare durch seine Anwesenheit bannen zu können. Es lief zu seiner Großmutter und legte seinen Kopf in ihren Schoß, und Luise, deren Gesicht ergeben in eine traurige Ferne blickte, die für ihre Enkelin unerreichbar war, streichelte verwundert über ihr Haar. Caroline strich ohne einen Laut der Klage wie eine Katze um ihre Beine, und wenn sie die Wehmut und die Stille, die über dem Haus lag, nicht mehr ertrug, mit einem wunden Herzen durch das Dorf. Und doch begriff sie; es blieb nichts zu tun, als zu warten. Ihr Großvater stand mit einem düsteren, in sich gekehrten Gesicht vor dem Haus, den Kopf über die

Hausdächer auf den Waldrücken gerichtet. Er besah sich die unteren Stämme der Bäume, ein lichtbeflecktes Haus, ein braunes Scheunentor, den Stand der Sonne am Abendhimmel. Seine Zeit war um.

Die Wehmut hielt noch in Frankfurt an, alle anderen Bedeutungen ordneten sich ihr unter. Caroline hasste die Stadt. Ihre Straßen waren grau, die Häuser schmutzig, die Bäume mickrig. Es stank nach Urin, nach Müll und nach Hundescheiße. Hinter den grauen Steinklötzen mit ihren Minibalkons, eingefasst von rosa und roten Geranien, saßen alte, weißhaarige Frauen und wackelten mit den Köpfen, als hätten sie sonst nichts mehr zu tun. Die alten Stadtbauten der Jahrhundertwende gefielen ihr besser, hin und wieder roch es in den Hauseingängen nach schmackhaftem Essen, statt nach Pommes frites. An den Kiosken standen grölende Männer, die sich ihrer offenen Hosenschlitze nicht genierten, und erzählten sich Türken- und Judenwitze. Die Supermärkte waren überfüllt, und Marthe biss sich auf die Zunge, wenn sie einmal in der Woche mehrere Wasserkästen zum Hauseingang trug. Sie nahm das freundliche Kopfnicken der Kassiererin, die die Waren über das Band zog, trotz der langen Schlange von Menschen, die hinter ihnen standen, zum Anlass, ihre Krankheitsgeschichte auszubreiten. Die Verkäuferin hob nach den ersten Sätzen ihre Augen zur Decke, und Caroline schob Marthe unmerklich weiter. Von ihrem Zimmer aus sah das Mädchen die Straßenbahn, immer im gleichen Trott blieb sie quietschend stehen, entließ Fahrgäste, klingelte, fuhr wieder an. An den Sonntagen stürzten die Menschen über die Brücken des Mains, um dem Gemisch aus Autoabgasen und einer schwülen Dunstglocke zu entkommen, oder sie fuhren ins Schwimmbad und in den Stadtwald, um zu grillen. Als die Schule wieder begann, war Caroline noch immer nicht angekommen.

Das Klingeln des Telefons erschien ihr wie ein Alarmzeichen, noch bevor ihre Mutter den Hörer abnahm. Eine dunkle, bange Gewissheit ergriff sie. Als Marthe in ihr Zimmer kam und mit belegter Stimme berichtete, dass Luise eben angerufen habe, wusste Caroline Bescheid; Großvater konnte nicht tot sein, trotzdem war er nachts gegen drei Uhr in einem Krankenhaus gestorben. Drei Tage später versammelte sich die Familie auf Wunsch des Verstorbenen im engsten Kreis. Großmutter Luise war kaum wiederzuerkennen. Alles an ihr hing schlaff herunter, die Haut, das Haar, die Arme, die Unterlippe. Sie erschien gebeugt, obwohl sie sich bemühte, ihren Rücken zu straffen. Die Urne stand neben ihr auf einem Podest, der Pfarrer daneben.

Caroline war eingesperrt in eine Glocke von Empfindungen, die sie vom Rest der Welt abschnitt. Sie stand unter Verwandten, und nichts ging sie etwas an. Man hatte Großvater als Häuflein Asche in die Urne verbannt, aber sie sah ihn vor sich: sein breitflächiges Gesicht, die bezwingenden, grauen Augen unter den buschigen Augenbrauen, die blassen, kräftigen Hände mit dem feinen Haar auf dem Handrücken. Sie konnte ihn anfassen und hörte seine tiefe Stimme. Die Empfindungen lösten sich auf, eine nach der anderen bis auf die letzte, die der Inbegriff ihres Glaubens an das Leben war. Kein Schluchzen konnte etwas daran ändern, auch wenn es nicht nachließ. Es hörte und hörte nicht auf, weder an der runden Tafel unter den Trauergästen, noch auf der Heimfahrt im Auto und auch nicht abends in ihrem Zimmer. Bis Jochen Marthe anherrschte, eine Beerdigung sei nichts für ein Kind.

XXV

Das Wochenende begann wie alle Wochenenden mit einer schweren, unheilvollen Stille, die von Jochens Körper in die Wohnung ausstrahlte und unter der Türritze in Carolines Zimmer kroch. Sie versuchte sich auf ihr Buch zu konzentrieren, aber es gelang ihr nicht. Sie horchte, nichts rührte sich, es blieb still. Caroline sah aus dem Fenster über Giebel und Dächer hinweg, die Dämmerung hatte eingesetzt und tauchte den Abendhimmel in bizarre blauviolette Lichtfetzen, während die Gassen sich verdunkelten und die Laternen einzelne Lichtkegel auf die Hauseingänge warfen. Irgendwo bellte ein Hund, eine Tür schlug zu und kleine Grüppchen von Menschen zogen durch die Straßen. Das Aufklackern eines Paars Stöckelschuhe hob sich aus der gedämpften Geräuschkulisse und dem fernen Autohupen heraus. Das Tageslicht schwand aus dem Zimmer, und als sie den Kopf senkte und das Buch wieder aufnahm, waren die Druckbuchstaben auf dem weißen Papier ineinander verschlungen, Minute um Minute mühsamer zu entziffernde Ornamente. Caroline unterließ es, ihre Schreibtischlampe anzuschalten, und sah dem abnehmenden Herbstlicht zu.

Seit einem Vierteljahr lebten sie in der großen Vierzimmerwohnung in Bockenheim, ein paar Straßen weiter lag die Universität. Ihr Stiefvater Jochen hatte die Filiale seiner Bank gewechselt. Seit er zum Prokuristen befördert worden war, hatte er auf einen Umzug gedrungen, um seinen Arbeitsweg zu verkürzen. Marthe wechselte als Sekretärin zu einer Versicherungsgesellschaft, deren Büro in der Bockenheimer Landstraße lag, und Caroline ging in die fünfte Klasse eines Gymnasiums. Jochen hatte es so bestimmt. Die Substanz an weiblichem Eigenleben, die Marthe besaß, maß sich inzwischen an der Fürsorge, die sie ihrer Familie zuteilwerden ließ, an den täglichen Abläufen zwischen Berufsarbeit und Hausarbeit und dem Grad der cholerischen

Anfälle ihres Mannes. Caroline hatte sich schon lange daran gewöhnt.

Ein dumpfer Laut schlug an ihr Ohr. Dann folgte ein weiterer und noch einer, sie prasselten durch die geschlossene Tür wie ein geiferndes Bellen, das sich vor Anstrengung überschlug. Wie jeden Freitag zögerte Caroline, ihr Körper hielt sie zurück. Sie blickte auf ihre Hände und Arme, die sie auf die Lehnen rechts und links von sich presste, und auf die Beine, die an den Stuhlbeinen klemmten wie ein Stück Holz.

Langsam stand sie auf und entrenkte sich, ihr Körper wurde fühllos und brauchbar, das war gut so. Sie legte ihre Hand auf die Türklinke, öffnete die Tür und ging auf den Flur. Im schwachen Lichtschein, der aus Küche und Wohnzimmer den langen Gang beleuchtete, ging sie zur Küchentür, hinter der ihr Stiefvater brüllte, öffnete sie leise, und trat ein. Ein Schwall Worte schoss durch den Raum, Worte, die sie auswendig kannte, die zu ihrem Leben gehörten wie ein Stuhl, ein Bett und ein Tisch. Sie ließen sich herab zu der östlichen Polacken-Brut, ihrem Anteil an einer ostpreußischen Lackaffenfamilie, die wie das jüdische Gesindel froh sein konnte, wenn man den Ekel, den man vor ihr empfand, nicht mit einem Schlag ausmerzte. Ihre Mutter saß in der Ecke auf einem Hocker mit einem um ein Haar gespaltenen Gesicht. Aus der völligen Ausdruckslosigkeit ihrer Gesichtszüge sahen ihre Augen hervor wie blankgewienerte Teller, die sich, von einer geschickten Hand bewegt, um sich selbst drehten. Fluchtartig drehten sie einen unaufhörlichen Kreis um Jochens Gestalt, als irrten sie sich in seinem Anblick. Caroline sah den Moment kommen, in dem Marthes Gesicht entgleiste und ihre Augen zersprangen. Ihr Stiefvater senkte für einen Augenblick seine Stimme. „Weißt du, wer ich bin?" fragte er, trat auf Marthe zu und packte sie am Arm. Sein Ton schlug wieder um. „Ich habe dich gefragt, ob du weißt, wer ich bin", brüllte er sie an und zog sie mit festem Griff vom Stuhl hoch. "Ja, Jochen", sagte Marthe leise, „ich weiß, wer du bist". Jochen legte die Hände um ihre Schultern und schüttelte sie, seine Wut knirschte in jedem Satz. „Und dein

Kind? Weißt du, was das ist? Dass du ein jämmerliches Stück Dreck geboren hast, dass du froh sein kannst, dass ich dich geheiratet habe?"

In Marthes Gesicht zog ein Schmerz ein, der zwei Höhlen in ihre Wangen bohrte, und ihre Augen zogen sich farblos und matt aus den Höhlen zurück, sie war eine Hülle ihrer selbst. Caroline sah den Augenblick voraus, in dem seine Hände ihre Schultern zermahlen würden, und ihr Körper zusammenfiel wie ein morsches, eingedrücktes Haus. Sie hörte die Knochen splittern, sie sah den Abdruck seiner Hände auf der weichen Haut zwischen Schultern und Hals, die in den Spielfilmen im Fernsehen dafür geschaffen war, geküsst zu werden. Jochen nahm seine Hände von Marthes Schultern und schlug mit der flachen Hand auf den Küchentisch. „Und wie er mich ansieht, der kleine Bastard! Er wagt es, mich anzusehen! Meint ihr, ich wäre euer Popanz? Ich werde ihn kaputt machen, darauf kannst du dich verlassen!" Die Worte waren kaum noch verständlich, sie überschlugen sich, als Jochen sich Caroline zuwandte. „Schlag Deine Augen nieder", brüllte er Caroline an und trat auf sie zu. Caroline sah ihre Mutter an, die leise flüsterte, er solle das Kind in Ruhe lassen, es habe ihm doch nichts getan.

Etwas regte sich in dem Kind, etwas, das ihm unbekannt war und über das Bewusstsein hinausging, der Abschaum der Welt zu sein. Nie hatte es gewagt, Jochen zu widersprechen, in all den Jahren nicht, es hatte sich in sein Schweigen eingewickelt wie in einen Kokon, war weit von sich und jeder Art von äußerer Regung gerückt, war eigentlich schon auf und davon und trug keinen Brief im Schnabel in diese Wohnung zurück. Es strich die Lebendigkeit aus seinem Körper, aus den Empfindungen und den Äußerungen. Übrig geblieben war nur noch der Blick. Caroline war sich selbst nicht im Klaren, was sie tat. Sie war gekommen, um ihrer Mutter zu helfen, sich anzubieten für die Wut, sie war eine Fläche, auf der ihre Mutter nicht ausglitt, wenn sie sich zur Verfügung stellte. Wenn ihre Mutter starb, war sie verloren, das wusste sie. Zum ersten Mal hob sie ihren Kopf.

Benommen sah sie ihren Stiefvater an, ihn, den sie hassen gelernt hatte und fürchten, ihn, den sie schon von weitem im Treppenhaus hörte, wenn er herumstolperte, schnaufte, der die Tür hinter sich zuschlug, sich in einen Wohnzimmersessel warf, den Fernseher anmachte und vor sich hin stierte. Ihn, über dessen Geschrei, Gefluche und Gepolter die Nachbarn kein Wort verloren, wenn sie mit Marthe einen Schwatz im Treppenhaus hielten, oder wenn er ihnen mit einer Plastiktüte voller klirrender Apfelweinflaschen begegnete, ihn, dem man keine üble Nachrede hinterher schickte, da er von montags bis freitags nur in Anzug und Schlips das Haus verließ. Sie würde ihren Blick nicht senken.

Caroline sah Linus vor sich, wie er über Baumstümpfe und Hecken sprang, sie sah ihre Großmutter mit einer Kuchenschale in der Hand, sie sah Marthe, die nun weinte und ihr ein Zeichen machte. Sie senkte ihren Blick nicht. Die glubschigen Augen, das spärliche blonde Haar, der dicke Bauch ihres Stiefvaters, seine fleischigen Finger, sein gedrungener Körper, das alles sah sie und sah es doch nicht, seine aschblonden Wimpern verschwammen vor ihren Augen. „So. Du meinst also, du bist stark. Du bist ein Nichts", sagte er gepresst. Er wankte auf sie zu. Caroline schluckte an der Flüssigkeit, die sich in ihrem Hals sammelte, sie schluckte ganze Sturzbäche von Angst herunter. Plötzlich ging alles in einem Traum unter, eine Schnelligkeit der Abläufe in einem Zeitraffer, die außerhalb jeglicher Realität lag, die ganz unwirklich wurde und selbstverständlich wie alles, was folgte. Jochen stieß Marthe zur Seite, riss das Kind mit einem Griff zu sich heran und schleifte es zum Küchenfenster, das zum Hinterhof hinausging. Unverwandt sah er es an, während er den Griff des Fensters bewegte. „Du fliegst aus dem Fenster", sagte er heiser, während Marthe erst ihre blutleeren Hände faltete und dann mit flehender Geste nach ihm griff. Er hob Caroline hoch, bis ihr Bauch die Fensterbrüstung berührte. Caroline sah auf den asphaltierten Platz des Hofes, sie sah die eng aneinander gedrückten Häuserreihen, sie sah ihren Fall kommen. Dann war Marthe da und drückte sich gegen Jochen

224

und hieb mit ihren Fäusten auf ihn ein und weinte. Über Jochens Gesicht glitt ein Lächeln. Er ließ das Kind auf den Boden gleiten. „Ich werde dem Bastard schon beibringen, wie er sich zu verhalten hat", sagte er ruhig, zerrte seinen Hausschlüssel aus der Hosentasche, ging zur Garderobe in den Flur, zog sich eine Trainingsjacke über und ging.

Caroline und Marthe blieben allein zurück und der irreal wirkende Schrecken, der noch in der Luft hing und ihren Atem lähmte, verflüchtigte sich. Marthe schloss das Küchenfenster, putzte sich die Nase und fragte ihre Tochter mit abgewandtem Gesicht, ob sie noch Schularbeiten zu erledigen hätte. Caroline nickte mit einem Gefühl der Betäubung, aus der sie nicht herausfand. Sie hätte ihre Mutter gerne gebeten, Jochen Werneck wieder wegzuschicken, aber zwischen ihr und Marthe ergab sich keine Verbindung. Ihre Wahrnehmungen und ihr Dasein unterschieden sich so stark voneinander, dass nur im Schweigen ein Nebeneinander möglich war. In der nächsten Woche kam ihr Stiefvater in ihr Zimmer und legte ihr ein Buch auf den Nachttisch. Die Buddenbrooks. Caroline bedankte sich einsilbig, und das Leben ging weiter.

Wie jeden Tag liefen die Menschen in Blöcken, im Pulk und auf Absätzen, spitzen und stumpfen, die auf den Boden einschlugen, und auf der Rolltreppe hallten, wieder hochkamen, sich abstießen und neu aufsetzten. Nicht nur Caroline, auch andere Kinder liefen an den Händen ihrer Mütter, die so kurzatmig waren wie der Abend, der verwandelt werden musste, noch bevor Erschöpfung ihn auffraß. Die Gesichter der Frauen waren hart und zurechtgestutzt, verschlossen und faltig, kaum ein Lächeln huschte zwischen Rinnstein und Wolkenkratzer in die Stoßzeit hinein, hastig sahen sie über die Straße nach den Autos und trieben ihre Kinder zur Eile an. Die Kinder wollten zu viel, immer wollten sie etwas, vor allem fragen, ihre Mütter mussten sie abwimmeln wie lästige Fliegen, aber doch nicht mit der gleichen Handbewegung, das wäre ja noch schöner. „Nun komm doch Caroline und trödele nicht so", sagte Marthe, „wir müssen nach Hause".

Die Tage sahen immer so aus, wie sie aussahen, sie glichen sich noch in den Abweichungen. Nach den Schularbeiten und ein paar Seiten in einem Buch aß Caroline meist in ihrem Zimmer zu Abend. Jeden Tag klemmte sich ihre Hoffnung zwischen zwei Möglichkeiten, und immer wurde sie von beiden enttäuscht. Jochen kam entweder früh und nüchtern nach Hause, verwandelte die Wohnung in einen Kasernenhof mit rüden Appellen, und erfüllte sie mit einer schneidenden Kälte. Oder er kam spät, und fiel mit einer dumpfen, schwerfälligen Wut und einigen Apfelweinflaschen ein, die mit seinem kolossartigen Körper durch die Wohnung zogen. Das bedeutete, dass er sich nur bis zum Wochenende zusammenriss. Höchst selten hatte er so viel zu tun, dass Caroline am Abend durchatmen konnte. Noch seltener sah sie Marthe dabei zu, wie sie lustvoll und munter in einen frischen Apfel biss, lächelnd eine Anekdote aus ihrem Leben erzählte oder sich ihr Haar auf Lockenwickler drehte und entspannte. Sobald das Klirren des Schlüsselanhängers und das Knacken des Türschlosses Jochens Erscheinen ankündigten, fuhren sie zusammen wie zwei büßige Sünder, zwei beim Ausbruch ertappte Sträflinge, wie zwei entartete Wesen, die sich erlaubt hatten, einer ihrer Rasse zuwiderlaufende Handlung zu begehen.

Marthes Bewegungen wurden zunehmend fahriger, ihr Blick huschte wie ein Wiesel aufmerksam hin und her, Caroline verhielt sich stocksteif und überprüfte jede ihrer Regungen. Sie beobachtete die Wirkung von Jochens Erscheinung in Marthes Gesicht, und maß daran, wie sie sich verhalten musste. Wenn er wenig oder gar nicht getrunken hatte, sein Essen verlangte und ins Wohnzimmer ging, um sich vor den Fernseher zu setzen, in seiner ganzen Art deutlich verkündend, dass der Tag für ihn gelaufen war, sanken Marthes Schultern erleichtert nach unten, und trotz der schmalen Spur von Enttäuschung im Gesicht über die unaufhörlichen Schmähungen in ihrem Leben, nahm sie ihre

Rolle willig an. Sie überging seine zielgenauen Attacken ebenso wie seine grobschlächtige Obszönität. In beiden Fällen waren Unterordnung, Gehorsam und völliges Unsichtbarmachen geboten: wenn sein Körper ernüchterte, war der Feind an der Grenze zum Leben jederzeit zu erschießen, war er im Rauschzustand, überrannte er alle Grenzübergänge und okkupierte andere Territorien. Sie waren mitten im Krieg; ein Abend ohne Jochen Werneck wirkte auf Caroline wie eine Feuerpause.

XXVI

Nach Erich Kalweits Tod änderten sich die Gewohnheiten der Familienmitglieder, die Kalweit'schen Kinder trafen sich seltener. Luise beherbergte ihre Verwandtschaft nach dem Rotationsprinzip; jedes Vierteljahr war ein Besuch fällig und dazwischen lagen die Telefonate und Postmitteilungen, die Anstandsbesuche in der näheren Umgebung, die vierwöchentlichen Visiten bei Anne, Wochenendeinladungen, Dampferfahrten, auch mal ein Ausflug mit Ottilie, die einen Führerschein besaß und sie herumkutschierte, wenn Andrey es nicht tat.

Ihre älteste Enkeltochter kam in den Ferien und lief den ganzen Tag wie ein Irrwisch im Haus herum, hängte sich alten Schmuck um den Hals, kramte eine Uhr von Erich und ein altes Jagdmesser aus einer Schublade hervor und überredete ihre Großmutter, es ihr zu schenken. Sie saß mit einem Fernglas am Waldrand oder an der Weser, lief zu den Nachbarskindern, deren Karnickel gerade Junge bekamen, las die alten Schinken über den großen Fritz und die tapfere Luise, schmökerte in den wichtigsten Jagdregeln, den militärischen Siegen der preußischen Geschichte und einem zerfledderten französischen Wörterbuch. Manchmal überschnitt sich ihr Besuch mit dem Alberts und seiner Frau, die sich nicht viel aus Kindern machte und auch nicht zur Gartenarbeit verpflichten ließ und die Zeit, in der Albert seiner Mutter die Hecke schnitt oder den großen Birnbaum aberntete, dazu nutzte, ihre Fingernägel zu lackieren. Albert, dessen Ehe kinderlos geblieben war, spielte eine Partie Federball mit dem Kind, pfiff vor sich hin wie in alten Zeiten, und zwickte Caroline in die Wange, bevor er wieder abfuhr. Seine Aufenthalte beschränkten sich auf wenige Tage im Jahr, da sein Leben darin bestand, Karriere zu machen. Er befolgte die Lektion der Nachkriegszeit nach dem Muster Surhkau'scher Lebenstüchtigkeit und sah weder nach rechts noch nach links.

Das Kind war nervös, aber das war es immer gewesen. Jetzt, mit zehn Jahren, hätte man einen Hampelmann aus ihr machen können. Von Zeit zu Zeit fiel dieser unergründliche Blick aus ihren blauen Augen. Dann saß sie stundenlang auf einem Fleck, meist mit einem Buch in der Hand, und war nicht anzusprechen. Luise Kalweit schüttelte unwillkürlich den Kopf über diese Enkelin, zu der sie sich hingezogen fühlte, die ihren Großvater nicht vergaß und deren frühkindliche, schmale, wirre Gestalt ihr noch gut in Erinnerung war. Das Kind litt unter seinem Stiefvater, man sah es, so war es eben. Luise glaubte nicht mehr, dass die Liebe ihrer Tochter dazu ausreichen werde, diesen Mann zu ändern, wie sie in Ottilies Beisein einmal behauptet hatte. Einmischen wollte sie sich jedoch nicht. Mit ihrem langen, dichten Haar erinnerte Caroline sie an ihre Tochter Anne, deren frühere geistige Eskapaden sie nun anders beurteilte. Sie merkte, dass die Mädchen von heute ihr Leben nicht mehr damit verbringen wollten, einer großen Familie den Haushalt zu besorgen, dass sie höhere Bildungsgrade anstrebten und ein eigenes Berufsleben wie Marthe. Luise bedauerte im

Nachhinein, dass man nur das Geld für Walthers Studium aufgebracht hatte, und sie schalt Erich im geheimen, dass er keinen Zugang zu seinen Kindern gefunden hatte. Sie erinnerte sich an die Haus-, Hof- und Küchenarbeit in der Försterei und fragte für einen kurzen Augenblick nach dem Nutzen ihrer Einweckgläser im Keller, aber dann sah sie im Vorbeigehen das Unkraut im Gemüsebeet wuchern und beschloss, eine Stunde im Garten zu arbeiten. Caroline wusste nichts von den Gedanken ihrer Großmutter, von der sie sich nur langsam löste, wenn sie aus den Ferien nach Frankfurt zurückkehrte, obwohl sie Marthe keineswegs entbehren wollte. Ihr Leben nahm eine ganz andere Richtung.

In ihren zutraulichsten Momenten entführte Caroline mich ins Reich der Sinne. Sexualität war etwas, was sie lange vor der Aufklärung im Schulunterricht kannte. Ihre körperlichen Empfindungen gingen ins Unermessliche und sie bewahrte sie sorgsam auf vor der Außenwelt, vor allem vor Erwachsenen. Sie verstand schon früh etwas von Klimmzügen am Lippenrand und von Drehungen um die eigene Achse. Sie wusste, wie es war, wenn im linken Zeh der Herzschlag pochte, wenn sich die Lust im ausgestoßenen Atem der Wollust verfing, wenn im Bett Dornen, Kronen und Perlen lagen und im Himmel darüber ein Wachtraum aus Ekstase und Verzückung. Wie es war, wenn man sich nicht mehr gegenübersaß mit rotem Gesicht und trockenem Mund, wenn Worte sich nicht mehr turmhoch stapelten, weil die Erde bebte und aufflammte wie ein Feuerteufel. Wenn man Bäumchen wechsle dich spielte, mit dem Haar im Mund und dem Salz auf der Zunge, wenn ein Lachen vorbeirauschte und man die Besinnung verlor. Wenn Funken schlugen und der Saft durch die Kehle rann und die Geilheit rechts und links an den Schenkeln entlangströmte. Sie wüsste von all diesen Keimen einer Befruchtung und dem Blütentrieb der Liebe, sie verstand etwas von Körpersprache, lange bevor sie es mit erwachsenen Menschen trieb. Ihre funkelnden Augen widerstanden einem Gefüge aus Hammer und Amboss, Sichel und Getreide, ihr Rhythmus geriet auf Entdeckungsreise mit Schwergewichtigen und Tänzern, Elfen und Irren, durch Schatzkammern und Nabelränder, Mantelsäume, Schokoladenhaut und Erdbeermünder.

Zuerst fischte sie mit einem Jungen im Kindergarten unter der Garderobe nach Abenteuern, ließ sich von ihm ihr Röckchen hoch und die Strumpfhose herunterschieben und zeigte ihm ihren Po. Sie streckte ihre Hand durch seinen Hosenschlitz und befühlte den weichen Wurm, der darin versteckt war. Sie baute sich im Hort mit einem Mädchen aus Gartenstühlen eine Bude. Gemeinsam legten sie eine Wolldecke darüber, so dass es dunkel war und niemand zusehen konnte. Dann setzte Caroline sich dem Mädchen gegenüber und schob ihre Beine in dessen Schoß. Sie fragte es verschwörerisch, ob es sich ausziehen wollte, und es nickte so lustig, dass sie Unterhemdchen und Unterhöschen auch gleich fortwarfen. Sie beguckten sich ausgiebig, und berührten die weißen, weichen Wölbungen zwischen ihren Oberschenkeln, kieksten sich in ihre Bauchnabeln, deren Länge, Tiefe und Wulstigkeit sie genau miteinander verglichen, und zogen sich wieder an, bevor sie entdeckt werden konnten. In der verschwiegenen Dunkelheit des gerade anbrechenden Morgens, wenn die Wohnung noch im Dornröschenschlaf lag, legte sie ihre Hand auf ihr Schneckelchen und bewegte sich auf und ab. Langsam rutschte ihr Zeigefinger an ihren Eingang und umkreiste einen wohligen Punkt. Zweimal ging sie in die Wohnsiedlungen zu den Kindern, mit denen sie sonst ungern spielte, weil sie ihre derbe Art und ihre wilden Flüche fürchtete. Dort turtelten die Mädchen, obgleich sie gerade erst die Grundschule verlassen hatten, offen mit den Jungen herum, und umgekehrt war es ebenso, sie pöbelten sich gegenseitig an und gaben ihre Gefühle her wie Marktfrauen frische Ernte. Caroline legte sich für ein paar Minuten mit ihnen hinter einen Graben, sog den Geruch von feuchter Erde ein, ließ sich streicheln und von Jungen wie Mädchen auf den Mund küssen. Beim zweiten Stelldichein ließ sie es zu, dass ein Mädchen sich auf sie legte, und während dessen Atem an ihr Ohr blies, gab sie sich einem warmen, explodierenden Gefühl hin.

Das alles war höchst geheimnisvoll und doch ganz einfach und ohne Worte zu verstehen. Die Einmischungen der Erwachsenen konnten den Zauber, der zu diesen Köstlichkeiten gehörte, nur stören. Sie genoss ihn heimlich, gleichwohl mit einer naiven Unbefangenheit. Ihre Erlebnisse hatten auch nichts mit den schlaksigen Armen und Beinen zu tun, die an Carolines Körper herumzuschlenkern begannen, ohne dass sie wusste, wohin mit ihnen. Erst recht nicht mit dem krampfartigen Schmerz, der durch ihren Bauch bis zum Rücken zog, und sie mit zusammengebissenen Zähnen bleich und fast ohnmächtig werden ließ. Weder das Blut, das sie nun jeden Monat begleitete, noch die wachsenden, sich rundenden Brüste interessierten sie sonderlich; sie registrierte eher unwillig, was mit ihr geschah.
Eine sich unmerklich steigernde, ihr auflauernde Gefahr ging von diesen Veränderungen erst aus, als Jochen wenige Jahre später im Suff nicht mehr in ihr Gesicht, sondern auf ihre Beine starrte. Die ersten Male, als sie wie immer im Nachthemd vom Bad in ihr Zimmer lief und seine Blicke sie trafen, sah sie an sich herunter und inspizierte ihre Beine nach blauen Flecken oder sonst einer Ungewöhnlichkeit. Nach einigen Wochen vermied sie es, in kurzen Hosen herumzulaufen, um den tastenden Blicken zu entkommen, die ihren Körper mit einem gierigen Schleim einseiften. Umsonst. Auch bei den spärlichsten Bewegungen blieb ihr Körper unter der Kleidung ihr Körper. Marthe meinte, sie sei in einem empfindlichen Alter und müsse nicht jedes Wort und jeden Blick auf sich beziehen, aber sie irrte sich. Jochen Werneck trennte nicht zwischen Mutter und Tochter. Er sah in dem heranwachsenden Kind ein zunehmend kluges Mädchen, auf das er seine männlichen Phantasien und seine aus der Jugendzeit stammenden, mit wachsendem Alter enttäuschten Erwartungen übertrug, wenn er sie nicht in eine Zelle einsperrte. Wenn seine Stimmung nicht in einen

Tobsuchtsanfall umschlug, mussten Mutter und Tochter abwechselnd die Rolle des Zuhörers übernehmen; er redete über Stunden auf Marthe ein, bis sie ihn erschöpft bat, ins Bett gehen zu dürfen, und wenn er mit ihr fertig war, ging er ans Bett seiner Stieftochter.

Die Vormachtstellung, die ihr Jochen und mit ihm auch Marthe in der Hierarchie der Familie als Rolle aufzwangen, brachte Caroline in eine schwierige Lage, sie war wissbegierig und ehrgeizig, und das Universum, in dem sie lebte, bestand aus dem geschriebenen Wort. Da Marthe kaum las, trachtete Caroline danach, ihre Mutter zu bilden, aber die ersten Bücher, auf die sie sie verwies, stammten aus der Bibliothek des Stiefvaters. Jochen bereitete es Vergnügen, dies zu sehen, er sah in dem Mädchen den Abglanz einer Welt, die er jeden Tag neu einriss, während er seiner Frau die wärmende Decke von den Knien zog. Er sah Marthes Erniedrigung gern, und seine Art, sich Gefühlen zu nähern, nannte er Kasperei. Je wütender Caroline darüber wurde, umso interessanter wurde sie für Jochen. Ganz gleich aber, ob sie sich gegen ihre Verwendung auflehnte oder nicht, wurde sie schuldig: Sie hatte als Schutzschild ihrer Mutter versagt, kaute an ihrem Hass und kollaborierte im diplomatischen Geplänkel mit ihrem Stiefvater, wenn er betrunken in ihr Zimmer trat. Mit diesen Trümpfen im Ärmel spielte Jochen Tochter und Mutter gegeneinander aus, und Marthe ließ ihn gewähren.

Wenn er am Abend sturzbetrunken unter dem Vorwand in Carolines Zimmer kam, sich nach ihren Schulangelegenheiten erkundigen zu wollen, während Marthe in der Küche bügelte, das Nachthemd des Mädchens hochschob und seinen nassen Mund in ihr Gesicht drückte, wandte sie sich zur Seite und schwieg. Sie schwieg auch, wenn er mitten in der Nacht die Tür aufriss, das Licht anknipste und sich an ihr Bett setzte, um stundenlang auf sie einzureden: von Beförderungen, seinen profunden Kenntnissen über den Aktienmarkt und seinem ersten Orgasmus. Sie blieb stumm, als er mit seinem Schwanz und seinen sexuellen Ergüssen prahlte, ohne Notiz davon zu nehmen, dass sie sich mit dem Rücken zur Tür schlafend stellte, sie verstummte in einem unvorstellbaren Maße, als alles Leben aus ihrem Körper wich. Sie ging jeder noch so nebensächlichen Berührung mit diesem fülligen, erdrückenden Körper aus dem Weg. Sie erkannte Betrunkene auf der Straße schon von weitem an ihrer Gangart, und machte nach Möglichkeit einen großen Bogen um sie. Wenn er sich schwer und schweißig auf sie legte, ging sie nach Nirgendwo und ihre Haut schlug ins Aus. Er griff ihr nach: Carolines Angst kam und ging fortan wie die Tür in ihrem Leben. Sie wand ihre Beine aus seinen Armen, als er ihre Zehen ablutschte, obwohl sie ihre Füße gern in sein Gesicht gerammt hätte. Sie schwieg, wenn er tobte, ihnen drohte und Gegenstände nach Marthe schmiss. Sie litt unter Schlaflosigkeit und melancholischen Stimmungen, sie hasste ihren Körper, und setzte sich schweißnass und weinend auf den Bordstein vor das Haus, bevor sie die Wohnung betrat. Nachdem sie sicher war, dass niemand ihr half, griff sie auf Linus zurück.

Linus war tapfer, jähzornig und besessen vom Zuwachs an Intelligenz. Sie war er, und er ging keiner Auseinandersetzung aus dem Weg, scheute keine Blessuren. Auf jede Herausforderung ging er zu, als wäre die Hürde, die es ihn kostete, sie zu nehmen, ein geringfügiger Probelauf für alles Kommende. Seine Augen blitzten im Gefecht und der erste Krieger, der fiel, war Jochen Werneck. Er schlug um jeden Schuss, den Jochen verteilte, einen Haken und zwang ihn mit einem Volltreffer in die Knie. Er verachtete seine Mutter für ihre masochistischen Neigungen, während Caroline versuchte, mit alltäglichen Übungen ihrer Minderwertigkeit zu begegnen. Linus war stark, vertraute nur dem Intellekt und blieb standfest. Caroline trennte ihren Körper von ihrem Kopf, und Linus isolierte jedes tiefere Gefühl.

Aus einer ganz unerwarteten Richtung bekam das Mädchen von außen Rückendeckung. Das Refugium, in das sie sich zurückgezogen hatte, bestand aus einer Generation

Zieheltern, die ihr in der einen oder anderen Form in der Schule wiederbegegneten: Karl Kraus, Bert Brecht und Hans Magnus Enzensberger halfen ihr mit ironischen Kalauern über die ersten nasskalten Nebelschwaden hinter den riesigen Schulfenstern hinweg. In ihrem Zimmer führte Pablo Picasso seine blaue Phase, Bild für Bild, der Reihe nach vor, und seine Pinselführung wirkte so heftig auf Caroline, dass sie seinen Namen in der hohen Treppenhalle des Wohnhauses wie eine Beschwörungsformel vor sich herrief, bevor sie die Wohnung betrat. Sie fühlte sich, als hätte etwas Unbezwingbares, Einmaliges sie ergriffen und aus den unwirtlichen, schlaflosen und gewalttätigen Niederungen des Alltags gerissen. Der Messias von Händel und die Präludien von Chopin erschütterten sie mehr als alle Hollywood-Filme, mit Ausnahme einer vierteiligen „Holocaust"-Serie, die sie sich ansah und bei der Jochen ihr jede äußere Reaktion verbot. Klassische Musik hüllte sie in eine solche Sicherheit, dass sie gegen die verbalen und körperlichen Attacken immun war. Sie konnte absatzweise und im Schlaf aus dem Werk Simone de Beauvoirs zitieren und verschwieg jedermann, dass sie Kants Kritik der reinen Vernunft nicht verstand. Sie war nun vierzehn, fünfzehn, sechzehn Jahre alt, liebte die Bibliothek und die Buchläden ihres Stadtteils, und hatte es Linus zu verdanken, dass das Messer, das ein Kind nicht zur Hand hat, wie durch Zauber in ihrem Kopf erstand: sie begleitete Solschenizyn auf seinem Tagesausflug mit Herrn Denissowitsch, nickte Sartres *Wörtern* zu und verstand sich mit Christa T., sie lernte die Feuerbach-Thesen zu interpretieren und jonglierte mit Walsers Halbzeit um die Wette, was sich auch im Unterricht als nützlich erwies. Linus wetzte ihren Verstand an Mrs. Dalloway und litt mit Antigone, und erkannte in den Sprachmittlern Boten aus einer anderen Welt, die auch nicht mehr wussten, als in den Büchern stand, aber offensichtlich mehr leben durften als sie und ihr daher jederzeit willkommen waren. Sie gehörten wie die sieben Raben und Brüderchen und Schwesterchen zur Überlebensstrategie.

Nachhaltig half auch ein Hakenkreuz. Es prangte groß und schwarz an der Außenwand der Turnhalle in Richtung des Schulhofs und eine Reihe von SS-Runen gruppierte sich schnörkellos darum herum. Etwa zur gleichen Zeit hörte Caroline einer jüdisch-deutschen Zeitzeugin zu, deren eingravierte Nummer am linken Unterarm aus derselben Epoche stammte wie das Hakenkreuz. Caroline war nicht die einzige, die sich schämte, und so ging eine Reihe von Schülerinnen los, um unter der Obhut des Klassenlehrers einen Eimer Farbe zu besorgen. Doch im Amtszimmer des Schulleiters wurde ihnen mit Bedauern beschieden, dass die weiße Deckfarbe sich nicht mit dem hellbeigen Hintergrund der Wand vertrage, was ein Verbot der Ausführung des Vorhabens zur Folge hatte. Als der hessische Rundfunk und eine linksliberale Frankfurter Tageszeitung sich auch für die Farbverträglichkeit zu interessieren begannen, machte plötzlich ein neuer Anstrich einen guten Eindruck. Einen schlechten Eindruck dagegen machte auf Caroline der einsame Stuhl vor dem Lehrerzimmer, auf den sie sich in der ersten Frühstückspause vorwitzig setzte, bis sie erfuhr, dass dieser zudem den Vorfall übertrieben zu einem Politikum hochstilisierenden Klassenlehrer gehöre. Er war ihm ebenso lautlos und anonym abhandengekommen, wie die aus-länderfeindlichen Flugblätter der Wehrsportgruppe Hoffmann tags darauf in die Toiletten und den Hausflur des Schulgebäudes gelangten.

Caroline war von all diesen Vorgängen unmittelbar betroffen. Sie begriff, dass die neue Freiheit, die andere Luft, der Austausch der Gedanken, die Begegnung mit anderen zu einer Angst zurückführten, die sie von Haus aus kannte. Sie wusste dieser Angst keinen Namen zu geben, bis sie Zeichen und Symbole dafür fand: *Wir danken dem Führer.* Konnte Angst fressen? Machte die Angst in Marthes Körper eine Hülle aus ihr? Spaltete Macht die Angst in Opfer und Täter, oder war es umgekehrt?

Da Marthe keine Visitenkarte bieten konnte, warb Jochen eines abends bei einer fröhlichen Tischrunde um Nachsicht für sie. Ein studiertes Freundespaar aus Marburg und ein Kollege aus der Bank mit seiner Frau waren erschienen, und Caroline musste sich dazusetzen. Chips, Erdnüsse und mundgerechte Häppchen standen auf dem Glastisch, man trank Pils und Chateau Neuf, im Hintergrund röhrte Peter Maffay als Steppenwolf. Jochen küsste Marthe auf die Wange, die leicht zurückwich, aber lächelte. Mit einer nachsichtigen Miene wandte sich Jochen an die Gäste: „Meine Frau hat zwar nicht viel im Kopf, aber wenn sie ein Huhn geworden wäre, würde sie jeden Tag goldene Eier für mich legen. So hat sie es nur zu einer unglücklichen Glucke einer polnischen Sippe gebracht. Immerhin verdient sie etwas." „Ja", sträubte sich Marthe, „solche Witze macht Jochen gern. Er hält sich für den Größten. Aber das ist er nicht. Und wenn man in Steuerklasse drei statt in fünf ist, verdient man entsprechend mehr." In Jochens Augen trat eine glimmende, böse Wut. „In deiner Polackenfamilie muss man nach Hirn gar nicht erst suchen. Bilde dir nicht ein, du kannst an mich heranreichen. Warmes Fleisch für den Hausgebrauch tut es auch." Eine verlegene Stille entstand, und Marthes, nicht Jochens Gesicht quälte sich hindurch. Marthes Einwand, sie stamme gar nicht aus Polen, wischte ihr Mann beiseite, entkorkte eine Flasche, die Gläser klirrten. Ihre Familie stamme aus Ostpreußen teilte Marthe auf Anfragen leise mit. Jochens Arbeitskollege, den dies interessierte, ein Mann mit Spitzbart, schütterem Haar und blütenweißem Hemd, wandte sich freundlich an Caroline: „Ich habe gehört, du bist eine fleißige Schülerin, die gern in die Schule geht. Weißt Du, weite Teile Polens gehörten einmal zu Deutschland, deswegen ist es keine Schande, von dort zu kommen". Doch über die Herausgabe des neuesten Rundbriefes seiner Bank vergaß er das Mädchen, und als er sich von ihr verabschieden wollte, war sie schon in ihr Bett gegangen.

In der neuen Eigentumswohnung am Rande des Westends, in die Jochen, Marthe und Caroline zogen, blitzte und blinkte es, und in der Garage stand ein Mercedes Combi. Der Fernseher lief täglich ab achtzehn Uhr fünf Stunden lang, im Schlafzimmerschrank hingen frisch gebügelte Hemden. Marthe und Jochen nahmen an einem Festakt der Deutschen Bank teil, von dem Marthe ohne Jochen zurückkam. Ihre Bronchien schleimten und pfiffen, der Auswurf nahm wöchentlich zu, ihr Atem ging abgehackt und stoßweise. Die Dosierung des Cortisons wurde verdoppelt, bis der Hausarzt schwere Bedenken anmeldete. Daher hielt man einen Ostseeurlaub für angebracht und die Familie fuhr im Sommer an den Timmendorfer Strand. Caroline versuchte, so unauffällig wie möglich im Sand zu verschwinden, auch das Meer bot eine Alternative, aber es gelang ihr nicht, vollkommen darin unterzugehen. Ihre Mutter, die nun ihr vierzigstes Lebensjahr überschritten hatte, und Jochens Befehle ausführte, wo immer sie konnte, wurde noch stiller, aber nicht gesund. Wenn die Sonne hinter Jochens Körper unterging, ohne dass man sie sah, waren alle drei froh, dass wieder ein Tag zur Neige ging und die Heimfahrt näher rückte.

Marthe begriff nicht, worin sich ihre Schwäche verfing; ihre körperliche Gebrechlichkeit, ihre Kränkbarkeit, ihr Kummer nahmen zu. Sie trug Fürsorge im Herzen, aber die Vorgänge wurden ihr unheimlich, und heimlich gab sie die Schuld dafür Caroline. Die Jugendliche hob nun kühn ihren Kopf, erklärte, sie habe zu lesen oder zu lernen und hielt sich ein Buch vor den Körper. Sie schnitt sich die Haare zur Halbglatze, schminkte sich grelle Farben ins Gesicht und trat der Aufrüstung entgegen. Sie diskutierte mit Jochen, wenn er sie stellte, sie verbot ihm ihren Körper, sie hörte nicht mehr zu, wenn man sie ansprach. Doch ihre Mutter verstand mehr, als sie glaubte, und half ihrer siebzehnjährigen Tochter beim Auszug.

So oft Caroline später auch jenen Sätzen nachsann, die Marthe einmal ebenso folgenschwer wie achtlos in den Raum geworfen hatte, als sie über ihre Trennung von Jochen sprach: sie blieben unbegreiflich. Erst später fiel ihr auf, dass sie auf

Taten und Worte reagierte, die lange zurücklagen: Wenn die Vergangenheit sie überfiel, war sie in der Lage, Jochen Werneck mit einem exakten Streckschuss mühelos niederzuschießen, und sein schlaffer, aufgedunsener Körper in der Blutlache löste in ihr Genugtuung aus. Ebenso gut hätte sie drei Kerzen spenden können am Altar zu Angesicht von Maria, wenn sie die Nachricht über Jochens natürliches Ableben erreicht hätte. Sie zerhackte seinen Körper in einzelne Leichenteile und zerkleinerte sie in einem Reißwolf, sie ließ ihn abfackeln bei lebendigem Leibe, und dem Dämon, der die Asche aus seinem Körper trieb, brach sie das Rückgrat und stach ihm die Zunge aus. Sie ließ seinen Schwanz zermahlen. Mit jedem Jahr mehr, in dem sie lebte, als seien die Geschehnisse der Vergangenheit in solch weite, taube Ferne gerückt, dass sie kaum mehr tauglich waren für irgend eine Art von Wirklichkeit, Benennbarkeit, Verlautbarung, erfuhr sie an der eigenen Haut, dass es auch beim besten Willen nicht möglich war, alle Menschen in Grau-Tönen zu zeichnen.

Marthe teilte ihre Auskünfte in zwei Sätze ein, die mehr verschwiegen als preisgaben; wie zwei Bissen, die man der bitteren Medizin wegen zu sich nahm, bevor man das Glas hob. „ Nachdem du auszogst, hoffte ich, die Situation würde erträglicher, aber kurze Zeit später glaubte ich, er bringt mich um", sagte sie zu ihrer Tochter Caroline, ohne eine Antwort darauf zu finden, warum sie nicht in der Lage gewesen war, ihn zu verlassen. Jochen war gegangen, nachdem er sie gewürgt hatte. Stattdessen schloss sie sogleich mit dem zweiten Satz an: „Wenn du kein Kind gehabt hättest, schrie er, hätte ich dich nie genommen." „Wie schön", dachte Caroline fast heiter vor Wut. Sie vergaß nie das Gramm Gnadenlosigkeit, die Portion Sadismus und den Strahl der Verachtung für jede weitere Begegnung mit männlichen Wesen bereitzuhalten. Sie unterließ es, drei Kerzen zu kaufen, und als sie die Geschehnisse über einige Längen hinweg betrachtete, wurde ihr kalt ums Herz. Aber diese Kälte kannte keine Gleichgültigkeit. Sie war nicht dazu da, um zu verzeihen. Von nun an versuchten Linus und Caroline gemeinsam, das Mädchen mit dem Kopf über Wasser zu halten, während die Augen weinten und der Rest schwieg. Marthe gab das Geld. Sie arbeiteten gemeinsam am Mythos von Luise und man hätte meinen können, die Gesellschaft, die sie umgab, arbeite daran mit.

XXVII

Manchmal verdankt man sein Leben einem Zufall, und ich verdankte es einem Gespräch mit Ottilie. Dabei ging es nicht so sehr um das Leben als solches, das mir Marthe schenkte, mehr um seine psychische Präsenz. Aus einem eigentümlichen, mir unerklärlichen Impuls heraus wollte ich Andrey noch einmal sehen. Ich hatte mich am Eingang des Leichenschauhauses als eine langjährige Bekannte ausgewiesen, und der nette Pförtner, der mir treuherzig erklärte, da könne ja jeder kommen, mein Anliegen sei nicht gestattet, ließ mich dann doch zu ihm.

Andrey sah aus, wie ich ihn gekannt hatte, aber die Haut war wächsern und aschfahl, als ich das Tuch hob, sein Mund stand offen wie eine Pforte, die Lippenwölbung war bereits zurückgegangen. Seine Hände waren steif, ich sah zum ersten Mal, wie schmal seine Fingerkuppen waren, wie breit sein Handrücken und wie muskulös seine Unterarme; der Haarkranz, der ihm geblieben war, war weiß mit einem Stich ins Gelbe an der Haarwurzel, jetzt stach er kaum mehr gegen die fahle Haut ab. Wie gern hätte ich seine Augen noch einmal gesehen, die braun waren wie Ebenholz und jene

Wärme ausstrahlten, die er selbst zu Lebzeiten nur Lydia zugebilligt hatte.

Ich erfuhr erst einen Tag später, dass ich als Nachlassverwalterin fungieren würde. In einem Packen vergilbter Papiere steckte auch ein Brief von Ottilie, den sie ihm drei Jahre vor ihrem Tod geschrieben hatte. Darin bedankte sie sich bei ihm für eine Notiz, die er offenbar aus einer Zeitung ausgeschnitten, kopiert und ihr zugeschickt hatte. Der Schnipsel, auf den sich Ottilie bezog, lag nicht bei, und ich fand ihn auch bei genauerer Durchsicht nicht. Es handelte sich offenbar um einen kurzen politischen Nachruf auf Karl von Rohwerder, der zuletzt im Auswärtigen Amt für osteuropäische Beziehungen tätig gewesen war und unter der neuen Regierung die Normalisierung der Beziehungen zum Nachbarland begrüßt hatte. Ottilie schrieb, sie habe dem Tatbestand nichts hinzuzufügen, was er nicht schon wisse, und ging über zu persönlichen Anmerkungen. Sie erwähnte kurz, dass ihre Nichte Marthe inzwischen geschieden und nicht bei bester Gesundheit sei, und ihre Großnichte Caroline ein Journalistik-Studium begonnen habe.

Als Andreys Asche in alle Winde verstreut war, wanderte ich ruhelos hin und her, auch wenn ich nicht zur Linde ging.

Ohne dass ich es damals ahnte, hatte eine Beichte den Anfang gemacht, die alles andere als selbstverständlich war, da zu sentimentalen Entblößungen weder Ottilie noch ich neigten. Mir war nie danach zumute gewesen, über die vergangenen Ereignisse zu sprechen. Ich wusste, dass sie mich, die Tochter ihrer Nichte, mochte, und meinen Lebensweg aus der Ferne verfolgte. Noch wichtiger war ihr, dass Marthe von dem Unglück Abstand nahm, das sie sich selbst als Leben gut schrieb. An jenem Wochenende bei Luise kritisierte sie meine Fähigkeit, mich an meiner Mutter durch Kühle zu rächen. Ich bockte, wie immer im Schmerz, und erzählte von meiner Befangenheit. Obwohl Marthe mich freigab und finanziell unterstützte, hatte mein Auszug nicht die erhoffte innere

Freiheit gebracht. Noch zu Hause, kurz nach unserem Umzug ins Westend, hatte ich den Entschluss gefasst, mich umzubringen. Während die Mädchen und Jungen meiner Klasse über John Travolta und Olivia Newton-John ins Schwärmen gerieten und im Saturday- Night- Fieber der Bee Gees in den Schulgängen herumtänzelten, das weibliche Geschlecht gackerte und das männliche zu pöbeln anfing, während meine spanische Mitschülerin Elena mal wegen ihrer Schönheit umschwärmt, mal als „Itakerin" auf dem Nachhauseweg beschimpft wurde, deren Eltern allerhöchstens zum Putzen geeignet seien, fühlte ich mich zutiefst verstört. Der eigentliche Grund, sterben zu wollen, lag aber in einem Zustand der Fühllosigkeit, der Betäubung, aus dem ich nicht mehr herausfand, und der alle meine Tätigkeiten, Leistungen und Handlungen einer Monotonie unterwarf, die jeglichen Sinns entbehrte. In diesem Nichts ging ich wie eine Schlafwandlerin herum, betrieb Schaumschlägerei, und wenn ich erwachte, schlug der Schmerz zu. Ich vergrub mich in meinem Zimmer, lief durch Straßen und ging in die Schule, doch die Welt ging mich nichts mehr an. Ich hatte nie eine innige Beziehung zu Freunden und zu den Mitschülern meiner Klasse, nun brach der Kontakt zu ihnen fast ganz ab.

Als ich auf den Goetheturm stieg, nachdem ich stundenlang ziellos durch Frankfurt herumgeirrt war, hatte es zu regnen begonnen. Ich glitt mehrmals aus, das Wasser lief mir vom Haar in die Stirn, so hangelte ich mich Meter um Meter in die schwindelerregende Höhe. Ich wollte noch einmal eine Pirouette drehen und dann abgehen. Ich heulte, aber der Regen half mir darüber hinweg. Ich starrte auf die Wiesen und auf Frankfurt, und war bereit zum Absprung.

Ottilie hatte sich vorgebeugt und mich scharf ins Auge gefasst. Sie sah mich prüfend an. Ich war ihr dankbar dafür, denn Mitleid konnte ich schlecht vertragen, in diffusen Gefühlen unterzugehen und von den Reaktionen anderer Menschen abhängig zu werden, war nichts für mich. Dann geschah Unerwartetes: In ihre Augen trat ein Ausdruck von Betroffenheit, und ich wappnete mich dagegen. Mein

Glauben an das Mitgefühl der Menschen war begrenzt. "Warum bist du nicht gesprungen?", fragte sie leise. Ich schwieg lange. "Wegen Marthe", antwortete ich dann. „Ihr Gesicht erschien plötzlich auf der Wiese unter mir, ein Punkt aus der Ferne, der näher und näher kam und sich erst unscharf, dann hastig in ihre Gestalt, ihr Antlitz verwandelte, mich mit ihrer Stimme anrief, ihre Arme zu mir erhob. Und als ich nach Hause kam, wusste sie, dass ich gehen würde, mit oder ohne ihre Hilfe. Verrückt, nicht wahr?" Ottilie lächelte dünn und zog scharf die Luft ein. „Nein", sagte sie, „das finde ich nicht." Sie stand unvermittelt auf, zündete sich eine Zigarette an und lief im Zimmer umher. Sie blieb stehen, drehte sich zu mir um, setzte sich wieder. „Wie fühlst du dich jetzt?", fragte sie mich. „Geschunden, " ich machte eine Pause, „ich fühle mich ungeliebt, überflüssig", sagte ich und schluckte. Das war die Wahrheit. In ihr Gesicht trat ein entschlossener Ausdruck, mir wurde unbehaglich. „Du wirst mit Marthe reden müssen", sagte Ottilie, „und ich mit dir". Dann besann sie sich. „Die Vergangenheit ist nie vergangen", stellte sie abrupt fest.

Als ich von den Beerdigungen nach Frankfurt zurückkam, war die Lungenentzündung von Marthe, die sie daran gehindert hatte, an ihnen teilzunehmen, noch nicht ganz abgeklungen. Es ging ihr aber etwas besser. Sie selbst und ihr Hausarzt unterrichteten mich über den Stand der Dinge, und während sie ihre Medikamente einnahm und das Bett hütete, gab ich eine kurze Schilderung der vergangenen Tage ab und versuchte, das schlechte Gewissen zu mildern, das sie wegen ihrer Unpässlichkeit hatte. Es gelang mir nicht, sie blieb traurig und bat mich, Anne bald zu besuchen, und ihr ihr Kommen anzukündigen, sobald sie wieder auf den Beinen sei. Ich dachte an meine Arbeit in der Redaktion, wahrscheinlich warteten schon ein halbes Dutzend E-Mails auf mich, und unerledigte Aufträge schob ich auch nicht gerne vor mir her. Wir einigten uns auf das kommende Wochenende als Reisetermin, und ich nahm mir vor, meine

Mutter bis dahin jeden Abend zu besuchen. Marthe wehrte energisch ab, sie fühle sich schon wesentlich besser, jeder zweite Abend täte es auch. Sie legte ein Buch auf den Tisch, das sie während meiner Abwesenheit durch eine Nachbarin hatte besorgen lassen und das als Geschenk für mich gedacht war, und bot an, mir die Fahrtkosten nach Niedersachsen zu erstatten. Ich lächelte sie an, blätterte in der Dokumentation des Ostpreußischen Landesmuseums über das Leben jüdischer Deutscher, bedankte mich gerührt und erklärte ihr, die Zeiten, in der eine solche Unterstützung angebracht war, seien vorbei. Nachdem ich das Buch zugeklappt hatte, schwiegen wir eine Weile. Ich fragte sie, einem plötzlichen Einfall folgend, warum sie jahrzehntelang jeden engeren Kontakt mit ihren Brüdern vermieden hatte, auch wenn sie mit Albert seit einiger Zeit wieder telefonierte. Auf Marthes Gesicht erschien ein jäher Ausdruck von Verbissenheit, und ich versicherte hastig, wir müssten nicht heute und nicht unter diesen Umständen darüber reden.

„Doch", sagte sie, „es ist ja richtig, darüber zu sprechen." Ihre Stimme klang jedoch abweisend, und sie legte ihre Hand auf die Brust und verzog das Gesicht. Ich hatte in eine Eiterblase voll Empörung und Kränkung gestoßen. „Bei der Beerdigung deines Großvaters hatte ich mir die Blase verkühlt. Du erinnerst dich wahrscheinlich nicht mehr, denn du warst völlig gefangen in deiner Trauer, aber ich musste im Restaurant während des Essens mehrmals auf Toilette. Der Toilettenraum war ziemlich groß, es gab mehrere einzelne WC-Kabinen, und ich saß für meine Verhältnisse ziemlich lange darauf, weil es mir peinlich war, andauernd wieder hinaus zu laufen. Plötzlich hörte ich, wie die Tür aufging und erkannte an den Stimmen, dass die Frauen meiner Brüder, Gertrude und Silvia, hereinkamen. Sie schienen meine fehlende Anwesenheit am Tisch nicht bemerkt zu haben, oder es war pure Absicht, dass sie über mich sprachen. Bis dahin hatte ich geglaubt, dass ich zu Silvia immer ein ganz gutes Verhältnis hatte, oberflächlich zwar, wie das eben meistens so ist in der Verwandtschaft. Sie hatte mir damals, als wir uns in

Sachsenhausen trafen, gesagt, in ihren Augen hätte ich als alleinstehende Mutter etwas geleistet und sie würde sich hüten, in eine solche Situation zu kommen. Deswegen hat es mich besonders getroffen, mit anzuhören, was sie in Wirklichkeit von mir dachten. Jochen hatte damals ziemlich viel getrunken, Du weißt ja, wie er dann war. Er ließ keine Gelegenheit aus, sich zu brüsten. Er hat eine Tischrede nach der anderen gehalten; wie weit seine Abteilung mit ihm gekommen sei, dass ohne ihn alles zusammenbreche, und so weiter. Aber Albert war auch nicht besser, er konterte mit einem Jahresgehalt von über einhundertfünfzigtausend Mark und seinem BMW, und die beiden stachelten sich gegenseitig an. Ich habe gewagt, einzuwerfen, dass es allein darauf wohl nicht ankomme, schon gar nicht zum gegebenen Anlass. Ich fand ihr Verhalten unmöglich. Albert kniff die Augen zusammen und meinte, ich hätte auch nicht immer gewusst, worauf es ankomme im Leben. Das hatte schon gesessen. Aber es kam noch dicker.

„Sie meint, sie könne uns mit Moral kommen", giftete Gertrude im Toilettenraum, „dabei hat sie sich selbst wie ein Flittchen benommen. Walther hat mir neulich erst zu verstehen gegeben, dass es wohl auf seinen und Alberts Schultern liege, das Versagen ihrer Schwestern, ihre Lebensschwäche auszugleichen." „Sie soll damals ja ohne jeden Anstand in fremde Betten gestiegen sein", sagte Silvia spitz. "Und um das Kind scheint sie sich auch nicht genügend gekümmert zu haben, hast Du gesehen, wie sich die Kleine aufführt? Und wie sie ausgesehen hat, als sie in die Försterei kam! Albert mokiert sich immer über die angeblich so züchtige Tour seiner Schwester und ihr ach so gutes Getue. Er meint, sie habe es in Wirklichkeit faustdick hinter den Ohren gehabt. Schon als Kind soll sie immer versucht haben, sich durch ihre fleißige Art hervorzutun. Mit dem Quartalssäufer ist sie auch nicht weit gekommen. "

„So war das", schloss Marthe, „und glaube ja nicht, dass Albert für sein Verhalten bis heute je ein paar ehrliche Worte gefunden hat. Man hätte auch anders miteinander reden können. Aber meine Brüder, die für Luise etwas darstellten, wurden schon immer vorgezogen. Später in der Reha-Klinik hat er mit der Hand abgewunken, olle Kamellen seien das, er könne sich nicht einmal mehr genau erinnern, dass er solche Dummheiten von sich gegeben habe. Ich solle nicht so empfindlich sein, sagte er. Und wenn ich mit ihm telefoniere, freue ich mich, mal etwas Neues von ihm zu hören, mehr aber auch nicht. Ich habe viele Fehler gemacht, aber eine Schlampe war ich nie. Im Gegenteil, ich habe mich bemüht und sehe erst jetzt, nach all unseren Gesprächen, wie oft ich dir das vorgehalten habe. Offensichtlich habe ich alles falsch gemacht", sagte meine Mutter, die sich in eine deprimierte, verbitterte Stimmung hineingeredet hatte. Das war ein schwieriges Thema zwischen uns, ich verschloss mich. „Du bist menschlicher, als Du dachtest", sagte ich leise. Ich fügte nicht hinzu, was ich empfand: dass durch Härte und Einsamkeit vergröberte Eifersucht in dieser Familie jede Geschwisterliebe ausgemerzt hatte. Dass Angst und Leistungszwang sich durch die Familie wie ein roter Faden hindurchzogen. Dass beide Geschlechter den Kampf um die Liebe der Eltern auf ihre Weise verloren hatten, die Söhne mit Erfolg und die Töchter mit Folgsamkeit. Soweit waren wir noch lange nicht.

„Ach übrigens", sagte ich stattdessen, in Anbetracht meiner unverfrorenen Einmischung forscher, als ich es eigentlich beabsichtigte, und stellte nebenbei den Stuhl, auf dem ich gesessen hatte, an den kleinen Teetisch zurück. „Ich finde, es tut dir nicht gut, allein zu leben." Über Marthes Gesicht huschte ein einsichtiges, von Selbstmitleid nicht ganz freies Lächeln. „Ich weiß", sagte sie schlicht. „Vielleicht gibt es in Frankfurt und anderswo", ich machte eine ausschweifende Handbewegung durch den Raum, „noch andere Männer, die mehr als einen Blick wert wären, wenn man sich nicht in seiner Wohnung verkröche?" Marthe schaute mich aus-druckslos an. Dann sagte sie spöttisch, während sich der grün-braune Kranz um ihre Pupille vertiefte: „Ich werd' es mir merken, Caroline, und kann es nur an dich zurückgeben. Ich wäre froh, wenn du nicht so eigenbrötlerisch durch die Welt zögest. Hier eine Liebelei, dort eine Liebelei, aber ja nichts Ernstes. Wie Ottilie. Du schläfst mit den Männern, aber...". Sie hielt inne. Sieh mal an, dachte ich erbost, biss auf die Zähne und führte meine Arbeit ins Feld. Meine Mutter war nicht zu überzeugen. „Du bist nicht dafür geschaffen, allein zu leben. Der Satz ist gut. Er gilt auch für Dich", sagte Marthe. Ich spürte eine herrische, jähzornige Wut in mir. „Daran ist Deine Ehe mit Jochen nicht ganz unschuldig", antwortete ich böse, machte eine Verbeugung und ging.

Kurz darauf klemmte ich mich hinter die Windschutzscheibe und fuhr los. Es hatte zu regnen begonnen, ich schaltete das Radio ein, um mich abzulenken, und verfolgte mit den Augen die Bewegung der Scheibenwischer. Der Regen wurde stärker, unaufhörliche Wassermassen klatschten an die Scheibe, und während ich auf dem Alleenring entlang fuhr, schlitterten die Reifen in den Kurven durch das Wasser. Ich war wütend. Mit einem Fluch schaltete ich erst einen anderen Sender ein und kurze Zeit später das Radio wieder aus. Ich hatte mein Leben erfolgreich gespalten in Linus und Caroline. Genau in dieser Reihenfolge. Linus war seit zwei Jahrzehnten unantastbar. Entweder entwischte er den Gefühlen, bevor sie ihn erreichten, oder er schlug sie tot. Ein dritter Weg war der Bann einer Sexualität, die körperliche Annäherung genoss, ohne dass Caroline in Gefahr geriet. Der Regen trommelte jetzt auf das Dach, und ich trommelte mit den Fingern auf dem Lenkrad zurück. Morgen würden Marthe und ich uns zerknirscht ansehen. Die Vergangenheit ist nie vergangen, Ottilie hatte ganz Recht.

Als ich zehn Minuten später tropfnass meine Wohnungstür öffnete, sprang Chantal von der Tastatur meines Computers, um mich zu begrüßen und Pilou sah mich gnädig mit ihren gelbgeschlitzten Augen an. Dann leckte sie majestätisch ihre Pfote. Ich hatte mich mit den Tatsachen abgefunden. Aber hatte ich das wirklich? Ja, das hatte ich. Nachdem mein Haar geföhnt war, entnahm ich einen Kaffeefilter aus dem Küchenfach, setzte mit den Katzen zwischen den Beinen

einen Kaffee auf, und ging mit meinen beiden Lieblingen in mein Arbeitszimmer. Ich schrieb ein paar Zeilen an Anne - wann ich ankommen würde -, holte mir Tasse und Unterteller ins Zimmer und trank. Währenddessen stellte ich den Fernseher an, sah aber nur geistesabwesend auf den Bildschirm: Eine der üblichen Talkshows am Abend weckte mein Interesse ebenso wenig wie der Hollywood-Schinken mit Richard Geere. Die Nachrichten von heute kannte ich bereits, alles andere war der übliche Unsinn. Science Fiction, zwei Morde, eine Vergewaltigung. Caroline war mir plötzlich sehr nahe. Während die Bilder des Fernsehers an meiner äußeren Netzhaut vorbeischwammen, ging mir die Erwiderung meiner Mutter nicht aus dem Sinn. Sie hatte Recht. Meine Verletzungen waren alles andere als überwunden.

XXVIII

Der bevorstehende Besuch bei Anne beschäftigte mich die ganze Woche über ebenso intensiv wie meine Reaktion bei Marthe. Dazu kam die Trauer über den Tod von Luise und Andrey. Am nächsten Tag entschuldigte ich mich bei meiner Mutter für meinen unhöflichen Abgang, ohne auf den Inhalt meiner Äußerung einzugehen. Wir wussten beide, die Sache war nicht ausgestanden. Die Flucht vor dem einen Schmerz in einen anderen schien mit der Familie verwachsen zu sein; Marthes Lebensweg war gekennzeichnet von Krankheiten, Annes Werdegang durch ein psychotisches Dasein unterbunden, Ottilie hatte Einsamkeit als geringstes Übel von allen anerkannt, Luise war mit ihrer verlorenen Heimat verheiratet, und ich empfand Linus wie einen Zwang.

Luises Tod hinterließ in mir keine Lücke, es war, als hätte ich all die Jahre über schon Abschied von ihr genommen, doch fehlten mir eine Weile ihre greifbare Gestalt, ihre Stimme und ihre gerade Art, mich anzusehen. Bei den letzten Begegnungen war sie stark gealtert; sie sprach ausschließlich von Blumen und ihren Erinnerungen und war mitunter sentimental. Die Anerkennung, die sie mir in ihren letzten Jahren bezeugte, ließ mich nicht kalt, aber ich wusste, sie galt vor allem meinem Hang, dem Dasein eines Bastards zu entfliehen, den sie für Lebenstüchtigkeit hielt; die Art jedoch, sich eng miteinander verwandt zu fühlen, ihr warmer Blick, ihre erstaunte Miene, wenn sie sich von mir berühren und irritieren ließ, bedeuteten mir trotz unserer politischen Gegnerschaft wirklich etwas. An dem Schicksal ihrer Töchter hat sie immer weniger teilgenommen, gegen Marthes Krankheit machte sie ihre Altersschwäche geltend, und den desolaten Zustand von Anne stopfte sie mit naiver Unwissenheit aus. Noch Wochen vor ihrem Tod schickte sie ihr Pakete mit Lebensmitteln, die sie aus den umliegenden Supermärkten besorgen ließ, und schrieb ihr Briefe, die über konventionelle Verlautbarungen hinaus jedes Hintersinns entbehrten. Wenn sie etwas verunsicherte, wandte sie sich mit Sätzen ab, die mit „damals in Ostpreußen", begannen. Damals in Ostpreußen, diesem Vehikel war auch Andrey mit Geist, Leib und Seele verhaftet geblieben. Trauer ergriff mich, wenn ich an ihn dachte. Ich hatte nie mit Marthe über diesen Mann gesprochen. So vieles war unerledigt geblieben. Doch aus der Melancholie, die mich bei den Gedanken an Andrey überkam, schälte sich mein Interesse heraus, Polen kennenzulernen. Nur eins machte mich ärgerlich; dass er an Lydias Tod ausgeglitten und an Marthes Seite vorbei gewichen war, ohne von sich zu glauben, dass die Füße, die den Lauf der Dinge trugen, auch zu ihm gehörten.

Anne als Überbringerin einer Todesnachricht zu dienen, fiel mir schwerer, als ich vermutet hatte. Ich hätte diesen Gang lieber Marthe überlassen und war mir darüber im Klaren, dass ich nur eine Sollstelle ausfüllte. Warum ich aber schon Tage vorher wie ein kopfloses Huhn durch die Gegend rannte, mich mit Marthe zum wiederholten Mal besprach und ihr schlechtes Gewissen vergrößerte, ungeduldig eine Besserung ihres Zustands herbeiwünschend, die es mir erlauben würde, zurückzutreten, wurde erst bei meiner Ankunft deutlich. Anne hielt mir im Spiegel eines fremden Wesens mich selbst vor. Sie hatte den Kampf mit ihrem Vater verloren, und ich, die ich Großvater geliebt hatte wie keinen sonst auf der Welt, hatte ihn gar nicht erst aufgenommen. Doch an jenem Wochenende bei Anne hatte ich für solche Einsichten noch kein Gespür.

Ich hatte mich früh in der Redaktion verabschiedet und war zeitig losgefahren. Als ich den Koffer auf den Hintersitz legte und die hintere Wagentür zuschlug, beschloss ich spontan, einen Umweg zu fahren und die A66 Richtung Fulda zu benutzen. Aus einem mir unerklärlichen Grund wollte ich die Stadt aufsuchen, die Friedrich Barbarossa, Philipp Reis und Christoffel Grimmelshausen mit ihrer Geschichte verknüpfte und die in eine Landschaft hineingebaut war, die nach Schlüchtern hin den deutschen Romantikern und Germanisten des neunzehnten Jahrhunderts als Pilger- und Heimstädte gedient hatte. Frankfurt, Hanau, Somborn, Steinau, Schlüchtern, überall fanden sich Spuren jener Generation, die auch die Grimm'schen Märchen hervorbrachte und in einem kleinen Dorf des hessischen Spessarts, keine zwanzig Minuten von Gelnhausen entfernt, hatte jenes Mädchen bei den kleinwüchsigen Bergarbeitern der Umgebung Unterschlupf gefunden, das später in einer Legende weltberühmt wurde: Schneewittchen. Die Stadt selbst war in den Berg gehauen, an den Abhängen ragten stolze Villenreihen und ein gepflegter Friedhof hervor, die Marienkirche war Mittelpunkt zwischen altstädtischem Ober-

und Untermarkt. Ich lief auf dem Kopfsteinpflaster durch die engen Gassen, besah mir das Geburtshaus von Grimmelshausen und erreichte die Brentanogasse, durch die ich ging, bis ich auf die Hauptdurchgangsstraße der Kleinstadt stieß, und von da aus in ein jüngeres, modernes Viertel, durch eine Einkaufsstraße, die zum Bahnhof führte.

An den Ufern der Kinzig, hinter hohem brüchigem Mauerwerk, lag kaum einsehbar und verschlossen der jüdische Friedhof. Offensichtlich interessierte sich niemand für die Herkunft, den Werdegang und das Schicksal der Toten, die hier einmal von denen vergraben wurden, die dann gejagt, ermordet oder aus der Stadt vertrieben wurden. Immerhin, die alte Synagoge war erhalten und restauriert. Wie Andrey überkam mich das Verlangen nach einem Einblick in eine Vergangenheit, die mitten unter uns weilt und auf einen dunklen Fleck der Geschichte reduziert wird, den man mit Einkäufen rund um den Friedhof betriebsam übergehen kann. Es war taghell, Leute, die ihre Hunde spazieren führten, die ihre Tragetaschen zum nahe gelegenen Parkplatz trugen, und Familien mit Eiswaffeln in der Hand zogen an mir vorbei. Ich unterließ es, das Mauerwerk zu erklimmen, um kein Aufsehen zu erregen. In Gedanken stellte ich eine Tafel der Erinnerung auf, ich öffnete das Tor für Schulklassen, ich schuf einen Raum der Besinnung, mit Material versehen, welches das Leben und Sterben dieser Familien dokumentierte. Wahrscheinlich waren Onkel Alfred und Tante Erna inzwischen auf dem sonnenbeschienenen, übersichtlichen Gelände des von schmucken Einfamilienhäusern umgebenden Friedhofs begraben. Aber interessierte mich das wirklich? Ich setzte mich auf eine der Bänke, die auf dem umzäunten Spielplatz der Müllerwiese eingelassen waren und sah der kommenden Generation beim Schaukeln zu.

Der Anblick der Kinder brachte mich auf meine Kindheit zurück. Erich Kalweit, Jochen Werneck lebten ganz in einer Tradition, die aus dem Kind den Krieger machte, den Verstand mit der Nabelschnur entfernte und das Gefühl den

Frauen überließ. Ich sah Linus an und erkannte Caroline wieder. Ich sah sie nach dem Auszug als Abiturientin und Studentin ihre Wege gehen, ihre Bekanntschaften machen und ihre Erfahrungen sammeln. Nicht der laute Vorwurf, die jähe Abwendung, das einschneidende Misstrauen waren ausschlaggebend gewesen, sondern die Ambivalenz zur Weiblichkeit schlechthin. Man konnte das Penisneid nennen, Männerhass und Unreife, doch die Erfahrung lehrte, aller romantischen Verfügbarkeit, allen Objekten der eigenen Sehnsucht, aller offenen Hingabe einen inneren Riegel vorzuschieben. Nun erhob also ausgerechnet Marthe Einwände dagegen.

Plötzlich war Caroline Caroline, sie war wieder jene junge Frau, die bei der ersten Begegnung mit einem erwachsenen Mann, der ihr etwas bedeutete, zurückschreckte und sich stattdessen mit wildfremden Männern in einer Kneipe traf, die besoffen genug waren, anschließend auf offener, nachtfinsterer Straße ihre Hose herunterzulassen. Sie empfand nichts dabei, vielmehr das, was sie immer empfunden hatte, seit Jochen Wernecks Körper an ihren herantrat. Sie vollzog unzählige Male einen Akt, der so nie stattgefunden, aber unaufhörlich abgelaufen war, und wie Anne ihre Pilze nummerierte sie die Männer in einem kleinen Büchlein. Sie war erkaltet und vom Bauchnabel an tot, und der Ekel, den sie vor Männerkörpern empfand, die sie in sich hineinließ, vergrößerte nur ihren Selbsthass. Sie hätte ein Streichholz nehmen können und sich anzünden, bis der ganze Schmutz, die ganze Schuld, der ganze Ekel mit ihr verbrannt waren, eine Vernichtung, die sie sich wie eine Katharsis vorstellte, eine Selbstreinigung, aus der wie Phönix aus der Asche ein neuer, anderer Körper entstand.

Nach einigen Jahren reagierten ihre blauen Augen auf männliche Herausforderung und Anbetung, ihre Hände auf Zärtlichkeit und Erregung und ihre Hüften auf eruptives Begehren. Sie gewann langsam ihren Spaß an der Lust zurück, sie spielte wieder Kissenschlacht und genoss das wohlige Räkeln am Morgen. Aber nun war es ihr Herz, das unbeteiligt blieb. Ihr Kopf arbeitete vorzüglich, sie war dankbar dafür und formte sich unter Linus Anleitung eine scharfe, wortgewandte Zunge. Für die Poesie der Minnesänger hatte sie nur ein müdes Lächeln übrig. Aufmerksam lauschte sie den Heiratsanträgen, die man ihr machte, hörte Männer von dem Wunsch nach Kindern sprechen, neigte ihren Kopf zur Seite, sah in die Wolken und begann laut zu lachen. Dann küsste sie die überraschten Geliebten ein, zwei, dreimal auf den Mund, als hätte sie sich verbrannt, und zog aus, dem nächsten das Fürchten zu lehren. Gegen Ende des Studiums pochte ihr Kopf auf Alleinherrschaft, und sie überließ sich ihm. Ihr Verhalten war ihr fragwürdig geworden, die letzte Beziehung hatte sich gefährlich lang hingezogen. Das Unglück des Mannes und ihre Unfähigkeit, darauf zu reagieren, waren ihr nahe gegangen und ließen sich nicht einfach abschütteln. Sie beschloss eine Anzeige aufzugeben, die sie von vornherein jeder weiteren Verpflichtung entzog. Das war in einer Stadt wie Frankfurt ein paar Jahre gut gegangen, aber die Abnutzungserscheinungen des Kalküls verfingen sich ebenso schnell in den Abenden wie die Langeweile nach dem Akt. Die Abstinenz blieb eine Frage der Zeit, die sich hinzog und bis heute nicht ganz geklärt war. Was wollte sie? Caroline stand seufzend auf und vermischte sich mit Linus zu einer Einheit. Ich machte mich langsam zurück auf den Weg zum Auto, um endlich das zu tun, wovor ich mich schon seit geraumer Zeit fürchtete.

XXIX

Bevor ich zu Anne ins Zimmer trat, hatte mir der Psychiater eine maximale Frist von einer Stunde gesetzt und mich gebeten, beim leisesten Anzeichen von größerer Anspannung auf den Piepser zu drücken, den er mir in die Hand drückte. Seit zwei Jahren lebte sie wieder in der geschlossenen Abteilung. Ihre persönliche Betreuerin hatte mich davon in Kenntnis gesetzt, dass Anne in unterschiedliche Zustände verfiel, die ein Zusammenleben mit anderen in wachsendem Maße unmöglich gemacht hatten. Meist saß sie stundenlang starr an einem Ort und sah beharrlich, ohne auf Abläufe, Geräusche und Menschen zu reagieren, auf einen Lichtreflex, von dem sie erklärte, dass er ihr eine Botschaft aus einer anderen Welt brächte, in deren Universum nur Primzahlen die wahre Sicht auf die Welt ermöglichten. Dieser Lichtreflex, wurde mir erklärt, konnte von einem geringfügigen Schattenspiel an der Wand ausgehen, von einem einfallenden Sonnenstrahl oder vom Lämpchen eines elektronischen Geräts. Grelles Licht fürchtete sie als explosionsartigen Stoff eines Überdrucks an gewaltigen Informationsmassen, vor denen sie ihre Augen zu schützen suchte. Bevor sie zusammenbrach, und in einen tranceartigen Zustand geriet, in dem sie weder lief, noch aß noch schlief, äußerte sie prophetisch die Überzeugung: "Alle Welt ist so, als ob alles auf etwas wartet, seht ihr, da kommt es!"
Wenn diese Phase abgeklungen war, ging sie auf die Menschen zu, als sei ihr die vertrauteste Umgebung fremd geworden. Sie berührte alle Gegenstände, als seien sie ihr vollkommen unbegreiflich, fragte, wozu der Stuhl auf dem sie saß, eine Lehne habe, legte ihren Kopf an die Wände, um ihre glatte Fläche, die Struktur der Tapeten zu berühren, und horchte den Geräuschen nach, die sie hinter den Mauern hörte. Sie stellte eine Verbindung her zwischen den ziehenden Wolken am Himmel und den Bewegungen von Besuchern und Patienten im Park, die sie vom Fenster aus beobachtete, und berührte die Kleidung der Menschen, die bei ihr ein und

aus gingen, als fasse sie deren Stofflichkeit nicht. Mehrmals hatte sie versucht, die mit Sicherheitsverriegelungen versehenen Fenster zu öffnen, um in die Tiefe zu springen, einmal hatte sie einer Mitbewohnerin ein Büschel Haare ausgerissen, weil sie glaubte, an deren Hinterkopf befände sich eine Klappe, die sich öffnen ließe. Während der Tage, in denen sie von all diesen Zuständen verschont blieb, wirkte sie wie ein motorisch verhaltensgestörtes Kleinkind, das einzelne Wörter oder halbe Sätze von sich gab, die es wiederholte oder sich an den Fingern zog, bis es knackte. Sie erklärte den rechten Arm, den sie sich damals an einem Baum zerschlug, für gebrauchsunfähig. Sie wiegte ihren Kopf und ihre Schultern kreisförmig hin und her, als sei sie auf ein inneres Gleichgewicht angewiesen, das sie in Schwingungen versetzte, die sie glücklich zu machen schienen.

In diesem Zustand war sie, als ich das Zimmer durch eine Tür betrat, in der eine kleine Luke mit einem Glasfenster dem Personal jederzeit Auskunft über die Ereignisse im Raum gab. „Guten Tag, Anne", sagte ich leise, und den Anweisungen der Psychologin folgend, hielt ich meine Stimme in gleichbleibendem, monotonem Redefluss. „Ich bin es, Caroline, die Tochter Deiner Schwester Marthe. Sie lässt Dich herzlich grüßen und kommt bald selbst." Anne saß auf einer Matte und ließ ihre Füße wie zwei Schnecken über den Boden gleiten, sie schüttelte den Kopf wie ein Pferd seine Mähne und legte ihr Kinn auf die Brust. Der Anblick meiner Tante bestürzte mich trotz der Vorbereitung, die ich hinter mir hatte.

Anne war knapp achtundfünfzig Jahre alt, die Spuren in ihrem Gesicht machten sie doppelt so alt, und ihre Mimik doppelt so jung. Ihr Gesicht wirkte so weich und unbescholten wie das eines Säuglings, doch der erste Anschein trog, sie sah mich an mit den Augen einer Hundertjährigen. „Anne", sagte sie mit einer federnden, hohen Stimme, „ja, ja, die Anne". Sie setzte sich auf die Knie und krabbelte ein Stück auf mich zu, wandte den Kopf zum Fenster und mied meinen Blick. „Anne", wiederholte sie und nickte. Ihr blondes Haar mit den einzelnen weißblonden Strähnen war hier und da ergraut, leuchtete aber noch, wie ich es aus meiner Kindheit kannte. Ihre Augenfarbe war undefinierbar. Da sie mich kaum anschaute und ihr Blick ständig über den Boden glitt, als suche sie etwas, war ich schon froh, dass sie sich in meiner Nähe bewegte. Sie hatte einen dunkelgrünen Trainingsanzug an, ihr Körper wirkte puppenhaft darin, und ihr Gesicht war aufgedunsen, vermutlich der vielen Neuroleptika wegen, die sie einnahm. Ihre Lippen waren blass und in den Winkeln herabgebogen, sie fuhr sich in kurzen Abständen mit der Zungenspitze darüber. Ihre rotblonden Augenbrauen bildeten einen sanften Kontrast zu den feinen Linien, die sich quer über ihre Stirn legten und von der Nase zu den Mundwinkeln zogen. Der Hals war muskulös, regelrechte Striemen zogen sich zum Kehlkopf, sie musste in unaufhörlicher Anspannung leben, wenn ihre Muskeln so ausgeprägt waren.

Da Anne sich ruhig verhielt, ging ich Schritt für Schritt auf sie zu, setzte mich neben sie und verharrte eine Weile. Sie legte abermals ihr Kinn zwischen die Schlüsselbeine. Eine blonde Strähne war ihr übers Ohr ins Gesicht gefallen, ich hätte sie gern zurückgestrichen und ihre Wange gestreichelt. Sie schaukelte nun ein wenig hin und her und stieß mich dabei an. Anscheinend war sie bereit, mich zu berühren, wenn auch auf ihre eigene Weise.

„Ich habe dir etwas mitgebracht, Anne", sagte ich und zog ein Päckchen hervor, das einen flauschigen Damenschal enthielt. Wie Ottilie mochte sie es, wenn etwas um sie herumflatterte. „Ein Linusvogel", sagte sie. „Ja", nickte ich, „er fliegt mit dir." Mein Hals war trocken und eng, ich atmete mehrmals tief aus und ein. Die Ärzte waren sich sicher, dass sie den Tod Luises eher von mir erfahren sollte, als von ihnen, wenn schon nicht von Marthe, aber sie hatten mir nicht erklärt, warum. „Anne", sagte ich bedächtig, denn eine oberflächliche Tour vorzuspielen, schien mir sinnlos. Dabei setzte ich vorsichtig meinen rechten Fuß neben ihren linken. „Ich muss dir etwas erzählen, Anne", sagte ich: „Luise ist gestorben."

255

Ich machte eine Pause, sah auf Annes Haar. „Sie wurde eingeäschert. Ihre Urne ist neben Erich im Grab beigesetzt. Sie hat nicht so sehr gelitten, es ging sehr schnell", fügte ich hinzu und sah sie an. Nun waren es drei Strähnen, die ihr Gesicht fast vollkommen verdeckten. Anne blieb still und schaukelte weiter, aber sie hatte ihren Rhythmus verändert und wippte jetzt nach vorn und wieder zurück. Ich machte mir Sorgen. Auf keinen Fall wollte ich als Überbringerin einer Hiobsbotschaft wieder weggehen. Ich suchte angestrengt nach einer Idee, die ihr helfen konnte, das Gehörte mit mir zu verarbeiten oder es für sich hinzunehmen, aber gegen ihren Bewegungsradius kam ich nicht an. Die Situation war zu ungewohnt. Die Stille im Raum und ihre Bewegungen standen in krassem Kontrast zueinander.

Plötzlich sagte Anne hastig, als koste es sie Mühe, mit ihrer hohen singenden Stimme: „Wenn der Apparat eingeschaltet ist, dann brummt der Schädel. Dagegen kann Anne nicht ankämpfen." „Was für ein Apparat, Anne?" fragte ich nach einer Weile, die Ärzte hatten mir nichts von solchen Eingebungen berichtet. „Er hat ein Zeichen gegeben und uns dirigiert", sagte sie und ihre Bewegungen wurden wieder schneller. Ich war ratlos. Was meinte sie? „Anne?" fragte ich. „Der Apparat steuert jede kleinste Bewegung" sagte sie, „überall, auf der Straße, die Menschen, den Vogel." Sie lächelte versonnen: „Luise ist jetzt auch dort." Anne schien mir etwas Entscheidendes mitzuteilen, und ich ärgerte mich über meine Begriffsstutzigkeit. „Steuert der Apparat uns?", versuchte ich den Faden wieder aufzunehmen. „Ja. Natürlich", sagte Anne, „dazu ist er da, und ich bin der Dorftrottel." Ich schwieg betroffen und versuchte, meine Stimme in einem gleichmäßigen Klang zu halten. „Nein, Anne", wagte ich einzuwenden, „das kann ich mir nicht vorstellen. Du hast doch die Zahlen, die Tiere". Anne schaukelte. Sie hob ihren linken Arm; was sie tat, wirkte unnatürlich, künstlich, und ich nahm an, sie hatte das Gefühl, das tun zu müssen. Vielleicht hatte sie eine Art Befehl empfangen. „Kann man den Apparat nicht ausschalten,

Anne?" fragte ich leise. „Kann man ihn auch selbst anhalten?" Anne lächelte, als hätte ich einen schlechten Witz gemacht. „Der Apparat kommt aus dem Grab. Erich bedient ihn, Anne ist ein Dorftrottel. Luise ist die Alte." Meine Tante legte den Kopf schief und summte. Dann brach sie ab, wurde still und murmelte: „Marthe weg, Marthe weg."

Eine größere Bestürzung war nicht denkbar. Ich sortierte ihre Worte, erinnerte mich daran, dass Erich Luise „Alte" genannt hatte, eine Tatsache, die nach außen nicht verlautbart wurde. Anne beschrieb offenbar Erichs Macht. „Anne", sagte ich, „ein Dorftrottel liebt keine Vögelchen wie du, ein Dorftrottel ist eine Beleidigung, eine Geschmacklosigkeit, die über einen Menschen hinweg geht, das bist nicht du, du bist Anne, und dein Vater mochte dich. "Anne schwieg und schaukelte, und ich nahm meinen Mut zusammen, dachte kurz darüber nach, dass es vollkommen falsch sein konnte, was ich tat, und ließ es darauf ankommen, indem ich mit meinem Unterschenkel den ihren berührte. „Der Apparat wird böse", sagte sie, „der Stromkreis ist unterbrochen". Sie schob ihr Bein ein paar Zentimeter weiter von meinem weg. „Was ist mit mir?", fragte ich zögernd. „Du hast Deinen eigenen Apparat," antwortete sie, schaukelte wieder heftiger und summte. Ich zuckte zusammen. Anne senkte wieder ihr Kinn auf die Brust. „Linus, ja, ja, Albert, ja, ja, Walter, ja, ja". Dann macht sie eine Pause, sagte wieder „ja, ja" und dann lange nichts. Sie wirkte kraftlos. Als ich schon nicht mehr damit gerechnet hatte, flüsterte sie leise: „Marthe krank, Stromkreis unterbrochen". „Man könnte den Apparat auch kaputtmachen und ohne ihn leben", schlug ich vor, und sie lächelte wieder, als wäre ich eine Närrin. „Einmal Apparat, immer Apparat", sagte sie und wandte ihr Gesicht gegen die Decke als öffnete sie sich einem Geheimnis.

Die restlichen Minuten verbrachten wir, mit Ausnahme ihres Gesummes schweigend. Ich war nicht mehr in der Lage, einen klaren Gedanken zu fassen, alles, was sie vorgebracht hatte, war so verrückt wie überzeugend. Ich nahm noch den Schal vom Boden auf und legte ihn ihr mit einem leichten

Schwung um den Hals, ohne sie zu berühren. Wenigstens dieses Stück Stoff von mir ließ sie an sich heran. „Luise!", bekräftigte Anne zum Abschied. Sie schien zu wissen, dass die Zeit abgelaufen war. „Marthe kommt?", versicherte sie sich noch. „Ja", sagte ich, „Marthe wird kommen, um dich zu besuchen". Ich bewunderte meine Mutter für die Leistung, ihrer Schwester kontinuierlich nahe zu sein. „Ich gehe jetzt, Anne", verabschiedete ich mich nochmals, Anne schaukelte und beachtete mich nicht mehr. Sie hatte sich abgewandt.

Ich drückte das verabredete Zeichen auf dem Piper und nach einigen Sekunden wurde die Tür geöffnet und die Psychologin steckte den Kopf herein. Sie warf einen Blick auf Anne, nickte mir kurz und freundlich zu, und ich ging an ihr vorbei in den Flur. „Dass sie von einem Apparat Befehle empfängt, der sie willenlos macht, wusste ich nicht", sagte ich der Psychologin Hilfe suchend, nachdem ich ihr den Verlauf der Stunde geschildert hatte. „Das gehört zum abnormen Bedeutungsbewusstsein und zu ihrem Bedürfnis, alles mit allem in Beziehung zu setzen, eine Art Wahnwahrnehmung, die im psychiatrischen Jargon als Apophänie bezeichnet wird", klärte sie mich auf. „Unsere Patientin Anne Kalweit bezieht alles, was sie erlebt, auf ihren Vater. Seit seinem Tod glaubt sie außerdem, er stehe mit dem Universum der Zahlen in engem Kontakt;" führte die Ärztin aus. Sie sah mich an. „Sie sehen geschockt aus!" „Ja, das bin ich", antwortete ich. „Nehmen sie es sich nicht so zu Herzen", sagte sie in einem tröstenden Tonfall, „Anne reagiert auf jede Form der Dominanz mit einer Empfindlichkeit, als könne sie tatsächlich unbewusste Schwingungen empfangen. Wir werden auch alle immer wieder zu Apparaten, selbst unsere Köchin musste sich schon sagen lassen, sie müsse besser auf die Zuleitung achten, sonst verdürbe das Essen ihren Magen." „Aha", sagte ich, füllte den Bogen aus, den sie mir hinhielt, setzte meine Unterschrift darauf und drückte ihr die Hand. „Grüßen Sie ihre Mutter", sagte die Ärztin freundlich, und ich nickte.

Als ich das Haus verließ, sah ich Anne vor mir, schaukelnd, summend, umgeben von Apparaten und Leitungen, Stromkreisen, Zahlen und Bewegungen, die durch sie hindurch fuhren. Offensichtlich war ich ein Bestandteil dieser Stromkreise. Und ich funktionierte.

XXX

Es war also ein Irrtum, es konnte alles ganz anders verlaufen sein: Das Leben meiner Vorfahren, die Geschichte meiner Familie, meine innere Anteilnahme daran. Ich hatte mich verrannt. Nein, nicht im Ganzen, aber in manchen, vielleicht den wesentlichsten Details. Hatte ich mir nicht die verrücktesten Dinge geschworen? Dem Nimmersatt des Aberglaubens aufzulauern, auch des Totengräbers Schatten zu betrauern, wegen eines Königs Drachen fliegen zu lernen, der Stummheit des Fischmauls mein Schweigen nicht anzudienen? Ich hatte mir ein absolutes, inneres Gehör versprochen, ja abgerungen, aber im Laufe der Zeit hielt ich immer weniger von meinem Schwur, und am Ende glaubte ich, mich oft verhört zu haben. Weder der Zweifel noch die Gewissheit kamen der Wahrheit so nahe wie beide zusammen. Ich hatte nichts vergessen und war doch im Begriff, noch einmal von vorne anzufangen. Den Weg zu Caroline hatte ich mir einfacher vorgestellt.
Erich Kalweit ruhend auf dem Throne, war das nicht mein Lieblingsbild? Ehre wem Ehre gebührt, Achtung, wer Achtung verdient, Demut vor dem Herrn, Untergebung, wie er befiehlt. *Zäh wie Leder, hart wie Kruppstahl.* Dieser Satz, der sich vom Papier stahl, wieder und wieder. Zwischen dem

Glauben an urwüchsige Kraft und der Mär vom eisernen Bestand an Menschlichkeit, die Erichs Charakter geprägt haben sollen unter dem hemmungslosen Drill, der erbarmungslosen Knute, die seine frühesten Beigaben gewesen sein müssen, bekam dieser Satz, den er nie aussprach, aber durchlitt, die schlechteste Note und wurde des Platzes verwiesen. Er fällt mir nun ins Wort; er findet sich auch zwischen Jochens Vorlieben wieder, seinen Beobachtungen, während er quälte, und seinem voyeuristischen Vergnügen, das er mit der zunehmenden Stupidität der Medien tagtäglich teilte: Nach dem Werbespot gab es dreitausend Tote, wieder ein Erdbeben im Angebot, die Ansagerin variiert das Thema. We are the world. Zwischen light und fresh sieht das Elend überall gleich aus. Das war mehr Jochens, weniger Erichs Sache, aber die beiden Männer, die ihren Lebtag kein gutes Wort füreinander fanden, sprachen zuweilen die gleiche Sprache und mitunter die gleichen Sätze, womit der Mythos von Luise, vielmehr ein Bestandteil von ihm, die Geschichte vom geradlinigen Staatsdiener, ein weiteres Mal stutzig macht.

Mit einem originellen „Bufftatatara" schmetterte Jochen Werneck zuweilen gut gelaunt und halb betrunken ein „zäh wie Leder, hart wie Kruppstahl" durch die Menge, deren Abwesenheit in der Wohnung widerhallte, wenn Jochen mit sich und seiner Welt zufrieden war, was sich wenige Minuten später ändern konnte. Und wenn die Menge auf seine morgendliche Sonntagsfrage, ob sie Butter oder Kanonen wolle, mit einem dreifachen „Sieg Heil" antwortete, war der Weg so weit nicht zu Anne, die einmal einen Burgunder Rotwein, Spätauslese, aus dem Keller heraufzuholen hatte für Erich, Walther und Albert. Da war sie noch keine achtzehn Jahre alt und vor Hast über die letzte der Treppenstufen gestolpert, wie damals vor vielen Jahren ihre Schwester Marthe. „Warum gibt es nur immer diese merkwürdige Ungeschicklichkeit bei den Frauen", spöttelte Erich Kalweit vor seinen Söhnen. Anne aber hatte sich am zerbrochenen Flaschenhals den rechten Arm bis auf die Knochen

aufgerissen. Die Kalweits verhielten sich jedoch auch in dieser Stunde pflichtbewusst, zäh wie Leder und hart wie Kruppstahl, und ein paar Taschentücher und ein Pflaster für Anne taten es auch. Schließlich waren das Schützenfest und der Schützengraben noch in guter Erinnerung, und Anne nickte blass zu allem. Hatte ich bis zu meinem Besuch bei ihr tatsächlich vergessen zu erwähnen, dass meine Tante als Dorftrottel durch die Annalen der Familienchronik ging? Wenn Erich Kalweit schlecht gelaunt war, mochte das vorkommen, durchaus. Aber wann erlebten seine Kinder ihn gut gelaunt? Und der Arzt, den man am nächsten Morgen aufsuchen musste, weil die Wunde tiefblau unterlaufen und der Arm eitrig war und die Blutung sich staute, der Arzt fragte Albert entgeistert, wann der Unfall passiert sei. „So, gestern schon", murmelte er, und rief dann konsterniert: „Warum, um Gottes Willen, habt ihr Anne nicht früher gebracht?" Lange vor ihrem Armbruch fragte er dies, und Albert zuckte verlegen die Achseln, senkte den Kopf und sagte: "Wir haben einen strengen Vater, und der hielt das nicht für nötig." Das waren die Zeiten, die guten, die alten.
Wenn man aber Erich vom Thron stieß, sei es auch vom unsichtbarsten, landete auch Linus daneben, womöglich noch im Dreck. Wie konnte das angehen, wenn Linus es war, die oft aufstand und protestierte, die sich reckte und streckte, wenn sie eigenes und fremdes Leid nicht ertrug, wenn Jochen Marthe demütigte, wenn in der Schule wieder einmal einer einem anderen bei einem Streit drohte, er werde ihn vergasen, wenn rund um einen Brennpunkt recherchiert werden musste? Wenn Caroline bloß weinte, weinte, weinte und Marthe wie eine schleimige Substanz über die immerwährenden, frisch gebohnerten Bodendielen kroch, unter den Augen von Erich sich um Jochens Füße wand, die Erich nicht als die seinen anerkannte und die mit der Stimme von Mathilde Suhrkau Caroline zu einem schlechtem Gewissen verdammte, wenn sie nicht selbst Buße dafür tat, dass sie am Leben blieb? Wie konnte ich die Zeit zwischen den Generationen überbrücken, welche ihrer flüssigsten Bestandteile in gasförmige oder feste

Zustände verwandeln, und sicher sein, dass sie über das Regenwasser nicht wieder in den Kreislauf aufgenommen wurden? Wie konnte man in dieser Welt eine Frau werden wollen und zugleich irgendeine Sehnsucht nach Abhängigkeit zulassen, wenn der Traum von der Autonomie des Menschen daran täglich scheiterte?

Das Hohelied der Liebe war eine großartige Antwort auf all diese Dinge, dachte ich. Die unendliche, wärmende, tiefgründige, hoffnungsspendende Liebe, wie sie in unzähligen Liedern besungen, in Gedichten und Romanen gefeiert wurde und auf Kalendern beschrieben stand. Hatte diese Liebe Marthe nicht an Umstände gefesselt, denen sie eigentlich zu entrinnen trachtete? Wenn die Liebe kein Wesen oberhalb von tönenden Erz- und Engelszungen war, oberhalb der natürlichen Sphäre, oberhalb des prophetischen Redens, oberhalb des Wissens, oberhalb der Machtgier des Philisters, wenn sie langmütig und freundlich war und sich nicht aufblähte, sich nicht erbittern ließ und das Böse nicht anrechnete, ertrug sie alles, glaubte sie alles, hoffte sie alles, erduldete sie alles. Blieben wirklich Glaube, Liebe, Hoffnung, diese drei, war sie die Größte unter ihnen, und blieb doch die Schwächere, manchmal die Schwächste auf Erden, eine klingende Schelle, ein strauchelndes Nichts. Sie schien zu nichts nütze, hörte auf, vollkommen zu sein, bis sie schließlich ganz aufhörte, bis nur das Stückwerk übrigblieb, ein dunkles Gesicht.

Als ich zurückfuhr mit Anne, Linus und dem Apparat im Gepäck, dachte ich unvermittelt an eine Studienreise in die DDR zurück, die ich Mitte der Achtziger Jahre als Teil einer Abiturientenklasse meines Frankfurter Gymnasiums gemacht hatte und die mich nach Dresden, Weimar und Leipzig geführt hatte. Drei Ereignisse waren mir deutlich über alle folgenden Umwälzungen im Gedächtnis geblieben: In Weimar angekommen, besichtigte die zuständige Reise-leiterin, die sich als Touristenführerin vorgestellt hatte, mit uns vormittags Buchenwald und nachmittags den Herrn Geheimrat. Vom vertrockneten Leben auf dem Fensterbrett erzählte sie nicht, und mir war bang zumute, als sie die Kluft zwischen diesen beiden Polen deutscher Geschichte mit keinem Wort erwähnte, vielleicht nicht einmal empfand. In Dresden untergebracht, saßen wir zu Mittag in einer großen Kantine, die offensichtlich sonst nur Gäste aus Kindertagesstätten beköstigte, denn an den Nebentischen saßen Gruppen von Kindern etwa im Alter zwischen vier und zehn Jahren und aßen. Uns, die wir an der Schwelle zum Erwachsenenalter standen, überfiel Beklommenheit angesichts der angezüchtet anmutenden exakten Verhaltenskontrolle, einem einstudierten, fast gespenstisch wirkenden gesitteten Benehmen, einer Ruhe, die anzuschauen meine Großmutter Luise ins Schwärmen gebracht hätte. Mir war nicht wohl zumute, diese ernsten kleinen ausdruckslosen Gesichter zu beobachten, die keinerlei kindliche Neugier, keine spontane Regung, keine clowneske Quirligkeit auch nur andeuteten, und deren automatische Bewegungen mich selbst töricht werden ließen. Abends stand eine Diskussion mit Pädagogen auf dem Programm und ich diskutierte mit der Leiterin einer Tagesstätte für Kleinkinder über die Begriffe Disziplin, Pflicht und Gehorsam. Preußischer geht's nicht, dachte ich, als sie mir an den einzelnen Fingern ihrer linken Hand aufzählte, welche Bedeutung die soziale Bewertung alles Individuellen für das heranwachsende Kind habe und die Einbindung aller seiner Regungen unter den Maßstab, den wertvollen Gebrauch des Ganzen. Ich hielt, weit entfernt von naiver Sympathie für antiautoritäre Erziehungsmaßstäbe, mit phasenspezifischen Kindheitsverläufen dagegen, mit Affekten und Trieben, mit einem wachsenden Selbstgefühl und einem Prozess zwischen Autonomie und Integration, doch wurde mir eine abstruse Identifikation mit bürgerlicher Ideologie nahegelegt, ohne dass ich lauthals dafür kritisiert wurde.

Als ich meinen Wagen vor Marthes Wohnhaus auf dem Parkplatz abstellte, um sie von dem Verlauf des Gesprächs mit Anne in Kenntnis zu setzen und sie noch einmal zu sehen, bevor ich nach Hause fuhr, um mit mir ins Reine zu kommen, zog ich im Geiste Parallelen zwischen den jugendlichen

Skinheads und den wächsernen Gesichtern jener Kinder am Mittagstisch. Gelnhausen fiel mir ein, die geschichtsträchtige, wunderschöne Stadt mit dem ehemals einschlägigen Judenfeindbild. Ich dachte an meinen eigenen Ton, den ich manchmal anschlug, wenn es in der Redaktion hektisch wurde, wenn mir jemand quer kam, an meinen eigenen Begriff von Disziplin, wenn Gefühle mein festgelegtes Programm durcheinander warfen, an den Schrecken in den Augen einer Kollegin, wenn ich meine Zunge in Salzwasser badete, an meinen Perfektionismus, wenn ich Meditation am nötigsten hatte. Die unterschiedliche Façon der Menschen ging im allgemeinen Gehorsam, im Stramm Stehen, in der vermeintlichen Größe durch Unterordnung unter ein unhinterfragtes Ganzes verloren. Diese Isolation haben die Deutschen jahrhundertelang im preußischen Herrschergeschlecht verehrt. Ruhm durch Selbstbezwingung, Hass auf alles, was die Selbstbeherrschung zerstören könnte. Ich erkannte diese Verehrung bis zur phantasierten Einheit zwischen dem erhobenen Kopf von Linus und dem hinuntergebeugten Kopf von Erich wieder. Damals gingen sie Hand in Hand. Als ich auf den Klingelknopf drückte, um mich anzukündigen, war die Geschichte zwischen Enkeln und Großeltern, zwischen Kindern und Eltern weit entfernt davon, ihrem Ende zuzugehen. Eine neue Generation wuchs heran. Wollte ich an der Seite eines anderen Menschen, eines Mannes daran teilnehmen? Während ich dem Summer folgte und die Tür aufdrückte, beschlich mich der Eindruck, diese Visite bei meiner Mutter Marthe sei das vorerst letzte Glied einer Kette von Ereignissen, die mich verändert hatten.

Marthes Anblick nahm mir nichts ab, nicht ein Fitzelchen einer Entscheidung, einer Erkenntnis, sie trug nichts Sichtbares bei zum Kampf zwischen Caroline und Linus. Sie war wohlauf und munter, ihre Stimme klang voll, ihr Blick war unverschleiert und klar. Ihre Lungenentzündung schien gut verheilt zu sein. Liebevoll sah sie mich an. „Du bist also wieder da", lächelte sie, „und willst sicher gleich nach Hause fahren, um dich auszuruhen, bevor der Stress wieder losgeht".

Ich nickte und beschrieb die Begegnung mit Anne in Grundzügen. „Ich finde, Anne ist ungeheuer scharfsinnig", sagte ich am Ende meiner Ausführungen vorsichtig. „Das ist sie immer gewesen", bestätigte Marthe. Sie sah mich jetzt aufmerksam an. „Wie, glaubst du, hat sie die Nachricht verkraftet?" fragte sie etwas besorgt. „Ich werde sie im nächsten Monat besuchen", fügte sie hinzu. „Darüber wird sie sich freuen", sagte ich, „sie schien gar nicht so überrascht zu sein von Luises Tod. Sie sieht sie da, wo sie immer war, an der Seite von Erich, mit einem in ihre Vergangenheit eingegrabenen Blick. Deine Schwester glaubt, Großmutter Luise sei an einen Apparat gefesselt, den Großvater Erich für sie symbolisiert. Zu diesem Apparat gehört sie selbst auch. Vielleicht meint sie aber auch etwas ganz anderes." Ich dachte an Tante Annes Unterstellung, dass ich ebenfalls über die Macht verfügte, andere zu dirigieren, zu bevormunden, an ihre Unterstellung, Marthe habe nicht genügend Unabhängigkeit, um sich allein durchzusetzen. Der Grad war schmal, sah ich jetzt. Marthe streichelte mir über den Arm. „Jemand, der Anne einen Dorftrottel nannte, kann unmöglich Bescheid wissen über den Kampf gegen innere Unfreiheit", sagte ich zu meiner eigenen Überraschung laut und mit Überwindung und blickte verlegen an Marthes Gesicht vorbei. „Geschweige denn, dass er Gerechtigkeit von Ordnung und Macht unterscheidet." Noch immer hatte ich Angst, mich zu entblößen. „Was meinst du, Caroline?" fragte Marthe, bemüht, mich zu verstehen. Ich biss auf die Zähne, entschlossen, sie zu öffnen, und sprach wie zu mir selbst: „Ich meine, wir haben alle große Angst, Erich Kalweit zu verlieren, zu verlassen, ihn zu entbehren. Wir hängen an ihm, obwohl wir wissen, dass niemand so leben sollte, wie unsere Familie es getan hat. Dass überall so gelebt wird, dass die Unterschiede vielleicht nur graduell sind, dass man immer nur ein winziges Stück weiter, freier, authentischer sein kann, als die Gesellschaft, die einen umgibt, dass man es aber nicht unversucht lassen darf, weil man sonst aufgegeben hat, überhaupt etwas zu sein. Jeder Schritt ins Innere ist ein Schritt gegen die Angst. Das winzige Feld, das frei wird, ist man selbst, ist die Freiheit, die man mit anderen, mit dem Fremden, mit der Welt teilen kann." Ich brach ab, schnappte hilflos nach Luft, nur halb überzeugt von dem, was ich sagen wollte.

Es ließ sich nicht in Worte fassen, die Sprache erreichte es nicht, und die Gedärme, der siebte Sinn, das Unbewusste, konnten nicht mitreden. Meine Mutter sah mich an mit einem Blick, der mich plötzlich an Ottilie erinnerte und den ich ergriffen zurückwarf. Sie fragte nicht nach, harkte nicht herum und wirkte nicht in mich hinein. „So oder ähnlich könnte es sein", sagte sie. „Nun geh und mach etwas daraus. Für heute bin ich müde." Kaum hatte ich ihre Worte vernommen, zeichnete sich unser Gespräch in ihrem Gesicht ab, malte Trauer, Berührbarkeit und eine Spur Erschöpfung auf Wangen, Mund und Augen. „Ist es wegen Andrey? Oder Luise?", fragte ich noch leise. Sie nickte, schüttelte den Kopf, nickte wieder, ihre Augen füllten sich mit Tränen. Jede von uns nahm auf eigene Weise Abschied. Als ich Marthe kurze Zeit später verließ und die Haustür hinter mir zufiel, sah ich einige Sekunden über Zäune hinweg ins Weite. Irgendwo dort, soweit mein Blick reichte und darüber hinaus erwartete mich Caroline. Mein fremdes Wesen.

Epilog

Eines anderen Tages, es waren über zehn Jahre seit dem frühen Tod meiner Mutter vergangen, kam eine Frau im dritten Stockwerk eines Hotels in En Bokek in Israel auf mich zu. Sie ging auf dem roten Teppich schräg gegenüber von meinem soeben hinter mir abgeschlossenen Zimmer über einen langen Flur an der Fensterfront zu mir. In der Hand hielt sie ein sehr altes Familienfoto, belichtetes und fixiertes Fotopapier, auf dicke, eingerahmte Pappe gezogen. Sie hob die Hand, ohne sich mir ganz zuzuwenden und sah aus dem Fenster. Ich blickte geradeaus auf das Familienportrait. Eingraviert stand am unteren weißen Bildrand des Rahmens die schwarze, leicht verschnörkelte Zahl 1870. Die Fremde blickte mich für eine unmittelbare Weile so eindringlich an, in so scharfer Absicht bohrte sich der forschende Ausdruck ihrer Augen in meine, dass ich ihren unbegreiflichen Zorn als ziehend schmerzhaft, als stechende Wunde in meinem Brustkorb empfand.

Meine beiden jüngeren Cousins warteten bereits unten im Foyer auf mich, die nächste Station würde Tel Aviv sein, unsere letzte war Danzig gewesen. Wir waren auf der Suche nach Spuren unserer Herkunft und müde. Teure, nutzlose Recherchen hatten zu wenig mehr als der Ulica Szeroka in Krakau geführt. Wir hatten jüdisch-galizische Namen gefunden, die unsere uns unbekannten Ahnen im Stammbaum trugen. Als zumeist protestantische oder agnostische Enkel mit einer eingebrannten Sehnsucht nach Vernetzung von unterschiedlichen Wurzeln im schamhaft vergrabenen Herzwinkel betrachteten wir zu Beginn des neuen Jahrtausends die Sache inzwischen nüchtern: Rund um den Regierungsbezirk Allenstein hatten die verbliebenen NS-Funktionäre 80% aller Dokumente und Urkunden vor Kriegsende und dem Einmarsch der Roten Armee verbrannt.

Und in Krakau kannten wir   außer ein paar wohlwissenden freundlichen Zeigefingern niemanden, der einen ehemals jüdischen, in der ersten Hälfte des 19. Jahrhunderts urgroßmütterlicherseits in den Protestantismus konvertierten Familienzweig ausfindig zu machen wusste. Noch weniger jemanden, der uns nicht nur abstrakt oder politisch über die Alija-Bewegung und emigrierte Familienangehörige aus den 20er und 30er Jahren des 20. Jahrhunderts in Israel zu berichten wusste. Der polnischen und hebräischen Sprache nicht mächtig, war jiddisch mir eher vertraut. Die Reise nach Israel bescherte mir daher oft ein von Bedauern nicht freies Missverständnis durch fremde Wesen: Ich wurde fälschlicherweise im Laden, im Fahrstuhl, im Restaurant für eine „hiesige" gehalten und verstand, als solche angesprochen, kaum ein Wort hebräisch. Was zu erkennen war, blieb stumm und befremdlich. Und nun diese Frau. Ich streckte meine Hand nicht aus. Sah wieder auf das Foto. „Sie war Deine Ururgroßmutter", sagte sie auf Hebräisch und zeigte auf die Sitzende am rechten Bildrand. Ich nickte. Sie hielt mir das schwere Bildnis hin, ich nahm es. Langsamer als sie gekommen war, ging sie zum Fahrstuhl, drehte sich noch einmal um und strich sich über ihr dunkles, knisternd ausstehendes Haar, das mich an mich selbst erinnerte. Dann, nachdem ich diese Verwandtschaft beim Anblick ihrer Silhouette fühlte, war mir, kaum hatte sich die Fahrstuhltür geschlossen, als hätte ich sie nie gesehen.